ARGENTIN

Du même auteur
au Mercure de France

LES HEURES VOLÉES (1981)

DOMINIQUE BONA

Argentina

ROMAN

MERCURE DE FRANCE
MCMLXXXIV

ISBN 2-7152-0204-0
© MERCURE DE FRANCE, 1984.
26 rue de Condé, 75006 Paris.
Imprimé en France.

À Philippe

Cette année-là, Jean s'en souvenait comme d'un paysage d'hiver. La lumière froide de Roubaix, de Bordeaux et de Buenos Aires, une lumière d'hiver identique dans les deux hémisphères, lui revenait toujours lorsqu'il songeait à son départ.

La neige était tombée tôt dans le Nord : sur la Grand-Place devenue marécage, les Roubaisiens pataugeaient, la boue s'accrochait aux bottes. La neige avait la couleur du suint, celle aussi du ciel bas, engorgé de nuages et de vapeurs âcres. La ville reprenait ses activités avec la joie apeurée d'une paralytique soudain rendue au mouvement. Après quatre ans d'occupation et d'engourdissement, les habitants saluaient comme le meilleur signe de leur réveil les premières colonnes de fumée qui jaillissaient des usines. La même allégresse qui avait saisi le pays au lendemain de l'armistice continuait de régner cet hiver-là sur Roubaix libéré, quatre mois plus tard...

Jean n'avait connu de neige blanche que pendant la guerre, quand lui parvenaient les échos assourdis des déflagrations du front, à quelques kilomètres. Roubaix, en prison, mourait alors de faim dans un paysage d'une irréelle beauté. La ville, lavée des déchets d'une industrie vacante, montrait enfin les couleurs de la nature, le vert des pelouses et les hivers immaculés. Cependant, tandis que le sol transmettait les soubresauts du tout proche et invisible séisme, Jean contemplait la neige. Ventre vide, il rêvait de rejoindre la ligne des tranchées, de retrouver les soldats sous les obus, de se venger du boche qui les tenait tous ici, trop jeunes ou trop vieux, désarmés et paralysés, veules par fatalité. Il avait été malheureux de sa jeunesse qui le rivait à l'abri comme s'il n'était qu'un lâche. Il avait haï le décor blanc de Roubaix.

Le mois de mars 1919 s'achevait dans ce Nord qui retrouvait ses usines fébriles et ses neiges sales lorsque Jean avait atteint, par un train-paquebot de la gare Saint-Lazare, Bordeaux où le froid était celui d'un hiver dans le Midi, ensoleillé et pourtant mordant. De Paris, il n'aurait connu qu'une gare. A Bordeaux, il ne vit que l'océan. A peine eut-il conscience d'être sur les quais de la Gironde : l'air avait un goût de sel et le vent qui balayait ses cheveux ne pouvait que souffler du large. Sur l'esplanade des Quinconces, il tourna délibérément le dos à la ville, vainement belle, à ses immeubles de pierre noircie, dédaignant même la pointe effilée du clocher Saint-Michel qui paraît déchirer les nuages. Il dédaigna tout ce qui resterait derrière lui. Pour Jean, seul compta le port et ses chimères.

Le *Massilia*, paquebot de la Compagnie Sud-Atlantique de Navigation, qui reliait à une belle vitesse de vingt et un nœuds la France à Rio, à Santos, à Montevideo et à La Plata, embarquait ses passagers. Son élégance, la peinture laquée et rutilante – noir de la coque, blanc des longues rambardes et des innombrables manches à air, ocre et noir des trois cheminées dont la taille disait la force de ce liner des mers du Sud – émerveillèrent d'autant plus le jeune homme qu'il n'avait jamais vu le moindre navire et jamais la mer.

Jean avait dit adieu à Roubaix et à sa jeunesse. Il avait vingt ans et c'était la fin de la guerre : il croyait toute sa vie derrière lui. Même sans combats et sans la gloire, c'était sa guerre

10

aussi. Il y avait les morts. Son père, Augustin Flamant, tisserand dans la rue du Blanc-Seau, était tombé en 1915 en Champagne rémoise. Le régiment qu'il commandait s'était fait exterminer sans progresser d'un pouce sur une des collines crayeuses et boisées de pins près de la Main de Massiges. Le rescapé d'une offensive proche, qui avait disputé une ferme aux Allemands – Beauséjour, funestement nommée –, un compatriote du Nord qui travaillait à Mascara, la grande teinturerie de Roubaix, avait longuement raconté cette guerre que Jean avait vécue sans la connaître, et dont les pavés du Nord enregistraient l'écho. C'était le marmitage des tirs de barrage qui se répercutait à des kilomètres à la ronde, jusqu'au cœur de Roubaix où, malgré l'éloignement, le sol frémissait de la violence des explosions et de l'affrontement des artilleries. L'ouvrier teinturier parlait, lui, de la terre champenoise, sèche et nue, du relief en collines, de l'horizon interrompu par les pinèdes, des obusiers Brandt ou Boileau-Debladis qui taillaient dans la poussière du calcaire de véritables puits. Les soldats français y embusquaient leurs uniformes tant qu'ils étaient encore bleu et rouge, points de mire de l'ennemi. Jean écoutait avec respect, avec envie, les souvenirs du Roubaisien qui avait combattu sur le même front que son père et qui, pour le consoler, avait eu ce mot maladroit ou naïf, ce mot de soldat : « Ça vaut mieux que le cimetière de Roubaix, la Champagne! » avant de s'éloigner vers Mascara.

Puis, en 1916, ce fut le tour de son frère aîné. Vingt-trois ans et des épaules d'athlète. Il fréquentait l'atelier depuis toujours : l'enfer sonore des métiers à navettes l'avait rendu à demi sourd déjà. Il était mort sans entendre les bruits de la guerre. Son ouïe n'aurait capté des tirs les plus proches, des explosions des grenades, qu'une violence émoussée, dérisoire. Mais le cerveau des sourds, Jean l'avait appris, enregistrait les secousses qu'ils n'entendaient pas, des ondes de choc traversaient leur crâne. Comment l'aîné avait-il réussi à se faire recruter malgré son infirmité, Jean se l'était à peine demandé : son frère était un patriote et de surcroît un batailleur, toujours prêt à la bagarre. Il était parti en souriant, un œillet rouge à la baïonnette, avec les camarades de sa génération. Mais il n'était pas arrivé au front; un télégramme d'état-major l'avait rendu aux siens : il avait été terrassé par une méningite, une nuit, au poste d'infirmerie de la gare de Toulouse où il attendait d'être convoyé.

Entre les tornades glacées, Bordeaux retrouvait sa douceur méridionale : quand il ne soufflait pas les embruns de l'Atlantique, le vent charriait les senteurs de la campagne proche, où un soleil pâle caressait les vignobles. Jean découvrait l'hiver de Bordeaux. Le ciel était d'impeccable azur, l'air chargé de sel soulevait sur le fleuve des vagues que l'on aurait pu croire venues de la mer. Les ailes blanches des mouettes jouaient avec l'écume. Jean qui n'avait jamais passé la frontière du Nord, l'espace urbain de trois villes associées en une cité géante, Jean qui n'avait jamais atteint la Belgique ni Saint-Amand-les-Eaux, et dont le plus long voyage avait été de marcher jusqu'à l'autre bout de Lille, aspirait à toute force cet air neuf, étranger, qui lui piquait les narines à le faire pleurer. Il avait les mains dans les poches du manteau en drap noir que son père portait pour les enterrements, bien trop large pour son corps amaigri, et il tenait entre ses jambes le ballot de son linge alourdi des quelques effets hérités d'Augustin, où il avait tout au fond glissé un trésor, le livre le plus clandestin de Romain Rolland dont il admirait en secret le pacifisme singulier : un *Au-Dessus de la mêlée,* aux caractères passés, mal imprimé en vérité et qui, plus que le manteau ou les gilets de laine d'Augustin, lui rappellerait l'Europe quand il aurait là-bas perdu jusqu'au souvenir de son continent et de ce conflit atroce. Le livre, croyait-il, serait l'ultime relique.

Jean était fasciné par cette foule qui oubliait la guerre, par le grouillement du port, où son costume de deuil faisait tache et où, nu-tête, il dénombrait les catégories variées de couvre-chefs qui empruntaient la passerelle du *Massilia*. A bord, quelques officiers de marine en casquettes à galon bleu et or, le visage hâlé, se tenaient, buste raide, derrière la rambarde du pont des embarcations. Sur les plages avant et arrière — et sur le *roof* murmurait derrière lui un connaisseur — les pompons rouges des matelots. Des manœuvres en bonnet de coton rayé chargeaient les malles-armoires qui voyageraient dans une partie réservée de la cale, pour que leurs proprié-taires pussent y avoir accès : elles contenaient les innombrables vêtements des passagers de première classe. Des curieux amassés sur le quai, certains portaient un béret mais la majorité arborait le feutre brun ou gris, Borsalino pour les plus bourgeois. Jean gardait encore le souvenir de cette coiffure fuchsia, l'étonnant turban à la mode de Byzance d'une Bordelaise. Tout à la fois séduit et ironique, il s'amusait à distinguer ainsi les voyageurs de première classe de ceux dont il partagerait le pont. Sans doute ne serait-il pas éloigné de cet endroit de la cale où les débardeurs entassaient les plus beaux bagages. Les fourrures claires des femmes ou leurs tailleurs d'hiver de couleurs vives, ainsi que cet échantillon-nage d'un luxe hardi qui détonnait parmi la foule des émi-grants et des troisièmes classes, lui semblaient honnir la saison et les deuils de la guerre, choquaient sa pudeur d'orphelin, mais le charmaient pourtant comme un éclat de rire au len-demain d'une tristesse : ces tenues éclatantes le rappelaient à la joie. Au point qu'il se laissa surprendre par le temps. Le *Massilia* sonnait, lui rappelant qu'il partait aussi. Vers un autre port et un autre avenir.

Il s'élança à son tour sur les pas d'une silhouette ravissante, enveloppée de zibeline. Elle tenait d'une main gantée de gris un carton à chapeaux, de l'autre elle tirait au bout d'une laisse un animal minuscule recouvert de soie noire. Un chihuahua. Jean, qui en ignorait le chic, manqua dans sa fougue le piétiner. Des aboiements disproportionnés à la taille du moustique laissèrent Jean tout pantois. « Ce molosse... », se surprit-il à murmurer, conscient d'être ridicule. Du moins la dame, en se retournant, découvrit-elle son visage, un visage de théâtre, outrageusement fardé sous la toque, avec des lèvres peintes qui articulèrent un ridicule « Bonnie... *please...* », et des paupières mauves baissées sur les chaussures grossières du jeune homme. « Elle n'a vu que mes pieds », se dit Jean.

Le paysage de Roubaix s'imposa par contraste, sous la double emprise du ciel luxueux et de cette femme, de la qualité de l'air et de celle de cette fourrure; Roubaix, où le ciel avait la couleur de la pauvreté, et la neige l'éternelle teinte des robes de sa mère, le brun morne des laines bon marché, assez solides pour défier les ans. Ce fut la seule couleur qu'il connût à sa mère jusqu'en 1915, quand elle prit le deuil. Il l'avait quittée vêtue de noir, raidie dans le chagrin, refusant de pleurer. Le visage le plus lisse du monde, le plus nu de fards, auréolé de cheveux blancs qu'elle tirait en chignon et dont quelques boucles échappées aux peignes adoucissaient les traits. Elle l'avait accompagné à la gare où elle était restée longtemps après le départ du train, silhouette immobile, amaigrie, qui rapetissait au regard de Jean jusqu'à fondre très vite dans l'atmosphère grise de Roubaix.

« Je reviendrai... pour te chercher... pour l'Amérique... » Sa voix s'était perdue dans le tintamarre des wagons. Elle retournait seule rue du Blanc-Seau, au-dessus de l'atelier silencieux, abandonnée de ses trois hommes : deux au ciel, Jean bientôt au bout du monde. On lui laissait un mois pour rassembler ses souvenirs. La maison et le métier à tisser vendus, elle irait vivre chez une parente dont elle tiendrait le petit commerce de mercerie, rue de Blanchemaille, jusqu'à ce que Jean, enfin installé en Amérique, l'appelât auprès de lui. Cela, elle le répétait partout, dans Roubaix. L'argent de la vente et le peu d'économies familiales, c'est lui qui les emportait vers ce pays lointain, cet au-delà des mers que ses cauchemars peuplaient de sauvages à plumes, et que son Jean lui peignait comme une terre d'espérance. Elle n'avait pas hésité un instant à accepter cette décision subite, brutale, de départ. Elle comprenait la détresse de son fils après leurs deuils. Elle savait aussi que sa vie ne ressemblerait pas à la sienne, non plus qu'à celle de ses aînés. Elle se jugeait parfois coupable devant la mémoire d'Augustin de ne pas retenir dans la tradition du tissage ce cadet qui n'était pas pareil aux autres et qui prêchait l'aventure comme des moines de jadis les plus saintes croisades. Augustin le disait : « Ton fils suit son chemin, il n'est pas comme nous autres... »

Elle ne doutait d'aucune des qualités de son plus jeune fils, elle le respectait et même l'idolâtrait. Aussi n'avait-elle pas songé un seul instant à lui barrer la route des Amériques, où elle le perdait à coup sûr, après l'ultime sacrifice qu'il pût exiger d'elle : l'acquiescement à son départ. Les discours de Jean, ses promesses pour l'avenir éveillaient parfois ses espérances, mais la vie ne l'avait pas préparée au miracle. Au fond, elle n'avait jamais cru à la fortune des oncles d'Amérique, fussent-ils de ces pays pour elle légendaires du soleil et de l'or, où les dieux avaient des noms étranges.

Incrédule, elle faisait pourtant des vœux pour qu'il réussisse, elle l'accompagnait déjà dans ce voyage qui la terrifiait, elle attendrait de le rejoindre. Mais un doute effrayant l'empêchait de partager sa joie au départ. Ce fils, elle le perdait peut-être cet hiver-là, dans ces tourmentes de neige qui se mêlaient à la fumée du train de Roubaix-Paris et à ses larmes pour lui brouiller la vue.

Jean agita la main puis trouva un siège libre dans le sens de la marche. C'était son premier voyage. Le monde s'ouvrait à lui.

Jean avait suivi le manteau de zibeline, ensorcelé par des effluves de fleurs grasses et par les mouvements souples, chatoyants, de cette fourrure irrémédiablement femelle dont la douceur et les jeux appelaient une caresse qu'il n'osait pas. En haut de la passerelle, il fut contraint de l'abandonner : leurs sorts divergeaient. Jean traverserait l'Atlantique dans l'entrepont. Avec un humour un peu triste, il pensait qu'il coucherait à quelques cloisons de la malle-armoire de la belle. Il la suivit des yeux, irréelle, fastueuse, dans ses atours de reine ou de fée des neiges. Les jappements du chien n'y purent rien : devant le fleuve qui ressemblait tant à la mer, au vent qui battait ses tempes, Jean jura qu'un jour il donnerait le bras à une femme semblable.

Lui ne serait jamais tisserand. Il avait en horreur les contacts les plus physiques avec le métier : le tapage infernal de l'atelier, la monotonie du geste qui enfile, désenfile, bobine et rembobine, lance d'éternelles navettes, lève au pied les lisses et leurs fils de chaîne. Il était maladroit et peu digne du nom des Flamant : il n'aurait pas su faire fonctionner la machine ; c'est à peine s'il distinguait la chaîne de la trame. Depuis toujours, une seule chose avait compté pour lui, peut-être faudrait-il dire une seule amitié : les livres. Le goût qui poussait son frère aîné, tout gosse, à s'asseoir dans l'atelier où il jouait dans un coin, indifférent au bruit, fasciné par les mouvements du métier, l'inclinait vers les livres prêtés par l'école. Il devait à son instituteur du Blanc-Seau de lui avoir fait obtenir des bourses, de l'avoir ensuite inscrit au lycée et de l'encourager encore sur cette voie si rare, si peu familière à la famille Flamant. Son père lisait le journal à haute voix pour eux tous les soirs. « Les études, grognait-il, c'est bon pour les bourgeois. »

Il avait fallu toute la perspicacité de Pierre, l'instituteur, son prestige d'homme juste et bon – plus sûr aux yeux d'Augustin que sa science de commis de l'État – pour le convaincre de laisser Jean suivre cette route improbable, coûteuse assurément puisqu'elle ne rapporterait rien au foyer avant de longues années. Selon son habitude, sa mère le laissait faire, mais elle avait un jour montré son inquiétude : « Tu auras honte de nous, lui dit-elle, quand tu auras tes diplômes, tu ne seras plus de notre monde. » Et Augustin avait hoché la tête, il n'approuvait pas Jean dans son refus de leur ressembler, dans ce goût pour l'étude qui était à ses yeux une attitude de révolte, peut-être de mépris. Pour lui, la sagesse n'était pas dans les livres.

Jean avait mis tous ses espoirs dans l'école. Pour remporter les prix, il lui suffisait d'évoquer l'atelier ou l'odeur de la laine. Il cherchait un moyen sûr de quitter Roubaix. Il serait professeur de latin ou de grec : il oublierait les tristesses du Nord. Ce sentiment de haine pour sa ville natale, et pour le travail qui aurait dû être le sien, ce refus de l'âpreté, du ciel gris, de ces métiers harassants, si mal récompensés, étaient inscrits en lui depuis l'enfance, sans qu'il sache très bien leur origine, ni pourquoi il n'était pas pareil à son frère. Il voulait réussir, il voulait être riche, il voulait échapper au Nord.

Il était inscrit en khâgne quand la guerre avait éclaté, l'obligeant à renoncer au concours de l'École normale supérieure, dont le succès aurait couronné ses années d'étude, ouvert toutes grandes les portes d'un avenir voué aux livres, à la culture, à une paix confortable. Il aurait franchi un pas vers la bourgeoisie. Cette consécration sociale, due à ses seuls mérites, lui avait été refusée quand il se voyait déjà, jeune homme au prestigieux diplôme, fêté dans les salons parisiens. Mais Roubaix était occupé par les Allemands, il n'avait pu rejoindre la capitale où se déroulaient les épreuves. Privé de la gloire réservée au guerrier qu'il n'avait pas l'âge d'être, privé de celle que la société réserve aux fins cerveaux, il était doublement malheureux, doublement vain. Ni soldat, ni normalien, il voyait son avenir brisé : trop jeune pour la guerre, il aurait bientôt passé l'âge limite des grands concours. Né trop tôt ou trop tard, l'Europe le trahissait, il préférait partir. Il tenterait en Amérique le destin fabuleux d'un Rastignac, d'un Julien Sorel ou d'un Jean-Christophe, jeunes hommes aussi malheureux que lui et nés pour conquérir. Il partait pour fuir un pays qui mettait tant d'obstacles sur sa route, mais il fuyait autant un paysage : ces eaux grises, lasses, désabusées, dans les yeux de sa mère, où il voyait les atteintes irréparables d'un morne climat.

C'est ainsi qu'il avait quitté l'Europe sous le ciel serein et glacial de Bordeaux. Il fixait le soleil à l'horizon. Puisqu'il ne serait pas professeur, qu'il n'enseignerait jamais le latin ni le grec, il choisissait l'aventure, au continent des Eldorados. Il voguait vers le Sud à bord du *Massilia*. Ce furent trois semaines en marge des saisons, où lui étaient donnés en toute clarté, en toute rêverie, l'amour, la gloire et la fortune, dans les grandes vagues bleues que fendait le paquebot, aux rythmes des valses et des tangos que jouait au-dessus de lui, à l'étage de luxe, l'orchestre des premières classes, tout au long des après-midi. Il se grisait d'océan.

Mais 1920 le vouait au froid. L'hiver, oublié à bord, le reprit à Buenos Aires.

18

C'était le mois de mai. Jean qui négligeait la logique des fuseaux horaires et le décalage des saisons de part et d'autre du globe, en parfait littéraire, avec toute la candeur des gens qui n'ont jamais franchi les limites de leur ville, croyait débarquer dans un été austral. Il avait rêvé pour l'hémisphère Sud la chaleur la plus exotique et, stupéfait, contrarié dans ses fantasmes, du pont du *Massilia* découvrait l'Argentine sous d'autres auspices. Mal abrité par un auvent du paquebot, trempé par la pluie qui tombait à verse, il regardait avec consternation les quais de Buenos Aires se couvrir d'une eau à peine moins glauque que celle du fleuve géant sur lequel il naviguait.

En plein océan en effet, il s'était inventé une arrivée dans le plus grand estuaire d'Amérique, union barbare du Parana et de l'Uruguay. Il s'était inventé une Argentine amoureuse, cajoleuse et sublime, toute à l'image des eaux du rio de la Plata. Fleuve d'argent... Comme la nacre des poissons scintillants de l'Atlantique qui sautaient les vagues, ou comme le manteau d'une fée. Rio de la Plata... De l'avant du bateau où à chaque heure du jour il cherchait à perte de vue son avenir, c'est une étoile qui apparaissait. L'Argentine, un mirage aux éclats de pierre de lune. La Plata... Jean succombait à l'attrait de ce nom.

Le rio se découvrait être un marécage, profond et mobile comme l'océan, mais opaque et jaune comme la boue, dont les eaux venaient salir la coque du paquebot. La Plata commençait dans ce bourbier animé de vagues. Le ciel bas accablait la masse urbaine d'une chape de plomb. Il n'y avait pas de soleil. Jean ne respirait plus l'iode. La ville se dressait, immense, nimbée d'épais brouillards.

Tout un monde lui revenait, gris, morne, un décor familier qui s'était estompé pendant la traversée. Il retrouvait la lumière du Nord.

I

*L'hiver de
Buenos Aires*

« Le Ruban bleu vaut une médaille de guerre! Depuis la victoire en 1838, mon ami, du *Sirius* sur le *Great Western,* sous pavillon anglais, ai-je besoin de vous le rappeler, l'Atlantique-Nord est un champ de bataille. Il n'y manque que le drapeau tricolore. Je suis un patriote : aujourd'hui n'est-ce pas, difficile de ne l'être pas. Mais, de vous à moi, en 1904, j'ai tout de même gagné une jolie somme : record battu à 22,35 nœuds. J'avais parié, avec un certain génie, pour le *Kaiser Wilhelm II...* Ceci est une confidence : nous partageons ce *home,* et si j'étais Oscar Wilde, jeune homme, nous coucherions ensemble. »

Un rire suivit cet étrange préambule prononcé dans l'exaltation du départ, quand le *Massilia* s'avançait vers l'océan. Le compagnon de Jean, dans cette cabine à deux couchettes superposées, était un homme d'une quarantaine d'années, à cheveux poivre et sel, mince, aux fines moustaches de gentleman. Son costume en flanelle claire sur gilet de soie orangé, ses bottines de chevreau, stupéfièrent moins Jean que sa valise : en cuir véritable avec des fermoirs comme de l'or. Son cigare avait déjà donné à leur cagibi d'entrepont l'allure d'un fumoir. Jean lui trouva de la superbe. Il poursuivait un monologue sans queue ni tête, satisfait de trouver un auditeur attentif et silencieux. A dire vrai, éberlué.

« Nous sommes des pauvres modernes... Nous voyageons à

23

deux. Jadis, on nous aurait parqués avec le bétail et les gosses. Quarante lits : vous appelez cela une chambre? Un dormoir, une écurie... Et l'objet le plus utile de l'émigrant fin de siècle, le savez-vous? Ni le livre de prières, ni la cantine. Non, le pot de chambre! S'il l'oubliait, il lui fallait trouver un prêteur...

» Le *Massilia* est un beau bateau. N'est-ce pas? commentat-il avec un rire sardonique en désignant les murs. Drôle de boîte... On se prend à rêver d'une suite avec bain, d'un bassin de marbre et d'un valet de chambre... Connaissez-vous, jeune homme, le *Mauretania*?... Affreusement anglais : une bibliothèque Louis XIV, un grand salon Louis XV, une salle à manger François Ier, des copies de Trianon au fumoir, et le style Hampton Court à l'Orangerie. Les Anglais ont le génie du mauvais goût. Le *Mauretania* ressemble à un de leurs cocktails compliqués, douceâtres : de l'œuf, de la tomate, de l'abricot, des alcools créés pour eux, et la célèbre petite cerise *on top* : un sacré mélange, ce paquebot-là, mais d'un charme! Et d'un confort que le diable m'envoie expier ici...

» Et l'*Imperator*, jeune homme, connaissez-vous l'*Imperator*?...˙Le décor fabuleux de Mewès, l'escalier en acajou et bronze c'était la montée vers le Walhalla. Un titan, l'*Imperator*. Et le service, mon ami, le service! César Ritz en avait fait son point d'honneur. Le Carlton-Grill du paquebot valait pour moi celui de Londres.

» Ma préférence est toujours allée à l'*Olympic,* pour son bain turc. En céramique bleu et or, on vous y porte à boire. Je suis en effet un homme de la nuit : la salle à manger, le bar, le fumoir, voilà mon royaume. Jamais sur le pont. Pour rester mince, une seule activité diurne : le bain turc. A quatre-vingts degrés centigrades. Essentielle, ma forme physique... Le bain turc et le whisky irlandais...

» Bref, sur l'Atlantique-Nord, je suis un spécialiste des lignes. La Norddeutscher Lloyd, la Hamburg-Amerika, la Cunard, la White Star, et notre divine Transat. J'ai partagé la table de Buster Keaton et de Maurice Chevalier, de Noël Coward, d'Enrico Caruso, de Pola Negri et de Clara Bow. Quels souvenirs, jeune homme! J'ai connu Albert Ballin, qui aimait ses paquebots comme un maniaque, déambulait du *sun-deck* aux cuisines en prenant des notes sur ses carnets. Pas même indifférent à la qualité d'un toast... Pscht... Volatilisée, la flotte de Ballin, toute la Hamburg-Amerika, coulée hier par nous, l'ennemi. Suicidé, Ballin... J'ai moins connu Ismay, Bruce, le fils du fondateur de la White Star, auquel on reproche de n'être pas mort avec ses mille cinq cents victimes de l'iceberg. On le dit fou, le pauvre, exilé en Irlande.... Mais Smith, le capitaine, le vrai coupable selon moi, était une vieille fréquentation. Nous avions eu des mots, lorsqu'il commandait l'*Olympic*. Une sale histoire. Il m'avait interdit de séjour à bord de son *Titanic*. Le vieux loup m'a sauvé des glaces. Et sa barbe aujourd'hui doit être un nid à poissons. Ha, ha! Quels souvenirs, jeune homme! »

Il riait franchement, avec une évidente satisfaction. Ses yeux noirs n'exprimaient aucune pitié. Il riait comme à une farce, tout au plaisir d'être vengé de Smith.

« Cette traversée me rajeunit. Comme une nouvelle maîtresse. J'étais las de l'Atlantique-Nord, de ces traversées plus rapides chaque année. Plus le temps de se faire des amis. A peine celui de défaire ses bagages, de boire un verre, et la statue de la Liberté vous adresse la bienvenue. Pour moi j'aime la vie plus lente. Les grandes manœuvres demandent du loisir. Donc, j'ai changé de cap. Du Havre à New York, on ne connaissait que moi à bord. Pas un bateau, pas une ligne que je n'aie essayés. Les mouettes m'auraient reconnu au passage si elles avaient eu accès au bar... »

Il se jeta sur la couchette du bas, se releva aussitôt avec

une grimace, comme s'il s'était brisé les reins, et tendit sa main à Jean.

« Maxime Clarance. Origine : sans. Talent : immense. Fortune : à refaire... »

Il se coucha en gilet de soie, sans retirer ses bottines, le cigare à pleine bouche, et sombra dans un sommeil comparable à un naufrage à pic, à l'immersion brutale et définitive du *Titanic* ou du *Lusitania*, dans la grande nuit et ses secrets. Il devait dormir quarante-huit heures sans que Jean pût attester la moindre interruption, sous l'effet probable d'un puissant narcotique ou d'une fatigue due à quelque coup du sort. Sa moustache, impeccable, semblait la preuve d'une nature bizarre. Il se réveilla en effet au soir du second jour, les habits froissés, le cigare mâchonné, l'ombre d'une barbe aux joues, mais la moustache tirée au cordeau.

Dans un mutisme aussi extravagant que le bavardage qui précédait, il sortit de sa valise un costume en tussor sombre et un gilet de cachemire prune qu'il revêtit avec soin, se contorsionnant devant le minuscule miroir à barbe pour juger de l'effet. Il s'aspergea le visage et les mains d'une eau parfumée. Il alluma un nouveau cigare et quitta la cabine, sans au revoir.

Quatre jours et quatre nuits, Clarance ne fit que de rapides incursions dans leur cabine; il se jetait sur sa couchette, dormait quelques heures, se rafraîchissait à l'eau de Cologne, sans parler, comme si Jean n'existait pas, et disparaissait dans une direction connue de lui seul, qu'il tenait secrète. Tandis que son compagnon jouait les fantômes, Jean parcourut l'entrepont, prit ses repas sur les longues tables rectangulaires, dans des assiettes en faïence blanche et verres assortis, comme des verres à dents, assis en quinconce sur des bancs de bois avec les autres émigrants.

Sans doute Clarance voulait-il éviter en se droguant à mort puis en changeant d'étage, la confrontation de ce confort économique avec le décor splendide de sa vie passée, Trianon ou bain turc bleu et or, dont l'évocation entraînait les rêves de Jean sur la piste du marquis de Carabas. Pourtant il se grisait déjà d'être servi par des stewards en casquettes à galons, aux boutons de cuivre impeccablement lustrés. L'ironie de Clarance lui aurait gâché ce premier exotisme. Le ragoût n'avait pas toutefois la subtilité de la cuisine de sa mère; la sauce était une eau grasse qu'il laissa stagner dans son assiette, avec les légumes fades, mal cuits. Trois ans auparavant, il aurait avalé le tout jusqu'aux miettes, le ventre creusé par les topinambours. Mais il avait oublié les rations de guerre et ne songeait plus qu'au fumet des ragoûts de son enfance qui mijotaient sur la braise tandis qu'il recopiait ses devoirs sur l'unique table de la maison, dans l'écho du métier à tisser monté de l'escalier. Sa mère écartait ses livres pour le couvert du soir, après que le silence était tombé en bas.

D'être servi par des hommes le gêna d'abord un peu. Ici, sa mère se serait assise à son côté, alors qu'il ne se rappelait pas avoir jamais dîné avec elle. A Roubaix, elle prenait ses repas après son mari et ses fils. Elle restait debout à les regarder manger. Peut-être n'aurait-elle pas jugé bon d'avoir des domestiques : elle respectait trop l'ordre des choses pour accepter qu'un homme – en uniforme de surcroît – fît le service. Jean, par contre, en était plutôt fier.

Il ne chercha pas à se lier aux autres passagers de sa classe. C'étaient pourtant des hommes comme lui : les habits vieux, sombres pour la plupart, les visages hâves, les haleines chargées du mauvais vin qu'on leur servait. Ils partageaient ensemble l'espoir et le courage de l'exil : tous voulaient naître à nouveau. Mais tous n'avaient pas vingt ans. Ils gardaient, comme trace d'un long passé cette femme, ces enfants, des objets, des rides, parfois même un mouton ou deux, aperçus au hasard d'une porte qui s'ouvrait sur une cabine empuantie. Les femmes et les jeunes filles étaient pauvres comme à Roubaix, un peu plus tristes, apeurées par le voyage vers l'inconnu qui ne donnait pas à leur regard l'éclat farouche et combatif des hommes, mais l'air frileux, effarouché des souris qui sortent de leur trou pour affronter le monde. Jean les trouvait laides. Il revit un instant les cils recourbés et les lèvres pulpeuses de son inconnue à la zibeline.

Bientôt, dans la salle commune, il fit aussi chaud que dans une bergerie. L'atmosphère s'épaississait des relents de sueur, de tabac mêlé au lait âcre des nourrissons, de pain et de vin, de méchante sauce. La nature reprenait ses droits. Les stewards eux-mêmes pâlissaient du manque d'aération. Le tangage obligea de nombreux passagers à retourner, titubants, vers leurs couchettes. A l'étage des émigrants, en dépit des installations les plus modernes, l'océan avait une odeur sale.

« Comme une haleine d'homme », se dit Jean qui chercha une ouverture sur le pont.

La foule des passagers lui inspirait du dégoût et de la colère. C'était moins sa puanteur et ses cris – il fallait hurler dans la salle pour être entendu de son voisin – que le sentiment d'être associé à elle, à sa pauvreté, à sa laideur, qui le tenait à l'écart. Jamais il n'éprouva un tel désir de solitude. Il hantait le pont des troisièmes classes ou se figeait sur des cordages, enveloppé dans son manteau, drapé dans son amertume, face aux vagues. Quand des passagers dérangeaient sa solitude, il allait s'enfermer dans sa cabine désertée par un Clarance qui, lorsqu'il venait dormir, était si profondément silencieux que Jean l'oubliait. Les paupières crispées à la poursuite d'un sommeil libérateur plein d'images de l'Argentine, il se concentrait sur des rêves de pampa.

Il se souvenait de ses premiers jours sur l'océan, de la

monotonie qui les confondait tous. Le temps perdait son relief, les heures s'enchaînaient aux jours, les nuits étaient en plein midi à hauteur de la cale, dans cette cabine où il étouffait, et la clarté du soir au-dehors, sur le pont du *Massilia*, plus forte qu'un après-midi de brouillard à Roubaix. Quant aux rêves de Jean, ils déréglaient les rythmes normaux de sa vie, éveillaient sa faim aux heures où chacun dormait, l'engourdissaient à celles des repas, le tenaient la nuit dans une nervosité insupportable, et le jour le prostraient dans des siestes sans fin.

La nostalgie le rendait fou de solitude, mais c'était une nostalgie de l'avenir.

Il n'éprouvait que le désir d'être seul avec lui-même, plus seul qu'il ne l'avait jamais été en compagnie des livres, seul absolument. C'était un instinct de tout son être qui le jetait ainsi à contretemps des autres. Mais il fuyait en vérité une certaine image de lui-même qu'il reniait, dont les voyageurs de l'entrepont lui renvoyaient une copie fidèle. Celle d'une fatalité pire que la guerre. La fatalité de la pauvreté. En refusant de fraterniser avec la troupe des émigrants, il se dissociait d'elle pour mieux l'abolir plus tard. Sa sauvagerie était une manière de survivre. Il rêvait son destin dans cette cabine de troisième classe où le cigare de Clarance laissait un parfum de riche. Par ambition, il fuyait la contagion de la misère.

Il aurait sans doute poursuivi dans un état de prostration et de misanthropie ce long voyage vers la Plata, si, le septième jour, Clarance n'avait claqué sur lui la porte de la cabine, tiré de sa poche une liasse de billets de banque qu'il étira en éventail, l'agitant sous le nez de Jean, et si, dans un rire devenu familier, à la fois sarcastique et gai, il ne lui avait dit :

« Ce soir, jeune homme, nous dînons dans le luxe... »

En haut des marches qui dominaient l'immense salle à manger de première classe, Jean d'abord ne vit rien. Il fut assailli par l'éclat des lustres en cristal de Baccarat dont la lumière, d'une blancheur inouïe, se réfléchissait encore au plafond et aux murs par un jeu de miroirs lisses ou à facettes qui en orchestraient le scintillement. Jean eut le souffle coupé. Il en oublia la raideur amidonnée du col de sa chemise et le ridicule de sa queue-de-pie dont Clarance assurait qu'elle était fort ordinaire, une manière d'uniforme pour le soir. Il l'avait empruntée à un musicien de l'orchestre. Jean aurait préféré porter le smoking de Clarance qu'il trouvait aussi élégant que l'habit avec ses bandes identiques de satin noir, et dont la veste n'avait pas l'inconvénient de pendre dans le dos. Mais il apprit alors la première règle du savoir-vivre : qu'on ne dîne pas en smoking.

« Maxim's sur l'eau... » murmura Clarance en éteignant son cigare dans un coquillage de bronze. Le havane, ce qu'il en restait, disparut dans la fleur carnivore.

Jean chercha des yeux l'océan à travers les baies drapées de lourds rideaux qui ne laissaient rien voir. Il descendit sur les pas de Clarance, hypnotisé par tant de splendeur, en comparaison de laquelle ses rêves n'étaient rien.

Peints à la mode du début du siècle comme le cabaret

célèbre de la rue Royale, de fleurs et d'oiseaux, de visages de nymphes, de dahlias, de myosotis, de paons et de rouges-gorges, les murs évoquaient un jardin d'hiver planté d'espèces rares, à demi légendaires. A part le vert d'eau céladon de Chine des assiettes, rien ne rappelait la mer, ni qu'on était à bord d'un paquebot. Tout le décor, horticole et théâtral, jouait à le faire oublier. Jean éprouva alors une sensation aussi forte que devant l'éclat du cristal : il s'enfonçait sur un sol incroyablement doux, incroyablement souple, qui avait la couleur de la mousse, son moelleux et sa densité. Il comprit qu'il marchait sur un tapis de laine et faillit reculer.

Les hommes portaient une cravate noire. Les femmes étaient presque nues. Précédé avec cérémonie par un maître d'hôtel, Jean suivait Clarance, ne voyait que ces gorges découvertes, nacrées, où brillaient des colliers de diamants, de perles, qui l'éblouirent moins que la splendide nudité des épaules.

L'orchestre jouait un air de valse. C'était le début du dîner. Transporté en pleine féerie, le cœur battant du faste et des décolletés des femmes, dans son habit de pingouin qui l'introduisait d'un coup dans la haute société, lui le fils d'artisan, lui qui n'avait jamais eu même un vrai costume, se retrouva assis à l'une des tables du centre de la salle quand la musique cessa.

«Jean Flamant». Son nom le fit sursauter lorsque Clarance le présenta. Pendant quelques instants, tout s'était effacé dans sa mémoire. Une valse avait suffi pour qu'il se perde en route, sous l'éclat du Baccarat. Dupe si l'on veut, plutôt exalté par son habit de grand bourgeois qui lui collait à la peau au point qu'il ne se reconnaissait plus à l'appel de son nom. Il ne cherchait pas à usurper une autre identité. Il était trop fier en vérité des tisserands qui, de père en fils, avaient fait sa famille, ancienne, laborieuse. Il ne les renierait pas. Il voulait, au contraire, la gloire pour son patronyme. A Buenos Aires,

31

riche, il serait encore un Flamant. Mais ces quelques pas l'avaient jeté au-delà de lui-même. Il s'inclina devant les hôtes dont il partagerait la table, serra la main des hommes et maladroitement le bout des doigts féminins sans oser imiter le baisemain de Clarance, plus gentleman, plus histrion que jamais, ni remonter plus haut le long de ces bras lisses comme des pains d'avoine.

Dans le salon Belle Époque du *Massilia,* Jean et Clarance étaient les plus clandestins des dîneurs. A l'entrepont, ils avaient manœuvré comme des Sioux, en queue-de-pie, dans les coursives, pour éviter que d'autres émigrants, des officiers et des contrôleurs de marine, ne soient alertés par leur accoutrement. Ils avaient attendu que la grande salle soit assez remplie, et que les maîtres d'hôtel, les garçons et les sommeliers soient enfiévrés de commandes, pour se risquer sur l'escalier réservé aux premières classes. Passagers illicites de l'étage de luxe, Flamant se sentait en même temps déclassé et hors-la-loi et craignait de ne pas donner le change; Clarance, à l'évidence, ne se gênait de rien.

« Grape-fruit! Grape-fruit! Ce grape frappé au xérès vient de Louisiane ou de Californie. Un de mes amis, et compagnon de guerre, se préoccupe de le planter en terre française et de lui restituer un jour le nom si joli de *pamplemousse* que nous lisions dans *Paul et Virginie.* Aimez-vous le pamplemousse, lady Campbell? »

La voix n'était pas le moindre charme de ce bel homme d'une trentaine d'années, un peu pâle, aux yeux bleus, à la bouche finement étirée, dont l'air était des plus aristocratiques. Le menton ovale, trop bien dessiné pour un visage viril, évoquait une race finissante, mais ce défaut était une qualité pour les femmes qui n'aiment rien tant qu'un peu de faiblesse pour tomber dans les bras les plus forts. En l'occurrence, un de ces bras manquait, le droit, la manche de l'habit flottait sur un membre absent. Mais l'homme maniait sa cuillère de la main gauche avec une maladresse fière qui le rendait mille fois séduisant. Sans doute était-il un héros de la guerre. Encadré par deux ravissantes créatures, il honorait l'une et l'autre de ses galanteries avec l'autorité d'un prince allégé d'une armure.

Lady Campbell, dans sa robe de tulle toute perlée de jais, était une femme liane. On la devinait très mince, très souple, dans son fourreau austère à peine échancré sur une chair pâle. Bizarrement coiffée de boucles courtes et de crans frisés, qui lui faisaient une tête minuscule, elle ressemblait à une de ces poupées en biscuit, anglaises précisément, toute blanche, la bouche rose et les yeux en verroterie bleue. De cette beauté anglo-saxonne émanait un charme enfantin. Le pailleté noir lui donnait de la perversité. Quand elle parlait, ses petites mains s'agitaient nerveusement, mettaient en péril les longs verres à pied dont Jean se demandait à quoi ils pouvaient tous servir.

« J'ai horreur du pamplemousse, répondit-elle avec le plus pur accent de la gentry et une vivacité un peu sèche. J'adore le xérès, dont le goût est gâché. C'est détestable... »

Un rire lui répondit, un vrai rire de gorge, sensuel et gai. Il appartenait à la dame installée de l'autre côté du bel amputé de guerre. Jean lui trouva le type andalou des héroïnes de Barrès avec plus de santé. Elle était brune. Des reflets fauves dans les cheveux, des yeux brûlants, et les plus belles épaules du monde. Quelque chose de la madone dans la perfection des traits, et de la fille publique dans l'étalage impudique et abondant de sa poitrine. Le haut de sa robe tenait par miracle, sans bretelles, peut-être à l'aide de baleines secrètes, et devait donner à tous les hommes le désir que sa guimpe tombât. Jean fut sans délai amoureux de ce buste de sirène – en nid de gaze d'argent, inventé par quelque couturière à scandale – bien qu'il reconnût sur la gorge divine la hideuse tête pointue du rat aboyeur, le chihuahua de la passerelle.

« Donnez-le à Bonnie : elle aime les nouveautés... », roucoula-t-elle, puis, se tournant avec sérieux vers son compagnon, « Robert, si vous ne jouez plus avec notre équipe de Hurlingham, je ne verrai plus un match de polo de ma vie!

– Avec un bras, Marta, et la meilleure volonté du monde, je vous rappelle qu'avec un bras je peux jouer aux cartes, au badmington et au croquet. Mais je ne puis à la fois mener un cheval et tenir un *club :* au polo comme au golf, il faut deux mains. C'est rédhibitoire. »

Marta était argentine. C'est ce que Jean comprit par la suite, tandis que se croisaient dans un agréable désordre des répliques dont le sens lui échappait trop souvent. Il en ignorait jusqu'à l'esprit. Il était à la fois agacé, indigné, choqué, et plus encore séduit par la légèreté, l'extraordinaire joie de vivre qui coulaient à flots à cette table en même temps que des vins délicieux qui portaient des noms de châteaux. Il était gris de vin, de nouveauté, de Marta et de lady Campbell.

« Voilà ce que je suis – se dit-il avec quelque désespoir... Un bleu à la caserne... Un esprit en treillis égaré chez les aristocrates... Je tombe d'une autre planète... »

La belle à la zibeline, aujourd'hui plus nue que nue, prétendait venir à Paris à chaque saison de la mode. A une pique lancée par lady Campbell, qui lui demandait comment se portait son mari, elle avait expliqué, en riant toujours, que don Rafaël Ponferrada était fort comme les chênes, qu'il ne quittait jamais son *estancia* de « Rancho Grande » et que sa santé tenait sans doute à la vie saine qu'il menait dans la pampa. Don Rafaël était un des rares propriétaires à goûter la solitude de la grande plaine à bœufs. Vieux et assez misanthrope, il l'aimait, dit-elle, à la folie. Aussi ne la privait-il pas des plaisirs de la vie auxquels il avait depuis longtemps renoncé : il n'était jamais si content que lorsqu'elle rentrait de Paris les malles pleines des nouveautés de Doucet, de Poiret ou de Jeanne Lanvin. Lui qui partageait l'existence fruste et austère de ses gauchos – « c'est un original », répétait Marta en gloussant et en montrant ses dents éclatantes –, organisait des fêtes pour le retour de sa coquette qui arrivait dans l'estancia avec ses bottines les plus légères, ses bas de soie et ses chapeaux à camélias de Jeanne Duc. Il lui laissait courir l'Europe et les stations en vogue, heureux de son bonheur quand elle lui revenait. Il lui arrivait de passer quelque temps dans leur hôtel particulier de Palermo, un des quartiers les plus élégants de Buenos Aires, comprenait Jean, pour la saison d'opéra. Les cantatrices seules pouvaient tirer de la sauvagerie cet Espagnol digne de sa race, ombrageux, irascible, qui n'aimait peut-être que deux choses au monde : les chevaux et le bel canto. « Et moi », avait conclu Marta tandis qu'on apportait les asperges en sauce Chantilly, un *masterpiece* selon lady Campbell.

Au même moment, le ton montait de l'autre côté de la table.

« Je vous dis non. *No, no, no...* » criait lord Campbell, dont les favoris rouges en côtelettes de mouton semblaient s'enflammer autant que les joues. « Celui-là, chuchota Clarance à l'oreille de Jean, est actionnaire puissant et directeur redouté de l'Anglo South-American Bank. » Jean ne sut quoi admirer le plus, du talent acrobatique de Clarance pour faire basculer son siège, de l'esprit de l'histrion, ou du visage rosbif du lord, dont il apprit aussitôt de surcroît qu'il revenait « de Londres pour ses affaires et du faubourg Saint-Honoré pour habiller lady Campbell ».

Le « *no, no, no...* », sur le ton d'une colère aggravée par l'alcool, s'adressait à un personnage plus âgé, rond et chauve, qui avait le front de houspiller Sa Seigneurie et de mettre en doute des convictions sans doute aussi vieilles et solides que l'église de Canterbury à Londres. Le gros homme défendait, avec un lourd accent teuton, presque comique en la circonstance, le président Irigoyen, qu'il s'obstinait à noblement qualifier de *preux radical*.

« Comme si une chevalerie pouvait autant naître de la politique que de la guerre ou du tournoi – insista encore Clarance. Lancelot au forum... Irigoyen en armure immaculée de Galaad... » Irigoyen, cravate stricte, cheveu gominé, costume noir... Jean se demanda pourquoi la malice avec laquelle ce « preux radical » était présenté, en défenseur des libertés du peuple et du commerce, en saint « Laissez-faire » de la toute jeune prospérité argentine et en saint « Laissez-passer » d'ancestrales corruptions, était impuissante à égayer l'Anglais, écarlate. Fallait-il que lord Campbell – toujours selon l'omniclairvoyant Clarance – eût été traumatisé jusqu'au plus profond de lui-même quand les mémorables élections de 1916 avaient fait trembler le sol de la pampa sous les pieds de l'oligarchie argentine, car du coup les fortunes les plus sûres avaient paru aussi fragiles que dunes de sable au vent du hasard.

« Mais oui – précisa Clarance à mi-voix – la sacrosainte South American Bank faillit alors être nationalisée... Son conseil d'administration fut menacé d'être amputé de son membre britannique... Lord Campbell, pour la première fois de son existence, put trembler... » Plus exactement, Irigoyen, au long des ans, s'était enfin révélé un « libéral » exemplaire, notamment dans les relations avec les banques étrangères; lord Campbell, lui, ne s'était jamais remis de sa grande peur. Ainsi se hérissait-il de tout son être contre cette appellation de « radicalisme » qui, jusque dans sa plus élastique et frivole définition sud-américaine, continuait

de heurter son sens implacable de l'«équilibre conservateur».

« *No!*... Terrible non-sens!... Tout cela a autant de chances
de réussir que vous et moi en avons de croiser un nègre dans
les rues de Buenos Aires... »

Clarance, entre les plats, mâchonnait un cigare qu'il n'al-
lumait pas, et promenait des regards de commissaire-priseur
tout autour de la table. Il trouva néanmoins à propos de
s'immiscer dans la conversation du banquier :

« On m'affirmait au contraire, dit-il, que l'Argentine était
le plus étrange et le plus multiple bouillon de peuples. Serons-
nous accueillis au port par des Indiens à plumes ? »

Campbell s'étrangla dans son verre, lady Campbell haussa
ses minces épaules tandis que que le gros homme chauve riait
comme un barbare, et que Robert de Liniers — c'était le nom
de l'aristocrate français — répondait, sardonique :

« Nous sommes un pays blanc, monsieur. Le seul pays parfaitement blanc au sud du Canada.

— Il y a bien quelques descendants de vrais Indiens, murmura Marta du bout de ses lèvres peintes, à Salta, à Jujuy,
dans le Nord du pays. Don Rafaël, ajouta-t-elle avec une
moue comme si elle révélait une chose horrible et confi-
dentielle, don Rafaël a connu des Araucans de la Terre de
Feu, qui...

— Oui, oui... fit cette fois le banquier anglais... A force de
vivre dans ses steppes, entre vigognes et guanacos, don Rafaël
finira comme Robinson, sans prise sur le réel de l'univers...
Chère amie, tous ces Araucans, croyez-m'en, ce n'est que de
la mythologie...

— Par ma foi, ils existent pourtant bel et bien, osa confier
le gros homme. Leurs tribus occupent tout le Sud du rio Bio-
Bio, à ce qu'on m'a dit...

— Bio-Bio, on croit sucer un bonbon, soupira Marta.

— Il y eut même un royaume d'Araucanie, plus ou moins protégé par un aventurier français aussi anti-anglais qu'anti-espagnol, poursuivit le terrible Teuton. Puis les Espagnols mirent plus d'un siècle à les dompter, en attendant de les abrutir... comme quoi il reste à l'Argentine son *Iliade*. Cela ne se méprise pas aisément... »

Jean vit le visage de l'Anglais s'empourprer plus encore.

« J'aime la vérité, insista la grosse voix. Tout libéral que je sois, j'adore aussi les vrais ancêtres... et un génocide n'a jamais anéanti l'histoire...

— Balivernes, grogna lord Campbell avec un large geste comme s'il voulait balayer d'un coup tout ce qui le gênait. Il n'empêche que tels sont les chiffres, les vrais chiffres : soixante-treize pour cent des Argentins sont nés de descendants européens, vingt-trois pour cent sont nés à l'étranger, autrement dit en Europe... Un résidu de trois cent cinquante mille personnes est de sang mêlé... Allez donc après cela citer le peuple argentin comme un peuple mulâtre... »

Un sourire crispé. Un soupir de dialecticien rasséréné. Le lord n'avait plus qu'à lancer un suprême argument.

« Qui mieux est, observa-t-il, la Société britannique estime à cinquante mille le nombre de ses ressortissants... Les vrais métis de l'Argentine, ce sont des anglo-calabrais ou des londono-sévillans. »

Son contradicteur n'eut pas la réaction d'un libéral. Il assena sur la table un tel coup du plat de la main que tous les verres en tremblèrent, que la nappe se tacha de vin et que Clarance eut son cigare trempé.

« Enfer et damnation, rugit-il; regardez donc mieux les Européens que vous importez. Ils ne sont pas moins typiques que les nègres. Le Sicilien, le Bavarois, le Turc, le Polonais, le Génois, le Corse, voilà le pittoresque, monsieur, dans les rues de Buenos Aires... avec les deux races les plus exclusives du monde, la vôtre, lord Campbell, et la mienne... l'Anglais et le Juif... »

Sur le coup, l'Anglais faillit s'étouffer.

Par bonheur, Marta intervint :

« Seule une Eurasienne, observa-t-elle, pourra être la femme la plus belle du monde. J'en ai connu une, fille de Chinois et de Portugaise... Des yeux bleus en amande...

– Où est l'importance? demanda quelqu'un. Le président Irigoyen a un nom basque et peut-être une mère de Hambourg ou de Cracovie. Moi-même, par ma mère, qui est de Grenade, mes veines peuvent charrier du sang d'Allah, et par mon père, qui est romain, je puis descendre d'un cardinal...

– Quand je pense, raconta Marta, que, tout pur que soit mon sang (elle ne précisa pas), je n'aurais pas été admise au harem des shahs de Perse! Ils ne voulaient que des Géorgiennes ou, assure-t-on, des femmes de l'Azerbaïdjan...

– Des métis, des métis... grogna encore le gros homme... Il n'y a pas plus métis que les Européens... Les Habsbourg sont des métis... Il a fallu des Mongols pour aboutir à des Hohenzollern... Quant à vous, les Anglais, veuillez donc me dire d'où vous viennent, dans vos îles, vos Tudor, vos Stuart, vos Plantagenet, vos Hanovre... Londres n'a pas moins brassé que Vienne grands-pères et grands-mères... et dites-moi aussi, tant que vous y êtes, qu'Adam était du Lancashire... »

Puis Liniers s'interposa.

« Allons, trêve de propos absurdes. L'Angleterre est une amie, Goldberg, je témoignerai de son courage. Et puis, ajouta-t-il avec un peu d'ironie, les meilleures choses ne sont-elles pas anglaises, le polo, le golf, la banque, le chemin de fer... Allons, Goldberg, même vos bœufs sont anglais... »

Le gros homme n'était guère susceptible, quoique prompt à s'emporter. Il reconnut aussitôt avec bonne humeur que les meilleures races bovines avaient été créées de toutes pièces par les Anglais, le Shorthorn et la Durham dont il disait les membres « freluquets », la Hereford en robe blanche à taches rouge-gorge, et la Aberdeen-Angus qu'il préférait parce qu'elle était sans cornes et tenait moins de place dans les wagons.

Tandis que Liniers offrait de son bras valide du porto à Campbell, Goldberg se tournait vers Jean et, avec son accent teuton :

« Il ne faut jamais mécontenter la banque... Je me présente. Léon Goldberg, né à Vienne, citoyen argentin depuis l'an 1900. Je suis marchand de viande. Je l'exporte *chilled* vers l'Angleterre – Ha! Ha! –, *freezed* vers l'Italie et l'Espagne. Rien ne me destinait à ce métier. Mais en Amérique du Sud, le destin n'est pas un mot convenable. Tout n'est pas d'avance inscrit au ciel. La vie redevient une affaire d'hommes.

– Voilà qui me convient, s'exclama Clarance, assis entre lady Campbell et la très jeune fille en robe à col montant du négociant. Les vieux dieux de l'Europe n'avaient pour moi que de sinistres plans. De là-haut, ils me destinaient à l'ombre, moi qui ne me plais que sous les lustres en Baccarat! »

Il désignait, de sa main élégante et nerveuse de joueur de cartes, le plafond où toute la salle se reflétait en scintillants abîmes.

« J'aime déjà ce continent neuf, poursuivit-il, où, en dehors des rails du chemin de fer, tout doit être aventure. Le ciel est aux oiseaux sauvages.. »

Et il se pencha sur le poignet de lady Campbell qu'encerclait une merveille de la joaillerie parisienne : une sorte de serpent au corps semé de milliers de brillants, dont les yeux étaient d'émeraude et la langue une barrette en rubis sang de pigeon.

« Mais, vous, jeune homme, qu'allez-vous donc chercher en Argentine? reprit le vieux Goldberg quand on servit le " Suprême de Bar ".

– L'avenir, monsieur », prononça Jean d'une voix calme qui lui valut l'attention de tous.

Les femmes le dévisagèrent comme si elles le découvraient seulement à leur table. Le regard voluptueux de Marta, le coup d'œil critique et silencieux de lady Campbell, et les yeux noirs, ardents, de Sarah Goldberg se posaient sur cet avenir qu'on annonçait tout haut. Les deux premières trouvaient à ce jeune homme dont les séparaient peut-être six ou sept années, un charme ambigu, encore enfantin dans le modelé de la figure, tandis que le torse, à l'évidence étriqué dans l'habit du musicien, et les larges mains musclées, exprimaient davantage la virilité. D'être toujours courtisées par des hommes plus âgés leur donnait, alors qu'elles approchaient toutes deux la trentaine, le désir assez vif de goûter à l'adolescence. Un sentiment fugitif et fort passa dans l'esprit de ces deux égéries. Marta se laissait émouvoir par les traits réguliers, la peau mate et douce de ce visage d'adolescent. Des cheveux trop longs, qu'un peigne malhabile avait vainement tenté de discipliner, communiquaient aussi au jeune homme l'irrésistible air bohème des poètes de Montparnasse. Cléo Campbell, qui se prénommait très exactement Cléopâtre, se demandait même si ces larges mains avaient déjà caressé. Mais les yeux de Sarah Goldberg brillaient d'innocence et de curiosité.

« Méfiez-vous de l'Argentine, conseillait le père Goldberg, dont le cou flasque était cerclé comme d'une gaine par le nœud papillon. Bismarck divisait le monde en deux catégories, les peuples mâles et les nations femelles, *Männliche und weibliche Völker*. L'Argentine est une nation femelle, à toquades et à coups de grisou. C'est une inconstante : *ein weibliches Volk*.

– Pas besoin de citer Bismarck, dit Liniers. La devise de Benjamin Constant vaut mieux pour l'Argentine que ces catégories grossières. *Sola inconstantia constans*, constant dans l'inconstance... Sauf pour Bismarck, je suis d'accord avec vous, señor Goldberg. »

Jean était trop préoccupé de la manière de se conduire à table pour s'intéresser à la conversation. Il aurait rêvé de parler de Shakespeare à lady Campbell, de Schiller ou de Kleist au *señor* Goldberg, comme l'appelait Liniers, et à ce dernier, de Charles Péguy dont il savait par cœur les stances à Jeanne d'Arc. Mais il devinait confusément que ces vins lourds et ces gorges de femmes lui faisaient perdre la mémoire. Il aurait bredouillé la moitié de ses vers. Surtout, la poésie s'était enfuie sous le flot d'inquiétudes stupides et matérielles qui tournaient à l'obsession : Jean craignait tout à la fois de voir sauter les minuscules boutons de nacre de sa chemise, tomber dans l'assiette son papillon et de se faire reprocher l'usage impropre d'une fourchette ou d'un verre à pied. Les asperges l'avaient plongé dans la perplexité. Pour le « Bar Suprême », il lui manquait un couvert. Il dut renoncer à découper les « cailles à la Montmorency » et se maudissait de n'avoir pas perdu un bras à la guerre, tandis qu'à l'autre bout de la table lady Campbell découpait adroitement les minuscules volatiles pour Robert de Liniers. Il se consolait en trempant des morceaux de pain dans la sauce flambée au cognac quand un regard accusateur le fit rougir. La dague de l'humiliation le toucha au cœur : à travers Jean tous les Flamant étaient insultés. On lui reprochait, on *leur* reprochait une tradition vieille comme le monde, de gens simples et pauvres qui rendent leur assiette vide. Il avait honte pour lui-même. Il souffrait pour les siens.

Jean soutint le regard de la jeune fille, lui découvrit des cils longs et fournis, mais n'en fut pas troublé. Il en voulut à ces yeux d'avoir percé à jour, impitoyablement, sa gaucherie. Il la fixait, en retour, avec la même arrogance.

Jean ne se doutait pas que la brune Sarah se réjouissait

d'avoir enfin attiré son attention sur elle. Quoique ayant à peine dix-sept ou dix-huit ans, son instinct de femme la persuadait qu'elle était peu de chose, malgré sa chevelure, auprès des deux merveilles de cette table qui avaient sur elle l'avantage de dévoiler leurs charmes. A cause de son âge, de l'austérité du père Goldberg et de l'éducation pudibonde qui lui était donnée au pensionnat Frébourg, à la Recoleta, elle était enfermée jusqu'au menton dans une robe anthracite, couleur de son demi-deuil. Sa mère, qu'elle avait peu connue, était morte deux ans auparavant. Ayant été toute sa vie pensionnaire et assez négligée par des parents qui voyageaient beaucoup, la mort de cette femme exemplaire lui permit de sortir plus souvent d'un pensionnat sinistre et élégant, et de suivre son père dans quelques-uns de ses périples outre-Atlantique. Lucide, elle s'était vite avoué que sa mère ne lui manquait pas, lui laissait au contraire un rôle de semi-épouse sans lequel elle ne se fût jamais assise à cette table, n'eût donc jamais rencontré Jean. Elle avait mis depuis le début de ce dîner toute son obstination de fillette têtue et sensuelle à attirer vers elle son intérêt. Le moyen qu'elle choisissait n'était ni le plus doux ni le plus fin, mais il était efficace. Aussi Sarah, dominant la colère qu'elle avait suscitée, se perdait-elle avec une joie maligne dans les prunelles embuées et claires de Jean. Tandis qu'il tâchait de lui faire baisser les yeux, elle rêvait de séduction. Le jeu aurait sans doute été sans fin si Jean n'avait été apostrophé une nouvelle fois.

« D'où êtes-vous ? lui demandait Liniers de l'autre bout de la table.

– Je suis de Roubaix, monsieur », répondit-il.

Or Liniers connaissait les Prouvost, ces lainiers patriarches dont un des fils était un cousin à la mode de Bretagne. Ce Prouvost-là avait combattu sur le même front, était mort avant la victoire, déchiqueté par un obus.

« Ainsi vous connaissez les Prouvost! Que le monde est petit : seriez-vous de leurs parents ? »

La réponse était inévitable. Jean qui ne rêvait que d'ascension sociale, se demanda d'abord si mentir était un meilleur choix. Il aurait pu s'inventer un lointain cousinage, une amitié d'école, une vie de voyages loin du Nord et de ses connaissances, une fiancée créole de sang Bourbon égarée à l'île Maurice. Soit par franchise, soit par fidélité aux siens, il dit la vérité. Du moins la vérité de son état civil. Il y avait plus de bravoure à affronter sans fards la noblesse de Liniers et de Campbell, la fortune de Goldberg et même le don d'Espagne que Marta représentait, qu'à jouer assez pauvrement au prince.

« Je connais en effet le père Prouvost. Ma famille travaille pour la sienne depuis des générations. Mon père était artisan tisserand. Mon frère le serait devenu. Mais ils sont morts, en 15 et en 16, l'un au front de Champagne, l'autre en garnison de réserve. Je n'ai plus revu le père Prouvost. »

Un silence se fit.

Clarance s'agitait sur sa chaise : il craignait tout de la franchise et voyait avec irritation son poulain fausser le jeu exquis de la comédie. Il alluma son cigare puis, se souvenant qu'il figurait un homme du monde, l'écrasa en douce au bord de son assiette. Marta et lady Campbell hésitaient à se laisser séduire : tisserand, tout de même...

Lord Campbell était noir de porto.

Un sourire rendait plus attirante la grosse tête de Léon Goldberg, qui se souvenait qu'il avait été autrefois un jeune homme sans blason ni fortune. L'arrogance tranquille de Jean lui plaisait et, parce qu'il en comprenait l'audace, il eut envie de l'aider. Quant au cœur de Sarah, il battit plus vite sous le plissé de sa robe de collégienne.

On attendait un verdict. Il tomba de la bouche pâle et mince de Robert de Liniers :

« Heureux de vous connaître, dit-il en se levant et en tendant à Jean sa main. Nous avons décidément bien des choses en commun. Des souvenirs de jeunesse et de guerre, pour moi une amitié perdue, pour vous un père, un frère. Roubaix fera toujours naître en nous de funestes et pourtant éternelles images. N'est-ce pas ? » crut-il bon d'ajouter en lui offrant la carte de son club où il l'invitait à le rejoindre dès son arrivée à Buenos Aires. Il précisa qu'il y était toujours en fin de matinée.

Et comme Clarance interrogeait Liniers sur les origines de sa propre blessure, celui-ci souleva légèrement son épaule où le bras manquait, et dans cette position dissymétrique qui était un défi à l'harmonie, à l'élégance de sa silhouette, il répondit pour Jean et non pour le joueur de cartes :

« Éclat de mortier... Au chemin des Dames... Toutes les blessures ont un nom de femme... »

Le champagne des ducs de Montebello et les accords de l'orchestre les emportèrent tous dans l'ivresse légère des fêtes d'un autre temps.

Quand le *Massilia* jeta l'ancre dans le port de Buenos Aires, Jean n'eut d'abord qu'une idée : s'éloigner au plus vite du fleuve trompeur où le paquebot s'échouait dans la boue, où se perdait le mirage de la Plata. Il dut cependant piétiner longtemps dans ce Bassin du Nord où le retenaient les formalités de douane et attendre parmi la foule dans le hall de la Direction nationale d'immigration. Il était parqué avec les autres, comme du bétail, à l'étouffée avec les gosses, les paquets, la volaille en cage, et deux moutons affolés qu'un paysan tenait à la gorge. Leurs bêlements renvoyés en écho aux quatre coins de l'immense salle clamaient une peur singulière, aussi humaine que les braillements des enfants, à ces hommes, à ces femmes, à ces déracinés d'Europe. Le désordre était tel que des agents des douanes se frayaient un chemin avec l'équivalent du bâton blanc des gendarmes de France, dont Jean imaginait qu'on l'utilisait pour guider les bêtes en leur frappant la croupe.

Impatient de figurer sur le registre de l'immigration, Jean attendit son tour près d'une fenêtre aux vitres opaques de crasse et de buée. Du doigt, il dessina un hublot pareil à celui de sa cabine, et regarda au-dehors débarquer sous une pluie chargée de suint les passagers argentins. Il vit passer comme dans un rêve lointain les silhouettes des personnages qu'il avait côtoyés à bord. Ce fut un défilé d'imperméables sombres et de pelisses où s'estompaient ces caractères familiers. Goldberg serrait, sous un parapluie noir comme un champignon vénéneux, Sarah dont les pieds dansaient entre les flaques. Un chauffeur en casquette bleue de marin escorta Marta et Bonnie du haut de la passerelle jusqu'à la Renault exagérément longiligne dont les chromes échappaient à la grisaille de ce jour-là. Les Campbell, lui en plaid écossais, elle en tailleur rose pour défier le temps, se dirigèrent vers le parc de Colomb dont on apercevait la statue qui dominait le port. Jean éprouvait la plus amère des nostalgies. Piégé avec les pauvres, il dut subir le spectacle de ces arrivées si douces et confortables, de ces portières, de ces parapluies qui s'ouvraient par magie, sur un ordre ou un simple désir exprimé au chauffeur à casquette étoilée. Mais l'envie n'était rien en comparaison de la déception qui rongeait le cœur de Jean : ne pouvoir accompagner Marta dans ce cabriolet noir et serrer son bras, caresser le manteau de zibeline, ou suivre la silhouette rose qui montait à petits pas vers le bronze de Christophe Colomb. De l'autre côté du carreau sale, il se jura une nouvelle fois de conquérir l'une ou l'autre.

Sa bonne humeur revint quand il reconnut Clarance à sa maigreur et à ses bottines claires, à son fidèle cigare, qui se précipitait vers Goldberg. Il tint sous la pluie un discours dangereux qui fit osciller le champignon vénéneux, puis, refoulé sans doute, il changea de cap. Jean le vit escorter les Campbell vers la place qui dominait le port. Pourtant la silhouette de Robert de Liniers resterait le mieux gravée dans sa mémoire : le Français, grand blessé de guerre, en imperméable, rejoignit la belle Marta et s'installa près d'elle dans la voiture. Jean ne put que jalouser son sort.

Une fois acquis les tampons des douanes et du bureau d'immigration, il partit à son tour d'un bon pas sous l'averse.

Des brumes mouvantes lui barraient l'horizon. Il alla au hasard des rues qui se coupaient à angle droit, traversa des places où des palmiers paraissaient en exil, des artères bordées de platanes qui rappelaient le Sud et dont les branches touchaient les premiers étages d'immeubles aussi hauts, gris et massifs que le ciel. Il se mêla aux *porteños*, adopta leur rapidité, leur prestance. Les muscles de ses jambes engourdis par la vie à bord se dénouaient dans cet exercice banal dont il avait perdu l'habitude, de marcher sans contraintes, sans rambarde et sans bout de pont, dans une ville. Buenos Aires était rectiligne, tracé au cordeau, mais Jean ne songeait pas encore à en explorer la géographie. Il était libre et les trottoirs tanguaient comme si la ville soulevait des vagues, comme s'il habitait encore le *Massilia* ou peut-être Roubaix, au temps des bombardements de la guerre, quand le sol répercutait les secousses du front.

« Plus grand que Roubaix, bien plus grand... », se disait-il en admirant la largeur des rues.

Toute une vie en Argentine commençait pour lui en cette fin de matinée de mai sous la pluie. Bien que le printemps fût ici un début de l'hiver, Jean songea que Paris, qu'il ne connaissait pas, devait ressembler à Buenos Aires.

Ne sachant trop comment utiliser ce premier jour, las et grisé de roulis, il choisit d'entrer à l'hôtel des « Deux Mondes », et d'y être chez lui.

Le « Deux Mondes » n'était ni le Plaza ni le Cécil-Paris. Mais devant le vieux manteau et le ballot de Jean, le portier bomba le torse et feignit d'être occupé ailleurs. La façade en pierre de taille et les lettres d'or au fronton de l'hôtel dataient d'une époque faste, quand le « Deux Mondes » accueillait une clientèle de luxe. Le tapis rouge de l'entrée, la tapisserie de brocart avaient passé l'âge des splendeurs coloniales et n'étaient plus que des prétentions fanées, mangées aux mites. Un lustre de verre poli aux branches maigres donnant une lumière jaune, accentuait la mauvaise mine du lieu. Le « Deux Mondes » pratiquait des tarifs assez bas pour que des émigrants sans le sou pussent s'y loger quelque temps, dans des chambres occupées jadis par des gentilshommes français ou espagnols et par leurs cocottes. L'aristocratie se réduisait aujourd'hui au souvenir, comme si l'hôtel n'avait pas voulu suivre le cours de l'Histoire. Dans les années vingt, l'Argentine était riche. Le « Deux Mondes », lui, souffrait de paupérisme. A cinq pesos la nuit, il offrait un décor défraîchi et même ridicule, à des voyageurs assez pauvres pour se croire transportés dans un autre monde, qui n'avait pas été fait pour eux. Quand on les comparait à la rue du Blanc-Seau ou à la cabine d'entrepont du *Massilia*, ses restes de richesse, son tapis décoloré et son faux cristal tenaient encore du conte de fées. Le « Deux Mondes » ressemblait plutôt à un de ces palais envahis par les toiles d'araignée, fissuré, dont le brocart et les ors tombent en poussière, et qu'on s'attend à voir s'écrouler. Mais jusqu'à ce jour il gardait son allure, et le personnel se comportait comme ces nobles déchus, ruinés, qui ont tout perdu sauf la morgue, dont ils continuent d'user par fidélité à leur blason.

« Monsieur voudra sans doute une chambre sans bains ? »

Le réceptionniste le dévisageait sans égards. Jean demanda une chambre sans bains et sans commodités, pas trop grande et assez haut perchée pour ne pas payer l'étage des maîtres. Il se consolerait en contemplant Buenos Aires comme Rastignac défiait Paris : des sommets. Le réceptionniste lui donna une clé et l'envoya sous le toit, avec les domestiques. Ce client-là ne vaudrait rien pour lui.

Exiguë, meublée médiocrement, la chambre s'ouvrait par une lucarne sur un ciel de buvard. Le paysage de la ville se dérobait. De la rue San Martin, Jean n'apercevait que le brouillard. La pluie martelait le toit avant de s'engouffrer dans la gouttière, prélude aux chutes lointaines et réputées de l'Iguazu, à Salto Grande de Santa Maria.

Jean suspendit son manteau dans l'armoire, déplia ses effets parmi lesquels il retrouva le livre de Romain Rolland. Loin de l'Europe, il relut les pages qui l'enfiévraient jadis, tant elles s'accordaient à son sentiment que la guerre était absurde, profondément vaine. Pourtant, sur le paquebot, il n'y avait eu que le bras coupé de Robert de Liniers pour la lui rappeler. Jean songea avec amertume qu'après avoir enterré ses morts, l'Europe s'empressait comme lui de les oublier. Il avait long-temps admiré le courage de Romain Rolland qui, de son exil en Suisse, avait lancé comme un défi sa foi d'humaniste. Per-sonne n'avait voulu entendre cet intellectuel qui passait pour un lâche ou un traître, parce qu'il était au-delà de la mêlée. C'était son ancien instituteur qui lui avait donné ce petit livre brûlant, en le tirant de son manteau comme au siècle des autodafés. Jean, qui n'avait jamais compté au nombre des vertus le panache et l'agressivité des nations, se découvrait avec le sage de Genève une sorte de fraternité.

Il enrageait toutefois à Roubaix où, pris avec les habitants, il dut subir la guerre qu'il méprisait. Le spectacle était peut-être pire d'être ainsi captif et privé d'action quand lui par-venait tout le bruit des combats. S'il avait été libre, il serait allé rejoindre les combattants et, tout rollandiste qu'il fût, aurait alors défendu cette patrie dont il jugeait l'idée rétrécie et vieillotte. Exaspéré de demeurer avec les femmes, les enfants, les vieillards, dans une ville où les fleurs poussaient à l'abri des bombes, il ne trouvait de consolation que dans la prose de Rolland; dans des phrases dont la lourdeur irritait les esthètes, plus encore les patriotes. Jean avait fait un gourou de cet écrivain frileux, toujours emmitouflé dans des couver-tures, et qu'une foi en l'homme chaque jour plus puissante réchauffait loin de l'Apocalypse. Jean, qui avait cru rater sa guerre quand elle se jouait aux portes de Roubaix, se laissait emporter par le lyrisme et la naïveté du drapeau blanc. Il lisait Rolland dans les tempêtes du front du Nord.

Ces phrases connues par cœur perdaient aujourd'hui de leur violence et de leur émotion. Il semblait à Jean qu'elles appartenaient au vieux continent. Aucune ne résonnait plus comme autrefois à son cerveau. C'était comme si la musique du livre s'était détraquée pendant la traversée de l'Atlantique. L'harmonie était perdue. Jean fit effort pour retrouver dans les premières lignes l'enchantement de naguère. Il dut se rendre à l'évidence : le style ni le sujet n'étaient pour l'Amérique. Il referma le livre, débarrassé à jamais, croyait-il, de tous les savants de la vieille Europe.

A peine débarqué, il eut ce sentiment de n'être plus d'aucun pays. La France était loin. Et l'Argentine encore étrangère. Allongé sur le lit, Jean se laissait dériver dans ses rêveries. Roubaix et Buenos Aires s'enchevêtraient encore dans un paysage d'intempéries bientôt chassées par le rappel des lumières du *Massilia*, de ses silhouettes de femmes belles et riches, et par le parfum de gloire surannée qui flottait dans l'hôtel. Roubaix s'estompa. La pluie fit place à un doux soleil d'hiver qui giclait sur la lucarne, amenant des rêves solaires où, le long des plaines infinies jusqu'à la Cordillère, l'Argentine déroulait ses terres indéfrichées comme un tapis de cortège. La Plata... Que ce nom avait donc de mystérieux pouvoirs! Jean, plein d'espoir et d'enthousiasme, regardait le soleil envahir la pièce. Il était rendu à son rêve. Toute l'Argentine miroitait dans sa petite chambre.

Il se leva, prit une feuille blanche et écrivit « Je vous aime ». Puis, il se coucha et dormit jusqu'au soir.

Pour Jean, la fortune était avec l'amour le mot le plus doux. Il se le répétait avec emphase, en espagnol : *Fortuna, Fortuna...*, comme un prénom de femme. L'idée encore abstraite, mais plus forte d'instant en instant, de ses futures conquêtes, le pénétrait de ferveur. Il voulait aimer. Et il voulait être riche. Il ignorait laquelle de ces deux voies menait à l'autre, s'il réussirait par les femmes ou si les femmes viendraient ensuite. Il espérait se concilier les dieux.

N'ayant en Argentine aucun lien de famille ou d'amitié, n'étant recommandé par personne, et possédant uniquement de quoi vivre quelques mois sans travailler, Jean n'avait en vérité qu'un seul atout : il parlait espagnol. Au lycée et en khâgne, il avait appris la langue littéraire. Puis, décidant de partir, il s'entraîna comme un sportif avant la course : il avait en mémoire d'interminables listes de vocabulaire, bâties au hasard de ses lectures à la bibliothèque municipale. Le résultat n'était pas mauvais, bien que son accent fît encore sourire.

Quant à ses compétences pour l'avenir, Jean dut conclure qu'elles étaient à peu près nulles. Il n'avait été formé qu'aux lettres. Or la littérature, l'histoire, le grec et le latin ne devaient pas être les meilleurs chevaux dans une course à la fortune. Il n'était pas venu en Argentine pour y jouer les Rubempré. La guerre avait tué ses rêves d'adolescent pour le haut professorat, le journalisme ou la littérature. Jean comprenait que son meilleur talent serait ici la souplesse. Savoir partir de zéro. Savoir s'adapter aux situations les plus inattendues. Jean devait se débarrasser des oripeaux de l'Europe, de tous les fantasmes que le vieux continent suscitait et qui se révélaient caducs.

« *Fortuna...* » murmurait-il. « *Amor y fortuna...* », les premiers mots d'une longue prière à la terre argentine.

Trois visages ouvraient à Jean les portes du rêve : Goldberg ou le commerce. Campbell ou la banque. Liniers ou le monde. Il fallait saisir la meilleure opportunité.

Le négoce était le plus accessible des trois, sans doute aussi le moyen le plus efficace de gagner de l'argent. Jean rêvait d'une affaire qui porterait le nom des Flamant. Goldberg, bel exemple de réussite *ex nihilo*, pourrait l'initier, peut-être l'abriter sous son aile jusqu'à ce qu'il s'affranchisse. Il avait senti qu'il éveillait chez le négociant de la sollicitude ou du moins un intérêt assez vif. Sans doute Goldberg avait-il suffisamment vieilli pour ne pas être gêné par le souvenir des années amères et reconnaître en Jean le jeune homme pauvre qu'il avait été. Ce vieux vautour de Goldberg avait parfois l'œil caressant d'un épagneul. Il semblait à Jean que lorsque le père de Sarah regardait sa fille, il laissait percevoir la tendresse qui manquait à ses paroles rugueuses, à ses gestes assez brutaux. Par intuition, Jean savait qu'il trouverait en Goldberg le meilleur des appuis. Un seul obstacle empêchait Jean d'aller trouver Goldberg : l'objet de son commerce, la viande. Il y avait dans cette vente de morceaux de bœuf, de jarrets et d'entrecôtes, une trivialité sinistre. Jean s'imaginait tantôt avec le tablier blanc du boucher, tantôt avec la mine concupiscente du croque-mort. Sans doute n'aurait-il pas le rôle du tueur, ni du découpeur en quartiers, mais celui de courtier en viande n'éveillait en lui aucune vocation. C'était passer trop brutalement de la version grecque au museau de bœuf.

La banque était évidemment une plus prestigieuse promesse. Manier sur les marchés internationaux des pesos, des francs, des livres-sterling, des dollars, toutes les monnaies du monde, devait être un exercice étonnant et même enivrant. Quant à paraître un jour en gilet sombre et haut-de-forme, avec l'air grave des gens qui sont dans les secrets de la Bourse, cela l'excitait plutôt. Lord Campbell ne l'avait guère impressionné. Ses favoris qui prétendaient à la virilité ne corrigeaient pas la mollesse de ses traits ni de son caractère. Le front bas, l'absence de menton et l'œil abruti de porto n'étaient pas de bon augure. Quand Campbell défendait une idée, il manifestait moins d'énergie que d'obstination. En colère, il ne paraissait pas plus intelligent. Il se butait sur ses préjugés. Comme une moule adhère au rocher de toutes ses ventouses.

Lady Campbell jouissait évidemment des vertus qui manquaient à son vilain mari. Surtout, elle était jolie. Ou, plus précisément, elle avait du piquant. Sa tête de poupée et ses mains agiles qui jonglaient avec les couverts sur les cailles à la Montmorency, étaient des images sur lesquelles Jean s'attardait volontiers. Choisir la banque pouvait être un moyen de la retrouver. Au lieu que le souvenir de Sarah et de ses yeux perfides ôtait à Jean la moindre velléité d'aller se présenter chez Léon Goldberg.

Enfin venait Liniers. Par sa position sociale il était le plus éloigné de Jean. Jamais il n'espérait rejoindre, par le travail et l'obstination, un rang donné au berceau. Un Liniers ne pouvait se faire du travail qu'une idée étrange et dérisoire. Comment donc aiderait-il Jean? Il incarnait néanmoins ce que le jeune homme rêvait le plus d'avoir : le charme et la grâce, toute la désinvolture de la vraie noblesse. C'était le monde où il aurait voulu naître. Le monde aussi de Marta et de don

Raphaël, de tous ces enfants gâtés auxquels la vie ne refuse rien. Être l'un d'eux, richissime et nonchalant, connaître cette liberté que donne seule une richesse qui ne se soucie plus d'elle-même, cette existence si vaine, si belle dans des *estancias*, des hôtels particuliers, sur des champs de courses et au Jockey-Club, était le désir le plus fou, le plus féroce et le plus naïf de Jean. Confiant dans sa jeunesse et dans son talent, assez ingénu pour croire qu'en quelques jours, sur une simple invitation, s'ouvriraient les portes du monde – la Haute, disait son père pour parler du Gotha de Roubaix –, il ne doutait pas que l'amitié pourrait accomplir ce miracle : l'amitié de Robert de Liniers. N'avait-il pas reconnu entre Jean et lui les liens mystérieux et solides que noue la fraternité d'une guerre ? Le jeune homme se persuadait que leurs personnalités étaient faites pour s'entendre et s'aimer. Liniers était un personnage de ses rêveries d'adolescent soudain projeté sur son chemin. L'inaccessible étoile de ses jeunes ambitions s'incarnait dans cet aristocrate qui lui avait tendu la main.

Jean ne se jugeait ni fou ni présomptueux devant l'ampleur de ses projets. Il s'en serait voulu d'être trop raisonnable. L'Argentine n'était pas une épouse à choisir. Jean la désirait comme une amante. Une amante riche, mais cependant amante. Il lui donnait le visage de Marta ou de Cléopâtre. C'était la terre de ses espérances, de ses rêves sensuels et généreux, et de tous les possibles. A l'Argentine, il demandait la panacée. Et si elle ne la lui octroyait pas, il se savait capable de la renier comme hier il reniait l'Europe. Sous le ciel d'Argentine, Jean voulait que basculât sa vie.

Un quartier surtout, à l'est, enflammait son imagination. Il allait souvent y marcher, rêveur ; là était le cœur des élégances et des richesses. Il admirait les voitures de maître qui attendaient devant les portes cochères des bourgeoises vêtues de fourrure ou de soie. Et il guettait à travers les vitres des hôtels particuliers l'éclat si enviable de ces vies.

La rue Florida commençait à la place San Martin, une petite colline boisée d'où la ville apparaissait en contrebas jusqu'au fleuve. Elle se perdait dans un estuaire plus commerçant qui menait au centre officiel de Buenos Aires, à la cathédrale et à la Maison Rose, à la place de Mai. Avec ses boutiques de mode, ses salons de coiffure et ses cafés, c'était une des rues où Buenos Aires — ainsi que Jean l'avait entendu dire —, ressemblait à Paris. Elle ne semblait pas appartenir à l'hémisphère Sud.

Pour conjurer sa timidité, Jean avait par trois fois monté puis descendu la rue Florida. Il suivait le flux des passants, s'arrêtait parfois devant une vitrine où il ne cherchait rien, passait et repassait devant la plaque de cuivre qui marquait l'entrée du plus célèbre, du plus huppé des clubs du monde. La tête emplie des personnages exemplaires de la littérature, il songeait que Josué avait tourné sept fois autour de Jéricho avant que la citadelle ne tombât. Mais le Jockey-Club était toujours debout.

Dès l'entrée, il tendit au cerbère en gants blancs qui entrebâillait la porte la carte de Robert de Liniers. L'aboyeur lui demanda d'attendre et partit l'annoncer. Laissé seul dans le hall de marbre où trônait une Diane parfaitement nue et blanche, l'unique présence féminine du club, il avança avec précaution dans les salons qui s'ouvraient en enfilade, offrant toute une palette de couleurs, de styles et d'objets d'art. La tapisserie rouge du premier abritait des sièges Louis-XV et des scènes d'érotisme champêtre à la Watteau. Le salon vert était celui des opalines. Les murs violets faisaient ressortir des bustes de marbre antiques. Et les peintures de natures mortes tiraient tout leur relief de la soie pastel d'un petit salon. La décoration, hétéroclite, jouait sur les oppositions pour en dégager l'harmonie. Jean faisait connaissance avec le goût anglais.

Il violait un lieu sacré. Cela ajoutait à son plaisir. Il n'avait croisé que deux messieurs à cigare dans le salon vert, puis deux autres qui étaient l'exacte copie des précédents parmi les marbres antiques, mais aucun ne lui prêta attention. Bientôt des éclats de voix l'arrêtèrent et, craignant d'être pris en flagrant délit par le cerbère, il se cacha derrière un paravent de Coromandel d'où il aperçut un bar aux boiseries d'acajou, sans doute le saint des saints du club.

Un groupe d'hommes en costumes sombres, cravates et pochettes vives, conversait à quelques pieds de Jean. Il reconnut Robert de Liniers qui, de sa main valide, tenait un verre où s'entrechoquaient des cubes de glace. Tous ces jeunes hommes au maintien sévère parlaient de la mer, de yachts aux ponts très blancs, d'îles à perroquets et à flamboyants, de plages à cocotiers, de filles-fleurs, de peaux de caramel et de longues jambes. Ils évoquaient Saint John's et Montego Bay. Des îles Vierges à Caïman, de la Jamaïque à Trinidad, les Caraïbes avaient prêté un merveilleux décor à leurs croisières de l'été. Lorsque l'un d'eux cita les Grenadines, Jean crut à une farce. Sans doute possédaient-ils la foi des enfants, tous ces amis de Liniers qui écoutait leurs récits de Cocagne. Mais le sérieux des détails qu'ils donnaient, depuis la latitude jusqu'au nom des restaurants et des cabarets de béguines, finirent par le convaincre qu'il était seul à rêver. Vraies étaient ces merveilles, ces poissons de soufre ou d'agate qu'ils disaient avoir pêchés dans la mer tiède et turquoise des Caraïbes. Robert de Liniers se faisait redire les dictons antillais qui roucoulaient une drôle de sagesse.

« Au lieu d'aller te battre pour un pays qui n'est plus le tien, tu aurais mieux fait de venir avec nous, disait l'un des amis de Robert.

« — Détrompe-toi, mon vieux, rétorqua en espagnol l'ancien soldat de 14, la guerre est un plus formidable voyage.... »

Jean allait sortir de sa cachette et se faire reconnaître de Liniers dont la réplique le transportait d'enthousiasme, lui le disciple de Romain Rolland, quand le serviteur en gants blancs qui avait suivi un plus long chemin, le devança. Jean demeura derrière son paravent. A l'annonce de son nom, il recula un peu, sans perdre de vue Liniers qui grimaça de contrariété, et dont la réponse le fouetta à vif : « On m'attend chez Ruiz i Rocca... Ce jeune homme tombe mal. Ne le bousculez pas, mais dites-lui de repasser plus tard. »

Et comme le sbire s'en retournait porter son message, il ajouta pour ses amis : « Mon coiffeur attendrait... mais je m'en voudrais d'écourter le plaisir de nos retrouvailles pour un jeune homme qu'au fond je ne connais pas. Je ne doute pas qu'il reviendra jusqu'à ce qu'il me trouve. »

La conversation reprit, que Jean n'entendit plus. Brûlant de honte et de dépit, il quitta sa cachette et refit à pas de loup son chemin dans les salons déserts. Il se sauva avant que le portier ne vînt lui répéter le discours de Liniers. La porte du Jockey-Club claqua sur ses talons.

Jean se mit alors à errer dans Buenos Aires, à la recherche d'un emploi. L'humiliation ne lui avait pas coupé les ailes, elle l'invitait au contraire à se surpasser. La traversée de l'océan et l'exil méritaient mieux que les emplois de vendeur, d'apprenti, de comptable qu'il voyait affichés aux portes des magasins, des ateliers, des bureaux devant lesquels il passait à l'aventure. Ses promenades le menaient du petit jour à la tombée de la nuit. Les blocs de maisons s'étiraient en longueur jusqu'à la pampa et Jean parcourait ainsi des kilomètres, de *cuadra* en *cuadra*, tout en lisant les offres d'emploi qui étaient légion. Il marchait jusqu'aux portes de la ville, où commençait la campagne. Alors seulement finissaient les rues, à l'horizon des plaines, de l'herbe et des bœufs.

Il découvrit la Boca, le quartier italien du port, aux maisons de tôle ondulée, peintes en bleu, rose, vert, jaune. Les volets, les portes et les façades, les toits de ces pauvres bicoques, copiaient l'arc-en-ciel. Jean s'attabla ce jour-là devant une assiette de pâtes au beurre tandis que le marchand, un Génois en pantalon à bretelles, chantait d'une admirable voix de ténor l'air d'*Aïda*. Il aida les manœuvres à charger des caisses sur un cargo qui partait pour l'Italie et fut embauché pour quelques jours. Le travail était dur et peu payé, mais délivra Jean du vertige de ses longues marches sans but. Il avait mal au dos, mal surtout aux mains qui n'avaient jamais tenu qu'un porte-plume. Quand le cargo partit, il reprit sa quête dans Buenos Aires. L'avenir semblait insaisissable.

Il s'arrêtait à tous les placards affichés : boulanger, commis surnuméraire, vendeur de cravates, aide dans une librairie... Cette dernière offre le tenta. Devant tous les livres et l'odeur du papier, il fut pris du désir violent de renouer avec ce qu'il avait tant aimé. Mais il s'en tint à ses résolutions et se refusa même le plaisir d'aller feuilleter quelques volumes.

Le dimanche, Jean s'accordait de ne plus guetter les annonces. Il dépassait le quartier Nord, traversait quelques champs envahis de mauvaises herbes et ne s'arrêtait qu'à la Côte Noire. Jean s'asseyait au bord de l'eau, où les rives du rio de la Plata formaient une plage. Comme celle d'une mer. Une fois, un pêcheur avec lequel il avait échangé quelques mots lui avait indiqué, de l'autre côté de l'eau, l'ombre de l'Uruguay. Mais c'était un jour particulièrement clair et les brumes empêchaient le plus souvent d'apercevoir la moindre terre à l'horizon. Jean achetait un beignet ou une pomme au sucre rouge à l'une des roulottes amarrées aux champs de la Côte Noire, puis se perdait parmi les pêcheurs ou les promeneurs. C'est au cours de l'une de ses songeries dominicales, au bord du rio où se levaient des vagues, qu'il décida de se rappeler au souvenir de lord Campbell.

Monsieur le Directeur n'était pas là et l'employé de l'Anglo South-American Bank, les mains jointes dans ses manches de lustrine, d'un faux air contrit, le pria de revenir plus tard. Jean alla l'attendre dans un des cafés du quartier des banques, en face de la bâtisse cossue où siégeait lord Campbell. L'appartenance anglaise de la société était inscrite en majuscules où se lisait le pouvoir du banquier ; elle n'était sud-américaine qu'en lettres minuscules. A l'heure du déjeuner, une foule d'hommes en feutres gris et parapluies noirs déferla dans les rues auparavant désertes. Une extraordinaire agitation secoua le quartier comme une poussée de fièvre. Jean commanda un café et des *tapas*, ces hors-d'œuvre multicolores de la tradition espagnole qui lui servaient de repas. Campbell, qu'il guettait de sa table sise près de la fenêtre, n'arriva que vers quatre heures de l'après-midi, après que le calme était retombé sur la rue et dans la grande salle désormais vide du café.

Une voiture noire, un chauffeur. Jean courut, non sans avoir bousculé le garçon qui apportait l'addition, et se retrouva de l'autre côté de la porte tournante de la banque, face à un Campbell qui paraissait, dans son domaine, encore plus lord que sur le paquebot.

« Monsieur... », commença Jean.

Mais la bouche pincée, l'œil humide et la figure aussi pourpre que les favoris, le convainquirent de son erreur. Avant même de présenter sa requête, Jean sut qu'il n'obtiendrait rien de ce personnage au visage si profondément antipathique. Campbell renifla une prise de tabac, gloussa comme une poule qui avale un ver de terre et passa devant Jean de toute la raideur de son col amidonné. Les plus serviles de ses employés se levaient sur son passage. L'ascenseur l'emporta vers les cimes.

Jean subit encore la colère du garçon de café qui l'attendait dehors et le prenait pour un voleur. Le montant de son petit repas lui coûta moins que ses vaines heures d'attente. S'en retournant vers l'hôtel « Deux Mondes », il passa par le vieux quartier de San Telmo, où à l'heure de la sortie des écoles, une multitude d'enfants en blouses blanches piaillaient sous les platanes. Des fontaines de pierre jaillissaient au milieu de places, où Buenos Aires prenait des airs de village. Des cris ou des chansons s'échappaient des *patios,* autour desquels vivaient, entassées dans une pièce unique, plusieurs familles locataires des rez-de-chaussée. Les artisans étaient dans leurs échoppes. Sur la porte de l'une d'elles, une de ces portes étroites en bois de chêne, si caractéristiques de San Telmo, on demandait un apprenti tisserand. Le bruit d'un métier montait assourdi jusqu'à Jean. Il apportait tous les souvenirs d'une enfance qu'il croyait oubliée èt qui pourtant était encore ancrée, profondément, en lui. Les visages chers lui revenaient, les mains calleuses et fidèles de ceux qui naguère le mettaient en garde contre trop d'ambitions. La voix du père s'élevait avec le bruit du métier. Roubaix ne le quitterait donc jamais... Il pressa le pas, poursuivi par le rythme des navettes qu'une main inconnue jetait contre son cœur.

La fille haussait les épaules. Dans le miroir, sa figure poudrée à l'excès, avec ses pommettes trop roses et ses yeux noircis de khôl, rappelait à Jean un personnage de conte de fées :

« Tu as la tête de Blanche-Neige... »

Elle rit et, attachant son bas :

« Ni blanche, ni neige... »

Pour cinq pesos, elle lui avait appris l'amour. C'était une initiatrice de vingt ans, une petite prostituée française, dans une maison de passe.

La frénésie des nuits de Buenos Aires avait donné à la capitale de l'Argentine une réputation étonnante : ses voluptés, ses fêtes, ses folies lui valaient dans l'hémisphère Sud un pouvoir d'attraction comparable à l'extravagant Paris d'avant-guerre. Dès que tombait la lumière du jour et que s'allumaient un à un, comme des vers luisants sur la mousse noire des campagnes, les réverbères à gaz, des vagues d'excitation parcouraient la ville. De riches équipages, des voitures importées d'Europe, amenaient devant les beaux hôtels des messieurs en frac et des femmes en longs manteaux. L'Opéra, les théâtres étaient chaque nuit plus peuplés que des ruches, et les cafés, les restaurants, les cabarets pris d'assaut par des essaims de noctambules. Mais le vrai royaume de Buenos Aires c'était la rue. Une rue noire, avec des halos jaunes autour des becs de gaz. Des passants, silhouettes aux couleurs de pavé, y prenaient de loin en loin, d'un réverbère à l'autre, une intensité lumineuse et fugitive. Leur marche nocturne était bien différente des molles promenades d'autres peuples méridionaux. Ils ignoraient la lenteur. Ils allaient vite, vers un but connu d'eux seuls. Descendus de tous les quartiers de la ville vers les rues où vit le soir, les hommes de Buenos Aires ressemblaient à une meute courant derrière une invisible proie. Ils traquaient l'ennui, la solitude, l'angoisse. Ils venaient dompter leurs cauchemars. Il y avait dans les rues beaucoup de fantômes. Il y avait surtout le spectre du sexe.

Jean était devenu un de ces marcheurs de la nuit. Il regardait les ombres chinoises que faisaient derrière les rideaux tirés sur la source de lumière, au premier étage de quelques maisons, des corps de femmes. Il devinait leurs bouches sombres, vénales, qui l'attiraient comme un aimant. Il avait fini par entrer dans la Pension Française, dont le nom était à l'évidence plus bourgeois que l'activité, et la spécialité affichée, l'amour à la française, véritable relent de l'exil.

Cette maison de passe appartenait à une ancienne prostituée qui avait fui la prison de Cadix ou peut-être de Séville – personne n'aurait pu en témoigner – jusqu'au rio de la Plata. A quarante ans, Teresa Carmen, qui avait été belle jadis, se corsetait comme une matrone. Elle avait la dignité des pachydermes et trônait, de toutes ses chairs orgueilleuses, à une caisse d'épicerie qu'elle avait installée au salon. Maquerelle d'un talent aussi épanoui que sa personne, elle tenait son commerce avec solennité. Munie d'un cahier de comptes et d'une collection de sonnettes de cuivre qui rendaient toutes un son différent, elle poussait jusqu'à la maniaquerie le sens de l'ordre. Les filles et les clients filaient doux devant cette reine quasi impotente.

Bien qu'elle importât ses filles d'Italie, de Turquie, de Pologne, Teresa Carmen les baptisait aussitôt Jeanne, Marie, Ninon, d'un nom de guerre, et leur apprenait avec son mauvais accent d'Espagne, à dire « merci Monsieur » pour faire chic : la prostituée française était, à cinq pesos la passe, la panacée du commerce des corps à Buenos Aires.

D'abord Jean attendit au salon, sur une chaise, avec d'autres visiteurs. Au son de la clochette, une hôtesse, dont le peignoir découvrait la poitrine et les cuisses, appelait son client d'un cri de poissonnière. On la suivait de l'autre côté d'un rideau. A cause de l'affluence, Jean dut patienter longtemps avant de franchir le seuil, de passer dans l'arrière-boutique, de répondre au cri vert de la fille dont il rêvait de mordre le sein de mulâtresse, aux larges couronnes roses.

Des premières prostituées dont il paya les services à la Pension Française, Jean ne se souvenait pas. Ne l'intéressait que l'étreinte brève, violente, où il déchargeait sa haine, son dégoût, toute sa fureur de vivre mal et de rêver trop. Des journées vaines, passées à déambuler dans Buenos Aires, dans une oisiveté qui rongeait son espoir, il vengeait sur un corps anonyme, indifférent, toute l'absurdité. Il ne parlait pas à la fille. Il ne demandait que l'oubli. Simplement, il recherchait ce moment de vide, seul capable de lui donner assez de paix pour ne pas retourner en arrière et revenir en France pour ne plus être seul. Cette solitude de tous les instants était le prix que l'Argentine imposait aux *recienvenidos*, à ceux qui, débarqués en conquérants, subissent, pis que la quarantaine, l'exil dans le mépris. Les Argentins plus anciens, quoique émigrés eux-mêmes, ne tendaient pas la main aux nouveaux arrivants. Ils n'étaient pas des pionniers, animés d'un esprit d'entraide et de fraternité, mais des hommes seuls, les plus individualistes du continent. Jean, dont les espérances lui avaient fait aimer l'Argentine, vivait maintenant dans un marasme de solitude et d'ennui. Le sexe était son défoulement, son déversoir d'énergies, et la dernière halte avant le désespoir.

Teresa Carmen surveillait sa clientèle. Elle remarqua le jeune homme, le fit parler, s'amusa de ses airs tristes et sauvages, et parce qu'elle était sensible à la fidélité de ses visites, elle décida de lui présenter Mandoline. C'était la seule de ses filles qui fût vraiment de France. Un jour, la porte s'ouvrit pour Jean sur une créature dans un invraisemblable attirail.

Elle ne portait pas de peignoir, simplement une chemise courte en voile sous laquelle elle se révélait toute harnachée de cuir. A la fois risible et tragique. Des lanières s'entrecroisaient en tous sens du cou aux jarretières. De gros clous marquaient un large ceinturon. Un triangle de cuir couvrait le pubis. Amazone, « gaucha », vierge sadique, putain maya... on aurait pu l'imaginer descendante d'icônes cruelles, ou surgie d'un jardin des supplices. Jean n'éprouvait du reste aucun penchant pour de si hideux raffinements, qui lui donnaient même plutôt la nausée. Mais, de sa main gantée, la fille lui fit signe de la suivre. Jean, tout étonné de ne pas entendre l'invitation sonore, vulgaire et rituelle des hôtesses, lui emboîta le pas... Du moins le pied lui parut-il charmant. Il faisait presque oublier le grotesque de ce costume de chasseresse... Il sourit.

Une chambre à miroirs. Le lit classique de peluche rouge. Quelques meubles stupides de convention. Jean n'eut comme les autres fois qu'une pensée : faire vite, ne pas s'attarder aux simagrées. L'excitation, il ne l'attendait certes ni des grimaces ni de la panoplie de la fille. Son besoin était simple et sain. Nulle nécessité de stimulations extérieures. De toute sa jeunesse et de toute sa vigueur, il ne demandait qu'un corps où s'assouvir. C'était d'ailleurs chaque fois le même processus. Il se passait de toutes caresses. Il prenait, comme une bête. A nouveau, il se précipita sur cette proie.

« Mais tu peux me demander ce que tu veux », observa la fille...

La phrase l'arrêta net.

« Par exemple! fit-il, serais-tu de Marseille? » Car la phrase embaumée d'accent évoquait tout un paysage ensoleillé.

« Non, précisa-t-elle, je suis de Carcassonne.

— Quel soleil vas-tu donc me donner? demanda-t-il, soudain tout joyeux.

— Je te l'ai dit : ce que tu veux », répondit-elle avec un geste plutôt fataliste.

Elle desserrait déjà ses sangles et ses harnais.

« Pourquoi portes-tu tout ce bric-à-brac? demanda-t-il stupidement.

— La belle question », fit-elle en haussant les épaules.

Il la prit gaiement. Elle s'abandonnait avec une extrême gentillesse. Puis, ce visage l'émut. Pâle. Un front lisse. De larges yeux noirs. Il ne savait quel fard blanc et rose communiquait à la jeune femme un masque de théâtre, tendre et ingénu, tout à fait contradictoire avec son attirail de guerrière sadique. Il se sentit tout à coup bouleversé.

« Tu as la tête de Blanche-Neige... » murmura-t-il.

Elle avait réellement un sourire de princesse des contes, tandis qu'elle glissait dans son bas le billet qu'il venait de lui donner, et avec lequel il aurait vécu cinq jours entiers.

Elle rit, d'un rire frais, d'un rire d'enfant.

« Je m'appelle Mandoline.

— Mandoline de France.

— Comme toi...

— Sauf que moi je suis du Nord et que je n'ai d'accent qu'en espagnol... »

Lui qui, avec chaque fille, n'éprouvait ensuite que dégoût, se sentait soudain ici plus léger. Il faillit penser : plus propre. Surtout, il se surprenait à beaucoup aimer ces yeux si larges, si larges... Il voulut connaître son histoire, son histoire de France...

« Raconte, dit-il.

– Une autre fois, si tu reviens... »

Las! En bas la clochette de Teresa Carmen appelait déjà ses ouailles pour la passe suivante...

Il se demanderait souvent, plus tard, comment elle avait osé accepter de récidiver, cette fois libérée de tout son odieux fatras.

« Seigneur, fit-il, tu as la peau la plus douce du monde... »

Paradoxe : malgré cette hâte, tout se déroula comme s'ils s'aimaient réellement. Ce fut même la première fois où il ne fut pas seul dans l'amour. Avec délices, il huma sur elle le parfum de tabac brun qu'il emporterait avec lui...

Mandoline était réellement de Carcassonne. Premier cadre : la Cité, survivante du Moyen Age, remparts roses, courtines crénelées, tours cylindriques, porte Narbonnaise signée Philippe le Hardi, chœur gothique dans une cathédrale romane, toute l'enluminure de l'histoire. Famille : papa cabaretier; maman tenant la caisse, avec comme enseigne « Sous la Tonnelle », évidemment par allusion à « la tonnelle où pendent ses blancs jupons »; premières chansons : les hymnes de l'Occitanie, *Montagnes Pyrénées* ou la ritournelle qu'elle poussait encore, yeux gonflés de larmes, dans sa chambrette de Buenos Aires : « Chantons ce joyeux refrain, en l'honneur de Carcassonne, sa cuisinière et son bon vin, ses brunettes et ses mignonnes... » Premier malheur : naître trop tard. On ne l'attendait plus. On la reçut davantage comme un embarras que comme un cadeau du ciel. Première fatalité : on la laissa pousser comme une plante sauvage. Vainement fut-elle vouée à Marie, sur insistance de la bonne dame qui, en leur faubourg populaire de la Civalle, animait à l'église le chœur de chant. Très vite, elle fut plutôt Marie-Madeleine. Comment en aurait-il pu être autrement? Le métier du père favorisait tous les dévergondages. Les commères du voisinage proclamaient à la ronde que «cette pauvre petite allait mal tourner»: la rumeur finit par faire loi. Les plus méchantes lui attribuèrent vite, de surcroît, «le sang chaud de sa mère»: à force de l'entendre dire, elle dut s'en convaincre elle-même; à quinze ans, résignée à la fatalité du destin et de l'héritage, elle ne protestait même plus lorsqu'on lui attribuait déjà au moins quinze amants. C'était d'ailleurs à peu près le compte.

Marie n'était plus un prénom à conserver. Sa mère savait-elle seulement que Marie-Madeleine était une pécheresse? Elle fut Mandoline. Impossible de savoir comment au juste. Peut-être pour la finesse de ses courbes, ou la longueur de son cou, ou sa manière roucoulante de chanter? Allez savoir.

Puis, en pratiquant l'amour, elle l'aima. Elle l'aima plus encore en plein air. L'Aude carcassonnaise offrait ses garrigues embaumées, les cachettes de ses vignes, ses ruisseaux desséchés, l'ombre de ses amandiers, ses sentiers de chèvres. Elle ne connaîtrait plus jamais aussi poétique couche nuptiale, cent fois fêtée.

Les hommes n'étaient que des partenaires. Des outils de son propre plaisir. Elle n'accueillait que d'une moue le foulard, le pauvre bijou ou l'obole dont ils récompensaient ses dons de fée des fontaines.

«Je ne me rappelle plus un seul visage...»

Elle fila de Carcassonne avec le premier étranger venu: un Parisien à fines moustaches et à cravates éblouissantes, dans une Hispano-Suiza rouge comme sur les réclames. L'aventure avec lui se termina dès le lendemain, sur le pont romain de Narbonne. Mais elle avait goûté les délices de l'évasion. Il n'était plus question pour elle de retourner « Sous la Tonnelle ».

L'homme du destin fut un représentant de la « Sève sourcilière, incomparable pour épaissir les sourcils et allonger les cils ». Il la rencontra un soir dans un petit café de l'Ariège qui s'appelait Chez Joséphine. Il était fort distingué dans son veston strictement sanglé à la taille. Il savait jouer à être sûr de soi. Il arborait une pochette qui embaumait la violette. Il dut être conquis par des yeux plus admirablement ombrés que s'il y avait versé son élixir.

« Je vais à Bordeaux, dit-il, vous m'accompagnez ? » Elle l'accompagna, à bord d'une petite Renault bleue.

A Bordeaux, à peine le temps de découvrir, extasiée, des quais beaucoup plus larges que ceux du canal du Midi, des paquebots comme des cathédrales et des mâts plus hauts que les tours de la Cité, elle tombait aussitôt dans la couchette d'un capitaine au long cours, qui lui promit les plus enivrants voyages. « A condition, dit-elle, que tu gardes ta casquette, même au lit... »

Il tint promesse.

Merveilleuse traversée de l'Atlantique, avec belles séances d'amour, plus particulièrement sur le cœur du quartier-maître, un joyeux Gascon qui ne manquait aucun assaut quand le capitaine s'installait à la barre, et entre les biceps d'un solide Charentais plus blond qu'un Viking. Avec aussi de longues heures de rêverie, face au vent, en figurine de proue, à contempler le jeu majestueux des vagues. « C'est encore plus beau qu'une grand-messe avec les orgues », trouva-t-elle.

Le tout se termina sur le rio de la Plata : le capitaine la confia à Teresa Carmen, non sans toucher au passage, comme bien d'autres fois, sa commission de rigueur.

Mandoline débarqua à la Pension Française quelques mois avant que Jean n'arrivât lui-même à Buenos Aires.

La vie des pensionnaires était supportable.

« Je ne mets pas à la galère, moi, disait Teresa Carmen ; la règle est un client chaque demi-heure. Pas plus. C'est un rythme qui ne peut pas tuer. »

Va pour un client chaque demi-heure.

Mandoline s'accoutuma d'autant mieux à sa nouvelle existence qu'elle était bonne fille. Et par nature consciencieuse. Elle accomplissait sa besogne avec la même application que si elle avait été, comme elle disait, balayeuse ou secrétaire de mairie.

« A Carcassonne, précisa-t-elle, on a toujours apprécié le travail bien fait. »

De plus, fuyant une maison rustique, elle trouvait quelque satisfaction d'amour-propre à vivre dans un décor dont elle ne percevait pas le mauvais goût : paillettes, velours, abat-jour de soie défraîchis, canapés de pourpre lourd, lumières tamisées, couleurs criardes, rose bonbon ou violet lie-de-vin...

Mandoline avait tout à fait cette indulgence naturelle qui incline au pardon. Elle était incapable de répulsion. Non seulement elle admettait le mal ou le vice sous toutes ses formes, mais elle n'aurait su en vouloir un seul instant à ceux qui s'en paraient. De même que ce faux décor l'émerveillait, à l'égal de ces maisons bourgeoises devinées entre les flammes d'allumettes par la petite marchande d'Andersen, elle était portée, de toute sa candeur, à trouver un charme ou une explication gentille à tout ce qui pouvait lui advenir. Ainsi les hommes lui paraissaient-ils toujours, dans leurs pires exigences, plus pitoyables que cruels...

Elle était, au fond, plus casanière qu'aventureuse. Elle préférait le nid au vagabondage. Elle avait quitté Carcassonne elle ne savait exactement pourquoi, comme ça, sans raison particulière... Au fond, elle était plus sentimentale que rôdeuse. Elle avait fui le cabaret familial d'instinct.

Enfin, elle comptait avec fermeté faire fortune. Si ingénue fût-elle, cette petite bonne femme d'à peine vingt ans, tout à fait femme-caille, dodue à souhait, jambes courtes, hanches larges, poitrine heureuse, avait un côté positif et opportuniste. Comme maman, elle savait tenir son tiroir-caisse. Elle était même fière d'avoir su trouver à Buenos Aires « une situation », d'autant plus que son statut de Française lui valait quelques avantages sur les autres pensionnaires. Il fallait voir avec quelle satisfaction elle remettait à Teresa Carmen ses gains de la nuit.

C'était ce qu'elle appelait « la vérité vraie », racontée ou suggérée avec cet accent chantant qui fleurait la lavande. « Eh oui, fit-elle dans un soupir, même la petite-fille des Cathares... »

Jean riait. A ces moments d'épanchement, elle lui paraissait si candide, si nature, qu'il lui trouvait une voix de fillette en train de réciter une histoire impossible.

Pour Mandoline il revint souvent à la Pension Française jusqu'à en être l'un des clients attitrés. Il lui semblait qu'elle seule pouvait lui communiquer bon moral.

De la sorte ils devinrent amis. Jean éprouva vite pour elle de la tendresse, très proche d'un sentiment plus fort. Entre eux, la complicité, qui s'établit rapidement, ne fut point que sexuelle. Ils connurent, au-delà des plaisirs fugaces, une certaine harmonie.

« Petite fleur des champs, lui dit-il même un jour, je me demande finalement si, quand nous avons si faim l'un de l'autre, nous ne voulons pas d'abord faire mentir le malheur... »

Pendant ce temps, les économies du jeune homme s'en allaient à vau-l'eau.

« Je vais finir clochard », se disait-il.

Il ne pourrait bientôt plus payer ni la pension, ni l'hôtel, et le vagabondage le guettait. Quand il songeait aux rêves fous qui l'avaient décidé à quitter Roubaix, il éprouvait le sentiment de son échec telle une honte. Le travail lui manquait. L'oisiveté lui était une insupportable vacance. L'inutilité, la vacuité de sa vie le rendaient morbide, perméable aux idées les plus sinistres. Mandoline l'apaisait, et c'est à elle, à sa chaude existence, à ses caresses, qu'il dut de ne pas se jeter par la lucarne du « Deux Mondes », ou de plonger, une pierre au cou, dans la boue du rio de la Plata. D'autres auraient peut-être mis fin à l'absurdité de leur vie. Chaque jour la gazette de Buenos Aires citait de pareils cas de désespoir chez des émigrants que l'Argentine avait déçus. Mais la vie parlait plus haut, plus fort pour Jean. L'espoir pour lui avait un visage.

De guerre lasse, il accepta un emploi dans un grand magasin du quartier de l'Est : il vendit des chemises de Charvet sur lesquelles les clients faisaient broder leurs initiales. Il servit des gentilshommes et de riches bourgeois argentins qui le traitaient en domestique. Il creva de rancune sociale. Quand il toucha son mois, il décida de se produire en seigneur, et de mourir ensuite. Il mit dans sa poche ce qui lui restait de l'argent de Roubaix avec son salaire. Il se voulut prodigue. Il commença par acheter une de ces belles chemises qu'il vendait tout le jour et qui avaient la douceur d'une peau de femme. Puis il se rendit chez Teresa Carmen et offrit une fête à toute la pension. Éberluée, la maquerelle lui demanda s'il avait gagné aux courses. Il eut un geste royal qui écarte les comptes rendus à un subalterne. Mandoline se contenta de sourire et abandonna son attirail de service pour une robe bleu de nuit. Jean lui fit cadeau d'un parfum très cher, qui alliait le plus subtilement du monde l'odeur de tabac brun avec des images de luxe. C'était le Narcisse Noir, un parfum de Caron.

Teresa Carmen loua l'orchestre d'un cabaret de San Telmo,

un violoneux, un guitariste, un joueur de bandonéon. On dansa le tango et le boogie-woogie. Jean se procura du champagne de Mendoza où Mandoline trempa les lèvres et reconnut le goût sucré de la Blanquette de Limoux. Jeanne, Marie, Françoise avaient retiré leurs bas de coton, revêtu leur fausse soie, leurs fausses perles qui les rendaient semblables aux abat-jour. Jean les fit rougir en les comparant à des fleurs, au bégonia, à l'hortensia, à l'anémone, fleurs pulpeuses et odorantes, et Teresa Carmen à la rose Sonia, sanguine et orgueilleuse.

On ne reçut ce soir-là que les amis et les meilleurs clients. Le portier du « Deux Mondes », pour un pourboire important, accepta de jouer les molosses et de protéger l'entrée, où Teresa Carmen afficha sur une feuille de son cahier de comptes : « Fermé ». Cette mesure exceptionnelle n'avait eu qu'un précédent, qui consacrait l'unique chagrin d'amour des annales de la tenancière, dix ans auparavant. La page de ce jour lointain, sur la colonne des recettes, enregistrait : « Néant ». Teresa Carmen en regrettait encore aujourd'hui le bénéfice, et se consola plus vite de la goujaterie dont elle fut la victime que de la perturbation de son égale et sourcilleuse gestion. Mais puisque Jean payait la fête, elle se montra généreuse : une fois, répétait-elle à tous et à toutes, une fois n'est pas coutume...

Le grand salon qui était en vérité un tout petit salon, avait, comme il se doit, des tapisseries rouges, des canapés profonds, des miroirs, des guéridons. Teresa Carmen fit écarter la bimbeloterie inutile pour dégager au centre une piste pour la danse. Des coupes passaient de lèvre en lèvre et, le champagne fini, on les emplit de bière et de cognac. Teresa Carmen avait abandonné son rôle de chaisière. Elle n'était plus cette momie, cette reine morte, dont le regard glauque terrorisait les mauvais payeurs et les coucheurs trop agressifs. Voilà qu'elle se colorait de taches rouges comme la moire de sa robe, que s'ébranlait la masse de son corps, que se soulevait son énorme et voluptueuse poitrine, dans ces rythmes argentins qui déjà avaient conquis Paris. Et, chose mirifique, elle dansa.

Des bras guidaient ses pas vers tous les points cardinaux, la pliaient, la renversaient, se servaient d'elle comme d'une toupie. Tordue, chiffonnée, puis raidie dans le pas de charge, elle ne perdait rien de sa majesté. Elle y gagnait en maestria. Dans les sons déchirants du bandonéon, sa prodigieuse corpulence retrouvait souplesse, agilité. Les doigts du danseur éveillaient ces chairs si longtemps endormies. Ses partenaires successifs étaient épuisés comme les magiciens que la démonstration de leur adresse laisse hagards. Ils tombaient pantois dans les fauteuils, s'affalaient comme des éponges, et contemplaient leur créature agripper, de ses mains expertes, l'épaule d'un nouveau danseur. Teresa Carmen était affolante. Monstre de chair, d'énergie, d'impotence miraculée, elle se donnait au tango.

Tandis que Teresa Carmen dansait à en perdre l'esprit, Jean et Mandoline passaient, au premier étage, leur nuit la plus longue. Ils dormirent ensemble, au-dessus de l'orchestre, de l'orgie de tango et de bière au cognac. La nuit s'acheva au milieu de l'après-midi, dans une pension exsangue, palais miteux de Belle au Bois dormant, sans hallebardiers et sans chevaux blancs, au-dessus duquel flottait, comme au grenier, l'innocence.

« Tu es un prince, dit Mandoline.

— Prince pour une nuit, reprit Jean, gueux demain, dès l'aube... »

II

Le bœuf d'or

La Recoleta était en altitude. Le vent y soufflait comme dans la montagne. Les arbres avaient des ramages plus verts, des troncs plus puissants que dans la ville basse. C'étaient des platanes, des ormes rouges, des hêtres de la forêt. Un ombu, sorte de baobab, dont la racine vaut cent fois la tête apparente, marquait l'entrée de la maison. L'énorme porte de bois était à demi camouflée par le feuillage de ce titan. En pierres grises, avec un toit d'ardoises, la maison de l'ombu – ainsi connue dans Buenos Aires – ne montrait sur la rue qu'une surface lisse, un visage fermé. Mais des balcons en arabesques de fer forgé, pareils aux ferronneries des chevaliers de Malte, agrémentaient la façade qui donnait sur un jardin. La pelouse était aussi épaisse que pour un parcours de golf. C'était un enclos fourni, harmonieux, plein d'ombres et de détours, un de ces jardins où le désordre a du génie. Le regard ne s'attardait guère à ses profondeurs, happé aussitôt bien au-delà du mur d'enceinte par un spectacle étonnant. Car le domaine donnait comme une loge de théâtre sur le cimetière de la Recoleta.

Les hectares de colline formaient une nécropole, propriété des riches familles de l'Argentine. Les caveaux y étaient somptueux, les croix d'ébène, les frontispices d'onyx ou d'albâtre. Les noms des clans étaient gravés à l'or, peinture éternelle.

Le cimetière avait ses quartiers, ses rues pavées comme les plus belles de la ville, ses monuments célèbres. Des géraniums rouges bordaient les allées. La couleur sensuelle de leurs pétales était étrangement provocante dans ce décor funèbre, si solennel. De la maison de l'ombu on apercevait le dédale de cette nécropole, l'éclat de ses tombeaux et le feu de ses géraniums.

Léon Goldberg aimait monter au premier étage pour désigner à son visiteur, d'un doigt puissant, la place exacte de son caveau.

« Vingt mètres carrés... J'ai vu grand, pour plusieurs générations. Ma femme y dort déjà... »

L'achat d'un périmètre au cimetière de la Recoleta était un investissement sur l'au-delà.

Le confort de la maison apparaissait dès l'entrée. Un escalier en bois des îles occupait le centre d'un hall où des candélabres de cuivre venus d'un palais ou d'une église ressemblaient à des sentinelles au garde-à-vous. Les plafonds étaient hauts, ornés de corniches en stuc et des cheminées fonctionnaient en hiver dans chaque pièce pour en chauffer l'énorme volume. Le froid était à jamais banni de cette maison riche. Dans les salons, drapés dans des cache-poussière en broderie, les fauteuils ressemblaient à des crapauds. Ils étaient éparpillés parmi des armoires, des buffets, des bahuts, tous ces mastodontes de l'ameublement qui font les intérieurs cossus. Les parquets étaient splendides, de vrais miroirs de cire. Mais en dépit des odeurs d'encaustique et du fumet des rôtis aux heures des repas, il régnait dans toute la maison une atmosphère de musée. Dans un silence volumineux, la voix de Léon Goldberg sonnait comme le tonnerre, et le moindre soupir s'envolait en écho.

Les salons du rez-de-chaussée, avec leurs lambris et leurs tapis d'Orient, étaient presque toujours déserts. Le grand marchand de viande préférait se tenir au premier étage, dans une pièce moins solennelle où il se sentait chez lui. Un bureau rustique surchargé de dossiers, de coupures de journaux, de carnets épars, de crayons, de plumes, tournait le dos à une bibliothèque où les livres manquaient. Sur l'étagère du bas on comptait seulement les vingt et un volumes d'une encyclopédie allemande. Léon Goldberg s'en approchait avec l'air de respect profond qu'on donne aux reliques des saints et parlait d'elle comme d'une personne vivante : « ma maîtresse d'école », avait-il coutume de dire. A terre, contre un des pieds du bureau, des journaux empilés formaient une tour penchée et branlante. Ils venaient de Vienne et de Munich, par les cargos de la compagnie. Pour son usage professionnel, Léon Goldberg tirait de meilleurs renseignements de ses fréquentations des bourses de commerce et de ses voyages en Europe. Mais il feuilletait cette presse qui colportait des informations vieillies, comme un album de photographies anciennes, pour ne rien oublier de sa patrie. La presse était avec l'encyclopédie, les deux compagnes inséparables et nécessaires de l'autodidacte.

L'étude n'était pas toute l'âme de la pièce. Quand le visiteur y pénétrait, il était accueilli souvent par le chant d'un violon ou l'air d'un opéra célèbre. De la chaise où il se tenait, Léon Goldberg désignait un fauteuil à son hôte et gardait un silence égal jusqu'à la dernière note, et même un peu plus longtemps. Un gramophone mécanique moderne de la Voix de son Maître trônait, tel un dieu, dans la bibliothèque vide, au-dessus des volumes de l'encyclopédie. Son haut-parleur était une corne d'abondance. Léon Goldberg ne laissait à personne le soin d'en remonter le mécanisme. Il prétendait que les musiciens et les chanteurs d'opéra étaient des êtres supérieurs, célestes, qui l'avaient aidé à s'élever au-dessus de sa condition. Du monde secret et merveilleux de la musique lui venaient son énergie, sa force. Hors les concertos pour violon et les opéras de Mozart, il n'aimait sans doute que le travail. Et sa fille Sarah.

« La musique est un vice viennois, disait-il. Et, croyez-moi, cela n'est pas une légende. Pas davantage un privilège aristocratique. Tout le monde aime la musique à Vienne. Même les pauvres. Même moi. »

Car Léon Goldberg, quoique infiniment riche, continuait de parler de lui comme du pauvre qu'il avait été. Il ne cachait pas ses origines, s'en enorgueillissait plutôt. Elles donnaient du relief à sa réussite.

« Je suis né à Vienne, aimait-il rappeler, d'un père cordonnier. Orphelin à douze ans, je commençais de travailler quand les autres allaient à l'école. La vie m'a appris la vie... »

Il avait pour raconter son enfance misérable le sourire glorieux d'un vainqueur. Sa vie était un parcours olympique. Pendant dix années, Léon Goldberg avait en effet accompli dans la capitale autrichienne un nombre infini de petits métiers. Il avait été garçon de café, aide-cuisinier dans un restaurant kasher puis dans un restaurant catholique (car, précisait-il, « ma foi est au-delà des rites »), cireur de chaussures, garçon de courses d'une pâtisserie.

« Valet, à Vienne, j'étais encore un valet... »

Il livrait en gâteaux les meilleures maisons de Landstrasse et de Heitzing, où il connut sa femme qui était cuisinière chez une famille bourgeoise. On l'engagea pour servir à table. Il passa les plats et il versa les vins, en veste blanche et en gants blancs. Le dimanche, il allait dans les jardins de Vienne, écouter les concerts aux kiosques. Un jour, son maître lui offrit deux places pour l'Opéra... C'est même alors qu'il découvrit Mozart... La prestigieuse salle, avec des artistes dont il avait oublié les noms, donnait *l'Enlèvement au sérail*... « Ça, c'était du miracle... Turquerie, osait dire le livret... Trop de

notes, mon cher Mozart, aurait dit l'empereur Joseph II...
Mais ce grand duo avec Belmonte!... Les personnages,
Constance, Pédrillo, Blondine, échappaient à la ronde, annon-
cée dérisoire, pour prendre la plus grande force d'envoûte-
ment... Le drame... Le drame...»

Sa femme lui répétait souvent qu'il avait de la chance de
travailler dans une telle maison, mais Goldberg avait beaucoup plus d'ambition. Devant l'horizon morose de la domes-
ticité, il décida d'émigrer. Non sans regret, car il aimait Vienne
et, bien qu'il y eût misérablement vécu, la tenait pour la plus
belle ville du monde.

«Vienne, disait-il, Vienne et Buenos Aires sont des cités
cosmopolites. A Vienne, répétait-il avec une nostalgie qui
trahissait l'émigré, à la cour, dans l'aristocratie, mais aussi
dans le peuple, tous les sangs sont mêlés. Allemands, Slaves,
Hongrois, Espagnols, Juifs, Italiens, Flamands... tous ces
peuples ont fini par créer un esprit particulier, l'esprit
viennois. Pas de nationalisme étroit dans ces cités cosmopolites. C'est ce qui m'a plu ici. En Argentine se
fondent pareillement tous les particularismes de l'Occident.
Nous sommes des Européens d'outre-Atlantique, comme les
Viennois le sont au bord du Danube. De Vienne à Buenos
Aires, c'est le même génie d'attirer les forces les plus dis-
parates.»

C'était avant 1900 et l'Argentine s'ouvrait à tous. Les Italiens surtout, mais des Européens de toutes régions, se pré-
cipitaient sur les rives de la Plata. Buenos Aires n'était pas
encore un port, à peine une plage où s'ancraient les bateaux
à voile. On appelait le rio, «mer douce».

Leurs deux voyages étaient gratuits, ainsi que leurs premiers frais de séjour. La santé de la mère de Sarah ne résista
pas au labeur de ces années-là, à leur commune bataille pour,
selon l'expression de Goldberg, se tirer de la fange, mot

magique et lancinant qu'il répétait en allemand, *Mach deinen Dreck allein*, débrouille-toi tout seul...

Mme Goldberg était morte du choléra. Mais elle avait pu, avant de mourir, assister à l'ascension de son compagnon d'exil et à l'achat de la maison de l'ombu, laquelle appartenait autrefois à un baron allemand, expatrié sous Bismarck. A la suite d'une faillite grandiose, il s'était pendu à un arbre de son jardin. Un domestique l'avait découvert qui se balançait à son arbre, en tenue de gala, comme un grand merle. Les Goldberg s'étaient installés dans les meubles du baron, dans son velours, dans ses blasons. Pleins de respect pour leur prédécesseur, ils n'avaient à peu près rien changé. Mme Goldberg avait ajouté les cache-poussière.

Sur le buffet gothique de la salle à manger une photographie montrait une femme coiffée en bandeaux noirs, au lourd corsage de dentelle orné d'un camée. C'était la mère de Sarah. Quand Léon Goldberg se tournait vers elle, il s'émouvait. Inclinant son buste épais, il contemplait alors l'image fidèle, quoique un peu pâlie, de son épouse morte. Sa mémoire avait terni le visage de cette femme, aimée il y a bien longtemps. Mais il retrouvait encore, au-delà des ans, le souvenir dénoué d'une belle chevelure, et ses reflets effacés de cerise noire.

Il n'était pas homme à s'attendrir longtemps.

« Le bœuf, disait-il sans transition, en Argentine le bœuf est d'or. »

Les troupeaux de bœufs qui paissaient par milliers sur la pampa étaient la principale richesse du pays. Léon Goldberg avait su en tirer avantage. D'une santé et d'une musculature robustes, les premiers dons que les fées lui avaient accordés, Léon Goldberg fut employé dans les abattoirs où il fit office de tueur. Perché sur l'estrade sous laquelle défilait le cortège des victimes, il leur assenait sur la nuque un coup de hache violent et précis, qui envoyait sur le tapis roulant une bête toutes les cinq minutes, dans un jet de sang. Ce métier de bourreau était des mieux payés. Goldberg ouvrit bientôt une boucherie en ville et devint en quelques années un grossiste réputé pour le choix de ses carnes. Personne n'aurait pu le tromper sur la qualité d'un bœuf. Il eut la chance d'effectuer en Bourse quelques opérations fructueuses, qui lui permirent de multiplier ses pesos. Un ministre, d'origine viennoise lui aussi, rencontré au Club Allemand où Goldberg se fit assez tôt de puissantes relations, lui donna pour ses finances des conseils plus précieux que sur un champ de course. Bientôt, Goldberg ouvrait un premier frigorifique. Les Anglais qui avaient le monopole de la viande regardèrent avec mépris ce Teuton solitaire qui voulait rivaliser avec eux. Par mépris, parce qu'ils le croyaient incapable de développer un commerce parallèle au leur, ils ne se méfièrent pas. Et Goldberg put travailler tranquille, à l'ombre des grands rapaces qui le prenaient pour un cacatoès. A l'étonnement de tous, son commerce se développa rapidement, fit florès, et, chose choquante, l'Angleterre fut son premier client.

« Meat & co... Les Anglais aiment travailler avec les Anglais... Les banques de Buenos Aires reposent sur des capitaux londoniens. Le nom de la société rassure, du moins compense mon accent autrichien. Fâcheux, mon accent... » disait-il, mais il n'essayait guère de le corriger, y tenant comme à une dernière fidélité.

« Meat & co... » ajoutait-il dans un ricanement. Puis : « chic mais plutôt ingrat. Nous autres, marchands de viande argentins, nous devons tout à Charles Tellier, le père du froid artificiel, un diable de Français... »

Sarah était sortie de la pension de la Recoleta où elle avait reçu la meilleure éducation possible : elle parlait français, elle jouait du piano, elle savait sur le bout des doigts le livre des bonnes manières. De père juif et de mère catholique, élevée avec des jeunes filles de l'aristocratie qui étaient ses amies, et bien qu'elle n'eût pas été baptisée, elle se considérait comme une chrétienne à part entière. Elle reprochait à son père de rappeler trop souvent qu'il était autrichien, et qu'il était juif. « Vous en faites une obsession », lui disait-elle.

Le passé européen de ses parents lui apparaissait comme un folklore lointain. Elle n'aimait guère le souvenir de cette misère viennoise. Elle ne l'avait jamais évoquée devant ses amies du pensionnat. La franchise publique de son père la consternait. Et lorsqu'il racontait comment il s'était tiré de la fange, chaque fois qu'il prononçait ce dicton de la famille, « Débrouille-toi tout seul », elle rougissait comme s'il avait proféré un juron ou un blasphème. Elle était fière d'être une jeune fille riche. La distinction, en dépit de ses rêves de princesse, lui manquait. Elle tâchait de compenser ses origines par les robes, par l'allure. Mais bien qu'elle souffrît à cause de lui, elle adorait son père.

Elle descendait souvent l'embrasser, elle entrait, dans la chanson de ses longs colliers de perles. Elle avait coupé ses cheveux bruns très courts, et une frange épaisse lui donnait un visage casqué d'amazone. Comme elle ne fréquentait plus le pensionnat Frébourg, elle s'habillait de robes qui ces années-là frôlaient audacieusement la rotule et arrachaient à Goldberg des gémissements de martyr. Il pardonnait tout à sa fille. Cet homme sévère, redouté par ses employés, éprouvait pour Sarah un amour fou, qui le conduisait à la plus totale indulgence. Il se répandait en gâteries. Il sacrifiait à tous ses caprices. Sarah... C'étaient des rires et des chuchotements, des baisers sonores sur les joues de son père, des entrechats, des colères acidulées. C'étaient ces robes courtes et ce casque de garçonne. C'étaient encore un parfum de fleur bleue, un rythme de fox-trot. Elle conduisait un coupé blanc que Goldberg avait fait venir de France, et fixait à une longue tige noire ses cigarettes américaines. Délivrée du pensionnat, entraînée dans les sphères les plus élégantes, émancipée, capricieuse, insupportable, c'était une jeune fille moderne.

Dans la maison de l'ombu, les repas étaient à la hauteur de cette récente bourgeoisie : riches et solennels. On entrait comme au temple sous l'œil mélancolique de la mère de Sarah, dont le portrait présidait à la scène. On s'asseyait autour d'une de ces tables de marbre, où les prêtres antiques devaient opérer leurs sacrifices — le baron allemand avait appartenu aux plus étranges sectes. Les plats étaient servis par un domestique en veste blanche. On avait un faible pour le chou farci, le faisan aux airelles, les cèpes à la graisse d'oie, la cervelle au beurre et le gâteau aux truffes. On aimait toutes les douceurs et la crème. Sarah ne touchait à presque rien, faisait des grimaces, gardait jalousement devant toutes ces tentations sa ligne de sylphide, une maigreur moderne. Le père mangeait gravement, abondamment, ne laissait au contraire rien perdre de ces calories si chèrement payées. Les vins argentins de Mendoza, onctueux comme en Bourgogne, ou pétillants comme le chianti, gagnaient peu à peu les esprits alourdis par la richesse des mets.

Les Goldberg avaient mis dans leur maison un peu de l'atmosphère de Vienne, telle qu'ils l'admiraient jadis des cuisines et de l'office, quand ils servaient les bourgeois. La gourmandise était vertu de riches. La table, comme le gramophone ou la présence d'un maître d'hôtel, représentaient leurs signes extérieurs d'opulence. Et Goldberg ne se rassasiait pas de leur vue, banale pour Sarah. Elle préférait savourer son tabac américain, sortir avec des dandies ou lire un roman étendue dans un transat de jardin.

C'est dans la maison de l'ombu que Léon Goldberg avait reçu Jean la toute première fois. C'était là que Jean avait rencontré la fortune.

Dans ce pays où l'ancienneté dépasse rarement une génération, les gens ont le culte de l'ancêtre et le mépris du *recienvenido*, celui qui débarque sur leur territoire. Aussi Jean endura-t-il d'abord de la part des hommes qu'il fréquentait beaucoup de méfiance et de froideur. On ne se mit à le respecter et on ne l'admit vraiment qu'après quelques années, quand sa figure fut devenue familière, que son accent espagnol s'améliora et qu'il eut prouvé son talent. Il avait fallu cinq années pour que le jeune naïf de Roubaix devînt un commerçant avisé et efficace, cinq années d'apprentissage; Goldberg lui avait tout appris. Il lui avait enseigné la morphologie des bœufs et l'appellation des morceaux, les rudiments de la comptabilité et de la gestion, les lois de l'exportation. Il l'avait placé successivement à tous les postes de la Meat & co. Jean avait été simple commis, aide-comptable et secrétaire, il avait travaillé aux bureaux, dans les installations frigorifiques et au port. Il franchit les échelons jusqu'au sommet, avec une rapidité qu'expliquait la bienveillance de Léon Goldberg. Sa foudroyante promotion avait suscité chez les autres employés de l'affaire bien des jalousies, et Jean fut plus d'une fois en butte aux pièges de l'entourage. Mais comme il ne cessait de monter dans la hiérarchie, les hommes furent de moins en moins nombreux à oser se plaindre de lui et les remous levés par l'apparition de l'étranger s'étouffèrent.

Léon Goldberg tâcha d'inculquer à Jean une philosophie qu'il s'était forgée lui-même, à force d'expériences. Comme souvent les autodidactes, il se faisait volontiers théoricien :

« Le réalisme... Il n'y a de bon que le réalisme... » Il combattit les rêveries de Jean, agit en garde-fou de ce tempérament d'ambitieux où, avec un écart de trente années, il se reconnaissait. Jean se montra du reste plus doué pour le commerce que son goût pour les lettres ne le laissait supposer.

En 1925, Jean Flamant était sans conteste le numéro deux de la Meat & co. Il était gratifié d'un magnifique salaire, bien que Goldberg gardât toutes les parts de sa S.A.R.L. C'est lui qui désormais choisissait les viandes dans les abattoirs de la ville, surveillait leur empaquetage dans les linges blancs et leur répartition dans les cales frigorifiques. Les viandes de premier choix voyageaient à basse température vers l'Angleterre. Celles de qualité inférieure étaient congelées puis expédiées vers l'Espagne et l'Italie. Goldberg abandonnait progressivement les rênes à Flamant, mais exigeait d'être tenu au courant des moindres démarches. Il continuait de régner en homme invisible, par Jean interposé, de sa résidence de la Recoleta d'où il sortait rarement. Cette alliance d'un vieillard et d'un jeune homme s'était faite le plus naturellement du monde, et suivait un cours sans nuages.

Léon Goldberg n'était pas en effet de ces Gérontes rancuniers qui imposent aux jeunes gens les obstacles et les privations qu'eux-mêmes ont endurés. Que n'avait-il eu un Goldberg pour lui faciliter la tâche quand, à la fin du siècle dernier, il avait débarqué sans un sou en Argentine... Comme beaucoup de compatriotes argentins, il ne se reconnaissait en outre qu'une seule communauté, celle de ses intérêts particuliers, son affaire de viande, et son unique enfant, Sarah. Il avait voulu de plein gré tirer à son tour « de la fange » ce jeune Français. Si Jean avait réussi dans le commerce de la viande, il le devait au Viennois. Mais aussi à une qualité personnelle, son ardeur têtue. Dans l'exercice de ses tâches successives, il avait révélé des capacités d'acharnement et de dynamisme. Sans doute avait-il attendu trop longtemps d'entrer dans la vraie vie. Il se donna corps et âme à la Meat & co.

Léon Goldberg était un homme trop réaliste pour accorder ses faveurs à un incapable. Rien ne lui était plus odieux que la mollesse. Il avait reconnu en Jean la détermination d'un gagnant. Une chose encore les rapprochait : ils croyaient l'un et l'autre pareillement aux vertus du travail et de la chance.

Jean se rendait tous les jours aux bureaux de la Meat & co, rue Esmeralda. Il y arrivait à huit heures, dictait son courrier, vérifiait l'état des commandes et des expéditions, recevait un grand éleveur, un acheteur européen, ou un banquier. Il allait au frigorifique, dans les faubourgs du sud de la ville, puis au port de la Boca, surveiller l'activité aux abattoirs et sur les cargos. Il passait à la Bourse, pour traiter des valeurs et se montrer en chair et en os, car comme le lui avait appris Goldberg, il fallait être présent partout et ne rien négliger de ses intérêts. Rue Esmeralda, lorsque les machines à écrire ne crépitaient plus depuis longtemps, Jean demeurait tard, dans l'odeur d'encre et de cigarette froide, à rédiger des notes, à préparer de nouveaux contrats, à régler des contentieux, tandis qu'une vieille horloge autrichienne sonnait les quarts d'heure dans ce qui avait été jadis le bureau du fondateur de la Meat & co. Sur le mur, face à lui, était épinglé le dessin grossier d'un bœuf, au fusain. Du museau à la queue, l'animal avait été découpé par de gros traits noirs en quartiers où se lisait leur nom. Les cases formaient un puzzle. Jean avait étudié le vocabulaire de la profession sur ce dessin précis, quoique fort éloigné de l'art, et il gardait ce souvenir en papier kraft de ses premières leçons dans l'empire Goldberg. Quand il quittait l'immeuble de la Meat & co, le concierge fermait à clé le lourd portail derrière lui.

Le travail avait permis à Jean d'établir une partie de son rêve : en 1925, il put s'habiller chez les tailleurs anglais. Il porta canne et chapeau. Il fit broder ses initiales au fil de soie sur ses chemises. Il fuma le havane et dîna au Plaza où il avait sa table. Il roulait dans une automobile de classe, décapotable, qu'il conduisait en gants de peau. Jean Flamant menait une vie dorée, mais sage, dans la mélancolie d'un bonheur parfait.

La foire de Palermo battait son plein. Une odeur âcre prenait à la gorge dès qu'on pénétrait sous le chapiteau. On était à deux pas du bois et du jardin des roses mais, une fois l'an, un dimanche d'août, Palermo était une écurie géante. Des vapeurs chaudes montaient du bétail réparti dans les enclos.

Le spectacle des troupeaux attirait à la ville des Argentins de toutes régions. Les bêtes d'élevage étaient pour le pays l'attraction la plus vaste et la plus recherchée. Elles faisaient concurrence au cirque et à l'opéra. La foule de Palermo était en effet aussi dense que le bétail.

Des hidalgos, venus de lointaines *estancias*, promenaient à travers la foire leur vieil orgueil de propriétaires. En chapeau de feutre et redingote d'antan, chaussés de bottes de cuir qu'ils fouettaient parfois d'une cravache, ils reconnaissaient les bêtes qui portaient sur la croupe le sceau de leur domaine. Des paysans au teint bistre d'Indien accompagnaient leurs moutons et, assis près de leurs bêtes, ne desserraient pas leurs lèvres du tuyau de leur pipe de maté. Des hommes d'affaires en chapeau melon, qui fréquentaient d'ordinaire les clubs de la rue Florida et de la rue de Mai, cherchaient à évaluer de prochains profits, et regardaient les animaux comme des chiffres au tableau noir de la Bourse. En habit du dimanche, des couples de *porteños,* venus en curieux, mêlaient leur gouaille de citadins aux commentaires des experts.

A cheval, comme si Palermo continuait la pampa, des gauchos fendaient la foule. Ils abordaient l'agitation avec le couteau passé dans le ceinturon. Le chapeau rabattu sur les yeux, le col relevé sur le visage, ils parcouraient la foire, renfrognés et sauvages, en hommes qui ont choisi la solitude pour compagne et que la présence des autres humains dérange ou inquiète. Ils étaient à Palermo les seules créatures non apprivoisées. Certains portaient sur leurs vêtements la poussière blanche des terres à bœufs. D'autres arboraient des costumes de *ferias :* ils avaient harnaché leurs chevaux de parures d'argent. Les rênes, le mors, le pommeau de la selle, les étriers avaient été ciselés par des artisans espagnols, aux siècles de l'occupation. Les gauchos portaient sur eux le même argent que leurs chevaux, le *tirador* et le *facón* des cavaliers d'autrefois.

Jean passa rapidement devant le parc à moutons où étaient exposés des Mérinos, des Rommey, des Marsh, et d'autres béliers à l'hérédité mâtinée de plusieurs races, moutons cobayes, moutons de laboratoire, espèces inventées de toutes pièces par des éleveurs soucieux de répondre à la demande de plus en plus sophistiquée des acheteurs de l'Europe. La mode était cette année aux laines fines, moins bouclées, plus nerveuses, qu'exigeaient les industries lainières d'Angleterre et de France, de Leeds et de Roubaix. La foule applaudissait le fruit de ces accouplements monstrueux, et le travail d'un fermier qui tondait une bête, avec le doigté d'un grand coiffeur. La laine n'était plus pour Jean qu'un souvenir lointain mais lorsqu'il en retrouvait l'odeur, comme ici à Palermo, il hâtait le pas.

Il préférait le spectacle du rodéo. Des badauds soutenaient les cavaliers de leurs cris. Des paris s'élevaient. Des chevaux rétifs, à demi sauvages, désarçonnaient les brutes qui s'acharnaient contre eux, se cabraient, s'ébrouaient, pour qu'ils lâchent prise, et cherchaient, à demi fous, une porte vers l'évasion. Si un homme maîtrisait l'animal, il lui pliait l'échine et lui bourrait le ventre de coups de poing et de pied, indignes d'un cavalier. Le public ne sifflait pas les brutalités : le cheval avait failli broyer l'homme, il était juste à ses yeux que ce dernier imposât à son tour sa puissance. Jean regretta que le dompteur fût si souvent l'homme. Il admirait les chevaux. Il paria sur un cheval noir, qui appartenait à un éleveur de Neuquen, une province des Andes. Il avait une crinière en bataille et des yeux dorés. Et il galopait dans l'enclos comme dans les vallées rocheuses et l'immense toundra argentine. Il renversa huit cavaliers avant de rentrer dans son box, en sueur et en sang, mais vainqueur, sous les applaudissements.

Jean se rendit alors à l'endroit du *remate*, devant l'estrade où défilaient les bœufs. Les enchères montaient :

« 250 pesos... 300... 350... 500 pesos. »

Un bœuf de Cordoba, aux muscles encore noués mais aux formes splendides, un Shorthorn de première catégorie, engraissé sur les embouches de San Luis, était l'incontestable vedette de la vente. Tenu au bout d'une corde par un péon, il attendait son tour. Un Hereford en robe blanche à taches rouge-gorge, puis un Aberdeen-Angus, sans cornes, et un Durham moins robuste, moins bien engraissé, furent emportés par le trust anglais des abattoirs, à l'évidence soucieux d'établir sa préséance sur les Américains, nouveaux venus parmi les marchands de viande d'Argentine. Le directeur du principal frigorifique anglais, en costume de la City londonienne, faisait monter les enchères d'un signe de la tête, qu'un commissaire priseur traduisait aussitôt en pesos. Son homologue américain, un Texan habillé en cow-boy, braillait des chiffres mais ne parvenait pas à suivre, dans ses sommets, les tarifs de l'Anglais. Sans aucun doute, le Britannique avait reçu des ordres : ne pas plier l'échine devant la concurrence yankee et démontrer au public l'hégémonie de la Grande-Bretagne sur le marché du bœuf. Lorsque le bœuf de Cordoba fut conduit au premier rang, un murmure d'appréciation courut dans les rangs des connaisseurs. Un expert découvrit les incisives, puis déclara la catégorie de l'animal. Précisions inutiles pour les enchérisseurs. Le Texan lança un premier prix, si haut que le commissaire-priseur lui-même haussa les sourcils. Le représentant de la City passa outre l'envoyé de Dallas. Le bœuf prenait des proportions de brontosaure.

« 1 000 pesos... 1 100... 1 150... »

Jean reconnut dans l'assistance don Rafaël Ponferrada, grand *estanciero* de l'Ouest. Il se tenait au premier rang, un peu en avant de la foule des amateurs de *remate*. Jean reconnut de dos sa haute silhouette, sa redingote blanche et ses cheveux blancs. Ponferrada était réputé pour sa sauvagerie. Il possédait l'un des plus beaux troupeaux d'Argentine et vivait parmi ses gauchos et ses péons sur des milliers d'hectares de prairie. Mais pour l'exposition de Palermo qui coïncidait avec la saison d'opéra, il retrouvait Buenos Aires. Le bœuf venait de son *estancia* de Rancho Grande.

Jean s'avança au niveau de Ponferrada et attendit que l'Anglais et l'Américain s'essoufflent dans leur course aux enchères. Cette fois, le Texan ne lâchait pas prise, il s'entêtait sur le beau Shorthorn. Le profil de Ponferrada arborait un sourire flamboyant. Son animal valait de l'or. Il était d'une race supérieure, sans prix, comme les taureaux de la vieille Castille qui meurent au combat. Il y avait dans ce bœuf un peu de l'irréductibilité du maître du ranch.

« 2 000 pesos...! »

Jean lança le chiffre comme un défi. L'Anglais pâlit, le

Texan rugit et le commissaire-priseur adjugea à ce prix sans mesure. Ponferrada ne broncha pas. Il se hissa sur l'estrade, s'approcha de son bœuf et lui donna sur la croupe un coup du plat de la main. Puis il quitta la foire, mais en passant près de Jean il souleva son chapeau, ce qui était de sa part un signe extravagant, plus insolite, plus rare qu'une phrase ou un mot. Don Rafaël Ponferrada aimait les actions d'éclat.

« Un homme dur, et de la plus haute société, avait dit Léon Goldberg. Il n'aime pas les Juifs, avait-il ajouté dans un rire énorme. Achète-lui par principe ses plus belles bêtes. Elles nous vaudront un prestige très sûr, une publicité sans faille. »

Rue Esmeralda, dans la rédaction des contrats et la conduite des affaires, il fallait être prudent et économe. Jean négociait au plus serré l'achat de troupeaux entiers qui aboutissaient dans ses frigorifiques. Mais à la foire, fidèle aux leçons de Léon Goldberg, il tenait à démontrer la puissance de la Meat & co. Il fallait impressionner l'Anglais, désarçonner l'Américain, et séduire les *estancieros* en payant le bœuf au poids de l'or, il n'avait pas eu d'autre but ce dimanche.

A la Recoleta, le maître d'hôtel lui ouvrit la porte. Sarah descendit l'escalier en trombe, se jeta à son cou et lui annonça qu'elle sortait. Elle allait au zoo avec ses « copains », un mot tout neuf qu'elle avait pêché dans de mauvaises lectures. Victor Margueritte sans doute. Car elle parlait toujours français avec Jean.

« Le zoo? Es-tu folle, dit-il. La foire de Palermo ouvre ses portes et tu vas au zoo! Va donc voir les bœufs, les moutons... C'est tout aussi distrayant. Et c'est le métier de ton père.

— Justement, répliqua Sarah, pour moi, le bœuf, c'est du steak. Rien que du steak. La girafe, ou le perroquet, voilà des animaux rigolos, et inutiles. A l'exposition de bestiaux, j'aurais l'impression d'entendre papa : le paleron par-ci, le flanchet par-là. Et les copains se moqueraient de moi... Ah non, au zoo, la Meat & co disparaît, et vive la vie! Accompagne-moi...

— Inutile, tu es avec la bande... Et puis le zoo... Mais je viens te chercher dans une heure. Nous irons nous promener.»

Et Sarah disparut sous l'ombu, appelée par le son impérieux d'un klaxon.

Léon Goldberg écoutait de la musique. Quand Jean ouvrit la porte, il lui fit signe de s'asseoir et de ne pas parler. Il dit seulement à son intention : «Max Bruch... Concerto en sol mineur... Une nouveauté gravée pour la première fois par le Deutsche Gramophon... Ça vient de Munich. Le transitaire me l'envoie.»

Jean alluma un cigare. Il n'était pas particulièrement mélomane, mais il appréciait l'élan que toute musique donnait à ses rêveries. Ce violon-ci était toute mélancolie.

L'avenir de Jean était simple. Il était sous le signe de l'animal héraldique de l'Argentine, le bœuf de la pampa. Une effigie d'or servait de blason à la Meat & co; en figurait, comme le glaive ou la mitre, la toute-puissance. La vie de Jean était désormais gouvernée par cette idole.

Longtemps, les bœufs gras, châtrés, dont l'œil pleure sans tarir, lui avaient inspiré la pitié, le dégoût. Il n'était parvenu que lentement à les détailler avec la froide indifférence des professionnels. Les circonstances ne lui avaient pas laissé le choix : il s'était lancé dans le commerce de la viande comme on se jette à l'eau. La nausée lui avait tordu le ventre à sa première visite aux abattoirs, où Goldberg demeurait des heures sans être incommodé. La vue du sang ne le gênait pas, mais devant l'odeur, il faillit s'évanouir. Il s'étonnait encore qu'on pût pénétrer dans des usines à viande sans être aussitôt saisi d'écœurement. Lui-même s'était peu à peu habitué à l'atmosphère des pièces où l'on tue, et ne rapportait plus de ses heures passées à sélectionner les lots, ce malaise qui, les premiers temps, ne s'évaporait que dans les beaux bureaux de la rue Esmeralda, devant une pile de dossiers. Hors l'étude, la planification et la stratégie, activités d'ordre intellectuel, il s'était mis à aimer dans son métier tout ce pour quoi il n'avait au départ que répulsion. Il commençait de trouver belles les bêtes, il appréciait les muscles en connaisseur, et le spectacle de la viande suspendue en longues files saignantes lui donnait le même plaisir que le tableau de Rembrandt dont il avait vu la reproduction. Il ne regrettait plus comme jadis que la fortune passât par l'abattoir et le frigorifique au lieu du salon d'une égérie. L'argent était venu à bout de ses réticences et l'avait convaincu des vertus inégalables de la Meat & co. Il avait trouvé ce qu'il cherchait en débarquant en Argentine, il avait échappé à la pauvreté qui avait marqué sa jeunesse du même fer rouge que les bœufs des prairies.

Mais depuis que sa fortune était assurée, il recommençait de rêver. Il avait d'autres projets : une affaire ou une terre, il voulait donner son nom à une entreprise. Le concerto de Max Bruch charriait toutes les promesses du monde.

Léon Goldberg, un sourire de béatitude aux lèvres, et les yeux fermés sur une satisfaction souveraine, paraissait communier lui aussi avec le romantisme de Bruch. Jean admirait Goldberg. Son ascension sociale lui en imposait. Sa prodigieuse réussite lui semblait un modèle. Jean voyait Goldberg à l'égal de Max Bruch. Car il était à sa manière un créateur. Et la Meat & co son œuvre. Meat & co... Jean regretta qu'une entreprise aussi prospère ne portât pas le nom de son fondateur. « & co »... On ne pourrait jamais accoler aucun nom, fût-il anglais, au premier dénominateur. Meat & Goldberg ? Meat & Flamant ? Absurde... Le « & co » plaisait du reste beaucoup moins à Jean que le « et Fils » des industries familiales de Roubaix. Paraître anglais ou américain n'était pas sa panacée.

Dans le chant du violon il y avait un appel. Calme d'abord, il s'élevait en notes impérieuses, accompagné par l'orchestre qu'il dominait de sa fièvre. L'appel montait, plus aigu et presque douloureux. La musique inventait pour Jean des images de réussite *ex nihilo*, où il n'était plus un bras droit, un numéro deux, un directeur, mais un fondateur lui aussi. Tout en éprouvant pour Goldberg une reconnaissance sans bornes, il regrettait de tout lui devoir. Goldberg avait été pour lui un enchanteur Merlin. Il lui avait ouvert toute grande la porte de la Meat & co, et celle de sa maison de la Recoleta. Sans Léon Goldberg, Jean Flamant n'était rien. Il souffrait un peu de cette vérité. Il craignait de n'être pas à la hauteur de ce personnage exceptionnel, qu'il admirait, et qu'il songeait à imiter. Affranchi de sa tutelle, saurait-il cependant faire œuvre lui-même et œuvre comparable?

Le violon exaspérait sa mélancolie, et quand le concerto s'acheva, rendant la grande maison à son silence de musée, Jean s'adressa à Léon Goldberg :

« La viande et le violon, dit-il. Quelle poésie vous inspire donc? »

Et Léon Goldberg, émergeant de sa béatitude :

« Pourquoi t'étonner, la musique et le commerce ne sont pas deux activités inconciliables. Il n'y a que les intellectuels pour l'imaginer... C'est curieux, la faute judéo-chrétienne ne doit pas peser sur moi. Je travaille dans une industrie de viande, ce que ma religion m'interdit. Mais je ne suis pas plus un homme honteux qu'un juif honteux. Je n'ai jamais eu honte de mon métier. J'aime trop la vie. La condition humaine, bien pitoyable tu l'avoueras, justifie tous les combats... Tu trouves la viande prosaïque? Mais si tu es intelligent, tu finiras par lui trouver de la poésie. Et le violon, dis-tu ? Mais le violon me ressemble... »

Il éclata d'un rire jovial :

« Le violon est un parvenu de génie. Comme moi... C'est un paria parmi les instruments : le clavecin, la harpe, l'élégant piano. Le violon a toujours été le compagnon des juifs et des tziganes. Avant de conquérir les cours, de mater les salles de concert à Paris, à Vienne, à Buenos Aires, il a joué dans les tavernes et dans les rues, pour des buveurs, des mendiants et des pauvres gosses. Le violon a suivi dans ses errances tous les exilés de ce monde. Ne me dis pas que tu n'entends pas encore dans le concerto de Max Bruch, si poli, si savant, le tremblement sauvage des peuples chassés, des peuples tziganes, dont le violon est l'ami... La viande est mon métier et le violon, oui, le violon est mon ami... »

Le parc zoologique était une des expéditions préférées de la bande des jeunes dandies qui courtisaient Sarah Goldberg. Ils venaient s'y promener bras-dessus bras-dessous avec des jeunes filles de la bonne société. Celles-ci jetaient parfois quelques coups d'œil inquiets sur les bois de Palermo qui enserraient le parc, ou sur les arbres du jardin botanique voisin, véritable lieu de perdition, hanté par des chats et des couples d'amoureux qui, disait-on, se cachaient dans les bosquets. La promenade au zoo devenait un plaisir pervers, à l'ombre de ces menaces. Sarah feignait d'être blasée, mais ne manquait aucune expédition.

Les filles envoyaient des baisers aux petits fennecs et aux guanacos tristes, elles gloussaient pour répondre aux dindons gris d'Afrique et aux perroquets des tropiques, tandis que les garçons jetaient du sucre au crocodile, du maïs au tigre. Ils étaient tous cruels et hautains devant ces bêtes prisonnières auxquelles ils rendaient visite au gré de leur ennui. Ils remontaient les allées bordées d'arbres aux espèces rares, traversaient des ponts japonais, franchissaient des plans d'eau sur des galets disposés comme des nénuphars, accrochaient leur veste de laine à des buissons de ronces ou à des branches piquées de boules de hérissons. Une poussière terreuse accompagnait leurs pas; ils en rapporteraient tout à l'heure la trace sur le tapis de leurs belles voitures ou dans le hall de leurs belles maisons. L'autruche était la plus moquée : à cause de ses dandinements ridicules et de ses mines prétentieuses, ils la comparaient à une actrice de Boulevard, infatuée et sotte. L'ours des Pyrénées, échoué ici après un voyage de martyr, gardait de ses grottes et de ses forêts l'humeur bougonne des vieux montagnards. La bande l'appelait le Gascon, du nom d'un des leurs dont un ancêtre habitait le pays de l'ours. Ils restaient de longs moments à exciter les singes, à leur jeter en tous sens de vrais et de faux appâts, des cailloux, de la terre. Une amie de Sarah leur lança hardiment une boucle d'oreille d'agate qu'un marsouin pouilleux vint gober à l'instant. Éblouie, la jeune fille avait décroché l'autre boucle, mais le singe cette fois n'en avait pas voulu, et d'une patte ingrate il poussa le bijou dans la mare où tous virent en riant couler l'agate, toute scintillante dans l'eau putride. Le geste de l'enfant gâtée fut apprécié par la bande qui n'aimait rien plus que ces caprices où s'affichait une théâtrale indifférence à la fortune. On admira le singe d'avoir joué le mépris. Pour un peu, on l'eût adopté. Les pitreries de ces petites créatures, leurs airs de conspirateurs et de politiciens retors, leur impudeur à se gratter, à s'épouiller, leur fourrure mitée les enchantaient. Ils préféraient aux gros singes, aux sajous, aux orangs-outans, les ouistitis et les macaques, ces petits marquis du zoo.

Près de la cage aux fauves, les filles sortaient un mouchoir de leur sac ou portaient à leur nez leurs mains gantées, tel un masque. Plus personne ne parlait, suffoqué par la puanteur. Mais aucun ni aucune n'aurait manqué la visite au lion et à ses femelles, au tigre ni au léopard, à ces bêtes réputées pour leur fierté, que l'enfermement réduisait à une béatifique prostration. Par leurs muscles, leur démarche, leur regard sous les cils qu'on eût dit peints au khôl, ils étaient ducs, princes ou comtes. On jouait avec eux à la généalogie, fils du lion, du tigre ou du léopard, on s'inventait un ancêtre qui régnait dans la jungle, tandis que soufflait sur la bande la folle nostalgie d'une race épargnée des mélanges.

Non loin de la cage aux lions, un loup de Sibérie courait de l'extrémité à l'autre d'un champ cerné de barbelés, affamé d'espace, comme halluciné. Il était si efflanqué que tout son squelette transparaissait sous le poil, que les muscles affleuraient dans la course, déployant leur jeu et leur cadence. Les yeux du loup étaient fendus en amande comme ceux d'un Mongol, très clairs, pailletés de jaune, porteurs des horizons de la steppe. Devant lui les filles feignaient la peur, jouaient à hurler si le loup s'approchait des barbelés, s'accrochaient au bras des garçons qui leur racontaient des histoires effrayantes de Chaperon Rouge «pour de vrai». Un jour que le loup dérapa dans sa course et vint s'étaler devant eux, tout disloqué, la bande le hua comme un acteur de cirque qui rate son numéro. Il fut sifflé et affligé du sobriquet méprisant de métèque, ce qui mit fin à sa légende et le relégua au dernier degré, soit bouc émissaire, ce laquais des laquais... Les jeunes gens lui tournèrent le dos, s'en allèrent vers des créatures plus subtiles; ce mammifère qui dort la tête en bas, accroché par la queue à une branche d'acacia, ou le tamanoir des Caraïbes dont la queue peut se rabattre et couvrir le museau.

Ils évitaient le paon qui porte malheur, et ne s'attardaient guère aux cabanes des guanacos dont l'épopée locale leur paraissait auréolée de plus de honte que de gloire. Cet animal aux yeux tendres et à la fourrure douce, au cou de girafe inachevée, suscitait trop leur pitié. Tous les animaux du parc zoologique avaient sans doute un destin injuste et cruel. Du moins pouvaient-ils les amuser. Le guanaco éveillait en eux on ne sait quelle culpabilité qui leur faisait hâter le pas, comme pour fuir leur propre gêne. Le guanaco représentait l'Argentine, de cela ils ne se vantaient pas : celui du parc n'était qu'un rescapé des massacres. Le sort des autres bêtes les laissait en revanche indifférents. Elles n'étaient qu'occasion de jeux et cibles de plaisanteries. Elles aidaient les garçons à mieux courtiser ces jeunes filles, sorties depuis peu des collèges religieux, à leurs yeux trop réservées, qui, dans tout autre lieu, moins assaillies d'émotions, ne se fussent pas laissé prendre si tendrement par la main ou la taille, ne se fussent jamais abandonnées à leur côté, n'eussent jamais enfoui leur tête au creux de leur épaule. Toutes chavirées par le spectacle magnifique et pitoyable du zoo, les jeunes filles de Buenos Aires acceptaient de prendre le bras et de suivre le pas nonchalant de ces garçons en chapeau de feutre ou de paille, selon la saison.

Le guanaco, dont l'enclos jouxtait le portail du parc, les regarda partir d'un air indifférent vers le seul horizon qu'il pouvait reconnaître : le vert horizon des espaces sans fin, des forêts tropicales et des champs de maté.

Après avoir en vain essayé d'entraîner les jeunes filles dans les allées du bois, dans l'espoir de cueillir un baiser ou de serrer plus qu'une épaule, les jeunes gens retournèrent à leurs automobiles. Ils les conduisaient à une allure folle, par pure épate. Ils regagneraient les beaux quartiers de Buenos Aires, à l'est. Ils prendraient le thé au Paris. Luis de Villamar, un blondinet au visage poupin, à la taille courte, mais dont l'annulaire gauche s'ornait d'une chevalière armoriée, s'approcha de Sarah. Elle regarda, fascinée, la main qui, posée sur son bras, fixait l'image d'une authentique noblesse européenne. Il tenta de la persuader d'aller avec lui au Paris. D'habitude Sarah aimait se montrer en sa compagnie. Il lui semblait que le blason de Luis projetait un éclat sur sa beauté trop roturière. Mais ce jour-là Jean lui avait donné rendez-vous à la sortie du parc, et il était là, debout contre un arbre centenaire, qui l'attendait. Son élégance n'avait rien à envier aux dandies qui entouraient Sarah, et il était infiniment plus beau que Luis de Villamar. Mais elle rougit quand Luis, de dépit, lui lança :

« Si tu préfères t'afficher avec un parvenu... »

Elle se laissa pourtant enlever à son cortège de fidèles et entraîner vers Rosedal, le jardin des poètes, près du lac. Le paysage avait la rousseur du pelage des fauves qu'elle avait admirés. De larges feuilles veinées et point encore mortes, de cette teinte or qui flamboie avant de se dessécher, couvraient le territoire de Palermo de la même chatoyance que les frondaisons. Des enfants se livraient une bataille de feuilles d'automne comme ils l'eussent fait de neige. Du bout de sa canne Jean enferrait les plus belles proies, tandis que Sarah les harponnait de ses talons où elles restaient empalées. Son manteau, très court et qu'elle portait sur une robe encore plus courte, accentuait sa ressemblance avec les oiseaux montés sur échasses, à la fois élégants, fragiles et un peu ridicules, qui traversent les marais en enjambées grêles. L'imperméable doublé de shetland de Jean était plus adapté à l'humidité et à l'aigreur du vent.

Bientôt ils marchèrent dans les allées de graviers bordées de rosiers sans fleurs et de bustes de poètes. Une pelouse maigre, des arbustes desséchés et les bustes de pierre formaient un étrange contraste avec la somptuosité de l'automne qui régnait alentour. Ils abandonnèrent le jardin aux poètes et suivirent l'allée qui descendait vers l'eau, entreprenant de contourner le lac où, à la belle saison, canotaient des jeunes gens en tenue claire. Les bords de l'eau étaient une croûte blonde de feuilles d'Ophélie.

« Les livres sont arrivés de Paris », dit Sarah.

Jean, qui aspirait autrefois à l'université et à l'École normale, avait, les premiers temps de sa vie à Buenos Aires, abandonné les livres. Ils lui rappelaient trop l'échec de son adolescence. Ils avaient même un goût de rêve frustré. Puis, lancé à corps perdu dans les affaires, il avait dû adopter l'âpreté, le sens du concret, le réalisme. Les livres l'auraient trop distrait de sa besogne. Ils auraient ralenti sa marche. Rien de plus étranger ou hostile que le commerce et la littérature. Seulement, quand se fut adoucie ce qu'il appelait son amertume européenne, quand il eut un peu oublié le jeune Roubaisien de naguère aux nuits nourries de tous les romans, il était revenu à la lecture. Il avait retrouvé intacte sa joie de plonger dans ce monde parallèle toujours à mille pieds au-dessus des réalités. Justement, Sarah était à l'origine de ces retrouvailles.

Cette jeune fille folâtre et assez superficielle manifestait pour les livres un intérêt vivace, qui était une autre facette de sa personnalité. Sans doute la plus attachante. Elle faisait venir tout exprès de Paris, chaque trimestre, des ouvrages récents qui lui parvenaient ainsi dans leur primeur. Élevée dans la langue espagnole, elle ne s'intéressait qu'à la culture française. Au collège, l'enseignement du français était prépondérant. Toute jeune fille du monde se devait de soutenir une conversation dans la langue qui était toujours, en Argentine, celle de l'aristocratie et de l'intelligentsia.

Buenos Aires était plus snob que Paris et tout aussi capricieux. Il avait ses salons, ses égéries, et des revues inspirées par celles de la métropole. En dépit de ses études, de ses fantasmes d'autrefois, Jean n'avait jamais fréquenté le milieu intellectuel argentin. La riche bourgeoisie pouvait se vanter d'une culture au moins égale à celle d'outre-Atlantique. Aussi Sarah était-elle abonnée au Mercure de France et à la Nouvelle Revue française. Elle s'intéressait aux folies du groupe surréaliste. Elle se voulait à la page, comme ses robes étaient dans le ton. Mais bien que la mode fût son grand souci, elle n'y perdait pas son esprit critique et sa personnalité s'affirmait souvent dans des jugements à l'emporte-pièce qui auraient horrifié un public plus dévot. Jean, lui, riait des formules de la jeune fille. A la violence de ses faveurs ou défaveurs, il opposait une sensibilité plus tranquille, à ses catégories, un éclectisme moins hargneux.

« L'année dernière *le Baiser au lépreux,* cette année *le Désert de l'amour...* ? N'y a-t-il rien qu'il ne transforme en cauchemar, cet écrivain?... J'ai lu bien d'autres livres où l'amour est un bonheur...

— Les romanciers ne racontent que les amants perdus, Tristan et Iseult, Lancelot et Guenièvre... La littérature est une vallée de larmes. Où as-tu lu que l'amour est un bonheur? »

Sarah se jeta éperdument dans une défense du cœur, de ses folies, de ses raisons. Elle écarta les romans de Pierre Benoit, dont elle venait de lire *la Châtelaine du Liban,* pour le fait que toutes ses héroïnes avaient en effet une fin tragique. Elle eut un soupir pour Raymond Radiguet, dont elle avait porté quelques jours le deuil avec autant d'ostentation que de sincérité, parce qu'elle l'aurait bien vu dans sa bande de jeunes idolâtres. Elle trouva ce qu'elle cherchait dans le souvenir des petits livres de Colette, dans leurs images de campagne et de plage, d'oiseaux, de fleurs, de maisons aux parfums qui rassurent. Là, l'amour valait le plaisir d'une partie de pêche ou d'un pique-nique sur le gazon. Puis d'Anna de Noailles, des vers lui revinrent, pleins d'espérance et de foi dans le couple, dans la vie, dans les baisers. On s'y aimait à la folie dans les plants de fraisiers et les vrilles du chèvrefeuille.

« Anna de Noailles! s'exclama Jean. Païenne!

— Mais, protesta Sarah, tu sais par cœur les poèmes de Bitto...

— Vrai, parce qu'elle est merveilleusement sensuelle. Un peu compliquée avec ses sultans, ses vizirs, ses bouddhas, son exotisme de pacotille. Mais nue, avec des cerises aux oreilles

et ses cheveux bleus comme des prunes, elle a dû être sublime...
Elle sait mordre dans une fraise, écouter vibrer un moucheron
ou cueillir une tomate... Très sensuelle », répéta-t-il avec un
sourire entendu qui surprit la jeune fille.

« Sensuelle », murmura-t-elle, chatouillée.

La sensualité de Sarah était encore tout imprégnée d'enfance et ne devait rien aux allures de femme qu'elle se donnait volontiers. Elle avait beau fumer des cigarettes et conduire
une auto, l'amour était pour elle un rêve de petite fille. Quand
un cavalier la prenait dans ses bras, pour danser, elle s'imaginait connaître les grands frissons qu'Anna de Noailles savait
si bien conter. Elle devinait pourtant que son émotion ouvrait
sur l'inconnu, qu'elle pressentait seulement les abîmes et les
extases. Avec impatience et un peu de frayeur, elle attendait
la terre promise que lui vantait Bitto, ses fleuves de lait, ses
montagnes bleues de tendresse, ses champs où passent les
frissons du soir, ses vallons creusés par la caresse du vent.
Elle reconnaîtrait ce paysage, mais elle attendait pour lors
qu'on l'invitât au voyage. Dévorée de curiosité, elle lisait les
romans d'amour...

« Sensuelle... » dit-elle, encore frappée par la caresse de ce
mot, si rare et si troublant.

Jean s'aperçut que Sarah avait les joues de la couleur de
ces tomates qu'Anna de Noailles avait par fantaisie tirées du
potager, ennoblies et faites aussi poétiques que le chèvrefeuille. Si délurée fût-elle, si rompue à des lectures auda-
cieuses, Sarah n'en gardait pas moins une âme farouche ou
facilement effarouchée. Jean s'accusa de sa maladresse à parler aux jeunes filles, mais il s'en amusa. Il lui prit le bras et,
tandis que, ravie de marcher contre son épaule, elle recommençait à babiller, lui donnait l'inventaire des trésors conte-
nus dans la caisse du libraire parisien, puis se lançait dans
mille projets de fêtes, de voyages, il se demandait quel accueil

elle ferait à une demande en mariage, et si elle ne lui pré-
férerait pas, en dépit de leur amitié, un des jeunes snobs avec
lesquels elle s'affichait en ville.

Ces fils de famille qu'ils avaient laissés à la porte du zoo
fréquentaient la maison de l'ombu, comme du reste toutes
celles qui abritaient une jeune fille charmante et fortunée. Ils
y étaient chez eux. Ils montaient chercher Sarah dans sa
chambre, dévalaient en trombe l'escalier en bois rouge, se
vautraient au salon sur les housses brodées, appelaient à grands
cris les domestiques, et ne se calmaient un peu qu'aux brèves
apparitions de Léon Goldberg qui jetait un œil ulcéré sur
leur bruyante assemblée. Imbus de leur génie, de leurs privilèges et de leur généalogie, idoles de la société de Buenos
Aires, seigneurs oisifs, improductifs, oiseaux légers aux
éblouissants ramages, ils copiaient l'élégance folle de Boni de
Castellane et se plaisaient à éblouir le club, comme les salons
en ville, de leurs excentricités et de leur faste tapageur. La
plupart étaient des étudiants ayant langui dans les études, aux
airs faussement spirituels et aux lèvres molles, qui exprimaient
le dégoût de tout. Leur gaieté factice, leurs rires exagérément
sonores, dissimulaient mal leur ennui, et leurs activités multiples – sport, cartes, pique-niques ou cabarets – une noncha-
lance profonde, une formidable apathie.

Sarah s'était imposée à eux par ses allures modernes, ses
robes ultra-courtes, ses fume-cigarette et son français chic,
ses expressions d'argot dénichées dans les livres les plus récents ;
enfin par sa féminité garçonnière, mélange de vamp et de
copain. Elle avait fait d'eux sa troupe, son insolent cortège.
Qu'il y eût des nobles parmi eux la flattait. Qu'elle fût d'ascendance française, anglaise ou espagnole, très brillante ou
très obscure, la noblesse fascinait Sarah. Tout son esprit, toute
sa fantaisie, elle les avait employés à se constituer cette cohorte
de semi-esclaves de luxe. Leur morgue à l'égard des Juifs,

leur conscience de race qui aurait dû les garder loin de la maison Goldberg, avaient cédé devant la fortune du père et les attraits de la fille. Sarah, dont ils étaient tous un peu amoureux, échappait à leurs sarcasmes, tandis que Léon Goldberg était encore la cible de leur ironie. Élevée avec leurs sœurs au pensionnat Frébourg, Sarah était coulée au moule de la bonne société. Léon Goldberg, qui n'avait jamais renoncé à l'accent des ghettos de Vienne, incarnait pour eux l'espèce inférieure et fort méprisable du Juif parvenu. Quelques-uns de ces jeunes hommes aux mèches plaquées de gomina, descendaient en effet de familles illustres et féodales. D'autres, par leurs pères ou leurs grands-pères, n'étaient qu'un autre genre de parvenus. Certains s'étaient en effet subitement anoblis pendant la traversée de l'Atlantique, prenant le nom de leur village ou de leur échoppe. Ou bien avaient embelli une noblesse étriquée, l'avaient empanachée d'ancêtres supplémentaires. Les Européens d'Argentine, autant dire les Argentins, aimaient se prévaloir d'ancienneté. Sur cette terre trop neuve, sorte de table rase ou de champ sans racine, le besoin de se définir par rapport à un passé et à des traditions était d'autant plus fort.

Jean n'avait guère d'amis parmi les fils des vieilles familles ou prétendues telles. Il lui arrivait de partager avec eux un pique-nique ou de canoter en groupe, l'été, sur le lac de Palermo. Il les retrouvait parfois à San Telmo ou à la Boca, pour danser le tango d'un pied néophyte et conquérant. Mais il n'était pas des leurs. L'oisiveté n'était pas son lot. Pour Léon Goldberg, ces dandies étaient des amuseurs, indignes de leur fortune et de leurs parents. Il les tolérait parce que Sarah trouvait du plaisir à les fréquenter. Ils étaient les frères de ses amies du pensionnat. Elle les appelait ses « chéris », et dès qu'ils avaient tourné le dos, des sots, des ânes : ce sot de Villamar, cet âne de Saintonges, c'était la manière acide de sa tendresse. Agacé par leurs mines simiesques, Jean les évitait plutôt. Il devinait pourtant en eux de possibles rivaux. Il se demandait qui l'emporterait, dans le cœur de Sarah, de la vanité d'un côté, de l'amitié de l'autre. L'amour, Jean n'y pensait pas. Il courtisait Sarah, tâchait, ce qui n'était pas simple, d'amadouer son cœur volage et incertain.

La tête de la jeune fille, surmontée d'un drôle de chapeau cloche, frôlait son épaule. Sarah tordait ses chevilles sur tous les cailloux de Rosedal, et jouait à la femme, accrochée à son bras.

Aux promeneurs qui suivaient avec eux les bords du lac, les jeunes gens paraissaient un couple d'amoureux. Ils remontèrent au jardin des poètes. L'ennui tomba avec le jour. Sarah, si exaltée tout à l'heure, se demandait ce que la soirée lui réservait. Sans doute Jean s'enfermerait-il avec son père pour travailler comme ils le faisaient toujours. Et il lui faudrait passer seule les heures moroses qui précédaient le dîner. Elle regretta de n'avoir pas accompagné Luis de Villamar au Paris où la bande devait jaser sur son départ impromptu. Jusqu'alors ils toléraient son flirt, comme celui d'une reine qui fait un caprice. Mais pour garder sur eux son aura, elle ne devrait pas abuser de ses infidélités. Luis lui en voudrait sûrement de n'avoir pas accepté son invitation à monter à côté de lui dans son auto. Jean travaillait trop. Il ne l'amusait qu'à certaines heures. Alors qu'eux tous, la bande... Elle se rappela tout à coup que « cet âne de Saintonges » avait lancé l'idée d'une sauterie improvisée chez lui, on danserait sur les derniers boogies, les charlestons. Mais elle avait blessé Luis, il ne viendrait pas la chercher à la Recoleta, et elle avait trop d'orgueil pour lui téléphoner. Elle se mit à bouder. Puis songea à une possible stratégie pour se réconcilier avec Luis.

Jean s'aperçut à peine de l'air renfrogné de Sarah. Les sautes d'humeur étaient chez elle une constante. Lui-même songeait aux heures d'oisiveté perdues. A un dossier laissé pendant... Il travaillerait ce soir, Mandoline l'attendrait longtemps.

Dans le jardin, les poètes avaient le sourire éternel des statues. Les oiseaux avaient fui dans les bois de Palermo. Et les rosiers sans fleurs n'offraient pas de consolation à la mélancolie des promeneurs du lac.

La fumée épicée des cigares montait en langoureuses volutes vers les angelots de stuc figés au plafond dans une ronde, et enveloppait le vaste fumoir du club dans un brouillard opaque et odorant qui tenait du bain turc et de la campagne anglaise. L'air digne et un peu songeur dans leurs fauteuils pansus, ou bien accoudés au bar, les fumeurs s'alanguissaient dans des conversations sans importance d'après-dîner. Beaucoup ne disaient rien, impassibles comme des opiomanes, imperturbables comme des bonzes d'Orient, uniquement attentifs à la lente combustion de leur cigare.

Jean traversa le fumoir et rejoignit au bar Robert de Liniers, qui l'y attendait, seul, depuis le départ des plus jeunes dandies du club pour le cabaret de l'Afrika. Il buvait un Glenfiddish, et s'ennuyait ferme. Il détestait autant la solitude que le whisky américain. Et le Jockey était un de ces endroits, exécrables entre tous, où, pour respecter votre solitude, les gens ne vous adressent jamais la parole. Il accueillit Jean, tel un *desperado* l'armée de secours.

Comme beaucoup de cadets de familles nobles, les Liniers avaient émigré assez tôt, dans l'espérance de se fixer à un sol dont le droit d'aînesse les dépossédait en Europe. Leur noblesse était belle. Chevaliers de Malte, ils avaient combattu sur toutes les mers du monde et payé leurs privilèges de leur sang. Au

XIVe siècle, l'un d'eux, dit le Maubruni, combattait les pirates africains et débarquait à Alger. Les Liniers avaient bourlingué. Ils étaient, en soldats, sur les tableaux de famille. Robert avait hérité leur courage, leur goût des actions extrêmes et leur raideur de gentilshommes d'autrefois.

En Argentine, chacun pouvait régler ses comptes avec son passé, quel qu'il fût : cacher son origine, l'oublier tout à fait, la déguiser, la mythifier, tout était possible. L'océan le séparait de l'Europe. Robert de Liniers était pareil à ses cousins de France, plus riche sans doute, mais aussi noble qu'eux. L'Argentine n'avait rien changé à son rang, bien que la vie y fût assurément pour lui plus facile et plus généreuse.

Le premier Liniers qui s'installa en Argentine, celui dont Robert aimait évoquer la mémoire, était un marin débarqué en Amérique d'une frégate espagnole, dans les dernières années du XVIIIe siècle. Le vice-roi de la Plata incarnait alors le pouvoir de sa majesté catholique Charles III, lointain héritier de Charles-Quint.

Anciennement sous-lieutenant du régiment de cavalerie de Royal-Piémont, Jacques de Liniers s'était engagé par ambition personnelle sous les ordres de l'Espagne, la nation la plus guerrière du temps. Il avait combattu les Barbaresques comme son ancêtre le Maubruni, vogué sur une canonnière du côté de la mer des Indes, gagné à Gibraltar sa première blessure et en Afrique son épée de Damas. En Argentine, il avait deux fois chassé les Anglais de Buenos Aires et rendu la ville à son drapeau espagnol. En 1806, puis en 1807, les étendards anglais, percés de balles, souillés de sang, furent hissés devant l'autel de la Vierge de l'église San Domingo. Liniers assista à une messe, tandis que les Argentins acclamaient leur *Reconquistador*.

« Don Santiago-Liniers, ou de Brémond-Liniers, ou encore

de Liniers y Brémond, pour l'ascendance maternelle, devint par décret royal comte de Buenos Aires. L'Espagne, qui avait ses ducs de la Paix, ses princes de la Victoire, le fit comte de Loyauté. Ce chevalier de Malte, pareil à Galaad ou à Perceval, preux parmi les preux, n'a légué à mes cousins que le droit d'accoler à leur nom ces deux titres étonnants. Pas de fortune, pas de terre; pour mes cousins, rien d'autre que cette chance d'être pour la vie et pour des générations des comtes de Buenos Aires et de Loyauté. Le premier titre est un peu trop pittoresque. Mais le second... Aucun Liniers n'est pourtant un soldat. Aucun d'eux, fors moi, n'est parti en 14. On m'a donné des médailles. Mais personne ne m'appellera jamais Loyauté. *Lealtad...* »

Robert descendait en effet, à quatre générations, d'un frère aîné du héros, un comte de Liniers émigré pendant la Révolution et qui s'était en Argentine improvisé homme d'affaires. Il avait exploité un procédé ingénieux pour fabriquer des tablettes de bouillon, fondant ainsi une immense fortune et, tandis que son frère Jacques se battait à cheval, créant l'une des premières industries du pays et un fructueux commerce d'exportation. Bien qu'il admirât sa trempe d'industriel, son avance phénoménale sur un siècle d'archaïsmes, Robert eût préféré être le fils de Jacques. Il se rangeait d'instinct du côté du soldat, du conservateur, du féal serviteur, contre ce grand-père moderne. Il était avec le chevalier de Malte contre le chevalier d'industrie.

Robert avait racheté à ses cousins argentins qui descendaient du *Reconquistador,* et ne possédaient depuis toujours que leurs titres, la petite croix d'émail blanc qu'il portait à un ruban noir, l'insigne de la chevalerie de Malte. Tout ce qui rappelait Jacques de Liniers avait pour Robert un sens sacré. A la manière des petits garçons qui se passionnent pour les chevaux de bois et les soldats de plomb, il vivait dans la familiarité de son héros et dans le fétichisme de son étrange et rutilant parcours.

Jean, devenu son ami, fut bientôt rompu aux gestes du comte de Buenos Aires qui, dans sa mythologie, acquit une place égale à celle du marquis de Carabas et de Jean-Christophe. Entre le conte de fées et la littérature, ce général tout à la fois chair et nuages, entrait au son des tambours.

« Quand Napoléon chassa Ferdinand VII du trône d'Espagne pour y placer son frère Joseph, la colonie espagnole soupçonna Liniers, ce Français, de jouer le jeu de l'usurpateur. Le général dut se retirer à quelques lieues au sud-ouest de Cordoba, dans un ancien couvent de jésuites dont il fit sa maison, à Alta Gracia. Le pouvoir lui importait moins que la fidélité à son Roi. Ses promenades dans le jardin, parmi les orangers et les eucalyptus, le menaient toujours aux ombres douces du cloître. »

Robert se voulait conforme à ce modèle héroïque, où se mêlaient la bravoure et la soumission.

« Quand la colonie espagnole se souleva et réclama l'indépendance, Liniers se posa en défenseur farouche des traditions et de l'Espagne. Il reprit les armes. A la tête de la révolte était Mariano Moreno, avocat brillant, archange de la Terreur et de la Liberté, Robespierre sud-américain. La colonie n'hésita pas longtemps entre le créole fougueux, aux ordres sanguinaires et à la parole d'or, et le Français, gentilhomme d'autrefois, racé, glacé, la ceinture rouge sanglée autour de la redingote bleue. Le peuple choisit d'être argentin, et Mariano Moreno fit exécuter le Français d'Alta Gracia. Fusillé avec une poignée de partisans au mont des Perroquets, une éminence sommée d'acacias et de caroubiers, à cent lieues de la ville dont il porte le nom, il laissait à ses sept enfants ses titres et un sens peut-être caduc de l'honneur... »

Robert lui ressemblait. Il était pareillement attaché à un passé qu'il voulait incorruptible, à ses lois anciennes, à ses coutumes périmées, à toute une société hiérarchisée et régie par le rang, au vieux code de la force et de l'honneur. La guerre de 14 lui avait donné l'occasion de se battre. Il ne l'avait pas manquée. Il s'était prouvé son courage dans cet univers de boue, de bombes, où en plus de son bras il avait laissé ses illusions, sa croyance au Héros, au Sauveur, à l'Homme providentiel. Il avait enterré, avec ses camarades, sa naïveté bon enfant dans une fosse commune. Il ne portait jamais ses décorations, refusait de raconter « sa guerre » et préférait nourrir ses souvenirs de soldat de l'épopée du comte de Loyauté plutôt que des charniers de l'Ardenne. Aussi n'avait-il jamais montré à Jean que ces vestiges d'un autre siècle, la croix d'émail du chevalier de Malte et le blason des Liniers où figuraient les quatre drapeaux pris à l'ennemi, en 1806 et en 1807, dont celui des Highlanders, une soie jaune brodée de roses et de chardons, et celui du régiment Green de Sainte-Hélène, avec têtes de morts et ossements entre-croisés en noir sur rouge. Ces objets de musée lui permettaient de rêver à des guerres menées à l'épée par des gentilshommes, et non à l'ignoble baïonnette.

Alors que pour y vivre, Robert aurait choisi un autre siècle évidemment antérieur, peut-être le XIVe de son ancêtre le Maubruni, celui aussi de la conquête du Graal, il se plaisait en revanche dans ce pays neuf, ne regrettait jamais l'Europe. L'Argentine, ses longues plaines à chevaux, ses terres indé-frichées et ses lacs en bout du monde ressemblaient à l'image qu'il se faisait d'une Europe vierge, médiévale, de laboureurs et d'artisans, de cavaliers, de seigneurs inutiles en temps de paix, et valeureux au combat.

A la suite de destins variés, Jean Flamant et Robert de Liniers se trouvaient ensemble dans la même branche d'industrie qui, en Argentine, tire ses bénéfices de l'inépuisable matière première qu'est le bœuf.

Mais si Jean courait les Bourses, les abattoirs et les bureaux des douanes, Robert ne mettait jamais les pieds dans ses fabriques de bouillon. Leurs effluves concentrés de graisse et de viande séchée ne lui étaient pas plus familiers qu'à un de ses manœuvres aux bras jaunis jusqu'aux coudes l'odeur grillée de ses havanes. Il se contentait de signer les papiers que son homme lige, avocat, conseiller et expert-comptable, posait devant lui chaque mois, à une table de la pièce des correspondances, au club. Son père déjà et même son grand-père jouissaient sans peine de leur immense fortune. Ils s'en remettaient à la gestion des directeurs qui, intéressés aux profits du bouillon de bœuf, avaient jusqu'alors soutenu, modernisé et développé l'industrie du poète de La Rochelle, co-fondateur de la dynastie argentine des Liniers.

Quand il n'était pas au club à fumer et à palabrer au bar, Robert occupait tout son temps aux sports et aux femmes. Il jouait au tennis. Il avait un cheval dans une écurie de Palermo, mais conduisait parfois d'une traite sa Renault modèle sport, jusqu'à la métairie de Grand-Breuil, à trois cents kilomètres de Buenos Aires, pour monter d'autres chevaux et courir la pampa pendant quelques jours, avec ses cousins. Il nageait en piscine l'hiver et l'été dans le rio. Il aimait accompagner des amis sur un des petits voiliers qui dorment au Yacht-Club, au flanc de gros bateaux inertes. Il savait manœuvrer, hisser le foc, la grand-voile, on oubliait son infirmité. Lui-même s'en moquait, il avait le goût des performances et ce bras en moins n'était selon lui qu'un challenge. Il avait simplement dû renoncer au polo, ne pouvant à la fois monter son cheval et tenir son maillet. Mais pour bon nombre d'exercices, son unique bras, dont les muscles hypertrophiés étaient d'un athlète haltérophile, lui permettait d'affronter les meilleurs

116

sportifs et de se compter parmi les champions de Hurlingham.

Fidèle à ses chevaux et à ses voitures, il trompait allégrement ses maîtresses, mais il avait au fond pour l'amour le même béguin que pour le sport, il y mettait la même ardeur, le même entrain. Il était pareillement intarissable sur les chevaux et sur les femmes, mais il était sans doute plus difficile dans le choix des premiers que des secondes. Il avait en effet couché avec des femmes innombrables, pas seulement avec les plus belles, tant à Paris qu'à Buenos Aires, en Gâtine et dans les Andes, avec des paysannes françaises ou tropicales, avec des cantatrices qui venaient au théâtre Colon, avec des danseuses et des comédiennes par goût des traditions, avec des femmes du monde et avec leurs femmes de chambre. Il était, en amour, éclectique, universel, mais il se reconnaissait un certain penchant atavique pour les longues aristocrates, pâles, hâves, à demi pulmonaires qui lui rappelaient des tableaux de famille, et qui fixaient, à trente jours des côtes de l'Europe, une espèce rare, presque exotique. La société de Buenos Aires supportait toutes les frasques adultères de Robert, parce qu'il était célibataire noble et catholique, membre du Jockey-Club, riche, beau, bien élevé. Elle ne lui reprochait qu'une chose, et lui en tenait rancune : avoir, par suite d'une lubie (ainsi appelait-on son patriotisme) perdu un bras en Europe.

Il avait cependant deux maîtresses, parmi d'autres moins essentielles; l'une était la sœur de son cousin Liniers auquel il avait racheté la petite croix d'émail, cousine pour laquelle il nourrissait une passion incestueuse et dévorante. Elle avait épousé un avocat d'origine syrienne, richissime, par amour et nostalgie d'un train de vie perdu il y avait plus d'un siècle. Elle avait trois fils, à la peau mate, au regard sombre, et une fille claire, aux yeux d'opale, avec laquelle elle jouait à la poupée.

L'autre maîtresse était Marta Ponferrada que Robert avait

séduite sur le paquebot *Massilia* : trente-cinq ans, une vie complète, voyages et amants, une gorge toujours splendide; de l'allure dans le monde avec ses robes de couturiers, et un sens de la camaraderie, même au lit, qui amusait Liniers. Marta était dans ses amours un intermède léger et élégant, qui durait depuis cinq années pourtant. Elle savait partir quand il se lassait, se faisait oublier, puis revenait, plus désirable que jamais, feu follet aux fantaisies duquel Robert avait pris accoutumance.

Robert conseillait à Jean d'épouser Sarah Goldberg : peu importaient, disait-il, les autres attraits d'une femme, quand elle était riche et qu'on ne l'était pas. Il trouvait Sarah jolie et passablement séduisante. Il pensait aussi que la fortune va assez bien avec le bonheur. Et que la fidélité aux femmes est rarement une vertu. Pourquoi Jean se serait-il tenu à la seule fréquentation d'une épouse? La loyauté, cette loyauté qui était sa panacée et dont il aurait tant aimé porter le nom, ne valait que sur les champs de bataille ou de polo, pas au lit. *Lealtad...*

Le bel emblème du comte de Buenos Aires et de Brémond-Liniers montait rejoindre, au plafond du Jockey-Club, la fumée du havane et le sourire des anges, dans un brouillard épicé de dérision.

Jean habitait toujours l'hôtel des « Deux Mondes ». Il avait seulement changé d'étage et occupait, au premier, une suite au luxe défraîchi. Sans doute voulait-il garder le souvenir de ses premières nuits à Buenos Aires et de ses combats d'émigrant. Aussi dédaignait-il d'autres hôtels, plus modernes, mieux assortis à sa réussite. Le « Deux Mondes » lui était une adresse indispensable. Il s'y sentait fidèle à sa propre histoire.

Il avait cependant oublié, grâce aux lourds rideaux de velours qui fermaient ses fenêtres comme une scène de théâtre, la clarté qu'autrefois la lune, les étoiles, le halo jaune des becs de gaz répandaient par la lucarne dans sa mansarde. Il pouvait désormais interdire chez lui toutes les lumières de la ville.

Un salon, tapissé de couleurs fanées, servait d'antichambre à une garde-robe digne d'un dandy, d'un prince. L'armoire était si bien remplie de costumes en tweed, en flanelle, en cheviotte, en homespun, en grain de poudre, en velours et toile d'Irlande ; de pantalons à pinces et à plis, à revers et à pieds ; de vestes croisées et bord à bord, à martingales, à cols de cuir ; de trois smokings, de deux fracs, d'une redingote grise et de cent gilets assortis taillés dans les étoffes les plus légères, l'armoire renfermait un tel échantillonnage de coupes de tissus, que la porte où était fixé le miroir bâillait toujours sur une manche ou une jambe de pantalon. Les chaussures étaient alignées par paires tout le long d'un mur : bottines de pluie ou du soir, Richelieu fauves, havane, ou franchement jaunes, souliers à lacets ou à boucles, à semelles de crêpe blanc pour la neige, ou fines pour les tapis du club, en daim, en chevreau teint, en cuir verni, il y en avait de très étonnantes, en peau de reptile, en lézard vert-de-gris ou en écailles de vipère, taches brunes sur grain d'ivoire. Une malle en bois de citronnier, comme celle des marins d'autrefois, contenait une collection de chemises coupées aux mesures de Jean par un tailleur de la rue Florida, et brodées à ses initiales. Quant aux cravates, aux foulards, aux lavallières, et aux ceintures en cuir de Russie, ils étaient pendus à des patères de bois. Jean avait cloué là un vieux croc de boucherie que Goldberg lui avait donné, comme d'autres une patte de lapin, en signe de chance, car il venait de son premier magasin. Il y suspendait sur un cintre sa pelisse en drap brun, fourrée de taupe, au col de petit gris, un peu voyante peut-être mais confortable, et assez provocante pour arpenter les rues l'hiver, d'un pas nonchalant, tandis que les gens se hâtent dans le froid. Il pouvait en remonter le col sur ses oreilles et traverser Buenos Aires dans son coupé Renault décapotable. Quant au croc, il l'avait peint à l'or, qui laissait parfois quelques éclats sur le petit gris.

La chambre s'ouvrait derrière cet élégant bric-à-brac. Étendue sur le lit dans un peignoir de soie pêche de Molyneux que Jean avait commandé à Paris, Mandoline fixait le plafond. Entrée avec un visage chagrin, meurtri de cernes, elle attendait que la magie fît son effet. La chambre de Jean à l'hôtel des « Deux Mondes » avait sur elle des pouvoirs de résurrection. Il lui suffisait d'entrer et d'enfiler le beau peignoir pour se sentir une femme autre. Elle s'y savait à l'abri et comme en vacances. C'était ici le bonheur.

Au bout d'un moment, elle vint à la table de toilette et se

plongea longuement le visage dans l'eau froide d'une cuvette en émail. Elle put ensuite contempler à cru, dans le miroir, sa beauté comme un paysage de pluie.

« La gueule blafarde », dit-elle en se pinçant les joues.

Elle se poudra. Sa vraie pâleur disparut sous le masque blanc de riz des Pierrots et des vraies Mandolines, elle dessina un triangle au carmin sur ses pommettes et colora sa bouche du jus sombre des cerises de Céret. Outrageusement fardée, belle et pathétique, elle était une actrice prête à entrer en scène, il ne lui manquait que les projecteurs. Elle ressemblait à Ève Francis qui d'ailleurs jouait des rôles tout pareils au sien, dans des bouges. D'Ève Francis, Mandoline avait la pâleur, la bouche sombre, la gueule méditerranéenne et assez paumée, l'air étranger à son propre destin. Dans un film qui était à l'affiche, pas loin de l'hôtel des « Deux Mondes », Ève Francis jouait une femme du nom de Soledad.

Enfin, geste de dame, Mandoline s'inonda de Narcisse Noir. Sur la chaise, en vrac, sa robe bleue, son manteau noir, ses chaussures à brides. Elle gardait sous le déshabillé la lingerie de soie qu'elle réservait à ses nuits avec Jean, un soutien-gorge et un porte-jarretelles légers comme venait de les inventer la mode, d'un rose pêche, aussi différents de ses dessous rouges ou noirs, de ses combinaisons en grosse dentelle et de ses jarretières qui comprimaient les cuisses, qu'un chat persan d'un bâtard de gouttière. Dans la chambre, la poudre de riz et le parfum de Caron mêlaient des senteurs chyprées, entêtantes, de misère camouflée et de luxe accessoire.

A l'hôtel des « Deux Mondes », Mandoline avait l'habitude d'arriver la première, de se défaire de ses vêtements de prostitution comme d'un tablier de cuisinière ou d'une coiffe de soubrette, enfin de se poudrer et de se montrer aussi parfaite qu'il était en son pouvoir. Elle aimait alors la solitude où elle se trouvait dans cette chambre habitée des seuls fantômes de

Jean, où lui parvenaient les bruits feutrés de l'étage, la toux d'un occupant, le tour de clé d'un autre ou les voix étouffées d'un couple de passage. Cela la changeait du tapage de sa pension, des allées et venues continuelles et pressantes, des plaintes du bandonéon qui se mettait en branle dès l'ouverture et durait jusqu'au matin, des gloussements et des cris de feint plaisir des filles, des voix mâles, de leurs ordres, de leurs prières. Jamais elle n'était seule, du moins physiquement, toujours avec eux, et le reste du temps avec elles, ses complices brunes, les Françoise, les Marie, les Jacqueline, ses douces sorcières, ses sœurs en religion, ses vouées, ses dévotes, ses petites putains décaties et sublimes. Elles l'enviaient toutes d'avoir un amant, un jeune homme, pour la tirer parfois des mains de Teresa Carmen et lui offrir des nuits de dame, sans exiger comme leurs hommes à elles une commission sur les cachets des autres soirs, ni comme d'autres clients fidèles des sévices ou des performances d'amour. Grâce aux dons de ce jeune homme, Mandoline serait bientôt assez riche pour vivre de ses biens. Pas de ses biens physiques qui d'ailleurs commençaient à se faner, mais des biens au soleil, des économies en banque, quelques obligations en Bourse, et cette future maison à Palermo que Jean lui avait promise. Il n'avait encore rien trouvé qui fût assez beau pour elle. Elle s'en souciait un peu quoiqu'elle eût volontiers passé sa vie dans cette suite de l'hôtel des « Deux Mondes », s'il le lui avait seulement demandé ou permis. Elle s'y lovait comme un chat dans sa corbeille quand il neige dehors.

Ce soir, Jean tardait plus que de coutume mais son retard ne l'inquiétait pas. Mandoline le savait occupé par son travail, par ses amis, par ses dîners bourgeois, par son avenir. Elle connaissait son ambition, elle ne la combattait pas, l'admirait au contraire. Elle partageait ses fièvres, l'écoutait tirer des plans sur la comète et s'inventer un royaume où elle n'entrait pas. La reine serait une autre, elle n'en doutait pas, et si le roi était magnanime, elle pourrait déménager son peignoir et son Narcisse Noir dans la jolie maison du lac où elle vieillirait.

Elle vieillissait déjà, elle comptait ses rides, les deux plis de chaque côté de la bouche, les trois griffes au coin des yeux, et les cercles légers mais ineffaçables, colliers incrustés sur le cou. Elle avait autant peur de vieillir qu'elle aurait eu horreur d'être laide. D'ailleurs elle n'avait jamais compté que sur son corps, comment aurait-elle accepté qu'il vînt à lui manquer? Comme elle riait autrefois des commères en blouse grise et blanche de Carcassonne qu'elle provoquait exprès de ses beaux seins tendus sous le corsage, elle avait dévisagé avec insolence la première prostituée qui, avec ses rides, ses taches brunes sur la peau, ses cheveux teints trop vifs et sa maigreur misérable, ressemblait plus à une mendiante qu'à une fille de joie. Elle avait peur maintenant de la vieillesse et détournait les yeux, fuyait quand une fille, dehors, une vieille clocharde, lui tendait la main. Elle aurait voulu rire, rire toujours, sûre d'elle et de son corps de fée. Elle commençait pourtant à comprendre qu'elle vieillirait aussi. Françoise ou peut-être Marie lui avaient donné quelques secrets pour lutter contre les années. Elle se massait tous les jours à l'huile de maïs et dormait l'après-midi avec un masque à l'œuf et au rhum qui collait à son visage un moule mortuaire.

Plus tard, l'heure du café et du biscuit au gingembre réunissait les pensionnaires en bas, dans le salon privé de Teresa Carmen, comme des dames de province, bavardes, insignifiantes, le petit doigt levé sur l'anse de porcelaine. Dévêtues, mal réveillées, un peu molles, mais ravies de cet entracte où se célébraient disputes et réconciliations, colères et gâteries, elles tiraient sur des cigares aussi fins qu'un jonc, faits d'un tabac vert aux vertus calmantes et euphorisantes qu'elles appelaient du « petit chéri », et dont elles usaient bien plus que d'alcool et de café. La Pension résonnait alors comme un gynécée andalou de secrets, de cancans, de confidences. Les filles parlaient espagnol avec l'accent de Hambourg, de Varsovie, de Constantinople, et de Carcassonne.

Immobile sur le lit de son amant, Mandoline se souvient de conversations qui ont l'odeur acide des joncs de tabac. Il y a là Françoise, Greta en vérité, l'Allemande aux cheveux flamboyants. Elle porte un peignoir rouge et une ceinture verte qui lui donnent l'air d'être une longue flamme. Elle se poudre tout le corps et se dessine aux points stratégiques des paillettes de rousseur. C'est elle qui pousse Mandoline à l'action.

« Un enfant, petite. Cet homme-là, tu ne l'auras que par l'enfant. Tu t'en fais faire un, tu attends d'être grosse, et là plus de problèmes, il t'installe, il t'entretient...

– Ou bien il te laisse tomber, corrige Anna, alias Jacqueline, la pessimiste du groupe, une Polonaise au corps puissant et au visage buriné par les passions. Elle a été plusieurs fois amoureuse, autant de fois bafouée, elle semble vouée aux abandons. Les yeux, que le désespoir avait rendus définitivement hagards, contrastaient avec des cuisses larges, solides. Cette grande femme était une fragile, et Mandoline s'étonne souvent que sa tête taillée à la serpe, une vraie tête de maigre, domine tant de belles chairs.

« Pas cet homme-là, reprend Greta-Françoise. Tu vois bien qu'il n'est pas comme les autres. Un, il n'en veut pas à son argent. Deux, ça fait un bout de temps que ça dure. Trois, je dis pas qu'il va l'épouser. Je ne suis pas cinglée. Je dis qu'il l'installera.

– Tu ne crois pas que ça pourrait l'agacer qu'elle soit enceinte, Mandoline? Il y a des hommes qui n'aiment pas ça. Les rondeurs et tout ça. Faut se méfier... » La voix timide de

Ninon, pastourelle dans son pays natal, la plus petite de la troupe, celle qu'on remarque en dernier mais que les hommes redemandent quand ils l'ont connue, agace Françoise qui, quoi qu'elle dise, apporte toujours la contradiction.

« D'après toi, y a pas moyen d'en sortir. Y a pas de porte pour le bonheur. Y en a qu'une pour se tirer tout à fait, la mort, les anges et le petit Jésus. Vaut mieux se trouver une clé pour la vie... »

Ninon a une cicatrice au cou. Elle la cache avec des foulards de mousseline. Quand un client exige qu'elle l'enlève, elle dit qu'un chien lui a sauté à la gorge. Et c'est toujours l'homme qui lui redemande de renouer son foulard. Anna a haussé les épaules, les affaires des autres ne l'intéressent pas. Ninon, qui habitait un village sur la mer de Marmara, et qui a exercé ses talents à Constantinople avant d'être exportée à Buenos Aires par son protecteur et amant de cœur, a rejoint le cercle des autres filles. Elle va se mêler de leurs affaires d'amour et d'argent. Car c'est au peso qu'elles reviennent toujours. Sans pesos, pas de robes, pas de bas, pas de cigarettes, et en contrepartie les mauvais coups du grand manitou, la rancœur, les problèmes, quoi. Teresa Carmen dégagée pour l'heure de son corset, siège dans un fauteuil à oreillettes, façon grand-mère, où on la verrait assez bien faire du tricot. Tandis que les filles s'ébrouent, elle aspire la fumée des joncs et sirote en alternance de nombreuses tasses de café où flotte, comme un bout d'éponge, le biscuit au gingembre. Françoise parlera longtemps à Mandoline de l'aubaine d'un enfant.

Comme si Mandoline n'avait pas déjà pensé à tout cela, et depuis belle lurette. Elle se voudrait mère. Depuis qu'elle connaît Jean, depuis qu'elle l'aime, cet enfant est son seul rêve, son unique désir. Elle se voit bercer son petit, l'emmailloter et lui donner le sein. Elle accepte de moins en moins souvent que les hommes lui caressent la poitrine, elle ne la donne plus qu'à Jean, en songeant à l'enfant. Cette obsession la dévore. Il lui semble que son désir est si fort qu'il pourrait donner le jour. A certains signes qui ne trompent pas, elle s'est crue enceinte. Elle n'a rien dit, déjà glorieuse, apaisée. Puis tout est rentré dans l'ordre. Ce ne fut même pas une fausse couche, un simple retour au vide, après ce mirage d'enfantement. Grossesse nerveuse, crut-elle, bébé fantôme, fausse espérance. Elle ne voulait pas n'importe quel enfant, d'un homme du hasard, elle en voulait un de l'amour, de son Jean.

Qu'il fût un piège pour son amant, elle le savait et même elle l'espérait. Jean ne l'épouserait pas. Elle n'est pas des femmes qu'on épouse. Elle ne lui demandera pas de reconnaître l'enfant. Elle n'en aura ni le toupet ni la honte. Les filles comme elles n'ont jamais que des mômes de père inconnu. Entre l'avortement et la mise en nourrice, il n'y a pas de sinécure pour les mères putains. Car elle sera une mère putain comme le lui a dit méchamment mais avec franchise la grande Jacqueline. Labourée par tous, fécondée par un seul... Ce qu'elle souhaite, ce n'est même pas le concubinage. Elle sait bien qu'un jour ou l'autre Jean la laissera. Mais elle ne veut pas être seule. Les hommes, elle n'a plus envie d'en aimer. Ce qu'elle veut, ce qu'elle aura, car elle est têtue comme une mule de l'Aude, c'est la maison de Palermo. Là viendra au monde son enfant. Là elle l'élèvera avec les économies de sa vie de fille. Là elle pourra recevoir, de loin en loin, des hommes, de vieux clients et quelques nouveaux, pour s'acheter des robes, continuer d'être la plus belle aux yeux de ce fils qu'elle enverra dans les meilleurs collèges, et qui aura le visage de son amant.

Cette maison n'est pas une chimère. Elle la voit bien concrète, pas féerique pour deux sous, qui viendra en son temps, quand Jean l'aura choisie pour elle. Pour elle et, bien qu'il n'en sache rien, pour l'enfant.

Le ciel est toujours opaque, l'hôtel silencieux, et Mandoline, sur le lit, immobile. Quand elle veut chasser les idées noires, elle a une recette infaillible : elle ressuscite, d'un coup de mémoire enfantine, la campagne de l'Aude, ses garrigues, ses vergers, ses vignobles. Elle n'a oublié ni l'odeur tiède de la lavande et du fenouil l'été, ni les chardons bleus, ni les cailloux ronds dans le lit desséché des rivières. Elle ranime de premières caresses, pas du tout chastes mais quand même innocentes, à l'ombre des oliviers et, l'hiver, dans les granges. De la route qui, lui disait-on, montait vers Paris, le bout du monde, elle revoit sa vieille cité. Elle pense aux tonnelles de Carcassonne où se poursuivent des conversations éternelles, au vin clairet, sans rêve de lointain voyage.

Buenos Aires, c'est la ville où elle se perd, où les rues sont plates, où la campagne est loin, c'est la ville des péchés qu'on regrette, des fatalités qui blessent, et de l'amour à cinq pesos. Retourner en France ? Une idée bête, une folie de gamine, un rêve inutile. Qui même la reconnaîtrait au pays ? Qui ne lui cracherait au visage dans Carcassonne la bien-pensante ? Ce qui l'attache ici, ce qui la tient, c'est la foi dans la future maison où naîtra son enfant.

Buenos Aires n'est pas seulement pour Mandoline l'univers nocturne des rues éclairées au gaz, animées comme en plein jour, d'immeubles cossus, de maisons grises fermées sur la vie, d'hôtels, de lupanars, c'est aussi une ville secrète, une géographie imprécise, un décor de légende. C'est le Buenos Aires raconté par Jean, le parcours interchangeable de la Recoleta au Quartier Nord en voiture de maître, à travers des rues pavées, des places plantées de grands arbres où se dressent des statues de dignitaires, personnages à barbe et à col dur qu'elle a cru parfois reconnaître dans son lit, toute dignité jetée, fesses par-dessus chemise. Jean lui peignait Buenos Aires comme une ville de conte de fées. On s'y promenait au bras de belles intouchables à capeline ou à manchon. On jouait au tennis avec de longs aristocrates en tenue blanche. On dînait devant des tables en dentelles, on buvait du vrai champagne de France qui était, disait-il en riant, « même meilleur que la Blanquette de Limoux ». On mangeait des choses rares et chères. On ne jouait jamais à l'amour que dans des vrais draps de lin ou sur des sofas incroyablement profonds. Il y avait des femmes pour habiller les dames et des hommes pour aider les messieurs à enfiler leur gilet. Il y avait d'autres délices, le tabac qu'elle fumait avec Jean, des cigares très bruns, âcres et sucrés, dont elle avalait la fumée avec une volupté gloutonne. Ou cette soie plus douce que la peau, irisée, irréelle, venue tout droit de Paris.

En ce moment, Jean doit être au club, dans cette drôle de maison où les hommes veulent vivre sans femmes, et croire qu'elles ne leur sont pas indispensables. Mandoline se demande souvent ce qui attire Jean dans ces parties entre hommes. Bien qu'elle préfère le savoir au club que chez Goldberg ou dans quelque autre maison bourgeoise – car en dépit de sa bonne volonté, elle est jalouse, Mandoline –, elle ne comprend pas l'intérêt de ces longues soirées à parler sous de hauts plafonds. L'amitié est un sentiment qui lui échappe. Elle ne connaît que la camaraderie de filles, chaude et irrégulière comme la bourrasque dans le Midi. Elle ignore tout de cette complicité qui peut lier les hommes, comme Jean et Robert de Liniers.

Jean ne lui fait partager ses balades, ses dîners, ses virées au club, qu'en paroles. Elle n'est jamais montée dans son coupé Renault que pour rentrer chez Teresa Carmen, après leur nuit d'amour. Il lui dépeint si bien les personnages de sa vie qu'elle reconnaîtrait la coiffure en bandeaux de Sarah

Goldberg, le cou puissant et rouge de son père, la main fine et unique de Robert de Liniers, les fourrures extravagantes de sa maîtresse, la grise mine des bureaucrates de la Meat & co, ou les douaniers tatillons qui surgissent tour à tour dans l'univers de Jean, cette cité interdite. Elle la connaît grâce à ses récits. Elle montre, à les écouter, une curiosité gentille et attentive, celle d'une fillette à laquelle on raconte des histoires merveilleuses, qui ont peu de chances d'arriver mais qui font rêver quand même.

Si Mandoline connaît le monde où évolue Jean, elle se promène aussi avec lui dans un avenir où rien n'est flou, où tout est au contraire dessiné avec une précision qui finit par lui sembler très ordinaire. Jean est, à ses yeux, servi par toutes les chances, il a su s'infiltrer dans un monde qui n'était pas le sien et s'y faire une place brillante. Elle croit que son destin est placé sous la meilleure étoile. Rien qu'à le regarder, elle se sent optimiste et éprouve la certitude que tout lui réussit. Il y a de la superstition dans son amour : elle se dit que les êtres chanceux portent chance et qu'elle pourrait bien profiter à son tour de ses ondes bénéfiques. Quand elle le caresse, c'est d'un fétichisme délicat et pervers que vibrent ses doigts, à la recherche d'une impalpable chance.

Elle n'a jamais cherché à remplacer toutes les femmes. Elle sait quel est son rôle. Que les autres aient donc leur part de bonheur. Bien qu'un peu jalouse, elle a toujours défendu Sarah puisqu'elle est l'épouse rêvée pour Jean. Que Jean lui trouve une maison à Palermo, et qu'il lui donne un enfant, telle est sa seule espérance. Mais l'enfant ne vient pas, il tarde trop, comme Jean aussi ce soir. Car la nuit glisse vers le matin.

Lorsque Jean entre dans la chambre qui embaume la femme et le narcisse, il la trouve endormie. Avec son visage blanc et ses lèvres peintes, elle ressemble plus que jamais à Blanche-

Neige. Sa respiration, celle des sommeils profonds, le persuade que Mandoline ne rêve pas. Il n'aimerait pas qu'elle rêvât. Il préfère croire en sa placidité. Elle lui paraît en effet regarder la vie comme un champ immense de fatalités, où rien n'advient que voulu par Dieu, par le ciel, par le hasard ou par les hommes, où elle est victime plus souvent que déesse, au vent des occasions. Si différente de lui, ambitieux fébrile, elle lui communique ainsi un peu de sa grâce, faite de résignation.

Il se déshabillera, s'approchera d'elle, ouvrira le peignoir, lui fera l'amour sans lui dire qu'il l'aime, dans une hâte égoïste et le seul calcul d'être apaisé. Il est amoureux en vérité de ce corps qu'il explore sans lassitude. Il est amoureux de Mandoline dont les fulgurances l'éblouissent, amoureux de sa douce *Franchucha*.

« *La Tosca* sans Toscanini n'est pas *la Tosca* », dit don Rafaël Ponferrada de la voix forte des gens qui vivent loin des villes.

Dans le Salon Doré du théâtre Colon, aux murs couverts de glaces qui imitaient Versailles, de dorures, de bronzes qui copiaient Schoenbrunn, ses jambes arquées et sa robustesse rappelaient qu'il venait de la pampa. En habit de gala et chemise empesée, il dominait la foule d'une haute tête. Ses cheveux étaient blanc-bleu. Ses mains qui, à sa ferme, ne tenaient que des rênes, étaient à la fois fines et puissantes. Ponferrada, ce beau vieillard, ne les donnait jamais à serrer.

« Puccini est mort, son œuvre n'a pas pourri de son cancer. Mais Toscanini s'absente, et la Tosca se meurt... L'interprétation d'Arturo est unique : il n'y a que lui qui comprenne le génie de Puccini. Tout le reste est caricature. Cette soirée est un four.

» Toscanini nous boude. Il n'honore plus Buenos Aires et préfère New York. J'ai vu de lui trois *Tosca*, au vieux théâtre de l'Opéra, avant que ne soit achevé ce monstre de Colon. La première, en 1900, quelques mois à peine après sa création à Rome, avec Emma Carelli. J'ai toujours préféré la Carelli en Tatiana ou en Zaza, car elle est meilleure comédienne que rossignol. Tu l'as connue, Marta... Elle ne chante plus, Dieu soit loué... Oui, Toscanini, lui seul sait découvrir dans Puccini

131

la subtilité. La *sutilidad*... Ah! Cavaradossi, quand Emilio de Marchi chantait... Quel merveilleux tragédien! Et Hariclée Darclée, avec ses chapeaux à plume d'autruche, la première Tosca 1900! Sa voix a été un éphémère rayon de soleil! Je voudrais avoir vingt ans de moins, Marta, toute une vie de jeune homme, et me retrouver en 1900, non, en 1901, à *la Tosca* dirigée par Toscanini...

— Vous nous ennuyez avec ces souvenirs, dit Marta en secouant les plumes de coq de son boa. Je vous ai vu : vous ne fermiez pas les yeux pour écouter Claudia Muzio, c'est signe chez vous que la femme vous séduit autant que la soprano. Vous l'adorez. Par chance, ce soir elle est la Tosca. Vous ne vous pâmez que quand elle incarne Madeleine de Coigny...

— Jalouse?

— Pour jouer. Vous-même, quand Caruso...

— Paix à son âme, mais quand il est mort, je me suis senti délivré d'un rival. Moi, le fou d'opéra, moi, qui viens habiter six mois dans cette ville maudite pour applaudir les artistes lyriques, j'en étais à haïr le ténor le plus ténor de tous les temps. Et pourquoi? Parce qu'il avait ce pouvoir de vous donner la chair de poule, vous si distraite d'ordinaire, si détachée du spectacle de la scène. Je regardais vos épaules, vos bras, et j'enrageais de vous voir trembler. Beniamino Gigli émeut en Cavaradossi, sa voix est belle, mais votre peau est restée lisse. Je vous regardais, vous n'avez pas même frissonné.

— Caruso était Casanova... »

Marta et don Rafaël Ponferrada donnaient l'image du couple le plus amoureux, le plus uni, alors qu'ils menaient en vérité leur vie séparément et ne se retrouvaient qu'à de rares occasions, pour la saison d'opéra, ou lors des passages de Marta à l'*estancia* de l'Ouest, quand elle avait faim de campagne. Mais entre eux existait un pacte de courtoisie qui préservait leur couple, rescapé du néant charnel et de l'absence de vie

132

commune. Marta acceptait tous les hommages de don Rafaël, le jeu feint de sa jalousie, et leur badinage. Don Rafaël était, il est vrai, le plus complaisant des maris. Fort âgé, quoique d'un tempérament sensuel, il la laissait vivre à sa guise, dépenser à la folie, et aimer selon sa fièvre. Pour sa part, il n'appréciait que les servantes créoles. Il les logeait dans ses dépendances, les remplaçait plus souvent que ses valets de chambre, et les enfourchait avec la fougue du tyran domestique. Marta, qu'il avait épousée pour avoir un descendant, était stérile. Une opération bénigne mal conduite l'avait privée de tout espoir d'être mère. De cela elle n'avait pas de chagrin. Elle craignait la maternité plus qu'elle ne l'appelait, redoutant que son corps ne soit déformé par la grossesse, élargi, épaissi, amolli. Don Rafaël avait simplement reconnu deux enfants que lui avait donnés une servante. Ils vivaient à l'écart avec leur mère dans un ranch, sur ses terres. Don Rafaël léguerait à sa mort sa fortune mobilière à Marta, mais son *estancia* à ses fils.

Marta pouvait donc dépenser à satiété. Don Rafaël était quitte avec l'avenir. En attendant la mort, il s'assouvissait dans ces amours ancillaires, et ne se souciait pas de semer aux quatre vents des graines d'hidalgos, ni de renvoyer à la pauvreté les filles dont le ventre rond lui répugnait. Il leur laissait quelques pièces d'or, puis les oubliait. Quoiqu'il vouât beaucoup d'affection à Marta, il n'avait jamais tiré d'elle que des plaisirs assez brefs. Au lit, les femmes du monde l'épouvantaient. De plus, Marta n'était pas frigide, et c'est peut-être ce qui le gênait le plus. Il avait donc tôt fait de son épouse une enfant : elle était la fillette qu'ils n'avaient pas eue ensemble. Il accordait en retour à Marta d'avoir des amants. Tous les amants. La stérilité de sa femme protégeait la lignée des Ponferrada de la souillure du sang bâtard. Don Rafaël, dont la famille était installée en Argentine dès avant son indépendance, sous la couronne d'Espagne, n'aurait jamais toléré à son arbre un rameau d'une autre sève. Peu importait la femme. Mais du sang des Ponferrada, don Rafaël était jaloux.

Libres l'un et l'autre, leur bavardage d'amoureux n'était donc pas hypocrite ou dicté par le souci des convenances, mais réel et d'autant plus déconcertant que leur séparation était notoire, et que leur différence d'âge en faisait un spectacle vaguement incestueux. Don Rafaël qui passait pour un ours, dans la société de Buenos Aires, parce qu'il vivait à la campagne et détestait les mondanités, étonnait le monde par sa loquacité et les égards qu'il avait pour son épouse.

L'entracte réunissait tous les spectateurs de l'orchestre et des loges dans le Salon Blanc et le Salon Doré, où était servi le champagne. Ils étaient entrés par la rue Libertad, en face de la place Lavalle, dans le hall aux colonnes en marbre rouge de Vérone, et aux vitraux de cathédrale. Les habits et les robes d'apparat offraient un spectacle aussi somptueux que les décors et les costumes de scène loués à la Scala, au theatro Constanzi de Rome ou à l'Opéra de Paris. La beauté des étoffes, l'éclat des bijoux et des fards étaient répétés à l'infini par les glaces, et, comme à Versailles au temps du Roi-Soleil, tout ce faste tourbillonnait. Buenos Aires célébrait ses bourgeois, grimés en gens de cour et en belles marquises. Pays neuf, l'Argentine s'amusait à reproduire au théâtre Colon les plus vieux usages d'un monde qu'on aurait pu croire oublié.

Quoique entrés par la rue Viamonte, les occupants des troisièmes et quatrièmes galeries pouvaient se mêler aux citoyens richissimes. L'habit estompait chez les hommes l'écart des fortunes mais la toilette de la femme qui leur tenait le bras les identifiait aussi sûrement que la casquette l'ouvrier ou la manchette à lustrine le petit-bourgeois. Leurs robes ajustées par une couturière de quartier, leurs broches semi-précieuses, leurs coiffures montées par elles-mêmes souffraient de la comparaison avec les œuvres d'artistes exposées dans ce salon aux vanités. Les coups de peigne et les coups de ciseau marquaient chez les femmes toute la différence de classe. Arrogantes, somptueuses, féeriques, les grandes bourgeoises faisaient pâlir d'envie, et rêver à chaque pas les Argentines moins fortunées dont le parfum de musc et d'eau de Cologne s'évaporait dans le cortège des Fleur Bleue, des Shalimar, des Rêve d'Or, des Acaciosa, griffes de Paris.

La porte étroite de la rue Tucuman avait laissé passer tout à l'heure la foule des spectateurs – chauffeurs, artisans, modistes, boutiquiers – qui emplissaient les dernières galeries et tout en haut le paradis. Ceux-là ne descendaient pas à l'étage du Salon Blanc et du Salon Doré. Pour chaque représentation, ils avaient économisé un mois ou deux de salaire, mais l'opéra était si populaire à Buenos Aires, incomparable à toute autre forme d'art, que chaque soir les cimaises étaient combles. Le vrai public de l'opéra, le public dont l'enthousiasme ou les huées faisaient d'une pièce un succès ou un four, était sur ces sommets. Tandis que ses cris ou ses bravos confinaient à des crises de delirium, en bas la passion était contenue. Bien que toute la salle applaudît debout, à la fin de chaque acte, l'Opéra de Buenos Aires était surtout latin dans ses étages supérieurs. On y hurlait, sifflait, clamait et acclamait. Debout pendant toute la durée de la représentation, les Argentins du paradis touchaient le plafond aux figures peintes par Marcel Jambon, et s'agitaient comme autant d'ombres autour du lustre aux sept cents ampoules électriques.

Dans le Salon Blanc inspiré du style de la Renaissance française, Léon Goldberg, en frac, évoquait d'autres souvenirs pour Jean, qui rêvait ailleurs, et pour Sarah qui ne l'écoutait pas. Elle craignait que sa longue robe brodée de papillons chinois ne fût pas assez « Tosca ». Jean avait ri en la voyant et demandé si elle voulait rivaliser avec Teiko Kiwa, dans le rôle de madame Butterfly. La toilette était tout son souci.

«J'étais à la première *Tosca*, au vieux théâtre de l'Opéra, disait Léon Goldberg, en 1900; quelques années après notre arrivée. Une folie pour nous, même au paradis... Les Argentins ont ovationné Puccini. Pour moi qui n'avais jamais écouté que de la musique autrichienne, aux kiosques de Vienne, je n'ai rien compris à Puccini. Sa *Tosca* m'a paru aussi fade qu'un *gelatto*. Je n'ai guère progressé depuis, Puccini continue de m'agacer. Et voilà que vous m'attirez dans ce piège!»

Mais Léon Goldberg se réjouissait à ce point de sortir avec Jean et Sarah qu'il aurait assisté à *la Tosca*, à *Edgar*, à toutes les *Fanciulla del West*, à toutes les *Rondine*, pour le seul bonheur d'être en leur compagnie.

«Ma loge – il disait " ma loge " comme il disait " mon caveau ", avec l'arrogance naïve du propriétaire –, ma loge est toujours vide. Je sors rarement. Dans ma vie recluse, il n'y a eu qu'une seule exception, il y a trois ans, pour l'orchestre philharmonique de Vienne. Un pèlerinage... Et Felix Weingartner, je le dis sans aucun chauvinisme, est un chef d'une rigueur, d'une exigence! Ce n'est pas Weingartner qui s'entremettrait avec Puccini, ce caramel... Et la même année, j'étais gâté, la tétralogie de Wagner, en allemand : en allemand, enfin! Au Colon, on ne chantait les Niebelungen qu'en italien, sans doute parce que dans ce pays les citoyens-spaghetti sont les plus nombreux.»

Dans un autre coin du Salon, Robert de Liniers buvait du champagne avec Cléo Campbell. Il était allé la chercher dans sa loge de veuve où, derrière des grilles de couvent, elle se consumait de ne pas afficher sa beauté. Le vieux Campbell était parti six mois auparavant d'une apoplexie et Cléopâtre, après avoir pleuré six jours, découvrait avec délice son veuvage. Usant de la coquetterie des femmes qui savent tirer parti de toutes les situations pour se mettre en valeur, elle avait piqué des perles noires sur son fourreau de veuve qui, fermé jusqu'au col, et moulant les bras et les hanches, soulignait sa plastique.

Lady Campbell avait porté la laine et le crêpe noir les jours qui suivirent la mort de son mari. Elle s'était obligée, par crainte de manquer à l'étiquette, à vivre recluse, à oublier de sourire, et, épreuve délicate, à éteindre sa cigarette quand une amie lui rendait visite. Mais elle était maintenant dans le second temps de son deuil, le plus seyant aussi : la tradition lui prescrivait la soie, le taffetas, les pierres sombres, et l'autorisait à sortir, bien que modérément. Lady Campbell avait décidé de rester le plus longtemps possible dans cette période chatoyante du satiné et de la perle noire, où la fidélité au mort devenait un plaisir. Elle pouvait se poudrer, se rougir les lèvres, quoique pas encore les ongles; il ne lui manquait que l'autorisation de fumer en public pour être heureuse. Mais elle devrait attendre pour cela les dernières semaines, où le crêpe blanc, les diamants et le collier Técla, qui marquaient le terme officiel du deuil, lui permettraient de recouvrer tous les usages du monde et ses fêtes. Cléopâtre redoutait la règle qui prescrit aux veuves de se consacrer au blanc, si ingrat au teint quand on est une blonde. Elle prévoyait déjà de renoncer à dîner dehors, trop contrite de cette couleur obligatoire qu'elle détestait. Elle jouissait pour lors du deuil transitoire, de sa robe de Worth et de l'aigrette noire qui coiffait ses cheveux pâles. Cléo Campbell était sans aucun doute plus belle et plus adorable dans tout ce deuil. La coupe de champagne qu'elle tenait entre ses petites mains frisait cependant le scandale.

« Je sors si peu, disait-elle en minaudant. Et cette affreuse cage où l'on m'enferme... Les décors sont gâchés. La Tosca est un zèbre.

— Ma chère, répondit Robert avec malice, à l'opéra on peut fermer les yeux. La voix...

— Vous aimez donc Puccini? Lord Campbell me répétait toujours que c'était de la musique de foire. Mais au fond cela m'est égal. Un ténor, donnez-moi un ténor et j'aime n'importe quel opéra. »

Robert ne venait au théâtre que pour y distraire son ennui et retrouver des amis à l'entracte. Le bel canto était un plaisir trop peu athlétique. Placé à l'orchestre assez près de la scène pour suivre à la fois le manège des Ponferrada dans leur loge à gauche, et celui de sa cousine Liniers à droite, il ne voulait rien perdre non plus des appâts de la scène : le premier acte de *la Tosca* l'avait déçu par la profusion des bures et des chasubles, et la dominante des figurants au chœur. Bien qu'il eût apprécié en connaisseur le grain de peau de Claudia Muzio, il lui trouvait des mamelles de nourrice. Marta dans sa corolle de plumes rouges ou sa cousine Liniers fripée comme une rose l'émouvaient davantage. En tournant son regard vers la gauche ou vers la droite, selon le hasard des éclairages et des mouvements de Floria Tosca sur les planches, il captait latéralement une ligne, une nacre, un mouvement du poignet à l'éventail. Marta avait plus de rondeur, sa cousine plus de race, mais Robert ne cherchait aucunement à préférer l'une ou l'autre. Simplement il avait suivi de loin le premier acte et attendu que sonnât la récréation du public.

« *O dolci baci, o languide carezze...* Tout un opéra pour cette romance. Quel dommage que Cavaradossi nous fasse si longtemps attendre. Robert, pourquoi ne pas me tenir compagnie? Je m'ennuie dans ma prison. »

Et Robert dont les maîtresses étaient pour lors à d'autres bras, à leurs bras officiels, décida qu'il suivrait la tragédie de la Tosca et de don Mario de la loge des veuves. C'était comme passer de l'autre côté d'un parloir de nonnes. Il se demandait

avec qui il coucherait ce soir. Cette incertitude était le sel de
sa soirée. Enlever Marta à son chaperon de mari serait chose
facile. Quoique, à la réflexion, Marta tiendrait assurément
compagnie à don Rafaël, qui n'était pas homme à bâcler un
souper. Il lui faudrait donc occuper seul deux heures ou trois,
et cette idée l'angoissa. Il renonça à sa cousine Liniers, car
escalader son balcon comme Roméo et prendre comme Tristan la place encore chaude du mari qui ronflerait dans la
chambre voisine, lui parurent une fatigue non nécessaire. Il
n'avait plus vingt ans. Entre elles deux, il y avait Cléopâtre.
Liniers, qui ne tâtait pas souvent des dessous de deuil, se
demanda si ce noir, sur cette peau blanche, n'était pas tout
le piment de ce soir.

« Allons, ma chère, retournons à votre supplice », dit don
Rafaël à son épouse qui ne venait en effet à l'opéra que pour
lui être agréable. « Esclave du bon plaisir de votre mari. Une
faveur qui vous épargne en fait des devoirs plus pénibles.
Vous allez voir quelle femme est la Tosca. »

Le couple passa dans le Salon Blanc pour rejoindre sa loge
et la robe de Marta frôla les talons de Léon Goldberg. Elle
eut un sourire pour Jean qu'elle rencontrait à Hurlingham,
le club de sport de Robert, et quelquefois au Plaza où elle
aimait dîner. Mais pour Léon Goldberg elle se contenta d'ar-
quer ses sourcils. Don Rafaël, avec la morgue d'un hidalgo,
salua à peine le trio. Bien que Goldberg lui achetât de nombreux bœufs, Ponferrada n'entretenait avec lui qu'une dis-
tante relation d'affaires. Il traitait d'ailleurs le plus souvent
par l'intermédiaire d'un contremaître. En Castillan pur et
dur, il devait détester en Goldberg le Juif, et il passa ce soir
devant lui sans le connaître. Avec la fierté tranquille que lui
donnait le sentiment d'avoir accompli une œuvre, avec un
orgueil bon enfant, Léon Goldberg ne perçut aucunement le
mépris. Il s'inclina avec respect, tandis que Sarah s'empour-

prait. Jean salua aussi et voulut présenter aux Ponferrada la jeune fille. Plus généreux avec la génération de ses fils, don Rafaël leur dit quelques mots, mais se montra pressé de regagner la salle. Si loquace avec Marta, il redevenait bougon dès que le cercle s'agrandissait. Pourtant Marta lança l'idée d'inviter les jeunes gens à Rancho Grande, au printemps, quand les arbres du parc seraient verts, et don Rafaël, n'opposa aucun refus à cette extravagante proposition. Il entraîna cependant Marta vers leur loge, sans laisser à Jean le loisir de contempler le décolleté le plus généreux, le plus hardi et le plus ferme de tout Buenos Aires et peut-être du continent. Avec ses trente-cinq ans, sa peau pure, sans les marques de son âge, elle était à ce moment de maturité où la beauté flamboie, juste avant de décliner. Elle était à l'apogée de sa séduction.

Jean suivit des yeux sa robe rouge et ne sentit pas peser sur lui le regard jaloux de Sarah.

Quelle timidité ou quelle distraction l'empêchait d'avoir une pareille maîtresse? Marta n'était pas imprenable et Jean avait plus d'une fois entendu vanter ses liaisons. En rêve, il conquérait souvent les plus belles femmes et souvent, quand il tenait dans ses bras Mandoline, il étreignait d'autres corps, qui ressemblaient à Marta.

Robert incitait souvent Jean à trouver ce qu'il appelait une maîtresse convenable, c'est-à-dire une femme assez libre, assez sensuelle, et cependant du monde. Aux yeux de la haute société de Buenos Aires, Jean était encore vierge. Il lui manquait, selon Liniers, une carte essentielle, une femme pour son prestige. Une femme pour peaufiner sa destinée. Il ignorait que Jean rêvait de chasser sur ses terres son propre gibier.

Hélée par de jeunes hommes gominés, au cou pris dans des écharpes blanches, Sarah leur lançait ostensiblement des baisers du bout des doigts. Elle n'osait pas rejoindre la bande, car son père fronçait dangereusement les sourcils, mais elle adressa à Luis de Villamar le sourire le plus enjôleur qu'elle put trouver.

Le cadre somptueux du théâtre Colon, le défilé des paillettes et des queues de pie, dans des salles aux bronzes et aux ors mirobolants apparurent soudain à Jean en trompe l'œil. Le décor Grand Siècle était une illusion d'optique. Sous l'effet du champagne, de la fatigue, du manège de la foule et de la griserie d'être là, riche parmi les riches, il se voyait partout sur les murs, démultiplié. Il était en habit noir parmi des habits noirs. Un instant, bref comme un éclat de foudre, il ne vit dans le miroir que des êtres creux, des mannequins de paille habillés en marquis modernes. Il n'y avait personne à l'intérieur des vêtements. Tout était apparence. Il croyait le bonheur matériel, il croyait aux écharpes de soie et aux havanes, aux chaînes de montre en or et aux femmes qui se conquièrent par la fortune. Il en douta, cet instant très bref. Toute la poudre que l'Argentine jetait aux yeux, tous les fantasmes qu'il nourrissait dans ce pays de Cocagne étaient écrits là, sur les miroirs du théâtre. Il s'y reconnut de loin, avec une incroyable lucidité, les cheveux devenus bleu-blanc comme ceux de Rafaël Ponferrada, et le visage triste, il se tenait à côté d'une robe à papillons. Jean comprit qu'il serait un jour ce vieillard, ce rupin ridé, debout sur des millions de pesos. Puis le mirage disparut. La sonnerie du théâtre rappelait les spectateurs à leur place.

Robert raccompagnait Cléo Campbell à sa baignoire au rez-de-chaussée. Don Rafaël ouvrit à Marta la porte de la loge où elle s'engouffra, laissant planer dehors quelques plumes de son boa écarlate. Tandis que Goldberg, avec la sûreté d'un percheron laboureur tirant la charrue, précédait Jean et Sarah vers la première galerie, Jean eut le temps d'apercevoir une silhouette et d'en être frappé. Très brune, comme une

Indienne, elle l'éblouit d'un regard aigue-marine. Elle avait la peau mate, une chevelure lourde et longue qui était un défi à la mode, et une ligne incomparable. Grande, svelte, vêtue d'une robe soufre, son allure était de liberté. Elle était accompagnée d'un bel homme qui la suivait comme un domestique, à quelques pas en arrière. En passant près de Jean, sans se retourner, comme si elle parlait à elle seule, mais à l'intention sans doute de son compagnon, elle dit, d'une voix étrange, d'une voix des profondeurs, rongée par le tabac, avec un accent de nulle part, ou anglais ou créole :

« Tosca est une folle. Elle croit que Dieu va arbitrer ses amours... »

Léon Goldberg jouait avec un œillet blanc. Sur son bureau débarrassé des dossiers et des porte-plume, un habit noir comme un suaire était étendu. Sur la chaise une chemise empesée, aux boutons de nacre, attendait d'être enfilée. Et ses chaussures vernies étaient prêtes aussi pour la cérémonie. Léon Goldberg ouvrit la fenêtre pour respirer l'air de son jardin. Il s'avança sur le balcon en corbeille.

Le crépuscule tombait sur les grands arbres qui dessinaient des ombres mouvantes sur la pelouse et sur le ciel. Le mur d'enceinte disparaissait sous l'écume des noisetiers, frontière de deux obscurités. La première, en deçà, était la lumière frémissante du jardin sous le vent du soir. L'autre était, au-delà, plus étrange d'immobilité : un univers minéral, de dalles et de bosquets en pierre, clair encore, vaste monument somptueux et couleur de sel, que la nuit commençait d'ensevelir. Le cimetière où ne brillaient plus l'or ni les géraniums, semblait, plus que le jour, une ville morte, une ville blanche, sur laquelle pesait l'ombre des croix.

Léon Goldberg contempla sans inquiétude ce spectacle d'outre-vie qui prolongeait son domaine, et lui appartenait aussi, du moins pour vingt mètres carrés. Il ne craignait pas les fantômes. Ceux de la Recoleta étaient entre tous les moins redoutables : si cossu et si confortable, le cimetière devait satisfaire ses hôtes les plus difficiles.

Un concerto pour violon s'échappait de la chambre du premier étage et s'engouffrait dans la nuit, jouait pour les grands arbres et pour les morts. Léon Goldberg venait d'avoir soixante-dix ans, et demain il mariait sa fille.

« Le grand âge, pensa-t-il avec un peu d'étonnement, me voici dans le grand âge... »

Il n'avait pas senti approcher la vieillesse. Sa santé paraissait inébranlable. Il n'avait ni anémie, ni rhumatisme, ni défaillance cardiaque ou cérébrale, ni goutte, ni perte de mémoire, ni surdité, aucun des signes par lesquels le corps peut témoigner de son usure. Si ses cheveux avaient blanchi, si ses rides s'étaient creusées, il ne ressentait pas les atteintes profondes de l'âge. Il gardait l'énergie de ses primes années. Léon Goldberg était vert, aussi vert que les noisetiers de son jardin.

« Le grand âge », répéta-t-il pourtant, en regardant au bout de son domaine la nécropole immobile.

Plus que la mort de sa femme, le mariage de sa fille accusait les années écoulées. Songeant pour la première fois à la mort comme à une issue certaine, alors que sa santé l'avait jusqu'ici persuadé qu'il était comme le roc, immortel, il mesura le temps qui lui restait. Dix ans, guère plus. Peut-être beaucoup moins. La perspective se rétrécissait. Le caveau, « son » caveau, se dressait, en contrebas, au bout d'une allée habitée par des financiers, pour la plupart.

« Simple changement d'adresse, dit-il, c'est presque la même rue, c'est presque le même paysage... »

Bien qu'il aimât passionnément vivre, Léon Goldberg était sûr qu'il mourrait sans regrets, si l'avenir de son affaire lui était garanti. Pour condition de son repos éternel, que la Meat & co lui survécût et durât. La Meat & co était le fruit de toute sa vie. Elle était sa vie. Qu'elle allât de l'avant, et il rejoindrait allégrement son caveau de la Recoleta : il en avait déjà adopté le site. Mais qu'elle meure avec lui, et il serait alors malheureux au paradis. La Meat & co le forçait à croire à l'immortalité.

« Fondateur de dynastie... » Peut-être songeait-il là à son épitaphe. Léon Goldberg croyait au relais du flambeau. Les générations devaient se succéder au gouvernail du grand navire familial, pour conduire, à travers les siècles, l'œuvre de l'homme qui lui avait tout sacrifié. L'abandon ou la veulerie des capitaines qui lui succéderaient eût été pour lui la plus scandaleuse des trahisons. Il était de ces personnalités admirables, qu'on ne rencontre plus guère aujourd'hui, qui travaillent non pour eux-mêmes mais pour tous les leurs, nés ou à naître, dont l'image vivante à leur esprit est une chaîne ininterrompue de maillons successifs, depuis le premier anneau.

« La dynastie Goldberg... », répéta-t-il.

Il venait de régler sa succession. Unique propriétaire de la Meat & co, il avait voulu, par avance, organiser pour sa fille la difficile et complexe gestion de la compagnie. Goldberg n'avait eu, de longues années, qu'un souci majeur : comment éviter à Sarah, jeune fille cultivée mais insouciante, spirituelle mais légère, un affrontement avec la conduite des affaires. Par sa nature, par son éducation, elle était incapable de mener la barque ailleurs qu'à la catastrophe. Goldberg se repentait souvent de ne pas l'avoir élevée comme il eût fait d'un fils, mais le sentiment profond de la faiblesse du sexe le convainquait surtout de la faute capitale de sa vie : ne pas avoir eu de descendant mâle.

« Elle a du caractère », se dit-il au milieu d'une salve de cuivres. Peut-être l'ai-je trop gâtée. J'ai trimé pour en faire une jeune fille du monde : elle a reçu des leçons de danse, de littérature, de musique, et la voilà fanatique de charleston !

C'est ainsi que les bourgeois élèvent leurs filles. Elle ne sait ni coudre ni cuisiner, les domestiques sont là pour tout. Elle sait encore moins la valeur de l'argent : je lui achète ses robes, ses cigarettes, son auto... ; sa mère était différente... » Mais le nez plissé de Sarah, ses câlins de petite fille lui revinrent d'un coup et il céda, comme il cédait toujours, à un élan d'adoration.

« Elle a du caractère, se répéta-t-il. C'est un atout souverain. Les femmes juives ont du caractère. »

Il lui avait appris à marcher sur les beaux tapis du salon, et elle ignorait les écueils, les obstacles de la vie. Il lui faudrait continuer de l'aider, depuis la tombe de la Recoleta, et la protéger, toujours. Son amour paternel et le sens du devoir lui avaient dicté d'organiser au plus vite pour sa fille l'avenir de la Meat & co.

Jean épousait Sarah. Sa fille mariée au directeur de la Meat & co, Léon Goldberg mourrait en paix. Toute l'affection que Jean lui inspirait, toute la confiance qu'il plaçait sur ses jeunes épaules s'étaient révélées globalement positives. Il avait adopté le jeune homme dans les affaires et était heureux de se l'attacher tout à fait en en faisant son gendre. Goldberg prisait plus que tout cette union de son affaire et de sa fille en la personne élue de Jean. Il l'appelait son passage de main.

Il jura en allemand comme il faisait toujours quand le moment était grave, remonta d'un coup de manivelle le souffle exténué de La Voix de son Maître, et attendit sereinement que le violon lui donnât l'écho de son optimisme allegro. Le Viennois pensait qu'il aurait un petit-fils, et bientôt des descendants.

« Épouse Sarah, avait dit Léon Goldberg à Jean. Tu dirigeras la Meat & co, pour elle et pour toi. Un empire, tu le sais... Donne-lui un fils, auquel un jour tu laisseras l'affaire et qui, lui-même, aura un fils... La vie est un cycle infini qui empale les solitaires. On ne meurt pas quand on a un fils. Épouse Sarah... »

Il avait alors sorti le dossier contenant l'argumentaire précis, solide, mammouthéen de sa fortune. Un dossier qu'il tenait à jour, avec la minutie d'un scribe, et qu'il était seul à connaître intégralement. Des chiffres étaient tombés devant Jean, comme maintenant les accents d'un violon, sur une nuit marmoréenne, éclats du quartier de la lune sur les caveaux de la Recoleta.

Léon Goldberg jouait avec son œillet, et souriait aux morts en pensant au mariage de Sarah. Le fantôme du baron allemand grimaçait encore à son arbre, mais Goldberg regardait l'avenir avec sérénité.

Le visage collé à la vitre, Mandoline regardait Jean s'éloigner. Une larme traçait un sillon dans la poudre, salissait ses joues, mais elle n'y pensait pas. Elle était seule. Qu'importait alors d'être laide? Là-bas, de l'autre côté de la rue, Jean s'en allait d'un pas tranquille de promeneur, vers les bois de Palermo, dont elle apercevait d'ici les frondaisons. Il avait les mains dans les poches comme un homme qui flâne. Il la quittait.

Elle avait toujours su que ce moment viendrait mais s'étonnait que l'heure sonnât déjà de leur séparation. Jusqu'à Jean, elle avait vécu dans l'idée et la pratique des départs. Toute son existence semblait incompatible avec les attachements. Un vide pourtant se creusait en elle de voir cet homme lui tourner le dos, et s'éloigner. Bientôt il disparaîtrait comme un soleil passe sur le versant invisible du monde.

Elle retint son souffle tant qu'elle le vit, sa poitrine brûlait, et ses doigts collaient à la vitre comme s'ils cherchaient à retenir l'image qui s'y inscrivait. Elle perdait son amant. Le seul homme qui eût mérité ce nom.

Puis Jean franchit la limite de sa vue, et disparut. Mandoline eut mal comme si on la mutilait. Une déchirure. Elle sentit les muscles de sa gorge, de son ventre, de son cœur, se rétrécir, laissant, tout grand, un vide. L'absence de Jean creusait un abîme en elle, et c'était une douleur aiguë, insoutenable. Elle se concentra sur sa souffrance et cessa de pleurer. L'homme parti, elle ne gardait de lui que cette blessure, avec ce vertige, cette nausée...

Doucement, elle se mit à caresser la vitre qui gardait l'empreinte de sa dernière image. Puis son poing se serra et d'un seul élan traversa le verre. Un caillou brise pareillement le reflet d'un visage dans l'eau.

Mandoline regarda les éclats pris dans sa chair et qui faisaient à deux endroits des entailles si profondes que les bords s'écartaient sur un sillon plus clair. Le sang coulait sur son bras. En retournant son poignet, elle contempla intact l'arbre bleu des artères et des veines. Ses ongles avaient marqué la paume, mais toutes les blessures étaient sur l'autre face, où la vie n'est plus en péril. Dans la vitre cassée se découpait un éclat triangulaire et mortellement aiguisé. Mandoline appuya son poignet à l'extrême pointe du verre. Elle resta longtemps à sentir cette arme au contact de sa chair. Elle éleva son bras, elle l'abaissa, la lame coupa, ouvrit de fins sillons rouges, tout un réseau de petites veines céda. Il lui suffirait de presser fort sur la pointe la partie interne et bombée de son poignet, puis de la déplacer latéralement, d'un coup, pour découvrir la source et laisser la vie s'écouler. L'artère était bleue, très bleue, et la lame l'ouvrirait mieux qu'un rasoir.

« Pauvre fille, murmura Mandoline. Éliminée, avec les draps sales... Une corbeille de noces, c'est fait avec du beau linge honnête. Toi, la souillon, qu'espérais-tu de ton Jean? L'amour? Tu l'as eu pendant cinq ans. Une belle tire. Alors, la fidélité? Bah... Avec le gâchage qui s'ensuit toujours. Tu le regrettes? Il te faisait bien l'amour? Il a fini par te chiper le cœur?... »

Mandoline se parlait à voix haute. Elle se posait les questions, elle se donnait les réponses. Elle ne voulait pas être seule. En se parlant tout haut, elle se croyait encore à deux.

« Il se range... Sa femme est riche et jolie. Alors, finie Mandoline. Tu ne vas pas lui faire des reproches avec tout ce qu'il t'a donné?...

» Je l'aimais! hurla-t-elle après un silence où elle fut seule, je l'aimais!»

Son chagrin la mettait en colère. Elle ne supportait pas de voir la rue vide. Elle se mit à détester chaque arbre, chaque pavé et chaque nuage de ce carré de fenêtre où Jean s'était effacé.

« Avec lui, c'était l'amour, avec les autres le contraire de l'amour...» Puis, « Sotte fille... Au lieu de gémir, tu devrais sauter de joie. Un homme t'abandonne, regarde ce qu'il te laisse... »

Se tournant vers l'intérieur de la maison, Mandoline fixa son attention sur tous les détails qui prouvaient à ses yeux que Jean l'avait aimée. La villa avait été construite sur ses ordres dans le quartier de Palermo par un architecte italien, en pierre rose et en bois. Elle ressemblait à un chalet d'opérette, à un Trianon plus modeste et plus rustique. Elle comptait peu de pièces, une entrée et un grand salon au rez-de-chaussée, et trois chambres à l'étage, spacieuses et meublées avec gaieté. Les rideaux, les fauteuils avaient des teintes vives, les tapis des dessins d'oiseaux, les murs étaient peints de fleurs et d'images naïves. Jean avait voulu que la villa reproduise le caractère de Mandoline, son entrain, son insouciance, sa gentillesse sans arrogance. Il la lui offrait achevée, décorée, parfaite. C'était son cadeau d'adieu.

« Tere!», lança Mandoline du milieu de la maison. Une servante accourut, en tablier et en coiffe. Elle devait avoir une quinzaine d'années, elle était jolie et son sourire consola Mandoline. Elle avait été offerte avec la maison. La soubrette plongea dans une révérence maladroite et poussa un cri en apercevant la main lacérée de sa maîtresse. Celle-ci haussa les épaules, en entourant sa main d'un mouchoir. « Viens, allons visiter. »

Elles parcoururent ensemble les pièces, s'extasiant sur des détails qui leur parurent le comble du raffinement. Mandoline fit déballer la vaisselle, qui venait de Limoges, les verres qui avaient été taillés en Belgique. Elle s'arrêtait à chaque vase, à chaque lampe, à chaque objet de bronze ou de cristal. Tere la suivait, riait avec elle, devant tout ce confort étudié spécialement pour elles. La salle de bains – avec une énorme baignoire sur pattes de chat, un lavabo en huître géante et un bidet en œuf de nymphe – les laissa sans voix.

Mandoline forçait sa bonne humeur, son rire était crispé, son enthousiasme feint, et pourtant toute cette maison était sienne, Jean la lui avait donnée. Elle s'efforçait de se soûler d'objets comme de cognac à la bière. Cette soudaine possession de trésors lui donnait le tournis. Elle avait tant rêvé d'être propriétaire, tant rêvé d'une maison pour elle... Mais la sensation de vide était telle que Mandoline continuait, au milieu de ce catalogue de biens, à se sentir dépossédée. Le départ de Jean dévastait sa vie.

Quand Tere descendit à la cuisine préparer le dîner, elle se laissa tomber sur le parquet de sa chambre. Elle était ivre de toutes ces belles choses, ivre de trésors et ivre de chagrin. Sa valise, la valise qui contenait toutes ses affaires de la Pension Française, béait, lamentable, sur le lit. Mandoline regarda sa main où le sang commençait de sécher et laissait des croûtes brunâtres. Des éclats du verre brillaient encore sur les plaies qu'elle n'avait pas nettoyées. Elle souffrait. Le soir tombait. La villa était dans un silence profond et doux. Un peu d'air froid passait par la vitre qu'elle avait cassée tout à l'heure. Une feuille de platane vint s'y engouffrer et tomba près de Mandoline.

« Pauvre feuille du Midi... Toute seule... »

151

Mandoline ne pleurait pas. Les larmes ne sont d'aucun secours pour les vrais chagrins. Ceux dont on ne parle pas, ceux dont on feint de croire qu'ils n'existent pas, ceux qu'on cache, qu'on se cache, et qui pourtant sont une douleur de chaque instant. D'ailleurs les larmes enlaidissent plutôt, et c'est la seule chose que jamais Mandoline ne se permettra.

« Me voilà installée », murmure-t-elle. Et ce moment tant attendu, tant espéré lui procure beaucoup moins de bonheur qu'il ne devrait. En plus de la maison, Jean a versé sur son compte en banque une somme qui l'a éblouie. De quoi vivre une année au moins en princesse, sans coucher. Mais pour Mandoline il n'est pas plus question d'être chaste que de pleurer.

Elle a quitté la Pension, Teresa Carmen et la compagnie des filles. Jean l'a rachetée, il lui a remis le papier où est inscrite sa liberté, pour qu'elle n'ait pas d'histoires, en lui disant quelque chose qu'elle n'a pas compris sur l'affranchissement des esclaves. Elle travaillera désormais à son compte. Des clients fidèles lui ont promis de lui rendre visite. La somme que lui a allouée Jean est allée rejoindre ses économies en banque. Mandoline thésaurise avec une obsession maniaque, et met de côté, comme elle dit, tout cet argent pour une vieillesse qui lui fait peur.

Les hommes seront moins nombreux, ils paieront plus cher, elle les recevra en hôtesse. Elle ne sera plus prostituée, elle sera courtisane. Tere ouvrira la porte. Il y aura un disque sur le gramophone. Des fruits et des liqueurs sur la table, dans des coupes de cristal. Certains soirs seront réservés pour les parties fines. On invitera une Jacqueline, une Marie. Et Tere apprendra à se joindre à elles. On s'amusera. On vivra comme des reines. Voilà Mandoline dans la classe au-dessus, presque une bougeoise ou en passe de le devenir. Installée à son compte, dans la jolie villa de Palermo, Mandoline est dans le camp des privilégiées. Les *cafishios* peuvent mourir à sa porte et les maquerelles se traîner à ses pieds, elle ne leur jettera pas même un quignon de pain.

Jean ne lui a laissé aucun espoir de retour. Les autres hommes la consoleront un peu de cet infidèle. L'amour ne peut pas être triste dans une pareille maison. De l'ongle, Mandoline fait sauter les croûtes brunes de sa blessure. Le sang se remet à couler. Pour l'avenir elle n'est pas inquiète, les hommes ni l'argent ne lui feront défaut. Mais qui remplacera en tendresse l'amant qui l'abandonne?

Tere a frappé à la porte et annoncé le dîner. Mais Mandoline n'a pas faim. Elle est malade et malheureuse. Elle répond à Tere qu'elle ne descendra pas, elle a sommeil, à demain et surtout n'entre pas. Près d'elle elle ramasse un éclat de vitre cassée et se met à creuser ses plaies avec une application barbare.

Dans sa maison de Palermo, Mandoline célèbre seule une étrange fête du désespoir, sans sanglots ni lamentations, dans un silence de glace et une immobilité de statue. Recroquevillée au sol, elle ne bouge ni ne pleure, absorbée par des images d'un paysage du Midi, et d'un jeune homme qui mettait le soleil dans sa chambre close. Ce pays-ci est ténèbres, comme cette maison rose est ténèbres. Le matin n'y reviendra plus.

Il fait noir encore lorsque Tere pousse la porte. Elle va à tâtons allumer la lampe de chevet du lit. Elle a buté sur le corps de Mandoline. Le jour n'est pas levé, bien qu'il soit pour la petite paysanne d'Argentine l'heure du café noir et de la toilette. Elle approche la lampe de sa maîtresse. Ce qui lui arrache alors un cri de frayeur, ce n'est pas la main de la jeune femme, enflée, bleue, avec des gros sillons blêmes et des rigoles de sang séché. Ce n'est pas cette main difforme, mais le visage qui la regarde. Livide, avec des yeux morts qui ne cillent pas, deux plis de vieillesse qui se sont sculptés là cette nuit, et ont détruit son sourire. Elle a un air buté et méchant, un air de bête blessée et souffrante, prête à mordre le fermier qui lui porte secours. Quand Tere s'approche, la main qui n'a pas souffert se lève pour frapper. Mais elle retombe inerte et blanche près de celle qui fait si mal à regarder. Tere a couru chercher de l'eau, une serviette et un flacon d'arnica. On lui a appris les gestes simples qui soulagent les bêtes, dans sa région de Cordoba. Elle bassine les plaies et elle a peur car Mandoline ne bouge toujours pas. A son regard fou, Tere ne la reconnaît pas. C'est la voix qui lui redonne l'humanité.

« Tu dois me soigner, dit-elle. Je suis malade. Et j'attends un enfant. »

Jean avait marché jusqu'au lac comme vers un aimant. Il avait toujours aimé les bois qui fermaient un côté de Buenos Aires, où le jardin de Rosedal et son lac faisaient un paysage familier. Ce que Jean aimait c'était l'immobilité de Rosedal, ses chemins de graviers, ses statues de poètes, ses plants rigides de rosiers et l'eau morte de son lac. La vie se figeait devant ce spectacle, l'heure ne tournait plus et les saisons avaient beau marquer d'un climat particulier la nature, l'âme du paysage ne changeait pas. C'était la paix. Toutes les agitations quotidiennes, et l'angoisse du temps, perdaient leur impact. D'autres paysages pour d'autres hommes avaient une pareille importance. Pour Jean, Rosedal était un lieu magique, comme Brocéliande, ses problèmes s'y dénouaient. Pour lors, il cherchait à calmer dans la vision des eaux imperturbables du lac de Palermo les remous d'une conscience houleuse.

Il n'avait pas cependant le remords facile. Son égoïsme le sauvait en général de tout sentiment de culpabilité. De même que l'amour de sa mère n'avait constitué aucun obstacle à son départ d'Europe, le chagrin de Mandoline était de peu de poids dans sa décision de l'abandonner. Il la quittait la conscience nette et fier de s'être montré si généreux... Au fond, il était quitte. La maison de Palermo, le rachat des traites de Teresa Carmen et la rente de rupture octroyaient à Mandoline une liberté, une aisance, qu'elle n'aurait pu que rêver. Il se sentait mécène. C'est ainsi qu'il aimait la richesse. Pour les gestes magnifiques qu'elle permettait. La mesquinerie n'était pas son fait. Quant à s'inquiéter de l'existence future de sa maîtresse, il était sur ce point semblable à beaucoup d'hommes. Fondamentalement indifférent. Tant qu'il n'était pas saisi par le sens évident de sa faute, il ne se jugeait pas coupable. Était-il coupable après tout d'avoir trouvé Mandoline là où il l'avait trouvée? Il l'avait aimée cinq ans, il la quittait le plus élégamment du monde. Pour Jean, l'amélioration matérielle de la vie était capitale. Voilà pourquoi il quittait Mandoline sans remords. A elle de jouer maintenant. Son bonheur et sa fortune dépendraient de ses autres amants.

Mais tout en raisonnant au mieux de son confort moral, Jean se défendait mal de la persistance de certains souvenirs. Il aurait voulu les chasser de son crâne et les noyer dans le lac. Tout un film de tendresse repassait dans sa tête et le vent d'automne remplaçait le pianiste qui accompagnait les séances de cinématographe, en ville. Le visage blanc de Mandoline lui revenait, juvénile, presque enfantin, le jour ou plutôt la nuit où il l'avait découverte dans l'honorable maison de Teresa Carmen. Il sourit en pensant au costume qu'elle portait alors, à sa parure de cuir. Il revit leurs étreintes dans l'odeur persistante du Narcisse Noir. Ce parfum surgit au bord du lac, dans l'automne sans fleurs, sur fond de terre mouillée. Il couvre toutes les odeurs de branches et de feuilles, tel un humus essentiel. La fleur sauvage des lisières de l'hiver, la coquelourde des bois, solitaire sur sa hampe nue, sombre comme une princesse maure, donne à Rosedal et à Buenos Aires l'atmosphère des forêts magiques. Merlin savait les secrets du Narcisse Noir.

Jean s'en fut à pied jusqu'aux bureaux de la Meat & co, poursuivi par le souvenir d'un blanc visage et par le parfum toujours vivace de la fleur de narcisse. Il se disait qu'il la ferait pousser sur les rives de la Plata, cette fleur, qu'elle ferait une tache sur la boue du fleuve, fleur du mal ou fleur d'interdit, sur une terre rétive comme un cheval sauvage.

Il travailla tard, et entendit le concierge fermer à clé derrière lui la porte du grand bâtiment de l'entreprise Goldberg, quand il partit. Toujours à pied, relevant sur ses oreilles son col de fourrure, il regagna la rue San Martin et la façade délabrée de l'hôtel des « Deux Mondes ». Il venait y vérifier l'état de ses bagages. Le réceptionniste qui étalait des réussites dans l'arrière-salle, et manifestait à son égard beaucoup d'empressement, se leva. Jean crut à quelques courbettes serviles. Mais l'autre lui remit un télégramme. Le pli bleu venait de France. Jean soupira à l'idée que sa mère décommandait son voyage en Argentine, comme elle l'avait fait si souvent. Il éprouva de la colère contre cette femme qui refusait obstinément de rallier le pays de son enfant. Ses dernières lettres montraient à quel point elle se méfiait de l'Argentine.

Il décolla le pli. Sous la signature de la mercière de la Grand-Place de Roubaix chez laquelle travaillait sa mère, il trouva l'annonce du décès de madame veuve Augustin Flamant, survenu lors d'une épidémie de grippe. En sa soixante-cinquième année, précisait la voisine pour l'étranger qu'il était devenu.

Pourquoi, à ce moment-là, au lieu du chagrin et des larmes, au lieu du regret cruel de la perdre sans avoir revu son visage tant aimé, au lieu de tout sentiment, eut-il la sensation bizarre d'être soudain sur un bateau, de dériver sur l'eau, sans amarres, sans ancre, sans moyen de s'arrêter ni de revenir en arrière?

Il était largué sur l'océan, avec l'écume et le plancton, détaché du monde, absolument libre et absolument seul. Lisant et relisant le message de Roubaix, il éprouvait la nausée du voyageur qui n'a pas le pied marin, tout en continuant de respirer, non de l'iode, mais une odeur plus violente, une odeur de gouffre ou de caverne, une odeur de démon qui l'obsède, celle du Narcisse Noir.

III

Les vergers de San Cristobal

Le train traversait en ligne droite la grande plaine, les pâturages et les champs de luzerne, désert vert jusqu'à l'horizon. Une épaisse poussière levée par un vent qui devait avoir la couleur de la terre entrait par la fenêtre ouverte et tapissait l'intérieur du wagon.

Assis depuis une dizaine d'heures dans un compartiment de première classe aussi peu peuplé que le paysage alentour, Jean contemplait les étendues désertes, les moulins à vent et les nids que bâtissent les *herneros*, ces oiseaux de la pampa, au sommet des poteaux télégraphiques. Parfois un vol de flamants, jaillis d'un étang proche et cependant invisible, coupait le ciel d'une traînée de corail. Le chapeau rabattu en visière et les jambes étirées sur l'autre banquette, Jean était à la longue soûl de ce vert à l'infini. La pampa lui brûlait les yeux. Il ne trouvait pas le sommeil, tandis que défilait derrière la vitre sale, où s'écrasaient des milliers d'insectes, la steppe la plus monotone du monde. Jean se mit à rêver d'un ruisseau, d'une église, d'un puits, d'un hameau, qui l'auraient enfin distrait de cet étonnant mirage, une campagne sans arbres.

Après Mercedès, dont la vieille gare de briques marquait la moitié de son voyage, le paysage se transforma. Les premiers eucalyptus, puis les peupliers, apparurent. Les collines succédèrent aux quelque six cents kilomètres de plaines qu'il venait de traverser. Le train avait quitté Buenos Aires à huit heures le matin et dès après les dernières banlieues de la ville, sa trajectoire n'avait pas varié d'un pouce, en altitude. Il n'avait par ailleurs abordé ni lacet ni la moindre esquisse de virage. Il avait foncé droit, tout droit, comme un obus. Le mécanicien, aux côtés du chauffeur qui pelletait le charbon, n'avait pas d'autre distraction que d'actionner de temps en temps, entre deux gares, le sifflet strident de la locomotive. Il ne servait à rien ce sifflet, qu'à distraire les passagers et à défier les troupeaux qui, de loin en loin, paissaient dans ces espaces immenses.

Dans la région de San Luis, le soir tombait. La lumière du couchant enflamma la terre, où des bosquets de résineux s'offraient à l'incendie. Le train suivait les déclivités du terrain, comme un manège de foire, sous les feux rouges d'un soleil semblable à une grosse lanterne en toc. Les arbres, qui avaient tant manqué jusqu'ici, semblaient des géants, et escortaient le train comme des centuries.

Jusqu'à la vallée du rio Desaguadero, de San Luis à Las Catitas, il n'y aurait ensuite que la nuit, une nuit opaque et définitive. Elle ne s'ouvrirait qu'au petit jour sur les sommets blancs de neige et les pentes rocheuses de la Cordillère des Andes, sur le pic lointain, accroché au ciel, de l'Aconcagua, et sur l'oasis de Mendoza, au pied des montagnes barbares...

Fourbu, couvert de poussière, et privé du café noir matinal, Jean fut fouetté sur le quai de la gare par un air qui, en dépit de la saison chaude, léger et vif, le lava de son voyage. Ses poumons de citadin s'élargirent d'un seul coup. Dès que Jean mettait le pied sur le sol de Mendoza, une euphorie subite, née peut-être de l'altitude, ou de la qualité de l'air, le gagnait tout entier.

Le régisseur l'attendait avec le tilbury. Il demanda à Jean où étaient ses bagages, aussitôt déçu de ne charger sur son véhicule qu'un sac en toile de marin. Le régisseur était un homme au visage bistre, aux cheveux noir-corbeau, qui s'appelait Chavi. Il était né à Salta, au nord du pays, sur un domaine viticole, et il devait avoir une quarantaine d'années lorsque Jean, après avoir acheté sa propriété, l'avait engagé pour s'occuper de ses cinq mille hectares. Chavi était descendu de Salta directement jusqu'à Mendoza, c'était son premier voyage. Il ne connaissait pas Buenos Aires. Il ne quittait jamais le domaine sauf pour aller à la ville proche où se tenaient les marchés. Avec un salaire élevé pour la province, et une part sur les bénéfices agricoles, Chavi était le seul maître à bord. Il décidait de tout : labours, taille, greffage, soufrage, sulfatage, engrais, et avait plein pouvoir sur la main-d'œuvre qu'il embauchait lui-même. De plus, tout à fait le physique du commandant. Fils d'une Indienne, rebuffades et mépris durant son enfance avaient contribué à lui durcir le cuir. A Mendoza il était à la fois respecté et craint. La rumeur publique assurait, mais était-ce la vérité? qu'il avait tué un Argentin d'un coup de couteau en plein cœur, pour l'avoir entendu proférer ce proverbe hideux entre tous : « Le seul bon Indien est un Indien mort... » Depuis lors, tout le monde évitait d'évoquer devant lui les Indiens, leur race de vaincus. Jean Flamant aimait assez que de telles légendes aidassent à envelopper régisseur et domaine d'une certaine aura.

Le père avait été un chimiste gallois, embauché aux caves de Salta. Chavi avait hérité toute la puissance d'entêtement de l'émigré de Cardiff. Il pouvait en effet éclater en fureurs qui défiguraient soudain son visage de momie inca. L'Indien flegmatique, avec ses rictus, ses violences, ressemblait alors à son diable roux et rose de père. Sans compter que le taux d'alcool que le Gallois véhiculait dans ses veines s'était transmis à l'Indien qui, bien que né sur un domaine viticole, n'avait pourtant jamais absorbé d'autre boisson que le maté, l'herbe du peuple de sa mère. Homme de colère, Chavi, mais aussi homme de tradition. Pour Jean qui ne pouvait venir à Mendoza, en éclair, que tous les deux ou trois mois, il était le plus loyal des serviteurs.

L'hacienda de San Cristobal était gagnée sur le roc. Les premières falaises de la Cordillère surplombaient les vignes et les arbres fruitiers. Un antique système de canaux irriguait les vastes vergers, dont les carrés verts formaient, en s'opposant à la roche d'un paysage aride, autant d'heureuses oasis dans un univers de rocaille.

La roche violette des Andes s'élevait à nu au-dessus des champs de pêchers et des abricotiers, puis, plus haut, commençait le royaume de la neige. L'Aconcagua, sur l'horizon à l'ouest, était visible de tous les coins du domaine : dieu des Andes, dieu tutélaire de la province ; pourtant dieu à deux visages, chilien et argentin, de part et d'autre du corps de la Cordillère. Jean aimait que l'hacienda de San Cristobal fût ainsi blottie au pied de son Dieu, là même où les Indiens assurent qu'on entend, la nuit, respirer la grande montagne.

Il avait acheté Cristobal à un Argentin d'origine basque dont le père avait planté les vignes et construit le bâtiment central où logeait maintenant Chavi. Jean avait agrandi les plantations d'un millier d'hectares, modernisé le réseau d'irrigation et construit une vaste cave qui, sous un toit cuirassé à supporter tous les orages, abritait douze foudres en bois du meilleur chêne, de 300 hectolitres chacun, commandés à Nancy, sans oublier les pièces qui faisaient sa fierté, une série de « bordelaises » contenant 225 litres chacune, futaille spécialement acquise auprès d'un grand cru du haut Médoc, cinq pipes des Charentes pour mieux embaumer l'eau-de-vie et dix demi-muids du Roussillon, où loger la malvoisie.

« Ma vraie bibliothèque », proclamait-il.

Effectivement, il avait aussi prévu tout un laboratoire œnologique, pour mieux étudier ses coupages ou distiller ses moûts, et, non loin des bâtiments d'habitation, dix hectares de pépinières. Avec l'aide du chimiste, acquis à prix d'or à Mendoza, il pouvait ainsi désormais préparer de la manière la plus raffinée ses muscats, ses carignans et ses aramons.

Aussi heureux que lui était Chavi, qui vénérait à ce point les douze foudres, qu'il venait s'installer devant eux sur un pliant à l'heure brûlante de la sieste, avec sa pipe de maté. Dans son regard indéchiffrable, passait, tel un reflet, l'adoration des peuples primitifs, et l'admiration de Chavi pour ces douze totems modernes.

Si amoureux qu'il fût de la vigne, Jean favorisait la culture des arbres fruitiers, encore trop rares à Mendoza, et vendait ainsi les fruits à prix fort à une industrie de conserverie de San Luis. Rien ne pouvait être plus somptueux, au printemps, que la masse des pêchers aux fleurs roses et des abricotiers aux fleurs blanches, parfaitement harmonisés aux souches vertes des vignes. La main-d'œuvre était si nombreuse qu'il fallait à peine trois semaines pour achever l'ensemble de la cueillette. Et pêches, abricots et raisins de table se pesaient par centaines de tonnes, tandis que les salaires accordés étaient quasiment dérisoires.

Le café fumait sur la table où Chavi avait préparé les livres de comptes. Mais il fit d'abord servir le repas du matin : œufs, lard frit, tripes grillées, figues.

La maison de Chavi, où il vivait en célibataire, était entretenue par la femme de l'un des ouvriers agricoles. Ces derniers logeaient sur place, dans des bâtiments qui, avec la cave, le cellier, les pressoirs, la grange à fourrage, l'écurie, la remise et la maison du régisseur, constituaient un véritable hameau, bien organisé et serré autour de l'éolienne et du puits de forage.

Il était six heures du matin. Jean savourait aussi profondément le moment que le café, très fort. La femme qui le servait souriait avec cette franchise discrète, toute paysanne, sans paraître intimidée ni gênée. Elle avait mis pour lui un tablier, impeccable à en être trop blanc, si fortement amidonné qu'il aurait tenu debout sur le plancher de bois. Tout avait un goût différent de la ville. Jean découvrait ici la splendeur des premiers matins, la vraie saveur du pain, des fromages, des fruits. Chavi mangeait aussi, mais peu, avec la frugalité d'un ascète. Il était aussi décharné qu'un cep de vigne, comme s'il ne se nourrissait que du jus et de la fumée de son herbe maté.

La haute pendule à long balancier sonna les six heures.

Dehors, les hommes rassemblés attendaient le coup de sifflet de Chavi. Les vendanges commençaient.

Par la fenêtre, en écartant le rideau de coton à carreaux blancs et rouges, Jean vit les femmes s'avancer à leur tour, large seau au bras, sécateur ou faucille à la main. Les hommes avaient déjà fixé sur leur dos la hotte où les vendangeuses balanceraient leurs pleins seaux de grosses grappes. D'autres tiraient par la bride les mules qu'ils venaient de harnacher, les attelaient aux charrettes dont le bois avait pris la couleur du vin.

Jean sortit saluer la troupe, qui s'achemina, à pied, dans le sillage du régisseur monté dans l'une des charrettes. Il les regarda s'éloigner.

Employés fixes du domaine, saisonniers habituels, porteurs de hottes, coupeuses, il y avait bien là cinquante personnes.

« Les soldats de Chavi », se dit-il.

Jean retrouva la fraîcheur de la maison, où la table était propre et la servante invisible. Il s'absorba dans ses cahiers.

Jour après jour, à la manière d'un livre de bord, Chavi tenait un véritable « livre de raison ». Il y consignait tout : dates des travaux, tableaux des salaires, maladies des uns, grognes des autres, disputes, casse des socs, problèmes des mulets, rapports sur les programmes du maréchal-ferrant, du sellier et du bourrelier. Depuis le matin, Jean n'avait pas échangé trois mots avec son régisseur. Il tenait trop à respecter le silence proverbial de l'Indien, l'humeur taciturne du Gallois.

Jean savait reconnaître sous le comportement secret et le mutisme du métis, la fière intelligence d'un meneur d'hommes, connaissant à la perfection son métier et ses devoirs. Il l'avait d'abord embauché pour sa réputation de viticulteur, pour son expérience de la vigne et pour son savoir de fils de la terre. Il avait pu depuis lors apprécier l'étendue de sa compétence, vérifier la sûreté de ses jugements et la rectitude de sa gérance. Une réelle amitié avait fini par se nouer entre eux. Jean et Chavi s'entendaient mieux que s'ils étaient unis par un pacte de famille. Maître et contremaître, une fois mutuellement jaugés et jugés, avaient su s'accepter. Cette solide entente assurait une paix totale à l'hacienda de San Cristobal.

Le roulement des roues de la première charrette qui arrivait de la vigne interrompit Jean dans son travail.

On s'agitait au quai des pressoirs, où se vidait la vendange.

Quand le soleil marqua midi, Jean rejoignit Chavi et le groupe des vendangeurs, sur le premier hectare situé à l'ouest. Il s'y rendit à cheval. Il mangea du bœuf salé, du pain et du fromage, à l'ombre brûlante d'un eucalyptus. Il partagea la gourde des vendangeurs emplie de vin et d'eau de Seltz. Les hommes avaient le plus souvent un mouchoir sur la tête, et les femmes un chapeau d'homme en feutre mou.

Jean n'était ni adopté ni rejeté par le groupe. On l'ignorait plutôt. Le chef était Chavi et non pas cet étranger au visage trop clair et au pantalon de bourgeois. On ne lui adressait pas la parole, on le regardait à peine, mais on lui tendait la cruche de vin. Lui se conformait au jeu. Il tenait à rester à l'écart, à laisser toute latitude à son meilleur collaborateur. « Quand tu es sûr de ta confiance, laisse faire et laisse commander », conseillait Goldberg. Tout se passait comme si les hommes ressentaient dans toute sa profondeur sa volonté de discrétion.

Sans oublier que son vrai métier restait ailleurs, à Buenos Aires.

Plus tard, peut-être...

Il ne voulait pas, par vanité, saboter cette hiérarchie naturelle. Il se tenait à l'arrière, tel un de ces dieux sans bras que les peuples primitifs plaçaient aux frontières des champs. Il était sans bras, mais non sans force : la terre était à lui.

Les vendangeurs revinrent du travail vers six heures de l'après-midi. Ils déposèrent les seaux, les hottes, les sécateurs, dans un coin de la cour, puis ils se lavèrent bras et visage à un bassin de grès accolé au mur de la cave. Un homme ferma le pressoir et arrosa le sol, où collait le sucre des raisins.

Au crépuscule, tandis que chacun prenait du repos avant le souper, Jean fit un tour dans l'hacienda, en tilbury. De petits sentiers permettaient aux roues de circuler sans abîmer les vignes ni les canaux. Tout un réseau de rigoles passait entre les ceps, plantés en terrasses et tenus par des treillis. Les abricotiers et les pêchers ne portaient plus de fruits. On les avait cueillis un ou deux mois auparavant. Ils avaient l'air pauvres à côté des vignes grasses. La terre, que l'on n'irriguait plus depuis l'approche des vendanges, se craquelait. Elle était dure et crevassée comme la peau qui gerce. Vivace et souple, la vigne portait d'énormes grappes, gorgées d'un jus sucré. Jean se demandait toujours comment une telle plante pouvait naître d'un sol si aride et le vin couler si rouge des cailloux des Andes.

Jean conduisit le tilbury jusqu'à cinq kilomètres des habitations, à un endroit qu'il aimait. Sur les conseils de Chavi, il avait conquis à coups de dynamite du terrain sur la roche et la garrigue pour y planter des oliviers. Trop jeunes encore, ils ne portaient pas de fruits. A chaque passage à Cristobal Jean allait vérifier leur croissance. C'était là qu'il était le plus heureux. Dans un paysage parfaitement méridional, entre la vigne, les montagnes sèches, et l'olivier. Il éprouvait alors, avec une intensité qu'il n'aurait jamais cru possible auparavant, le bonheur de posséder la terre et de voir la vie s'y développer. Il pensait aux futures récoltes d'olives, à l'huile qui en coulerait, et il était heureux. Il demeura longtemps à contempler les feuilles d'argent et les jeunes pousses. Enflammée le jour par un soleil d'enfer, la terre semblait maintenant s'apaiser, et les insectes rêver sous la lumière rosée du crépuscule andin.

C'était près des oliviers, sur les pentes les plus sèches des Andes, qu'un jour Jean bâtirait sa maison. Une maison blanche avec un toit de tuiles, et un vaste patio où couleraient des fontaines. Le paysage de Mendoza était celui qu'il cherchait depuis toujours, celui pour lequel il avait quitté l'Europe, et qui l'attendait ici.

Pour lors, à Cristobal, il dormait chez Chavi, à côté de la cuisine, dans une vaste chambre, aménagée tout exprès pour lui avec un lit à moustiquaire, une armoire et un coffre. Il venait toujours seul. Sarah affirmait que les commodités ne lui convenaient pas. Les cabinets étaient dans la cour, dans le coin des poules, et il n'y avait qu'un broc et une bassine pour se laver, la douche se réduisant à un tuyau d'arrosage. Mais de cette installation archaïque Jean ne souffrait pas. Un jour, il construirait peut-être, ici, la plus belle salle de bains du siècle. En attendant, Jean vivait à Cristobal des heures intenses, sereines.

Il retourna lentement, au trot mesuré du tilbury, vers ces hommes et ces femmes d'un pays qui devenait le sien. Il aurait voulu se souvenir de chaque arbre et de chaque fruit, comme de chaque visage et de chaque fleur...

Le soir réunit les familles de l'hacienda autour des braises sur lesquelles, entre pots et gamelles à réchauffer, grillaient d'épaisses tranches de bœuf, des tripes, des boudins, des piments verts ou rouges. Les feux donnaient l'éclairage et quelques torches aussi, qui attiraient et incendiaient les nuées de moustiques. Avec des phrases lentes et des mots précis, les hommes parlaient de la saison, de la viande, du travail de demain. Puis l'un d'eux entama une vieille histoire, qui ne pouvait être que longue, aussi patiente qu'eux-mêmes. Jean se dit que la scène reproduisait sans doute un tableau d'Europe, du Midi. La nuit faisait revivre une légende des montagnes désertes. Habitées uniquement par des condors, coyotes, pumas et admirables vigognes à fourrure jaune, il y passait parfois des Indiens nomades, qui portaient sous leurs ponchos d'extraordinaires parures d'argent. Ces Indiens étaient des sages : ils vénéraient le soleil et la lune, *Pachamamma* et *Pacha Kamac*, ils savaient souffrir avec sérénité du chaud comme du froid, de l'orage et du gel, de la maladie et de la famine, châtiments des dieux. Ils n'auraient cependant jamais connu plus profonde peur ou plus grande épreuve que lorsque surgit l'homme blanc. Ce n'était pas un homme, mais une créature monstrueuse, humain décoloré par le haut, animal à quatre pattes par le bas. Ce centaure, au visage qui grimaçait, blême, la lèvre couverte de cheveux et qui courait sur ses quatre pattes aussi vite que la vigogne ou le guanaco, exécuta même un jour ce prodige : son corps se coupa en deux. Le haut se campa sur ses jambes, chaussées de cuir, et se mit à marcher. Le bas se détacha et, sous toutes sortes de liens, dut s'employer à remuer la terre, avec de larges lames de fer, mieux qu'à la bêche ou à la machette. Car l'homme blanc n'apporta pas seulement au pays des Indiens des graines inconnues, des miroirs à féerie, des bijoux, des armes, mais d'abord le cheval, qu'ils aimeraient bientôt autant que s'il avait toujours vécu sur cette terre...

Cette histoire naïve, tous l'écoutaient avec sérieux. Leurs yeux brillaient enfin lorsque le conteur décrivait les montagnes désertes, le paradis des animaux, le passage des tout premiers peuples des Andes, des plus anciens *criollos*. Ils l'avaient tous entendue raconter cette fameuse histoire, à d'autres veillées, par d'autres nuits semblables à celle-là, mais la voix du conteur, avec ses inflexions, ses mimiques, ses improvisations, sa virtuosité à changer la couleur de l'œil du cheval, composait avec la légende mille fois répétée une pièce toujours nouvelle.

Jean observa Chavi qui, assis jambes croisées tout près de la braise, qu'il tisonnait de temps en temps, buvait le maté dans son fruit. Ses yeux d'Indien, impassibles et doux, semblaient suivre les galops ou les labours de l'animal fabuleux qui s'était détaché de l'homme blanc pour devenir son compagnon.

Les hommes appelaient Chavi *el mudo,* le muet. Pourtant, tout à coup, l'Indien bondit sur ses pieds. Il s'approcha du feu, comme une créature diabolique qui ne craint pas les flammes. Son visage avait des reflets rouges, dans ses cheveux si noirs se formaient des traînées orange. Il chanta. Ou plutôt il lança des cris stridents et brutaux comme un chant de guerre. Il ne dansait pas. Et on croyait pourtant que la violence de son chant allait l'entraîner dans des torsions ou des galopades de Nuit de Walpurgis. Mais non, il restait immobile, ses bras tombaient le long du corps. Il n'y avait que sa voix, dynamique, virulente, qui clamait une vieille ballade du Pays

171

de Galles, une chanson des temps barbares, des peuples primitifs. Bien que venu de l'Europe, il était plus sauvage, plus indomptable, cet air de la vieille Galles, que toutes les *milongas* de la pampa, que toutes les mélodies des flûtes andines.

Chavi connut un triomphe. Le clou de la soirée. On l'applaudit, on le bissa. Sous les ovations, Chavi resta de granit. Il reprit son bol de maté.

Le lever du soleil marquerait demain la reprise du travail. Mais autour des braises, l'heure était fraternelle, et les vendangeurs prolongeaient leur première veillée. Devant un auditoire captivé par l'étrangeté musicale de contes qu'il ne connaissait pas, Jean récita en français quelques vers de Ronsard. La susurration des moustiques, le cri d'une chouette et le crépitement du feu rendaient la nuit sonore. Jean se demanda pourtant s'il n'entendait pas, au-delà des musiques de San Cristobal, respirer la grande montagne.

Jean montait une jument noire qui s'appelait Negrita. Il y avait sept chevaux à l'hacienda de San Cristobal, et chacun portait le nom de sa robe. Il y avait Negrita, Nieve, Café, Maïs, Horchata, Castaño et Neblina (Negrita, Neige, Café, Maïs, Orgeat, Châtaigne et Brouillard). Jean les avait achetés à l'*estancia* La Margarita, au sud de la région de la pampa. Et Chavi les avait baptisés d'après leur couleur. C'étaient des chevaux de taille moyenne, aux jambes fines, à la croupe serrée et à la longue encolure : de purs spécimens argentins, nés dans les prairies de la région. Ils avaient encore la fougue et l'indiscipline des chevaux sauvages : ils étaient vifs comme le *pampero*, le vent de la plaine, et rebelles comme les *cimarrones*, les chevaux sauvages qui vécurent libres un demi-siècle, sur toute l'étendue de la steppe argentine. Mais ils avaient aussi dans leurs veines du sang espagnol : tous les chevaux argentins, et les *cimarrones* eux-mêmes, descendaient, à quelques générations, des premiers chevaux qu'avait apportés, après un long voyage, don Pedro de Mendoza, le gentilhomme espagnol qui fonda Buenos Aires en 1536. En vérité, les chevaux étaient comme les hommes, des émigrés d'Europe, des fleurons de la civilisation occidentale, et point du tout des indigènes, bien que les légendaires *cimarrones* l'eussent oublié, pour retrouver l'élan des troupeaux sauvages.

Negrita avait une crinière longue, à laquelle Chavi s'accrochait quand il la montait à cru. Mais pour Jean, la jument était harnachée d'une selle anglaise et de brides en cuir d'une incroyable souplesse. Elle galopait, ses pas soulevaient sur la piste un nuage de poussière, et Jean, les jambes serrées à ses flancs et la main légère, le corps presque inexistant, accompagnait sa course. De part et d'autre de la piste, des fils de fer barbelés délimitaient les prairies. Le chemin de terre était tracé au cordeau. Il tranchait la prairie comme une lame. Il déroulait entre les barbelés une sorte de gué pour les voyageurs, un gué dont on n'apercevait jamais l'autre rive. Il courait ainsi sur des milliers de kilomètres, du nord vers le sud. Tout au bout, c'était la dernière marche du monde, la neige, les pingouins, le pôle. Mais la pampa s'étendait sur des régions entières, et Jean ne traversait pour lors que deux cents kilomètres, pour aller de Mendoza à Santa Rosa, de son hacienda de San Cristobal à l'*estancia* de don Rafaël Ponferrada. Et il fixait devant lui, au-delà de la crinière noire de sa jument, l'horizon de la piste, de l'herbe et du ciel. Pas d'arbres. Pas d'animaux. Pas d'oiseaux. Rien, ni personne. Fors lui et sa monture. Il mit Negrita au trot un moment, puis au pas, et il lui tapota l'encolure qui n'était pas mouillée de sueur mais douce et chaude, comme lorsque Chavi l'avait longuement, amoureusement, étrillée.

Pour tirer le tilbury et les charrettes, Chavi utilisait les mules. Il aurait eu honte d'atteler des chevaux qui étaient à ses yeux aussi nobles que les humains. Il les dressait, il les commandait, mais il se faisait une trop haute idée de leur dignité pour les asservir. Les chevaux avaient été libres. L'Indien savait que le cheval avait donné à son peuple sa fierté. D'abord effrayé par l'animal des conquistadores, véritable monstre nouveau, l'Indien avait su très vite se servir du cheval. Quelle que fût son histoire, Chavi était l'ami des chevaux, et il suffisait pour s'en convaincre de le voir leur caresser le front.

Quand Robert de Liniers avait entraîné Jean, la première fois, à son *estancia* de Grand-Breuil, il ne lui avait pas laissé le temps d'entrer dans la maison. Il l'avait aussitôt emmené à l'écurie, où il avait fait seller deux chevaux. Impossible à Jean d'avouer qu'il ne savait pas monter, et il croyait du reste que c'était une chose facile et naturelle. Comment il avait réussi à se percher sur l'animal, un sursaut de volonté, d'énergie l'avait aidé. Mais quand Robert était parti devant lui, son propre cheval avait suivi, à un train d'enfer. Jean était ballotté comme un sac de farine, il glissait de la selle, il lui semblait à tout instant qu'il allait tomber. Ce qui arriva en effet, au bout d'un parcours assez court, où il eut de surcroît la honte de lâcher son cheval. Jean s'en retourna à pied, l'air désinvolte, mains dans les poches, rouge d'humiliation. Les gauchos qui l'attendaient dans la cour de l'*estancia* s'esclaffèrent à son arrivée, avant de partir aussitôt à la recherche du cheval, bien plus précieux que ce bourgeois de Buenos Aires.

Robert apprit à Jean comment on tenait en selle. Lui-même avait l'élégance d'un cavalier anglais, les gestes techniques et un peu maniaques du garçon élevé dans un manège, sans leur raideur, sans leur suffisance. Comme un gaucho, il pouvait être truculent à cheval, sauter à pieds joints sans peur de l'étrier, sur le dos de l'animal, et il pouvait rouler dans la sciure avec un cheval indompté, lui bourrer le ventre à coups de pied, et lui tirer la crinière comme une brute, gestes qui eussent arraché des hurlements d'indignation à un maître d'équitation de Cambridge ou d'Oxford.

Après des mois d'efforts, Jean se trouvait maintenant aussi à l'aise sur une selle que dans un fauteuil du Jockey-Club. Il se disait quelquefois que ses parents n'auraient pu le reconnaître. En Argentine, le cheval représentait le monde des

175

gauchos, des paysans libres et solitaires, les moins européens, les plus argentins du pays. Un monde rude et fruste, mais il évoquait aussi celui des élégants cavaliers, des amazones en longue robe, toute une société policée et savante. Le cheval était aux confins des deux Argentines, l'une paysanne, populaire et métissée, l'autre, à Buenos Aires, blanche et huppée. L'une était l'Argentine de Chavi, l'autre celle de Robert de Liniers, mais partout on y vénérait également le cheval.

Pour Jean le cheval symbolisait, comme le cigare ou le smoking, l'intronisation dans une société aristocratique, raffinée, élégante. Mais c'était aussi le retour à des traditions archaïques, à une civilisation de la terre, de la campagne. Sur la pampa, la lumière était douce, tamisée, le soleil passait à travers la brume. Vieux continent enfoui, qui unissait aux temps préhistoriques l'Amérique du Sud et les Indes, par l'Afrique, ces prairies étaient pour la légende les vestiges de Gondwana, tout un monde englouti par l'herbe. Les prairies faisaient tout le paysage à droite et à gauche de la piste, où le galop de Negrita soulevait une poussière blanche.

Un sandwich à la viande fumée, une gourde de café devaient lui permettre de tenir jusqu'au lendemain. Il s'arrêtait toutes les trois heures pour laisser reposer Negrita, et il la fit boire à un puits qui se trouvait à mi-parcours de sa course. Il bivouaqua à la belle étoile, près du feu où avait chauffé son café. Il s'endormit comme une brute, malgré l'air froid de la nuit, et il se réveilla avec le jour, le chapeau trempé par la première rosée. Son visage de citadin avait brûlé la veille au soleil, il avait sué comme dans un désert tropical, et la nuit avait été pourtant froide comme l'hiver, froide comme une nuit d'Afrique. Il prépara Negrita, qu'il avait frictionnée avec sa couverture avant de s'endormir, et qui attendait, attachée par la bride à la cheville de sa botte.

Jean parcourut à rythme soutenu les cinquante derniers

176

kilomètres, et se trouva vers midi, dans la chaleur suffocante, devant une drôle de boîte à lettres en fer blanc, plantée sur un pieu de bois, où étaient peints à la main « Rancho Grande ». La première borne de la propriété. Dix kilomètres au-delà, les plus longs à parcourir pour l'homme et sa monture, se trouvait l'*estancia* de don Rafaël Ponferrada.

Sa propriété était aussi vaste que deux départements français. Des prairies à vaches et à bœufs s'allongeaient sur quatre mille hectares. L'*estancia* était un village, ou plutôt une sorte de fief fait de maisons basses, de cinq corrals, de plusieurs boxes, du moulin, du four à pain en boue séchée. La maison de don Rafaël était en pierre, luxe insensé dans un pays où la nature ne connaît que l'herbe et ignore totalement le caillou. Elle était entourée d'un parc aux arbres deux fois plus hauts que la maison, prodige d'une terre où tout est plat jusqu'à l'horizon. Les arbres, comme les pierres, avaient été apportés ici par le maître des lieux : les arbres pour couper l'horizon, et les pierres pour bâtir du solide, du permanent, sur un territoire qui n'appartenait jadis qu'à des Indiens nomades.

A l'intérieur, la maison était sombre, humide, avec des fenêtres étroites voilées de lourds rideaux de toile qui filtraient le soleil et la lumière. Des meubles espagnols, des *bargeños*, des coffres, des tables à gibier donnaient de la solennité à l'atmosphère, et on se serait cru, pour cette raideur castillane, dans un palais sinistre de l'époque de Philippe II.

Don Raphaël n'était pas rentré de l'endroit où il avait, avec ses péons, mené paître des génisses, mais le valet de chambre qui prit soin de Jean et le conduisit à sa chambre lui annonça qu'il serait de retour dès le soir. Il avait été averti de l'arrivée de son hôte. Don Rafaël n'était pas homme à manquer aux règles de l'hospitalité. Jean se plongea avec délices dans le tub, empli à ras bords d'une eau brûlante et parfumée. Il y demeura jusqu'à ce que l'eau tiédît et refroidît, jusqu'à ne plus sentir la fatigue, la douleur du voyage, dans ses muscles comme passés à la meule.

« Le mal au cul, disait Robert, est une plaie noble. Tant que tu n'auras pas des fesses de cuir, tu ne seras pas digne de ton cheval, ni digne de ce pays... »

Eh bien Jean avait mal au cul, il flottait dans son tub, en sifflotant *la Marjolaine*, et en se répétant que deux jours à cheval valaient tous les opéras du monde.

A Rancho Grande, les chevaux ne portaient que des noms tirés du bel canto et du théâtre tragique. Il y avait Réjane, Sarab B. (Sarah Bernhardt), Jenny, comme Jenny Lind, Don Juan, Cid Campeador, Yupanky, du nom d'un rôle inca créé par Caruso.

On devait compter plus de cinquante chevaux, que Ponferrada partageait avec ses gauchos. Il n'y avait pas de cheval favori, ou particulier à l'un ou à l'autre cavalier. Chacun choisissait le sien au matin, la stricte consigne étant de changer chaque jour de monture.

Negrita fut conduite à un box, entre Réjane et don César.

« Bonne soirée! » lui souhaita Jean.

La nuit tombée, il dîna seul, de bœuf, de gibier, et d'un vin rouge chilien.

Malgré toute la renommée du cru, un produit moins racé, moins subtil que son propre vin de Mendoza : tout nouveau venu fût-il sur les terroirs, Jean avait déjà l'inévitable parti pris des viticulteurs, tenir son propre vin pour le meilleur du monde, le seul étalon-or...

Il était servi par une Indienne dont la robe, soutenue par de nombreux jupons, bruissait en balayant le plancher. Coiffée d'un bonnet blanc, elle portait les plats en silence. Elle avait un visage lunaire, rond et plat, et un demi-sourire aussi placide que le regard. Des hanches larges à ne pouvoir en faire le tour à deux bras. Le seul orgueil du personnage était dans la poitrine, serrée dans un corsage à le faire craquer, une poitrine d'assaut.

Le galop de plusieurs chevaux, qu'on entendit soudain, éveilla seul la physionomie de la fille, comme le vent fait frémir la prairie.

Don Rafaël entra, dans un grand bruit de bottes, jeta sur la table ses gants de cuir usés à la paume, et son chapeau d'où la poussière de la pampa s'échappa.

Enfoncés dans de larges fauteuils capitonnés, ils restèrent longtemps, en silence, à regarder jouer sur les braises les silhouettes de rêves imprécis...

Le silence...

Il était à l'évidence aussi inséparable de don Rafaël que la fourrure de l'ours.

Toute sa vie, en vérité, était à inscrire dans ce silence austère, coupé seulement par les appels des gauchos, les hennissements des chevaux, les hurlements des animaux rôdeurs, ou les gloussements des servantes.

Ou alors, par une sorte de revanche, comme pour se rattraper d'une trop longue abstinence, il éclatait en discours interminables, mêlant tous les sujets, jurant contre le monde entier, faisant le procès des mille et un ennemis de l'Argentine ou des *caballeros*. C'était tout ou rien : ou le silence le plus profond, ou un sermon sur ton de réquisitoire.

« Atala! appela-t-il soudain de sa plus grosse voix, si tu nous apportais le whisky?... Avec l'eau de Seltz... Le plus vieux... Le mien...

» Je veux parler, expliqua-t-il, de celui que me fait tout spécialement, en Écosse, mon ami lord Granard...

– Tu aimes Chateaubriand? demanda Jean.

– Ah! oui, Atala... répondit don Rafaël. Me croiras-tu, je n'y suis pour rien... La vérité probable est qu'elle provient d'un village dont le pasteur devait avoir des lettres... Ses sœurs s'appellent Esmeralda et Ophelia... »

Ils rirent.

Ils burent dans des verres grands comme des vases.

Don Rafaël commanda à Atala de lui tirer ses bottes. Sur un signe, elle enleva aussi celles du visiteur. Et elle sortit sans un mot, les quatre bottes dans les bras.

« Je m'admire, prononça don Rafaël, d'être né là où il fallait... Sans doute me faut-il reconnaître que l'amour de la solitude, je le dois pour beaucoup à l'Espagne de mes ancêtres... Steppe de Castille et pampa d'Argentine sont deux sœurs... Mêmes horizons infinis, même vent qui brûle la peau, même silence des plateaux pour l'éternité. La Castille, comme l'Argentine, sont des paysages sans anecdotes : sans arbres ni maisons, ni barrières. Peut-être la pampa est-elle plus souvent verte, comme son herbe, et la Castille plus blanche, comme sa poussière, mais ces couleurs, au fond, le vert et le blanc, dans leur monochromie, ne sont pas des décors. Ce sont des essences. Là-bas comme ici la terre s'offre nue, sans apprêts. Elle ignore le fard. A elle seule, elle est tout à la fois ciel, air, sol, lumière... Dépouillement presque abstrait... Nudité totale... Rien ne limite la vision... Rien ne distrait les yeux. Ce sont des paysages inventés pour le rêve, tous les rêves... Peut-être la pampa, du fait de sa large dimension, est-elle la plus vouée des deux à la solitude. C'est une nonne... Une nonne verte – ajouta-t-il dans un sourire, sans daigner expliquer cette comparaison bizarre.

» Dans la vieille Castille, dans la Mancha, poursuivit-il comme s'il cherchait à reconstituer un paysage perdu, il y a toujours ici ou là un couvent, une abbaye, un château fort des Rois Catholiques, un puits gardé des Maures, une chapelle, un village aux toits fauves, signes d'une longue mémoire. Le sentiment du vide absolu est plus intense ici, où rien, entre herbe et ciel, n'évoque la moindre image d'Histoire, ni le moindre fantôme d'un passé. Dans la pampa, hier n'existe pas. La pampa, c'est le rien dans toute son étendue. Le spectacle éternellement inhumain de notre propre solitude... »

Il se leva pour allumer à un sarment son cigare qu'il avait laissé s'éteindre. Il se rassit, se versa un nouveau whisky.

« Tu as remarqué ma boîte à lettres, continua-t-il. C'est, dans le paysage, une incongruité. Or, c'est moi qui l'aie fait placer là, au bord du chemin, en pleine nature. Tu me diras : il y en a de la sorte en Andalousie et en Aragon. Sauf qu'ici, le facteur ne passe pas. Nous devons nous satisfaire du télégraphe, pour nouvelles urgentes, relié à la poste principale de Buenos Aires. J'habite une île, au milieu de la prairie. Alors, la boîte à lettres? Un de mes amis, un Anglais excentrique, peu importe le pléonasme, s'est fait construire, dans le grand Sud, un volcan. Un faux volcan, comme tu dirais faux col ou faux cul. Un volcan, dans un terreau rouge, véhiculé par bateau d'Italie. Croirais-tu qu'il aura eu la nostalgie de Pompéi ou d'Herculanum? Pas du tout... Il aura eu la nostalgie de la verticalité... en même temps que la nostalgie d'une autre couleur que le vert... Il aurait pu tout aussi bien se bâtir une copie de la tour Eiffel, qu'il aurait fait peindre rouge, ou rose, ou pervenche. Moi, je suis plus modeste. Un piquet de bois, figé en plein vide, en pleine platitude, me fait du bien à regarder. C'est comme mes arbres, ou bien comme le palenque où se grattent mes bœufs. Une boîte à lettres, comme le volcan italien de cet Anglais, c'est, dans notre pampa trop horizontale, étirée comme une femme amoureuse, notre Aconcagua... »

181

Peu de temps avant le mariage de Jean, Marta l'avait invité à Rancho Grande, en compagnie de Robert de Liniers.

Elle avait fait part de sa décision comme on annonce un pique-nique, encore qu'il fallût presque deux jours et demi par le chemin de fer, puis la route et les pistes pour atteindre l'*estancia*. Surpris mais toujours consentant aux caprices de sa jeune épouse quand elle n'abusait pas de son pouvoir, don Rafaël avait fait les honneurs d'un *asado* dans la plus haute tradition. C'est alors qu'une sympathie aussi forte qu'imprévisible était née entre Jean et lui. Que Ponferrada, avec ses allures de grand seigneur, ses silences et ses soudains accès de rhétorique majestueuse, pût fasciner un jeune homme en pleine découverte d'un univers, il n'y avait pas de quoi étonner. Mais que ce jeune homme, si réservé, encore si embarrassé de lui-même, assez gauche, pût susciter l'indulgence et l'intérêt du maître de Rancho Grande, la chose était loin d'aller de soi.

Peut-être fallait-il voir seulement, dans la réaction de don Rafaël et sa curiosité, un sentiment somme toute assez primaire. Marta avait en effet confessé à son mari que Jean n'avait jamais été son amant. Que même il n'avait jamais essayé de la séduire. Cet aveu était si exceptionnel, si peu conforme aux exploits adultérins de Marta, qu'il combla d'aise Ponferrada. Il se félicita qu'au moins une fois dans sa vie, un homme soit refusé à cette femme qu'il adorait tout en ne la supportant qu'à doses infimes, qu'il trompait, qui le trompait, et avec laquelle il tenait à maintenir des relations de la plus libérale courtoisie. Ponferrada en fut tout ému. Aussi le jeune Français devint-il pour lui, assez vite, un ami.

Puis don Rafaël avait découvert, dans ses rencontres aux marchés aux bœufs, que Jean était expert en matière de viande bovine et d'élevage, qu'il se situait à l'opposé de ces banquiers anglais, irrécupérables citadins, qui se contentaient de spéculer sur les terres, ou de ces trop envahissants *trustmen gringos*, généralement des Texans vulgaires. Il avait apprécié à sa juste valeur la compétence de Jean, comme il avait admiré la volonté du jeune homme, évadé d'une Europe très lasse, de faire sienne à son tour cette superbe Argentine, que Ponferrada aimait comme une autre patrie.

Car don Rafaël se proclamait à toute occasion, avec une fierté appliquée, patriote argentin.

« Comme la Castille était la patrie de mon père, ma patrie à moi porte le nom de ma pampa. »

On le prenait le plus souvent pour un défenseur de l'oligarchie. On le disait férocement attaché à ses principes : il n'avait d'ailleurs pas d'égal pour défendre la grande cause des plus importants propriétaires terriens, dont il faisait partie. Un oiseau de proie, affirmait la rumeur. Un potentat jouisseur.

Même assez xénophobe.

Il soutenait que l'Argentine ne pourrait vivre et prospérer qu'une fois débarrassée du joug étranger. A ses yeux, par trop d'aspects, l'Argentine était une colonie anglo-saxonne, aux trois quarts anglaise, pour le dernier quart nord-américaine.

« Les Anglais auront notre peau ! – rugit don Rafaël frappant du poing sur la table et non sans avoir commandé à Atala de remplacer la bouteille de scotch, déjà vide. – Ils savent tant y faire, ces Satans ! Ils ne tiennent pas seulement le transport et la banque. Ils sont, et cela te concerne autant que moi, les seuls maîtres des frigorifiques. A Campana, Avellaneda, Zarate, Rio Gallegos, à Bahia Blanca, sur les principales places, ils ont mainmise sur tout le commerce de la viande. Ils sont seuls à fixer les prix. Avec tout l'arbitraire des cyniques. Nous autres, éleveurs, n'avons ensuite qu'à opiner du bonnet. Les malins ont un monopole de fait. Et vous-mêmes, toi et Goldberg, pratiquez leurs tarifs. Vous n'y pouvez rien changer. Vous êtes obligatoirement serviles. »

Il balança son cigare, qui s'était encore éteint, dans les flammes.

« Ces Anglais, dit-il, je les exècre... »

Ils allumèrent chacun un autre cigare.

Don Rafaël eut à se lever une seconde fois pour réactiver le feu.

On entendit la cloche du domaine sonner les heures.

« Si tu me le permets – observa Jean non sans quelque prudence – tu figures le fier hidalgo, à jamais nostalgique de l'indépendance qu'il ne sut pas protéger. Tu rêves l'Argentine pleinement argentine, maîtresse absolue de ses destins et de son âme. Et tu la découvres colonie de Londres, pas même colonie de Madrid!

– Il n'y a qu'une vérité, protesta don Rafaël. L'Argentine serve. Notre économie n'est qu'une esclave. L'étranger, ce rat, nous ronge jusqu'à l'os. »

Le rude visage tanné était tout à l'orage. Les rides s'y creusaient davantage; les yeux noirs fulminaient. La voix se faisait caverneuse. Tout son discours exprimait la rancœur.

« Un pays d'eunuques », rugit-il.

Il se cala dans son fauteuil, ferma les yeux, tira avec volupté sur son cigare. Une nouvelle phase de silence vint. L'on n'entendait plus aucun bruit, hormis le vent du soir dans la plaine et les craquements du bois s'embrasant.

Jean admirait la fougue du vieil hidalgo, et il partageait sa nostalgie des libertés. L'Argentine, cette lointaine possession de l'Angleterre, cette colonie de l'Europe, serait-elle un jour la nation dont lui et quelques autres nourrissaient le rêve, ou peut-être l'utopie?

Jean annonça alors à Rafaël qu'il avait renoncé à la nationalité française et qu'il possédait désormais un passeport argentin. Il le sortit du reste de sa poche et l'exhiba.

« Un eunuque, comme tu dis si bien... », conclut-il.

Il ne reniait pas le passé. Seulement, il voulait ici tout oublier. Il choisissait en toute sérénité un avenir argentin. Sa vie était dans ce vaste pays. Ses enfants seraient des Sud-Américains. Il refusait le statut d'émigré en territoire étranger. Il avait confiance en demain.

Don Rafaël jeta dans la cheminée la bouteille encore à demi pleine de scotch, piétina les flammèches de bois qui se répandaient sur le tapis après l'explosion, et, devant des flammes d'enfer, bleues d'alcool, il serra Jean dans ses bras. Il croyait lui aussi à la nation future.

Le train siffla en gare de Mendoza. Jean ouvrit la fenêtre de son compartiment, torride et vibrionnant de mouches. Le quai était désert et fumait de chaleur. Le chef de gare, la casquette loin du front, vérifiait la fermeture des portières et traînait de wagon en wagon son bel uniforme de fonctionnaire, comme suffoqué. Un chat traversa en miaulant l'autre voie et courut chercher l'ombre d'un chariot à bagages. Jean écrasa une mouche endormie sur le revers de sa main. Le chef de gare portait lentement son sifflet à sa bouche quand l'arrivée d'une voyageuse retardataire interrompit son geste. Le bras du chef retomba le long du pli impeccable de son pantalon à galons. Par courtoisie, hommage à la beauté, ou simple patience d'un homme pour lequel les horaires de chemin de fer ne sont rien de plus qu'une fragile indication, il attendit que la passagère eût embarqué.

Elle se tenait debout sur le quai et ne marquait, en dépit du retard qu'elle infligeait au train, aucune agitation. Deux vieux Indiens, d'une maigreur d'opiomane, chargeaient dans un wagon de troisième classe ses étranges bagages : des boîtes et des cartons, bien ficelés, et dont on devinait aussitôt qu'ils ne pouvaient contenir ni robes ni chapeaux. Quand ils eurent débarrassé leur maîtresse du filet à papillons et du panier qu'elle portait au bras, ils la saluèrent et voulurent l'aider à

186

monter dans le train. Sans se presser, et se moquant ouvertement des regards hostiles des autres passagers, elle embrassa sur le front les deux vieux Indiens et sauta sur le marchepied avec la légèreté d'une gazelle. Alors seulement, le chef de gare osa siffler.

Jean s'était raidi. Cette silhouette, longue et élancée, lui rappelait un vieux rêve. Un chapeau de paille muni d'une voilette en mousseline la protégeait des rayons de soleil, mais cachait malheureusement son visage. Elle portait une jupe ample et une chemise d'homme couleur kaki, comme une bohémienne ou comme une exploratrice. Sur une impulsion qu'il ne tenta pas d'expliquer, Jean prit son sac de voyage et remonta tous les wagons jusqu'à la troisième classe, où les sièges étaient en bois et les tapis en vieille toile, mais où les mouches étaient aussi bleues, aussi hideuses que dans son compartiment de luxe. Les passagers pullulaient moins que les insectes. Il n'y avait là que deux paysannes, la tête serrée dans un fichu, avec, sur les genoux, un cabas de légumes, qui se regardaient en vis-à-vis, comme de chaque côté d'un miroir ; un gaucho à l'air tragique tirait ses moustaches, mal à l'aise sans son cheval ; enfin un homme d'une cinquantaine d'années, un petit commerçant sans doute, aux souliers brillants de cire, tenait serrée comme une relique une serviette de cuir. Jean coinça son sac dans le filet à bagages et s'installa sur la banquette de bois, en face de la femme qu'il cherchait. Elle avait gardé son chapeau, et la voilette ne laissait pas même filtrer la couleur de ses yeux. Elle avait croisé les jambes, sa jupe découvrait des chevilles nerveuses et fines, à la peau cuivrée, lisse, soyeuse, dont Jean se demandait si elle était prodige de la nature ou le fait de ses bas. Il aurait fallu oser une caresse pour en trouver le secret. Les mains, d'une belle couleur mate elles aussi, paraissaient moulées dans le bronze. C'étaient des mains aristocratiques, maigres et longues, des mains faites pour tenir une pipe d'opium, ou pour jouer une sonate au piano. Mais tout au bout de ces mains divines, légères, les ongles étaient cassés, elle ne s'était pas même donné la peine de les limer, et les bordures en étaient inégales, tranchantes, ou rongées. Une lisière noire en marquait l'extrémité. Car tous ses ongles étaient encrassés.

Elle tenait sur ses genoux un petit cahier à dessin où étaient peintes à l'aquarelle des fleurs de toutes sortes et de toutes couleurs sous lesquelles étaient écrits un nom latin, et quelques lignes que Jean, qui les voyait à l'envers, en dépit de son indiscrétion, ne parvenait pas à déchiffrer. Aborder une femme est toujours un coup de dés du hasard, mais courtiser une femme sans yeux et sans visage, et dont tout le mystère tient à un nuage de mousseline est encore plus périlleux. De quelle couleur pouvait être ce regard, et de quelle douceur ces yeux?

« Avez-vous trouvé l'edelweiss? », lança Jean qui avait l'impression de jeter un pont de liane au-dessus des gorges déchaînées de l'Iguazu.

La voix qui sortit de la mousseline jaune émit un son de rocaille. Elle était grave et rauque, rongée par la fièvre ou par le tabac.

« Quelle edelweiss? dit-elle. L'Étoile des neiges, la Patte de lion, ou la Reine des glaciers?...

— Noms royaux pour une fleur royale...

— L'edelweiss est plus commune que vous ne le pensez. Sa légende est un bluff. Bien sûr, j'ai des edelweiss dans mes herbiers, avec des pétales plus ou moins blancs ou plus ou moins verts. Je leur préfère toutefois des fleurs moins adulées, moins starlettes, comme l'armoise des glaciers qui a la couleur de l'absinthe, ou le cirse laineux qui n'est rien d'autre qu'un artichaut sauvage, et qu'on appelle communément le chardon-aux-ânes...

— J'avoue mon ignorance.

– Que faites-vous dans ce train? » interrogea-t-elle.

Jean se demanda d'où lui venait son étrange accent. Était-elle anglaise, italienne ou slave, du Nord, du Midi, d'Orient, d'Occident, la Rose des vents était mise en péril par un accent si insolite, si incertain.

« Je reviens de Mendoza, dit-il. J'y ai une hacienda, vignes et oliviers... Mais vous, de quel royaume des fleurs êtes-vous descendue? »

Un rire fusa sous la voilette.

« Pas de royaume, dit-elle. Une route... J'ai suivi à dos de mule la route des Andes, *el camino de los Andes.* Je reviens de Puente del Inca. J'ai marché jusqu'à la Laguna de los Horcones. Et j'ai visité le Christ qui étend ses bras sur toute la Cordillère des Andes, d'un rocher au-dessus de Uspallata. Je me suis arrêtée à la frontière du Chili : je n'avais plus de pages dans mon herbier, plus de pastels dans ma boîte à couleurs. Je reviendrai... J'ai toute la vie pour revenir...

– De mon hacienda je vois les Andes. Il n'y a que du rocher... Où trouvez-vous les fleurs? Vous les imaginez?...

– La roche des Andes est nue et sèche. Côté argentin, un désert montagneux. Pourtant, entre les rochers, sur leur crête ou sous leur ventre, en plein soleil ou dans l'ombre absolue, se cachent des merveilles. Me croirez-vous? J'ai trouvé des géraniums argentés, aux pétales roses veinés de pourpre et aux anthères vineux, des tapis d'azalées naines, des véroniques bleues, du thym aux fleurs roses, des gentianes des neiges, du myosotis bleu pâle à la corolle jaune vif, des chardons décapités, des valérianes couleur lilas, des violettes et des campanules. J'ai déniché dans cette sécheresse une athamante de Crète, de cette espèce qu'on appelle le Nid d'oiseau, et une sésélie du Péloponnèse, dite la fausse ciguë... Les plantes voyagent, le saviez-vous?... »

Tout en parlant, elle montrait à Jean ses aquarelles comme

autant de preuves de ses découvertes. Les spécimens originaux étaient dans les herbiers que Jean avait pris pour de vulgaires cartons. Ils séchaient entre deux planches, soigneusement étiquetés selon le lieu et la date de leur cueillette.

Montrant, à travers la vitre de leur wagon, le vert paysage de la pampa :

« Là, il n'y a que de l'herbe... », dit Jean.

C'est le moment qu'elle choisit pour enlever sa voilette. Elle la remonta sur la paille de riz d'un geste lent, tranquille, elle défit le lien qui attachait son chapeau. Une chevelure noir de corbeau se répandit sur sa chemise, tandis que des yeux verts, comme le jade, ou comme les eaux du lac Nahuel Huapi, fixaient Jean de tout l'éclat de leur transparence.

« Ce que je préfère, dit-elle en reprenant son cahier, indifférente à l'admiration qu'elle éveillait chez ce voyageur inconnu, ce sont cependant les épervières. Les épervières laineuses à aigrette blanche, les fausses chicorées qui vous poissent la main, les piloselles aux jolies feuilles ovales et qui vous laissent partout des nuages de duvet, ou les épervières des Alpes, plus solitaires. Ce sont des fleurs humbles et très communes, qu'on a appelées de noms méchants, Oreille de rat, Veluette, ou Petite Auricule... Elles sont jaunes, les épervières. Ma couleur favorite. Et les gens qui les aiment savent que les éperviers sont amoureux d'elles. C'est l'herbe à l'épervier, la fleur des rocailles caressée par un oiseau rapace de la montagne... J'en ai tout un herbier de ces épervières, que j'ai cueillies sur le lac de Lugano, autrefois. »

Thadéa Olostrov – tel était le nom de la voyageuse – était née à Belize, dans le Honduras britannique, d'une mère guatemaltèque et d'un père suédois, botaniste de la Société savante de Stockholm, duquel elle tenait la passion des plantes et de la nature. Sa mère était maya, née dans un pauvre village sur la route de Chichicastenango, une région de lacs que Thadéa avait visitée assez tard et qu'elle avait trouvée toute pareille à la Suisse. Son père qui étudiait les migrations des plantes d'un continent à l'autre avait découvert sur ces plateaux, où fleurissait jadis une des plus belles civilisations du continent sud-américain, des spécimens des Alpes et des Balkans. Il était tombé amoureux de la mère de Thadéa comme d'une plante d'exception. Paysanne, habillée à la manière multicolore de son village, elle avait au naturel des allures de souveraine. Elle ne se déplaçait, selon Thadéa, qu'avec une majesté, une lenteur de reine. Elle avait suivi le botaniste partout où il voyageait. Thadéa était née à Belize, dans un vieux palace que la végétation menaçait de toutes parts. Puis Karl Olostrov s'était établi en Argentine, la terre la plus propice à ses recherches, où la flore était la plus variée, et la plus abondante.

« L'Argentine, expliquait Thadéa, est un désert culturel. Absolument rien à trouver face aux trésors de Teotihuacan, aux merveilles incas, au site de Machu Picchu, à l'orfèvrerie quimbaya... Pas un temple... Pas un palais... Rien que des basiliques ou des musées qui datent de la colonisation espagnole... Mais pour un botaniste, l'Argentine est le plus grand des pays. C'est la Cocagne des herboristes et des floriculteurs. »

La mère de Thadéa s'était noyée dans un lac, aux confins de Bariloche, dans les Andes du Sud. Et Karl Olostrov, bien empêtré d'une enfant de dix ans, avait mis sa fille en pension en Suisse. Une de ces écoles fréquentées par les rejetons les plus snobs de la planète terre. Olostrov était assez riche pour payer les études de Thadéa : il avait mis au point en Suède un procédé de grossissement pour loupes et microscopes, dont il avait le brevet exclusif, et qui lui assurait d'excellentes rentes, lui permettant de se livrer à la passion exclusive de sa vie, passion bénévole et désintéressée, pour les espèces herbacées. Il n'avait pas choisi la Suisse par snobisme, mais pour son paysage, unique au monde, qui enseignerait à Thadéa la grandeur et le faste de la nature. Durant des années, Thadéa ne connut son père que par des lettres brèves qui contenaient toujours un pétale, une tige, une corolle, un pistil, avec sa dénomination, son caractère. Elle n'avait pas conservé les lettres, mais avait bâti son premier herbier.

Quand elle eut dix-huit ans, Karl Olostrov l'envoya une année à l'université de Stockholm, puis à celle d'Édimbourg où elle étudia cinq ans, et obtint un doctorat de botanique. Elle trouva moyen d'épouser là-bas un hobereau écossais, Randolph Mac Dulph, ce qui lui valut une fille, et une scène digne du théâtre shakespearien quand elle divorça. Elle n'aimait que la liberté. L'Écossais voulait la tenir en tutelle, et la petite fille n'était rien à ses yeux qu'un lien de plus, d'autant plus fort qu'elle l'aimait. Elle quitta Édimbourg, le hobereau, la petite fille, refusa confort et tendresse, et revint en Argentine où elle retrouva un père après une absence de quinze ans. Karl Olostrov habitait alors près d'Ushuaïa, en Terre de Feu, une maison dans la nature la plus sauvage du monde. Il ne fit aucun commentaire sur la vie sentimentale de Thadéa, ne parut s'intéresser qu'à ses diplômes de botanique et lui conseilla de perfectionner ses connaissances à Cordoba, à l'ancienne université des jésuites. Il mourut tandis qu'elle reprenait en Argentine la vie étudiante et libre qu'elle aimait, il mourut comme passe une plante, par dessèchement de la sève. Il fut enterré dans cette terre à pingouins et à cormorans, dans une forêt d'érables, site qu'il s'était choisi.

Sa fille n'assista pas à l'enterrement : il lui aurait fallu dix jours pour, de Cordoba, rejoindre ce bout du monde. Elle allait simplement une fois l'an se recueillir sur la tombe qu'envahissaient les herbes sauvages, et elle avait gardé la maison de Karl Olostrov, qu'elle baptisait son ermitage d'Ushuaia.

« Indienne et Suédoise, Maya et Viking... Je suis une espèce croisée. Une métis. J'ai la peau foncée, le cheveu noir, avec faciès occidental et nez suédois. J'ai aussi les yeux verts, comme les plantes que mon père a aimées, comme les eaux du lac où ma mère s'est noyée. Ni vert-Loch Ness, ni vert-pampa. Vert azulène, disent les savants, vert jaune, vert d'or. Pour les Argentins, peuple de Blancs, peuple raciste, je suis une femme impure. J'ai du sang indien, qu'importe qu'il soit maya, et d'une race fière, c'est du sang inférieur. Métis, quelle tare... »

Un rire venu des profondeurs de sa gorge rocailleuse ponctua son discours.

« Qu'importe, dit-elle. Je suis moi. La botanique apprend une chose : à l'intérieur de chaque espèce, comme à l'intérieur de chaque race, pas une fleur n'est pareille, pas une herbe ne se ressemble. Il faut chaque fois trouver une étiquette et une définition, Thadéa... Mon étiquette me plaît... Métis de Maya et de Viking. Pas une plante de salon, assurément... »

Les longs voyages favorisent les confidences. La pampa qui défilait au-dehors ne pouvait distraire les voyageurs de leur contemplation réciproque et de leur dialogue frémissant. Il y avait entre eux, dans ce coin isolé du compartiment de troisième classe, où la chaleur et les mouches rivalisaient d'agression, un de ces courants mystérieux et rares qui passent parfois entre des êtres, une électricité positive qui les guidait l'un vers l'autre, une magie enfin.

Par quel autre mot définir ce qui conduit à l'amour.

Jean raconta sa vie, sa rage à quitter Roubaix et l'Europe, sa lutte contre la misère, sa part de chance, son zèle à en tirer profit, il lui parla de Mendoza, des oliviers, de l'ami Chavi et des belles récoltes que la terre lui promettait. Il se confiait librement, il disait tout ce qu'il aimait, tout ce qui avait été dur jadis, et tout ce qui aujourd'hui resplendissait. Il s'adressait à elle comme à quelqu'un qui l'aurait connu depuis toujours, qui le comprenait, qui savait écouter. Et les yeux verts de Thadéa, ses yeux d'opale, lui étaient doux et bienfaisants. Il aurait voulu s'y plonger, s'y noyer, se perdre dans leur transparence, s'abandonner à leur vertige.

« Tu es un homme de la ville, lui dit-elle, mais tu t'en évades, et les charmes de la campagne commencent d'agir sur toi. Dans le pays de mon père, on croit encore aux fées, aux elfes et aux lutins, dans le pays de ma mère on croit en des dieux morts, des idoles noyées, des icônes éteintes. En Suède, comme en territoire maya, on croit aux sorts, aux charmes. L'Argentine est une païenne. Il n'empêche que tu es sous la magie d'une fée, ou d'une déesse-terre. Tu veux posséder la terre, mais bientôt la terre va te posséder toi, t'ensorceler... »

Elle vivait pour lors, lui confia-t-elle, avec un professeur de géographie et de sciences politiques de l'université de Buenos Aires, du moins habitait-elle avec lui lorsqu'elle était dans la capitale de l'Argentine. Car elle voyageait. Elle ne cessait de parcourir les territoires de cet immense pays, glanant ici et là des plantes qui lui plaisaient, et les collectionnant dans d'énormes herbiers. Elle les consultait souvent, comparait les espèces, les identifiait et collait sous leurs tiges de minuscules étiquettes, travail patient et tranquille de collectionneur et d'herboriste. Dans des cahiers à dessin, elle peignait les fleurs qu'elle préférait, dans des couleurs exactes et crues, qu'elle fabriquait elle-même avec des sucs naturels.

« Vois-tu, dit-elle à Jean, l'homme est dangereux. Pour construire des villes, il arrache des arbres. Pour cultiver ce dont il se nourrit, il abuse des poisons, du soufre, des herbicides. Les espaces sauvages s'amoindrissent. La nature est rebelle, les herbes luttent, elles se déplacent, elles cherchent à survivre. Mais l'homme, répéta-t-elle avec obstination, l'homme est dangereux. Que m'importent ses usines ou ses cathédrales, ses gratte-ciel et ses citadelles? Ce que j'aime, vois-tu, c'est la nature libre, sauvage... Voilà pourquoi j'herborise. Je cueille le plus d'herbes possible, le plus de plantes, le plus de fleurs. Je les cueille au soleil et à l'ombre, sur les sols alcalins ou terreux, sur les rochers, dans les prairies, au bord des ruisseaux et des lacs, dans les steppes et dans les forêts. Il me semble toujours que je cueille des vestiges. Les derniers vestiges d'une nature menacée, d'une Atlantide qui sombre. C'est une folie au fond : une folie herbivore. Dans mes herbiers je consigne des souvenirs, j'étiquète des plantes qui un jour disparaîtront... »

Jean regardait les ongles de Thadéa, noircis par la terre argentine. Il lui prit les mains qui brûlaient comme la braise, et qui étaient sèches et souples dans les siennes, en dépit de l'atmosphère moite du wagon.

« D'abord, dit-elle, j'ai voulu me consacrer aux coraux, les fleurs des rivages et des profondeurs marines. Sais-tu qu'il y en a qui se promènent tout seuls? Oui, oui... un certain nombre de *fungia*, de beaux solitaires en forme de disques. Ils cheminent comme des étoiles de mer... Puis j'ai été amoureuse de gorgones et d'alcyons. Ce sont des invertébrés, des éventails souples, des mollusques capables de frémir de toutes les émotions de l'océan... J'ai aussi beaucoup aimé les éponges. Elles ont du charme avec leur squelette mou. Fleurs labyrinthes, pareilles à des cristaux de neige, par vingt mètres de fond...

» Mais, ajouta-t-elle, tandis que le train poursuivait, inlassable, sa longue traversée de la plaine argentine, mais un botaniste cherche toujours l'espèce rare. Comme les jeunes filles rêvent du prince charmant, moi j'espère trouver un jour la plante unique et féerique, rose, euphorbe ou narcisse, qui par une couleur jamais vue, un pétale de trop, ou une folie du pistil, méritera de figurer, petite image solitaire et fière, au grand catalogue de Karl Linné, et qui étonnera dans sa tombe l'âme du botaniste qu'était mon père. »

Les mains brunes de Thadéa, ses mains de princesse maya, brûlaient de fièvre dans les mains de Jean, qui aurait voulu ainsi les tenir dans les siennes, longtemps, jusqu'à l'entrée en gare de Buenos Aires, et plus loin encore, jusqu'à ce bout du monde dont Karl Olostrov avait si bien transmis à Thadéa la nostalgie.

Enveloppée d'une brume de chaleur qui rendait toute respiration difficile et la moindre course haletante, la ville de Buenos Aires était un gigantesque hammam. Les trottoirs brûlaient les semelles. Les fontaines publiques, prises d'assaut par des citadins aux pantalons retroussés à la manière des pêcheurs à la ligne, offraient une eau tiède, croupie, couverte des premières feuilles de l'automne austral. Sous les grands arbres de la Recoleta, où la chaleur était moins redoutable, Sarah donnait le sein à son plus jeune fils. L'aîné se balançait mollement sur un cheval de bois, et regardait, d'un œil morne, son frère téter. Le jardin était silencieux. Les oiseaux faisaient la sieste. Il n'y avait que cette mère et ses enfants pour animer le tableau immobile, sous les derniers feux de l'été.

Louis, l'aîné, allait sur ses trois ans. Il était brun, avec des cheveux longs, bouclés, un visage allongé que n'éclairait aucun sourire. Grave, il paraissait même soucieux. Tout à l'heure il riait tandis que sa mère construisait une tour de cubes, et que l'édifice de plus en plus haut s'effondrait chaque fois. Et lorsque le rire de sa mère éclatait, le sien reprenait de plus belle. C'était une complicité délicieuse, un jeu comique et tendre. Il la sentait dévouée à lui, à son plaisir. Mais maintenant, elle s'occupait d'Alex. Et il lui voyait cet air d'infinie tendresse qu'il croyait être uniquement réservé à lui-même.

La jalousie tenaillait Louis. Il avait tout tenté pour acca-
parer l'attention maternelle. Inventant des maux de tête,
d'oreille, de ventre, il avait refusé de manger, d'aller aux
toilettes, et finalement de dormir. Il avait failli mourir pour
de bon, mais son entêtement lui avait permis de vivre : il ne
laisserait pas le champ libre à l'autre. Il voulut occuper le
terrain. Il redoubla d'activités, de câlineries, il devint exigeant, quémandeur, difficile. Parfois il se refusait encore à
avaler une viande qui le dégoûtait vraiment, mais il savait que
son père lui ferait tout resservir froid le soir, et que sa voix
sévère et sa main prompte aux fessées l'obligeraient à obéir.
Louis voyait peu ce père qui, à peine rentré, ordonnait en
général qu'on le mît au lit. Mais il préférait s'endormir avant
de l'avoir revu, tant lui était pénible le moment où sa mère
le quittait.

Jusqu'à quelques mois en deçà, sa vie lui avait paru parfaite.
Mais dans son existence heureuse de petit garçon, l'apparition
du berceau blanc où vagissait un être informe, insupportable,
antipathique, son frère, avait été un grand séisme. Ses jeux
le rendaient mélancolique, sauf ceux qui lui redonnaient sa
mère.

« Voilà, lui avait-elle dit d'une voix adorable. C'est fini.
Nous jouons depuis une heure. Il faut que je m'occupe d'Alex
maintenant. Prends tes cubes et fais une belle maison. Je te
regarde... »

Mais au lieu de le regarder comme elle faisait autrefois,
elle lui avait tourné le dos et elle s'était penchée sur le landau,
dans cette attitude qu'il aimait tant lorsqu'elle s'adressait à
lui le soir et qu'il pouvait voir ses lèvres si roses et douces le
frôler puis l'embrasser dans le noir. Il avait commencé de
construire sa maison de cubes, mais il ne cessait d'observer
son idole et attendait, en macérant dans la jalousie, qu'elle
voulût bien lui rendre son attention absorbée par l'autre

enfant. Il se demandait ce qui fascinait sa mère dans les borborygmes idiots qu'il entendait et auxquels elle répondait. Il avait fini par se réfugier près de son cheval de bois, son jouet préféré.

Alex, un crâne chauve, des yeux noirs, un nez qui était déjà signe de puissance et de caractère, enfin une voix de tribun populaire, ressemblait de manière stupéfiante à son grand-père. Ce nourrisson faisait du reste moins penser à un bébé qu'à un bonzaï humain. Il était fort et tranquille, à l'exception de rages qui le prenaient au refus d'un supplément de bouillie, et l'empourpraient jusqu'au violet. Louis, disait-on, avait le visage allongé des Flamant. Alex tenait du côté maternel. Mais Louis voulait ressembler à sa mère, et tout ce qui contrariait sa foi le meurtrissait.

Sarah était tout entière à la volupté tendre de la tétée. Un des plaisirs les plus vifs de sa vie de femme; bien plus vrai que les médiocres sensations du lit conjugal. A côté de ces étreintes consenties, assez ennuyeuses, la bouche de ce petit être, tour à tour caresse et morsure, opérait sur elle plus de miracles.

Sarah tâchait de répartir avec équité son amour entre ses deux fils. Elle s'inquiétait de la mélancolie de l'aîné qui la regardait d'un air mêlé d'adoration et de reproche, sans lui avouer ses tourments. Elle l'avait mis au monde sans trop souffrir, mais les mois suivants avaient été marqués par une angoisse indéfinissable, un sentiment permanent de peur qu'elle se reprochait d'avoir inoculé à l'enfant. A cette époque, elle craignait le pire : le moindre souffle d'air était une menace. Et quand elle regardait son bébé, elle éprouvait toujours de l'étonnement devant le prodige de l'avoir enfanté. Elle n'avait pas été plus préparée à la maternité qu'aux choses du sexe, et sa stupeur devant l'enfantement avait été aussi grande que celle de sa nuit de noces, où tous ses sens s'étaient figés d'horreur. Elle avait été frappée par l'inimaginable sacrifice qui avait été le sien au point d'en rester choquée longtemps. Jusqu'à la naissance en vérité de son second enfant. Familière dès lors de tous les mystères de la grossesse, de l'accouchement et de l'allaitement, elle avait accompli avec aisance et même plaisir le second parcours de maternité. Alex la libéra des étranges angoisses que suscitait Louis. Elle fut une mère différente, plus sereine et plus douce.

Avec Jean, elle attendait encore les émotions annoncées dans les romans d'amour : elle ignorait toujours le plaisir dans l'union. Elle se résigna, ne parla jamais à Jean de sa déception et se persuada que la littérature l'avait bernée. Elle n'accusa pas la vie. Mais les romanciers perdirent de leur crédit et elle ne relut plus jamais ni Colette ni Anna de Noailles. Elle s'offrait pourtant à Jean du meilleur cœur, attendait chaque fois une révélation qui ne venait pas, et laissait son mari accomplir cette étrange union de chair pour laquelle elle n'éprouvait ni attrait ni dégoût. Son seul bonheur lui venait de la maternité. Il est vrai qu'elle lui donnait une beauté rayonnante. Et au moral un tel sentiment de plénitude qu'elle comblait le néant de ses sensations charnelles, et la délivra d'un penchant aux crises nerveuses, aux sanglots, aux caprices, qui avaient été ses stigmates de jeune fille.

Les enfants lui prenaient tout son temps. Superficielle et coquette dans son adolescence, elle évitait maintenant les mondanités, afin de se priver le moins possible de ses fils. Elle assurait l'intendance de la Recoleta, où Jean et elle s'étaient installés dès leur mariage. Elle commençait à ressembler à sa mère par le souci constant du quotidien. Elle s'était insensiblement mise à vivre moins pour elle que pour les autres, ses enfants, son père, et surtout Jean. Elle lui portait une dévotion calme. En l'épousant, il avait mis fin à ses nervosités de gamine qui craint de rester vieille fille. Il s'imposait à elle par des manières distantes, qui l'impressionnaient. Il travaillait toujours autant, mais elle savait aussi que c'était pour elle, pour leurs enfants, et pour le plus grand bénéfice de l'entreprise Goldberg et Fils. Elle n'était pas jalouse de la Meat & co. Elle aimait moins l'engouement de Jean pour la lointaine hacienda de San Cristobal, quoiqu'elle fût assez fière de parler à ses amies de leur « domaine ». Et quand il partait voir ses vignes, ses arbres fruitiers, ses oliviers, elle ne pouvait se défendre d'un peu de jalousie.

Jean rentrait tard, donnait un baiser distrait à Louis et à Alex, dînait, puis après avoir fumé un cigare avec Léon Goldberg, la retrouvait au salon, où ils se parlaient longuement. Ils lisaient parfois côte à côte, sans rien se dire, plongés déjà dans l'atmosphère lénifiante et idéalement monotone d'un vieux couple. Ces quelques moments ensemble comblaient Sarah, comme les dimanches paisibles dans le jardin ou sur la Costa Nera où Jean l'emmenait parfois promener.

Elle pensait à lui en couchant Alex dans son landau quand le bruit de son pas sur le perron et l'appel de son nom la firent se retourner.

La veste sur l'épaule et la cravate lâche, Jean rejoignit les siens. Il sentait la poussière et la sueur, il rentrait de Mendoza. Jean serra tendrement la taille de sa femme, pinça la joue d'Alex qui lui sourit, et demanda à Louis s'il n'allait pas un jour couper ses cheveux de fille, ce qui tira une larme à l'enfant, déjà furieux de le voir apparaître. Jean lui ébouriffa la tête, puis à Sarah : « C'est un garçon, demain on coupe ses cheveux. »

Il disparut dans la maison sans qu'elle ait eu le temps de protester et elle se sentit soudain délaissée. Elle n'avait pas coutume d'assister à la toilette de son mari, et l'idée ne lui venait pas de s'asseoir sur le rebord de marbre de la baignoire pour le laver comme un enfant, ou comme un amant. Elle attendit qu'il descendît au jardin, rasé, parfumé, et vêtu d'une chemise fraîche.

« Les vendanges vont bon train, dit-il. Dommage que tu n'aies pas vu les vignes. Une récolte!

– Un tel voyage, par cette chaleur... soupira Sarah.

– Tu es une fleur de la ville. »

Jean regrettait que Sarah ne partageât pas son élan vers la terre et le bonheur que lui donnait la campagne. Il était déçu qu'elle ne comprît pas son désir d'échapper un peu aux limites de la Meat & co, et de l'empire, si puissant fût-il, de Goldberg. Pour sa femme ne comptait véritablement que l'entreprise familiale, puisque celle-ci subvenait largement à tous leurs besoins et irait ensuite à ses fils. Pourquoi cultiver la vigne et planter des oliviers quand on était, à Buenos Aires, maître d'une Meat & co?

« Les enfants ont été sages? » demanda-t-il encore, mais il écouta d'une oreille distraite les commentaires de Sarah sur le train-train familial de la maison. Il rêvait à ses jeunes oliviers et à un certain visage, sous un chapeau à voilette. Sarah aussi portait un chapeau en paille de riz, gansé d'un ruban jaune, et une robe d'été assortie; elle était jolie, gracieuse, et paraissait heureuse de le retrouver après cette longue absence. La manucure avait dû passer, ce matin ou hier, à la Recoleta, car ses ongles étaient peints et les lunules y étaient impeccablement dessinées. Il sourit en revoyant les mains de la voyageuse, ses ongles cassés, encrassés de terre.

« Tu es bien ici? », demanda Sarah, curieuse de connaître la raison de son sourire. On était bien en effet, à l'ombre des grands arbres de la Recoleta, où le soleil était tenu en respect. Louis se balançait comme un pendule sur son cheval préféré et ne quittait pas des yeux le visage extraordinairement animé et un peu rosi de sa mère. Sarah mettait toute sa grâce à séduire son mari. Alors, tout doucement, Louis se mit à pleurer. En silence d'abord, puis, de sentir les larmes sur ses joues, il fut pris de sanglots, et son chagrin explosa enfin en hurlements de bébé.

Jean sauta de sa chaise et lui envoya sur-le-champ une gifle monumentale.

« Je t'en supplie, murmura Sarah en prenant dans ses bras son petit garçon.

– Tu en fais une mauviette... » Il arracha Louis de l'étreinte maternelle et le porta dans la nursery.

Les cris avaient tiré Léon Goldberg de sa chambre.

« Comment ? dit-il, bougon, à l'intention du petit, ton papa rentre et tu te mets à pleurer ? Allons, allons... » Il passait sa grosse main, toute pigmentée de taches de vieillesse, sur les cheveux de l'enfant. Louis leva vers lui des yeux pitoyables, et voulut se réfugier chez son grand-père. Mais Jean le tenait ferme et il se retrouva bouclé dans la nursery avec la nanny qu'il exécrait, une dame aussi sèche et vilaine que sa mère était douce et jolie.

Léon Goldberg soupira et s'enferma chez lui. Il ne voulait en aucune manière entraver l'autorité de son gendre. Pourtant il souffrait devant cet enfant malheureux et ne comprenait pas comment, bien nourri, propre, entouré d'autant de jouets que de tendresse, il pouvait être à ce point fragile et chagrin. Comment pouvait-on ne manquer de rien et exprimer tout le jour une pareille tristesse, c'était là un mystère pour cet homme qui avait connu les pires privations et la pire misère...

Il était un grand-père débonnaire et gâteau, et il venait souvent chercher Louis dans la nursery pour l'emmener chez lui où, l'enfant sur ses genoux, il dessinait toutes sortes d'animaux, et parfois des troupeaux entiers de bovins, de bisons, de mammouths. Émerveillé, Louis suivait cette main, une patte d'ours, capable d'inventer de si belles images. Il aimait son grand-père, il aimait cette musique qui filtrait toujours sous la porte, et ni sa taille ni sa voix ne lui faisaient jamais peur. C'était la seule personne dont il tolérait la compagnie. Jean trouvait normal d'avoir des fils. Chez les Flamant, il n'y avait jamais eu de fille. Pour le premier, il n'avait pu imposer à Sarah le prénom d'Augustin, car sa mère portait cet affreux nom de Louise qu'elle avait voulu transmettre à leurs fils. Pour le second, il avait obtenu au moins une initiale, A, comme une héroïne de Pierre Benoit, avait-il dit pour convaincre Sarah, qui avait toutefois préféré Alexandre. Jean était maladroit avec ses enfants. Il ne savait ni jouer ni parler avec eux. Et il ne les supportait en vérité qu'endormis. Dès qu'un pleur, un cri, un chahut le dérangeaient, il fuyait. Une pulsion sauvage lui faisait mettre une couverture sur sa tête, quitter la pièce pour une autre, et parfois déserter la maison. Il craignait surtout de faire de ses fils des enfants gâtés, velléitaires et mous, des sortes de loukoums, des pâtisseries de luxe. Il se montrait dur avec eux, les corrigeait, et reprochait à leur mère de les combler de faveurs.

Sarah tâchait d'éviter en sa présence toute perturbation. Elle couchait tôt les enfants, et le dimanche les laissait à la garde du grand-père et de la nanny, pour que Jean pût vivre dans le calme qu'il souhaitait. Dans la journée, il arrivait que Jean oubliât tout à fait qu'il avait des enfants. Et il reconnut qu'à San Cristobal, ou à Rancho Grande, il oubliait aussi qu'il avait une famille. A la voyageuse de Mendoza, il avait voulu apparaître comme un joyeux célibataire.

En réalité, sa situation conjugale lui convenait par l'apaisement qu'elle donnait à sa vie. Les questions matérielles étaient résolues, l'ordre régnait sur la famille et la maison. Jean trouvait à Sarah plus de charmes qu'il ne lui en avait jamais reconnus. Il s'était mis à l'aimer. Sans passion, mais sans réticences. Il lui faisait l'amour simplement, spontanément, et trouvait près d'elle un équilibre sensuel qui l'aidait à lui être fidèle. Elle le satisfaisait. Il avait voulu cette vie ordonnée, sans imprévus et sans risques, et ne gardait de ses anciennes fièvres que l'agacement devant des enfants qui perturbaient le silence et réveillaient en lui des désirs de violence, de fuite ou de départ. Pour le reste, son existence était concentrée sur les profits bruts et nets de la Meat & co – société que Léon Goldberg voyait avec soulagement prospérer sous l'entière responsabilité et gestion de ce gendre si opportunément choisi – et sur sa terre au pied des Andes. Un prince pour deux royaumes.

Le dîner se déroula lentement selon le cérémonial habituel.

Sarah anima d'abord la conversation avec le maigre récit de sa journée. Quand elle eut mis bout à bout les réflexions de Louis, les hoquets d'Alex, elle ne trouva rien à raconter. Jean répondit aux questions de Léon sur les vendanges. Mais il semblait distrait. Léon Goldberg s'inquiéta ensuite des dernières mesures du gouvernement sur les prix du bœuf. Les *estancieros* venaient de gagner un point sur les négociants. Jadis l'animal n'était payé qu'après l'abattage, et l'on déduisait de la facture les moindres défauts apparus dans la cérémonie du découpage des quartiers. Il faudrait désormais payer les bêtes avant le sacrifice, et non plus après.

« La Meat & co est une entreprise honnête, grognait Goldberg, tout cela ne changera rien au montant de nos factures. Mais le décret me gêne. Il montre que les *estancieros* ont repris, passe-moi l'expression, du poil de la bête. Depuis le début du siècle, le gouvernement favorise plutôt les bourgeois. Et voilà que maintenant, sous la pression de je ne sais lequel des grands propriétaires – mais je le saurai –, il joue la cocotte devant les seigneurs de la terre...

— Le gouvernement est radical, coupa Jean. Tu as voté pour eux...

— Mes amis radicaux... » enchaîna Léon Goldberg, qui en dépit de sa réussite sociale, ne se décidait pas à voter conservateur. Il demeurait fidèle à sa jeunesse et, quoiqu'il pût lui en coûter, était encore un farouche défenseur du radicalisme « qui défend les pauvres et respecte le capital », ainsi qu'il aimait à le définir. Les radicaux étaient en effet au pouvoir, et Hippolito Irigoyen, après un intervalle de six années, venait d'être réélu, à un âge canonique. Plus de quatre-vingts ans.

« Le décret vise les Ango-Saxons, reprit Jean. Le gouvernement protège les éleveurs argentins du despotisme des marchands de viande...

— Dont nous sommes, je te le rappelle!

— ...des marchands de viande anglo-saxons, parmi lesquels nous sommes l'unique exception. »

Jean émit l'idée, qui le préoccupait depuis longtemps, qu'il fallait protéger la Meat & co de l'hégémonie anglaise. Toutefois, à la Recoleta, les décisions ne se prenaient pas à table, mais dans le secret du bureau de Léon Goldberg, devant la fenêtre où, en grandes ombres blanches, se profilait le cimetière. Jean demanda à Léon un entretien en particulier, ce qui lui fut accordé avec un enthousiasme que le vieil homme ne cherchait pas à dissimuler. Quoique ayant adopté les lenteurs, le farniente de la retraite, il gardait un œil acéré et vigilant sur tout le commerce de la viande et ne se contentait pas seulement de signer les contrats que Jean lui soumettait. Il n'était jamais plus heureux que lorsque Jean lui demandait un conseil, un avis. Pour les affaires, il avait encore la fougue de ses vingt ans.

Le dîner s'acheva dans un bruit de cuillères sur la porcelaine.

Sarah alla se coucher tandis que Jean et son père s'enfermaient dans la pièce du premier étage.

« La situation économique, disait Jean, n'est plus aussi bonne que dans les années vingt. Les éleveurs baissent leur production. Nous leur achetons leurs bêtes à prix trop bas, leur intérêt est minime.

– Tu le sais, objecta Goldberg, pas question de casser les prix. La décision doit venir du gouvernement.

– D'autre part, reprit Jean, l'étranger est en crise. L'Angleterre a décidé de privilégier ses colonies. Elle achète anglais. Elle continue donc d'acheter à l'Argentine ou plutôt aux Anglais d'Argentine. Que deviendrons-nous si elle durcit sa position, si elle ferme ses frontières ? »

Jean chercha ses mots.

« Par exemple, fit-il de sa voix la plus précautionneuse, céder... comment mieux dire... oui, c'est cela, céder à un Anglais quelques parts de la Meat & co... évidemment des parts infimes... oui, infimes... tu connais le proverbe de Barcelone : *Qui garde des roseaux a des flûtes...* mais des parts qui justifieront du moins notre appartenance au clan britannique... Si...

– Quoi! rugit Goldberg, écarlate. Des étrangers dans ma société ? Tu veux me damner. Non content de voir ce pays, notre pays, colonisé par ces pirates, tu accepterais de leur ouvrir la porte de la maison... sous prétexte qu'ils passent pour des gentlemen...

– La porte de service, indiqua Jean.

– Mon garçon, dit Goldberg de sa plus grosse voix. Si tu es français, si je suis autrichien, Louis et Alex sont argentins. Leurs enfants le resteront. Nous devons protéger les générations à venir de la moindre ingérence étrangère au sein de la société. Une seule part cédée, tu entends, une seule, c'est une partie du corps familial qui saigne. Tu n'as plus alors cette totale indépendance qui est le seul signe de la vraie liberté. Moi aussi, je connais mes proverbes : *Cousins troisièmes, proches en rien...* Me proposerais-tu le meilleur des amis, ou soi-disant tel, que je dirais encore non...

— Je suis trop convaincu que tu te trompes, rectifia Jean. Il s'agit d'abord de sauver la Meat & co. Voilà qui seul compte. Le vrai choix est : ou bien nous allier, ou bien tout perdre... Seule une alliance nous mettra en sûreté pour un grand nombre d'années... Que vient faire l'amour-propre dans une affaire comme celle-là ? L'hypocrisie est nécessaire, va pour l'hypocrisie...

— Eh bien, jeune homme, ton cynisme m'étonne !

— Peu importe, insista Jean. Le patriotisme n'a pas dans ce pays le même sens qu'en Europe. Pour l'immédiat, l'Argentine n'est qu'une mosaïque de patriotismes; juxtaposés, pas amalgamés. Quant à ton second scrupule, il me paraît démesuré. En aucun cas l'étranger, comme tu dis, fût-il anglais, fût-il pirate anglais, ne doit menacer le pouvoir familial. Il ne s'agit que d'une minorité d'actions à négocier. Le but est uniquement d'entretenir avec Londres le mirage d'une citoyenneté britannique. Nous ne faisons qu'accrocher une petite cocarde à notre chapeau. Simplement, choisissons un banquier de préférence à un industriel... un banquier qui a assez de crédit à Londres pour redorer la Meat & co...

— Toi, grogna Goldberg, tu as déjà choisi ton homme.

— Tous les banquiers de Buenos Aires, corrigea Jean, ne pouvaient être intéressés par le marché trop limité que nous proposerions. Cependant l'affaire est saine. L'investissement peut intéresser...

— Trêve de discours, coupa Goldberg. Tu as pensé à un nom précis. Lord Kensington ? George Ashville ? Lord Hue ?

— Ce n'est pas si simple, expliqua Jean. Tu vas voir. Écoute-moi bien... Un jour, je parlais avec lady Campbell...

208

— Tu ne vas tout de même pas me dire, s'exclama Goldberg, que tu vas me proposer ton ancienne maîtresse. J'ai beau savoir que tu as un culot phénoménal...

— Pas du tout, répondit Jean avec une extrême patience. Tout bonnement, par lady Campbell, il se trouve que j'ai connu un puissant industriel d'Afrique du Sud, Jan van Steenens. Il possède des mines d'or du côté de Johannesburg. Ainsi l'idée m'est-elle venue. Idée simple. Nous cédons à van Steenens des parts de notre capital. Il n'a pas que de l'or, il a aussi des participations dans le diamant, secteur Kimberley, le diamant industriel à Zoutpansberg, et même le chrome à Rüstenburg. Or, il se trouve que je me suis pris de sympathie pour ce Sud-Africain et lui de même. Franchement, oui, c'est tout à fait le marché que je te propose : viande contre or. Qui mieux est, je suis même partisan d'investir un maximum de nos disponibilités en Afrique du Sud. A d'autres les placements de vieillards, en lingots. A d'autres, qui n'auront prévu aucune sécurité, la ruine totale. Un pied en Argentine, l'autre pied de l'autre côté de l'Atlantique. Si l'Europe ferme ses frontières, les actions des mines d'or ne peuvent que monter.

— Il est d'accord?

— Il fait le même calcul que nous. Il cherche à diversifier ses chances. De plus, il tient pour inévitable une guerre en Europe. Il dit que, dans ce cas, la viande vaudra de l'or. Tout compte fait, nous pouvons même gagner sur les deux tableaux.

— Léon Goldberg chercheur d'or, ricana le vieil immigré. Et combien veux-tu investir?... »

Au chiffre que Jean donna, Goldberg s'empourpra. Il desserra l'écharpe de soie qu'il arborait autour du cou. Puis il demanda d'autres informations sur l'Africain du Sud. Néanmoins, Jean parvint peu à peu à le convaincre. Il présenta,

sous un brillant éclairage, le personnage de van Steenens...
Il expliqua que les nouveaux périls du siècle exigeaient pour
la Meat & co, cette grande dame, de nouvelles positions de
défense. Et il finit par démontrer que l'opération en Afrique
du Sud constituait une opération vitale, sans laquelle leur
entreprise pourrait sombrer; qu'il était trop dangereux,
dans une période aussi chaotique, de miser toute une fortune
sur un seul produit, une seule activité... Il termina par un
catégorique : « Nous ne sommes plus dans la Vienne de Met-
ternich. »

Il sut être d'autant plus persuasif qu'il éprouvait en secret
un extraordinaire orgueil à défendre un projet qui lui était
enfin exclusivement propre, le premier grand projet signé
Jean Flamant.

Sarah lisait, appuyée sur son oreiller, quand Jean vint la
rejoindre. Elle sentait d'instinct que cette journée avait été
capitale. Elle devait espérer quelques confidences, peut-être
aussi des gestes d'amour. Elle dut se contenter du plus
chaste baiser conjugal et de l'esquisse d'une caresse, sans
la moindre chaleur, par-dessus sa chemise. Il s'écarta même
d'elle, comme s'il lui préférait la fraîcheur rêche du
drap.

Il s'endormit du sommeil agité d'un homme qui a mal
assimilé vingt-quatre heures de voyage en train et un interminable débat sur l'avenir familial.

Seul repos : parmi la longue jungle des cauchemars indis-
tincts, soudain, brilla comme une aurore dans une clairière,
dans un décor de fleurs et d'arbres de féerie, une jeune
femme, une fée exotique, au regard émeraude, aux ongles
cassés. Une voix merveilleusement râpée lui répétait : « Ta
vie est un challenge, ma vie est une promenade, nous ne
voyageons pas du même pas... »

Lady Campbell reçut Jean au milieu de ses malles. Elle partait pour l'Angleterre rendre visite à son fils qui étudiait à Oxford.

Son banquier avait rapatrié pour elle de nombreux capitaux en Angleterre. Lady Campbell avait décidé de partager sa vie et sa fortune entre Londres et Buenos Aires, et de voyager d'une ville à l'autre comme d'une résidence principale à une villégiature, à ceci près qu'elle n'aurait pu définir la qualité de l'une ou de l'autre. Elle tenait tout autant aux deux capitales. Son conseiller lui avait fait valoir l'intérêt d'investir en Grande-Bretagne, quand le gouvernement des radicaux argentins paraissait menacer le capital étranger. Il n'était pas mauvais pour elle de déplacer quelques pesos-or. Lady Campbell avait froncé ses blonds sourcils, puis paraphé le contrat que lui proposait son homme lige d'une signature aussi élégante et légère que son personnage.

Jean avait retrouvé pour quelques jours le chemin de Belgrano où habitait Cléopâtre, et ce chemin avait encore le goût récent d'un adultère. Venu pour lui parler affaires, des images lui revenaient, sensuelles.

La première fois, lors d'une promenade sur le Tigre, à bord d'un yacht manœuvré par Liniers, Jean avait couché avec la longue et blanche Cléo. Leur approche avait été brutale, Jean ayant encore de la gaucherie en amour. Il mettait alors trop de hâte à se venger de l'humiliation infligée à ses débuts par lord Campbell. Cléo, plus gourmande, avait été déçue de son excursion dans les terres adolescentes. Elle regretta de s'être donnée à un jeune homme et elle retourna à des amants de son âge. Ils ne s'étaient retrouvés que deux ou trois ans plus tard, en cette nuit d'opéra où l'on jouait *la Tosca*. Sarah boudait et avait refusé de dîner avec Jean. Goldberg tombait de sommeil. Les Ponferrada soupaient en tête à tête. Mandoline l'avait attendu toute la nuit, et était rentrée à la Pension Française sans l'avoir revu. Robert, happé au dernier moment par le regard caressant de sa cousine, en plein air sensuel de *la Tosca*, avait laissé Jean et Cléopâtre finir de dîner tous les deux dans l'hôtel Campbell, édifice à l'extérieur sinistre et aux somptueux lambris, bâti le long d'une avenue de châtaigniers, dans Belgrano.

Liniers avait-il voulu offrir à Jean cette maîtresse, comme un seigneur faisait jadis à un hôte les honneurs d'une pucelle ? Il était l'homme des désirs immédiats, et il vola pour lors vers un autre corps. Il regretta à peine d'avoir perdu une femme aussi belle que cette Anglaise à la tête immature de poupée. Il savoura plutôt la souffrance passagère que lui infligea son sacrifice. L'amour le comblait trop. Aussi un échec, même volontaire comme celui-ci, lui redonnait-il du cœur à l'ouvrage. Si la lassitude le prenait quelquefois, une petite pointe d'amertume, si minime fût-elle, et si fort consentie, était un bon aiguillon à sa volonté d'aimer.

Jean avait retrouvé le corps de l'Anglaise, si mal effleuré quelques années plus tôt. Il l'avait mieux aimée. Il avait caressé longtemps, avec la patience d'un bon amant, cette gorge et ce ventre, dont la blancheur parfaite provoquait en lui des voluptés un peu écœurantes. Les veines y dessinaient des ombres bleues jusqu'au duvet blond qui masquait à peine un sexe bombé de petite fille. Lady Campbell était pourtant mère, mais son corps ne semblait pas s'en souvenir. Elle évoquait une sirène ou une nymphe, créatures d'une blondeur éclatante, candides en apparence mais d'essence diabolique. L'amour n'était pas avec elle spontané, impérieux, ou naturel. C'était un jeu dangereux, compliqué et subtil, où lady Campbell était la plus forte. La nuit ou le jour, elle ne voulait rien de simple. Il lui fallait, pour provoquer ses sens, des lumières très violentes, des miroirs pour s'y refléter, un canapé de soie, le marbre froid de la salle de bains où elle venait après l'amour se faire couler des bains brûlants de mousse. Elle utilisait des parfums très lourds comme l'iris ou l'ambre. Ses vêtements étaient des écorces successives dont elle se dépouillait lentement. Ses gaines tenaient par de multiples agrafes qu'il fallait détacher une à une et jamais elle ne se montra nue tout à fait. Elle gardait une chemise, une ceinture, ses bas ou ses jarretelles. Jean, qui ne connaissait que les étreintes fulgurantes, avait découvert avec Cléo les lents délices de l'érotisme pervers.

Lady Campbell était la troisième fille d'un hobereau du Kent, qui, n'ayant plus un sou pour retaper la toiture de son château, avait sacrifié la dot de sa cadette à l'achat d'un cheval bai d'une indiscutable lignée de pur-sang. Lui-même était d'une famille très ancienne. Il avait donc marié, content, Cléopâtre, la dernière de ses filles, à un vieux barbon, lord à la rouge figure, richissime évidemment, qui par un accès de romantisme tardif ou poussé par un certain démon, s'était mis en tête d'épouser une jeune fille. Aperçue de loin à un thé londonien, chez une de ses tantes, elle l'avait conquis malgré elle, et s'était retrouvée quelques mois plus tard dans son lit. Ses parents lui avaient exposé la situation dans les termes les plus catégoriques, ou elle épousait Campbell, ou elle restait vieille fille, et pauvre. Cléo avait obtempéré. Et quand lord Campbell avait décidé de diriger lui-même la Anglo-South American Bank de Buenos Aires dont il était le principal actionnaire – lord Campbell était en effet capable d'avoir l'esprit traversé par des idées parfaitement loufoques, qui lui germaient dans le cerveau –, quand elle s'était trouvée dans cet étrange pays, qui par moments évoquait les plus policées des civilisations et célébrait à d'autres des mœurs barbares, lady Campbell s'était réjouie de tant de nouveautés. Elle échappait enfin à la routine britannique. Et si elle pratiquait avec tant d'assiduité la vie mondaine, c'était d'abord pour se distraire de l'extraordinaire travail forcé qu'est le mariage quand on n'aime pas; pour oublier le tribut conjugal, cette femme mariée contre sa nature et forcée de se soumettre au désir de son lord et maître, cancanait, soupait, dansait.

Auprès de lord Campbell, l'acte de chair, comme dit si bien l'Évangile, fut donc pour elle sans variétés, un cauchemar avant, une corvée pendant, et une nausée après. Lord Campbell, qui était assez sanguin, lui infligeait au lit de très fréquentes visites. Elle tolérait ses assauts les plus brutaux, trop heureuse qu'ils fussent en général expédiés promptement. Plus son époux était tendre, plus il la dégoûtait. Mais elle se laissa consommer avec héroïsme. C'est-à-dire qu'elle ne se plaignit pas une seule fois. Mieux encore, elle n'invoqua jamais une indisposition qui ne fût vraie pour échapper à son supplice. Pendant plus de dix-sept années, elle fut dans sa chair l'épouse de ce mari qui n'était ni beau, ni intelligent, ni drôle, ni séduisant, mais qui était son mari. Ce fut d'un sermon de sa mère – on ne mâchait pas ses mots dans le château familial – qu'elle tira sa sagesse, « un homme à qui on refuse l'amour est un homme qui vous refuse tout »... Lady Campbell, qui avait la tête sur les épaules, avait donc courageusement sacrifié à son vieux mari des dispositions qui la portaient au vrai plaisir. En dix-sept ans de mariage, elle avait eu quelques amants qui, tels des feux follets, traversèrent le terne paysage de sa sensualité. Ils lui ôtèrent le dégoût qu'elle avait du corps des hommes et la réconcilièrent avec le sexe. Un professeur de piano, un valet de chambre, un voisin de wagon-lit qui allait de Londres à Southampton... Sans ces amants fugitifs, elle fût devenue frigide ou lesbienne. La mode était alors à Sapho, mais pour une fois lady Campbell ne fut pas à la mode. Débarrassée de son rougeaud de mari, elle eut à trente-cinq ans une liaison avec Jean Flamant.

Par sensualité, elle prit feu et flamme pour sa jeunesse. Sa peau était plus douce et bien plus excitante que le cuir des hommes qui passent quarante ans. Elle reçut Jean chez elle avec une impatience et une frénésie d'autant plus furieuses qu'elle donnait, après tant d'années de frustrations, champ libre à toutes ses fièvres. Robert de Liniers avait su la découvrir à elle-même, à son plaisir propre. A trente-cinq ans seulement elle décelait la puissance et les abîmes de son corps. Jamais elle n'aurait rêvé auprès de lord Campbell qu'elle serait un jour capable de ces hystéries qui lui arrachaient des spasmes, des cris, des lapements de bête, et la délivraient enfin de cet affreux sens des convenances qui toujours avait empoisonné sa vie.

Jean se laissa captiver. Lady Campbell lui révéla des plaisirs plus subtils, plus achevés. Avec ses dessous de théâtre, ses poses de courtisane, ses jeux d'attitudes et de lumières, elle lui fit découvrir un univers de l'amour que, malgré les talents de Mandoline, il ignorait encore. Bien que le plaisir fût son métier, Mandoline avait eu plus de naïveté et plus de fraîcheur que cette femme du monde. Moins fruste, moins clair, l'amour avec lady Campbell était un domaine féminin, où les extases n'avaient pas de limites.

Dès que s'ouvrait la porte de l'hôtel de Belgrano, l'érotisme sautait sur Jean comme une bête fauve. Le dîner servi dans la bibliothèque sur une table de bridge, entre des canapés baignoires et des trophées de chasse, était une préparation à l'amour. La cuisine manquait pourtant d'épices. Mais tous les plats, de l'entrée au dessert, étaient accompagnés d'un vin d'une extrême onctuosité. C'était une coquetterie de lady Campbell de l'avoir gardé au menu comme du vivant de Campbell qui l'adorait. Autrefois, Cléo ne buvait que de l'orangeade. Le porto fut pour elle une trahison *post mortem*. Il devint sa divine alvoisie d'avant l'amour. Mais l'atmosphère était baroque, et Cléopâtre achevait souvent le dîner, presque nue, sur la peau de guanaco jetée devant la cheminée.

Au cours du dîner, lady Campbell n'abordait qu'un seul sujet, les cancans amoureux de la ville. Tout Buenos Aires défilait en déshabillé dans les yeux bleus de la belle Anglaise. Comme elle prenait le thé chaque jour chez une amie, et que ses amies étaient légion, elle savait tout de tout le monde, et il lui plaisait de rapporter à son jeune amant les jeux adultères ou les aventures d'une ville qui, à l'entendre, aurait passé pour une Sodome ou une Gomorrhe. Elle exagérait. Et même elle inventait. Elle se glissait dans la chambre ou dans l'automobile. Elle faisait éclater les plus menus potins en scandaleux feux d'artifice. Jean l'écoutait délirer, enviait sa fantaisie et succombait à ses évocations abracadabrantes, heureusement pulpeuses. Comme la Pompadour lisait à Louis XV le rapport truculent de ses mouches sur la vie nocturne des Grands afin d'aiguiser la convoitise de son seigneur et se donner à elle-même du cœur à l'ouvrage, lady Campbell pratiquait avec une jouissance de diablesse l'art de la conversation qui conduit aux caresses.

Jean la laissait guider ses sens, comme tout son plaisir, où et quand elle voulait. Il apprenait l'amour dans cette soumission que l'on dit féminine et qui, lorsque l'homme l'a découverte, est une autre dimension du plaisir, peut-être la plus vertigineuse.

Sa liaison avec Cléopâtre était des plus occultes. Lady Campbell n'aurait jamais osé briser l'impeccable façade de sa réputation. Elle tenait à ce que Buenos Aires la considérât toujours comme une veuve irréprochable. Cléo n'aurait pas supporté qu'une de ses bonnes amies, la comtesse de N., la vicomtesse de G. ou la baronne de R. pussent lui reprocher cette liaison ordinaire. Seuls Robert de Liniers et Marta Ponferrada, auxquels la liait une amitié moins conventionnelle, connaissaient son secret.

Pour Jean cette discrétion était une aubaine. Posséder la femme lui suffisait. L'aimait-il vraiment? Il s'interrogeait parfois. Ses sens le forçaient à y croire. Jamais il ne se trouva près d'elle sans avoir le désir brûlant de la posséder. Jamais l'excitation n'atteignit en lui ce degré, ce paroxysme. Jamais ses jouissances ne furent aussi sublimes. C'était l'eau, c'était le feu, le déferlement de la vague, l'éclatement d'étincelles, la noyade et la brûlure. Il la quittait, épuisé de leurs jeux, de leurs extases, mais libéré d'elle. Il replongeait alors dans la vie avec des forces neuves, comme si le sexe était un palier de l'action. Cléo le torturait mais son corps, incroyablement las d'avoir flambé tant de fois, retrouvait en quelques instants une énergie aussi violente que la fatigue qui précédait. Alors il se croyait sans entraves. Il s'adonnait au travail, et il se disait qu'il n'aimait pas Cléo. Elle était snob. Elle parlait trop. Et puis quelle hypocrisie de jouer à la ville les veuves éplorées! Il cessait quelque temps de la voir. C'était son corps qui retrouvait le chemin de Belgrano, le guidait tel un chien vers l'avenue de châtaigniers et la chambre de sa maîtresse. Elle le tenait en vérité. Comme disait Robert, Jean l'avait dans la peau. Quand elle voyageait – elle retournait volontiers à Londres où sa fortune éblouissait – Jean connaissait des moments de manque, comme s'il était drogué. Il se rendait tous les soirs au Jockey pour retrouver un climat de virilité sereine, et il ne rentrait à la Recoleta que pour étreindre Sarah, avec une hargne où elle voyait un regain d'amour. Il la forçait à des gestes qui lui rappelaient Cléo, mais n'obtenait d'elle que des plaisirs en creux qui le laissaient insatisfait, parfois impuissant. Quand Cléo était à Londres, Jean manquait littéralement d'amour.

Entre Cléo et Jean, il n'était question que de plaisir. Pour Mandoline au moins, sa prostituée, sa première femme, il avait éprouvé un sentiment proche de l'amour. Pour Cléo, rien d'autre qu'un extraordinaire appétit des sens. Leur liaison, par ailleurs si fragile, était pourtant cimentée par la chair. Mais Jean se lassa un jour de ces voluptés.

Il n'y eut pas entre eux de scène de rupture. Cléo avait pour sa part décidé de ne pas vouer son veuvage à un amant unique. La décision de Jean la libéra pour d'autres aventures. Cléo était moins sentimentale que sensuelle. Ils renoncèrent d'un commun accord à leur liaison. Pour Jean, les premiers jours sans Cléo furent semblables à ceux d'un fumeur qui décide de se passer absolument de tabac. Il compensa ce manque par le cigare, le travail, et il trouva un goût nouveau à la peau de Sarah. Mais il attendait un autre amour, capable de l'arracher à lui-même.

Cléo était donc devant lui, dans son manteau de voyage, aussi mince et élégante qu'aux débuts de leur liaison. De fines rides cernaient son visage, et la blondeur de sa chevelure était plus jaune qu'autrefois. Sans doute teignait-elle les premières mèches grises ou un peu ternies par l'approche de la quarantaine. Mais son charme était intact, et elle évoquait ce jour-là, dans son long peplum noir, la créature nocturne et douée d'étranges pouvoirs, tour à tour lumineuse et sombre, de leurs soupers à Belgrano. Elle tendit à Jean l'exemplaire portant sa signature des accords récents avec l'Afrique du Sud. Elle s'amusait d'avoir avec un ancien amant un pacte de cette sorte. « Le peso, minauda-t-elle, car elle ne parlait jamais qu'en minaudant, le peso sera plus solide entre toi et moi que les baisers. Lord Campbell ne m'aurait pas désapprouvée : l'amour est friable, et l'amour ne vaut pas l'or... »

C'était assez *smart* de sa part d'avoir présenté Jean à van Steenens.

Jean lui baisa la main, regarda le tableau que faisait au milieu de ses malles la belle Anglaise, puis tourna le dos. Lady Campbell rentrait à Londres, mais sa signature était pour la Meat & co la meilleure des garanties. Les yeux de porcelaine bleue, immobiles, imperméables, lui avaient dit adieu, sans émotion.

Le corbillard allait au pas lent des chevaux noirs attelés en paire de part et d'autre du palonnier, chacun couvert d'une somptueuse draperie noire à broderies d'argent, et équipé sur le front d'un plumet, comme des bêtes de cirque. Harnachée de tentures à franges, falbalas funèbres, la voiture offrait tout un toit de fantaisie, de roses écarlates, d'œillets, de glaïeuls. Le cocher maniait pour la parade un long fouet de gladiateur. Maître de toute la cadence, il ralentissait ou relançait à sa guise ses montures, seules de l'équipage à avoir l'air réellement accablé. Son haut-de-forme dépassait à peine le niveau des gerbes et des couronnes.

En tête du cortège s'avançait un prêtre qui, le nez dans son missel, récitait quelques *Requiem aeternam* rendus totalement inaudibles par le tapage des roues sur les pavés. Il trébuchait sur les pièges de l'exécrable chaussée sans pour autant en perdre son latin.

Derrière, régnait plutôt la naphtaline. Impossible qu'il en fût autrement. Sous un soleil d'octobre, les hommes, massés selon la tradition hors du cortège des femmes qui suivait, arboraient en effet leur tenue de deuil, qui, comme chacun sait, est toujours d'hiver, chapeau de rigueur, jaquette noire, pantalon épais, voire manteau, qui fait plus solennel. Sauf pendant les thrènes, ils marchaient en silence. Raideur et componction. Au premier rang, Jean regardait quelques visages, empourprés de chaleur, presque congestionnés. Il savait trop à quoi s'en tenir sur un tel et sur un tel, et sur tel autre. Sans doute en voulaient-ils moins au soleil qu'au défunt, lequel, par un manque d'éducation déjà irritant de son vivant, les obligeait à le porter en terre par un temps d'été. Ils avaient beau manier de larges mouchoirs de prestidigitateurs pour s'essuyer le front et le cou, serrés dans le carcan du faux col cassé, nulle magie ne pourrait dissimuler leur suffocation, plus encore morale que physique... Un cortège de civilisés effectuant une corvée.

Toutefois, quand le prêtre donnait le signal d'un chant, l'atmosphère changeait. Ils semblaient y aller en chœur de toute leur conviction. A pleine voix. Nostalgie exorcisée des hymnes triomphants? Besoin d'échapper à trop de torpeur? Plaisir secret de retrouver les vieux cantiques du collège? Quoi qu'il en fût, Jean avait surtout l'impression que cette allégresse soudaine, particulièrement virile chez les basses, se communiquait aux chevaux eux-mêmes, aussitôt plus fringants. Il n'y avait que les derniers rangs, où figuraient les personnages les plus âgés, à mal suivre la cadence.

Marchant à quelques mètres derrière le bataillon des hommes, Sarah en tête, soutenue par deux amies. Les femmes présentaient cette caractéristique extraordinaire : aucune n'avait de visage. Elles disparaissaient sous leurs longs voiles ou leurs châles noirs.

Des curieux comptaient les hauts-de-forme qui escortaient le riche mort au cimetière.

Serais-je incapable de m'émouvoir? se demanda Jean. Pourquoi faut-il que mon esprit s'en aille vagabonder avec une telle cruauté ou une telle indifférence? Quel moindre droit puis-je avoir de douter de la sincérité d'un seul de ces hommes, d'une seule de ces pleureuses?...

En tout cas, la cérémonie était interminable. Comme l'église de la Recoleta jouxtait le cimetière, pour mieux solenniser l'événement, l'ordonnancier des pompes funèbres, en accord avec Sarah, avait en effet tracé un très long itinéraire circulaire. Partie de l'église, la procession y revenait, après une promenade solennelle coupée de pieuses haltes à travers tout le quartier familier du mort. Pour un homme qui n'aimait pas la marche, pensa Jean, on ne pouvait mieux faire. Ce fut un calvaire torride. On chemina durant près de deux heures – tout le temps voulu pour contempler à loisir rues et jardins publics, les trottoirs neufs et les pelouses vierges. Combien sont-ils, se demanda Jean, à se dire que Goldberg aura eu encore plus de vanité mort que vivant?

Enfin, suant et soufflant, le cortège parvint à son point de départ et franchit le portail dorique du cimetière. Menant ses chevaux comme Charon sa barque, selon un plan connu de lui seul, traversant des allées, bifurquant à des carrefours, s'orientant avec la précision d'un mage dans la cité des morts, le cocher guida tout ce beau monde vers la concession perpétuelle du richissime Argentin : un monument colossal. Une tombe pour chef d'État. Une bâtisse en marbre noir, carrée et massive, d'un style militaire antique, à trois étages, chacun de deux cellules à lourdes poignées de bronze doré, était flanquée de tout un jardin clôturé par une puissante grille de fer forgé. Jean lui-même n'avait jamais eu l'occasion ni la curiosité de venir la voir. Il en restait saisi : Goldberg, le rude Goldberg, intraitable bourlingueur des marchés, virtuose de la combine, aux gestes les plus rugueux et au visage le plus peuple qui se puisse concevoir – que Jean prenait pour un Spartiate, dédaigneux de tout ce qui était inutile – avait fait construire, sans doute sur ses propres plans, ce mausolée de César!

Dieu merci, il n'y eut ni long discours ni longue prière. Un directeur de la Meat & co prononça un rapide adieu. Le prêtre bénit une ultime fois le dérisoire cercueil de première classe, sans délai engouffré dans sa cellule.

Il n'y eut plus à supporter que le fastidieux défilé des condoléances, colosses qui vous serrent la main à la broyer, pleureuses qui tiennent à vous mouiller de leurs pleurs, hypocrites qui s'attardent, cyniques qui ne cherchent même pas les mots de la sympathie, compatissants plus ou moins sincères...

Jean vécut la scène avec passivité, ou comme s'il y était étranger.

Surtout, il avait mal aux doigts.

« Enfin seuls », se dit-il aussi en regardant s'éloigner le dernier dos.

« Je suis trop fatiguée », dit Sarah.

Inconscience? Provocation? Fatigue réelle? Elle s'affala à même la pelouse, tout près de l'amas des gerbes, assise en tailleur, jambes croisées, coudes sur les genoux, yeux fermés.

Pour la première fois de la journée, Jean se sentit vraiment accablé.

« Allons-nous-en », dit-il.

Sarah refusa pourtant l'appui de sa main pour se relever, elle repoussa son bras, lui tourna le dos et s'éloigna sans l'attendre, claquant des talons sur les pavés avec une insolence calculée.

Léon Goldberg était mort ce jeudi 24 octobre 1929, le « jeudi noir », où dans la violence d'un typhon mondial, surproduction, excès de vente à crédit et folie boursière aboutissaient à un gigantesque krach, déclenchant en chaîne les faillites, les suicides et le plus vaste chômage de tous les temps. Il n'était pourtant pas victime de la tornade, ni foudroyé comme tant d'autres hommes d'affaires.

Prévenu au téléphone par Jean de l'orage inouï qui s'annonçait et, dès les premiers mots, mesurant tout ce qu'il y avait à craindre de la panique de Wall Street, il avait rapidement coiffé son gibus et s'était précipité vers la rue Esmeralda. Une voiture, conduite par un banquier anglais, fonçant lui aussi sans doute vers un rendez-vous d'angoisse, l'avait happé quand il franchissait le seuil de sa maison.

Goldberg fut tué sur le coup, la tête écrasée par la roue du véhicule.

Quand, immédiatement alertés par les cris des témoins, Sarah et les domestiques découvrirent l'affreux spectacle de ce grand corps gisant, en son habit noir, et de cette tête qui se réduisait à une bouillie de cervelle et de sang, Sarah était tombée à genoux près de son père et avait attendu l'arrivée des secours. Elle lui tenait la main comme s'il était blessé. Mais Goldberg n'était déjà plus qu'un grand cadavre mutilé...

Plus tard, quand la catastrophe de Wall Street se confirma être un cataclysme universel, Jean se dit que la mort de Goldberg avait été providentielle. Elle épargnait à son beau-père l'affrontement avec une crise implacable, le spectacle de la ruine de l'Argentine, toute une tempête sur la Meat & co elle-même, puis toute une vague de grèves et de tumultes sociaux d'une ampleur jamais vue.

Du moins Goldberg était-il parti à l'apogée d'un triomphe. L'enfant pauvre de Vienne avait pu finalement s'inventer un paradis. Le pneu de la voiture n'avait écrasé sous son crâne que des images de réussite, une affaire prospère, une maison-palais, un bonheur familial sans nuages. Au moment de sa mort, il ne pouvait y avoir dans l'esprit de Léon Goldberg qu'un paysage uni et brillant, une Argentine sous soleil d'or où ne grondaient pas même les plus lointains orages.

Goldberg disparaissait à temps.

Il y avait une part de grande vérité, au fond, dans ce cortège sinistre de banquiers en gibus et de boursicoteurs en jaquette, suffoquant de chaleur : ils rendaient honneur à celui qui ne connaîtrait pas leurs transes et savait disparaître sans rien perdre des puissances de sa génération.

Jean songea avec quelque émotion à Léon Goldberg. Mais comme il devait ricaner là-haut, en voyant son héritier, son fils spirituel, qui recevait en pleine figure la hargne du typhon!...

Les ouvriers massés derrière les grilles du frigorifique forment une foule compacte et silencieuse. La chaleur de ce printemps est décidément accablante. Tout aussi accablante que la grande crise qui a abattu, sur eux tous, ses ailes de vautour. En casquette ou tête nue sous le soleil d'octobre, ils n'organisent ni défilé ni commando. Ils attendent. Les noms des licenciés ont été lus hier à haute voix par le contremaître, comme à l'armée les morts. Ils ont discuté toute la nuit. Peu d'entre eux sont syndiqués, aucun ne s'intéresse à la politique. Chacun a simplement le sentiment d'une profonde injustice. Une rage unanime les dresse contre le hasard ou la volonté despotique qui peut décider arbitrairement de leur sort, et exerce sur leur groupe un véritable droit de vie ou de mort. Car si ce n'est pas la mort qui attend dès demain les licenciés de la Meat & co, c'est peut-être pire : le chômage, la misère absolue, et la faim pour tous les gosses. Ils sont donc solidaires et, ce matin, ils font la grève.

La voiture de Jean passe au milieu des grévistes improvisés, sans slogans et sans banderoles. Leur silence exprime du reste plus d'hostilité que ne le feraient des huées. Jean peut entendre le crissement des pneus sur l'asphalte. Un seul sifflet retentit. Jean se dirige vers le pavillon de la direction. La foule l'a suivi. Il ôte son chapeau et sort tête nue de sa voiture, toujours dans ce silence qui l'étonne. Il franchit le seuil sans se retourner, le dos mitraillé par des centaines d'yeux.

Au premier étage, le contremaître, un Galicien d'une quarantaine d'années, et qui a gravi tous ses échelons dans l'entreprise Goldberg, se frotte les mains à un mouchoir. Il doit transpirer autant du fait de l'énervement que de la chaleur. Les hélices du ventilateur ont beau tourner à leur vitesse maximale, l'air doit être aussi lourd et aussi fétide dans ce bureau que dans une cale de bateau négrier. Sans un mot lui non plus, comme si une chape de silence était tombée sur l'usine, le contremaître lui tend la liste des vingt ouvriers licenciés de la Meat & co. La sueur a marqué l'empreinte des pouces.

Dehors, rassemblés devant le pavillon de la direction, les hommes attendent toujours. Une rumeur comme une vague monte de leur groupe. Puis le bruit s'enfle, devient marée. Des cris isolés se distinguent : « Justice », « Travail pour tous », qui sont repris en chœur. Une voix jeune lance de plein fouet : « A mort les Juifs », qui fait blêmir le contremaître. Pas d'écho, mais on sent trop que ce cri peut être repris : la rumeur devient chahut, et un projectile traverse un carreau de la fenêtre. C'est une hachette qu'on utilise pour découper les parties fines des bœufs.

« La Révolution... » gémit le contremaître qui craint sans doute d'être jugé avec son patron. Il pleure déjà les heures où son règne fut splendide.

Jean, pour le ragaillardir, lui donne une bourrade sur l'épaule et descend procéder à la seule tactique qui est pour l'immédiat en son pouvoir : un discours. Il connaît toutes les personnes qui travaillent à l'entreprise : tueurs, découpeurs, empaqueteurs et chargeurs, cent cinquante en tout. Il peut dire pour chacun leur métier et leur compétence. Eux, pour leur part, ont l'habitude de le voir chaque jour dans les ateliers ; mieux vaut s'adresser à eux tant que l'atmosphère n'est pas plus tendue, ne devient pas plus politique.

Bien qu'on l'accueille par des sifflets, on le laisse toutefois parler. Du haut de son perron il pourrait d'ailleurs haranguer en César, exhorter à la reprise du travail, ou menacer de représailles. Peut-être Léon Goldberg aurait-il agi ainsi. Jean a un autre tempérament. Il choisit d'expliquer froidement la situation : les frigorifiques anglais, qui emploient plusieurs milliers de personnes, licencient deux cent cinquante employés. Les frigorifiques américains, dont les effectifs étaient moins nombreux, cent. Aux chemins de fer, les ouvriers ont accepté une baisse de leur salaire afin qu'aucun d'eux ne soit mis au chômage. La situation n'était pas particulière à la Meat & co. Elle était générale à toute l'Argentine. Et, au-delà, à tout le monde occidental. D'un côté l'Europe, ravagée par la crise, ruinée, malade, n'achetait plus de viande, ou presque plus. De l'autre, les *estancieros* argentins refusaient de vendre leurs bœufs, ils les rationnaient, faisaient monter les prix. Hausse du prix d'achat des bêtes, réduction des exportations, la Meat & co devait faire face à un double problème, à une double fatalité. Elle perdait chaque jour des pesos lourds, ou des milliers de dollars. Si elle fait faillite, si elle ferme, le chômage guette les employés. Et où, dans le contexte noir de l'économie, trouveraient-ils un emploi ? Les entreprises étaient sans exception devant un ultimatum, conséquence de la crise mondiale : ou vivre au ralenti, en licenciant le personnel, ou fermer les portes.

Pour la survie de la Meat & co, ce qui était leur intérêt à tous, Jean acceptait de maintenir les salaires. Mais dans ce cas, il licenciait vingt personnes. S'il gardait les vingt, il était obligé de suivre le modèle des chemins de fer, et de baisser les salaires de tous. C'était à prendre ou à laisser. Qu'ils décident donc eux-mêmes et lui fassent connaître leur décision dès demain. Ils avaient vingt-quatre heures pour réfléchir. Et Jean reprit : ou le licenciement de quelques-uns, ou la baisse générale des salaires, ou le chômage pour tous.

Les hommes qui étaient réunis devant lui avaient ôté leurs casquettes. Leurs visages ruisselaient. Le vent brûlait et levait une poussière sale, qui poissait. L'accablement des hommes, leur tristesse, étaient plus violents que leur grogne.

Là-haut le contremaître était écroulé sur une chaise comme une loque : il n'avait rien de bon à attendre d'aucune des trois propositions de Jean. Il essayait seulement, chômage mis à part, d'évaluer la moins défavorable pour lui. En cas de licenciement, il risquait des représailles et la rancune des ouvriers ; en cas de baisse des salaires, une minoration du sien... La sueur comme des larmes lui trempait le visage.

Jean se souvenait des grèves du Nord, dans l'industrie lainière. Son père, artisan indépendant, bagnard du métier à tisser, esclave de la laine, condamnait les ouvriers qui osaient tenir tête à leur patron. Il respectait la hiérarchie. Il acceptait tout l'ordre social. Il en admettait les injustices, jusqu'à l'humiliation. Son frère aîné était de la même veine : il filerait encore, s'il était vivant, dans la même cave insalubre, au même rythme d'enfer, résigné à tout. En revanche, lui, Jean, tout jeune, était, dans le même temps, du côté des plus faibles contre tous les arbitraires, du côté des plus mal lotis contre les autres, fussent-ils seigneurs, chevaliers d'industrie. Naguère, il sortait des rangs de ces hommes avec lesquels il essayait maintenant de dialoguer. Il avait été leur frère. La pauvreté, il l'avait connue, et l'injustice aussi. Pour autant, aujourd'hui, il n'était pas disposé à se laisser arracher, au bénéfice d'on ne sait quelle idéologie, les privilèges qu'il avait durement acquis, comme Léon Goldberg jadis, en d'autres temps. Il n'abdiquerait ni face à des Karl Marx ni face à un ultimatum de foules. La propriété parlait en lui toujours plus fort que la dialectique.

Certes, il était conscient des épreuves où se blessaient tant de gens. Les prix des denrées alimentaires comme ceux des tissus montaient en flèche. Tandis que les salaires stagnaient, ou étaient réduits, l'inflation connaissait un rythme insensé, le coût de la vie ne cessait de s'aggraver. La sympathie, il ne pouvait que la ressentir. Mais, en plus des convictions désormais ancrées au plus profond de lui-même, il avait ce devoir : sauver la Meat & co, au besoin en étant ou en paraissant inhumain.

Il semblait se disqualifier dans l'immédiat face à la morale des simples. L'avenir lui donnerait raison. Être lucide, telle devait être la seule consigne, et servir d'une inébranlable volonté la stratégie choisie. La crise, seule coupable, n'était-elle pas plus inhumaine que quiconque?

Oui, quand il interrogeait le fond de son orgueil, il savait bien quelle était la réponse : il voulait faire la preuve qu'il serait finalement encore plus fort et plus triomphant que Goldberg lui-même. La crise dépassait le défi : aux yeux de toute la ville, elle aboutirait à faire la démonstration irréfutable qu'il était un véritable chef d'entreprise. Il sauverait la Meat & co, de toute sa volonté, farouchement.

Dès le lendemain les ouvriers acceptaient de sacrifier une part de leur salaire. Ils avaient parlementé entre eux toute la nuit. Les femmes avaient été consultées. En vain bon nombre d'entre elles s'étaient indignées ou avaient pleuré, récusant l'excès de sacrifice : celles-là étaient évidemment d'avis de laisser congédier vingt des ouvriers, choisis par exemple parmi les célibataires ou les hommes sans enfants. La majorité avait fini par se prononcer pour « l'issue la plus raisonnable », emboîtant le pas des employés des chemins de fer. « Les cheminots le font ; nous pouvons nous aussi le faire. »

Le travail reprit aussitôt, et, quoique la production fût fortement réduite, la Meat & co put ainsi continuer.

Il n'en reste pas moins que jamais les bidonvilles n'avaient été si denses, jamais les pauvres dans une si profonde détresse. Les radicaux au pouvoir procédaient vainement à toutes sortes de mesures qui se révélaient aussitôt artificielles; le message collectiviste ne dépassait pas encore les confins d'une Université, irréelle citadelle pour utopistes; quelques anarchistes enflammés, qui prêchaient la table rase, passaient trop de temps à bannir Dieu; autant dire que pour cette population, dans sa misère, il n'y avait plus d'espoir. Seule consolation : la prière, le jeu ou le tequila. Les orateurs populistes les plus éloquents s'époumonaient eux-mêmes sans succès à arracher leur peuple à cette résignation de sommeilleux...

« C'est dur à faire passer, un grand rêve », se surprit à penser Jean.

Soudain, là-bas, au fond de la cour, parmi une centaine d'ouvriers en salopette grise, une haute silhouette de femme se détacha, en fichu rouge.

Elle dessinait des gestes larges tout en parlant. Jean interrogea un contremaître à son côté.

« *Una revolutionera...* grogna l'homme.

– Mais encore?»

L'homme haussa les épaules.

« *Socialista o communista... Una roja mujer...* Une femme rouge...»

Jean ne pouvait plus quitter des yeux la fière silhouette. Peut-être la messagère de quelque confrérie d'intellectuels en mal de sermon? Peut-être un agent organisé d'un Komintern qui sait calculer ses coups?

Une nouvelle fois, il se demanda si, ayant opté pour une carrière politique, il eût obtenu d'aussi beaux résultats que dans les affaires. Après tout, pourquoi pas? Il avait quelque sens des formules qui frappent. Il aurait pratiqué la démagogie avec délices. Il avait la poignée de main facile. Autant dire qu'il réunissait quelques atouts pour le forum.

Pourtant, de l'autre bord, aurait-il su être prédicateur révolutionnaire? Là, il hésitait à se prononcer. De fait, il s'imaginait mal en guide des consciences, en conseiller des peuples mal instruits. Il y fallait un engagement religieux, un sens du sublime gratuit, une folie, alors qu'il se trouvait être un réaliste né. Il y fallait également une formidable négation de l'individualisme, une communion ardente avec la foule des esclaves dont il s'agissait... Impensable. Il était trop convaincu de la primauté du combat individuel, du mérite individuel. Il s'apparentait trop au squale, toujours solitaire, et qui ne tue jamais pour rien. De tout son instinct, il niait tout acte qui ne paie pas. Au reste, tout compte fait, il y avait moins de tartuferie dans son attitude, moins de viscosité, que dans les gesticulations de ces professeurs ou étudiants qui s'agitent en marge de la vie, donnent des leçons à des foules du haut d'une trop orgueilleuse pédanterie et confondent trop volontiers pantin et homme d'action. Il s'ébroua, comme un cheval que les taons énervent...

Ou bien la femme au fichu rouge était-elle plutôt une créature payée par un concurrent pour venir semer la pagaille ou provoquer la bagarre, ou une terroriste aimant le défi pour le défi?...

Il restait intrigué, tout en s'irritant de l'être.

Bref, Jean décida de mieux connaître cette femme devenue l'apôtre de la Révolution dans le principal frigorifique de la Meat & co. Une seule solution s'imposait alors : la pister. Du coup, il s'y employa sans plus attendre.

Ayant repéré sans difficulté l'autobus qu'elle prenait à la fermeture de la fabrique, il gara sa voiture dans une petite rue contiguë, laissa à bord son veston, retroussa les manches de sa chemise et fit l'acquisition d'un béret basque à un étal de quatre sous tout prêt de l'arrêt de l'autobus.

C'était un exploit que de s'y hisser. Pas une seconde à perdre à contempler les couleurs vives, bleu et orange, du véhicule, l'attirail de ses breloques ou fanions, les poupées collées par ventouses sur les vitres. Il était si bourré de passagers, agglutinés les uns aux autres, que certains grimpaient sur le toit ou devaient se serrer en grappes sur les marchepieds. Des bustes dépassaient des fenêtres. Toute une aventure que d'arriver à se glisser dans une telle cohue. Jean ne saurait jamais comment, à coups de coude et de genou, il se retrouva soudain à l'intérieur, mêlé à un groupe d'ouvriers du port qui regagnaient leurs maisons de l'autre côté de la ville.

Il pouvait apercevoir de dos l'ardente inconnue, devisant avec un jeune employé de la Meat & co, lequel travaillait aux empaquetages.

Le bus, cependant, poursuivait son périple, remontant les quartiers chics vers le nord, se traînant le long de la Costa Nera, où le rio avait les eaux grises d'un crépuscule, puis laissant sur sa droite les belles villas en bordure du Tigre, où voguaient avec une majesté de cygnes quelques yachts blancs, et s'engageant vers les banlieues de l'est.

Maintenant, les rues n'étaient plus pavées. Elles étaient toutes envahies de sable laid ou de terre sale, que les roues du car soulevaient par épais nuages. Il en résultait tout un brouillard opaque à l'intérieur même du véhicule.

Le fichu rouge était devenu gris. Les cheveux de son interlocuteur évoquaient ceux d'un vieillard. A coups de klaxon, le véhicule chassait des gosses qui jouaient au football, en plein milieu des rues. Ils reformaient aussitôt leurs équipes dans la trace chaude des pneus. Des vieux étaient assis devant leur porte, chapeau abaissé sur le visage, aussi rigides que des statues de cire. Ils ne bronchaient pas, même lorsque le car menaçait de les frôler ou les aspergeait de poussière.

Peu à peu, au rythme d'arrêts plus tumultueux les uns que les autres, le car se vidant plus ou moins de son monde, Jean put espérer que l'arrivée était proche : déjà la pampa s'apercevait au-delà des banlieues.

Par chance, tassé, ramassé sur son siège, Jean était on ne peut mieux placé pour, sans grand risque de se faire surprendre, surveiller le fichu rouge ou rouge-gris. Les maisons continuaient de défiler et Jean de méditer sur tous ces jardinets sans fleurs, plus tristes que les façades les plus délabrées, et sur tout ce linge aux fenêtres.

Les cités ouvrières du nord de la France étaient-elles moins mornes ? Un instant, il se sentit accablé par des souvenirs trop noirs, en rapport avec ce paysage de vaincus. Mais fallait-il pour autant avoir honte de sa réussite, expier la fortune acquise ? Loin d'éprouver le moindre sentiment de culpabilité ou de trahison, il se sentait tout au contraire plus fier que jamais d'être devenu un homme riche. Pour rien au monde il n'aurait voulu revivre les peines et les épreuves de son adolescence à Roubaix, sous l'occupation, ou celles de ses premières années en Argentine. Il en faisait serment : il n'aurait plus jamais cette lèpre... Pensant à certains pseudo-intellectuels bourgeois, confus d'une enfance trop comblée, assez idiots pour revendiquer de retourner à la pauvreté, il eut la nausée.

L'ouvrier et la femme finirent par descendre dans un coin plus miteux et plus triste que les autres, pas encore bidonville mais en passe de le devenir. Ils allèrent, à travers des sentiers de traverse couverts de sable et de détritus arrachés par le vent aux poubelles, jusqu'à une bicoque où une femme, deux enfants pendus à ses jupes, étendait du linge dans le bout de terrain pierreux qui était son jardin. Elle avait un visage grave et fatigué qui se creusa davantage lorsqu'elle vit le couple avancer. L'ouvrier serra la main de sa compagne de route et rentra seul dans la maison, prenant ses enfants dans ses bras.

La femme s'en retourna, et Jean lui emboîta le pas. Il aurait aimé qu'elle lui dise le grand message qui console et rend les humains égaux.

Elle héla le bus qui repartait en sens inverse, et Jean sauta sur ses talons. Même trajet, mais cette fois du nord vers le sud. La même banlieue triste défilait des deux côtés de la route. Puis le bus retrouva les terrains vagues de la Costa Nera, et après quatre kilomètres de paysage maritime, les quartiers bourgeois de Belgrano puis les rues élégantes de Buenos Aires : le Barrio Norte, le quartier Nord. Jean s'étonna de la voir sauter du car, aérienne et légère, en plein Maipu. Dans sa robe salie, véritable chiffon au milieu des promeneuses en tailleur ou en étole, elle marcha la tête haute, avec une lenteur calculée. Elle s'arrêta devant un immeuble cossu aux balcons ouvragés, et à la grande porte cochère en bois verni. Jean remarqua que l'inconnue avait un dos très long et une taille mince au-dessus de l'évasement des jupons. Il lui saisit le bras avant qu'elle ne sonne. Qui pouvait-elle être ? Cuisinière, femme de chambre, dame de compagnie révolutionnaire, ou grande bourgeoise en quête de frissons prolétaires ? Buenos Aires renfermait tous les courages, et aussi toutes les turpitudes. Jean était partagé entre la curiosité, la volonté de comprendre, et le mépris...

La femme tourna vers lui un visage plein de violence : il reconnut les yeux d'émeraude, la peau d'Indienne de la passagère de Mendoza.

Alors, il lui administra une formidable gifle.

Si la Meat & co survécut à la crise de 1929, et si elle put dans les années trente reprendre une activité normale, puis florissante, elle le dut d'abord à son nom.

L'appellation anglaise de la compagnie lui permit en effet de continuer de livrer à Southampton des cargaisons de viande, alors que le blocus étouffait toutes les sociétés purement argentines.

Paradoxal mais exact : le salut dépendit d'un simple tampon de douane, certifiant « produits britanniques ».

Car, aussitôt la crise éclatée, les Britanniques avaient exécuté leur menace de fermer les marchés à tous les produits étrangers, fors leurs colonies. Pour ce qui concernait l'Argentine, ils ne s'étaient de la sorte adressés pour la viande qu'à Smith, Liebig ou Riverplate. L'aubaine avait donc été inespérée pour la Meat & co de se maintenir à niveau, et Jean Flamant n'avait pas manqué d'exploiter à fond ce maître atout.

Dans la tempête, il avait certes perdu des sommes considérables, du fait que les pays européens avaient eux aussi bloqué leurs frontières et s'étaient fourvoyés dans une folle politique d'autarcie. Jean n'en avait pas moins évité le pire. Il avait pu préserver l'essentiel. S'il avait beaucoup perdu, il n'avait pas tout perdu.

Autre atout : les placements de Jean en Afrique du Sud. Dans la débâcle générale des titres et des valeurs, l'or seul avait échappé à la secousse. Loin de s'écrouler, on avait vu les mines de Johannesburg monter en flèche. Jean put non seulement combler les trous de la société mère, mais, une fois le typhon apaisé, il avait amassé, sur la base de l'or, une véritable seconde fortune.

Lorsque Jean vit sombrer toutes les places financières, il sut procéder de sang-froid à une analyse clinique de la crise. Dans la seule journée du jeudi noir d'octobre 1929, seize millions de titres furent jetés brutalement sur le marché. D'importantes firmes de *brokers* s'effondrèrent. A la fin du mois le portefeuille-actions des seuls Américains subit une dépréciation égale à 25 milliards de dollars. Dans les seuls derniers mois de 1929, des centaines de banques fermèrent leurs guichets. Les faillites, faisant boule de neige, entraînèrent ruines sur ruines. L'année suivante, les exportations nord-américaines baissèrent de moitié, l'industrie sidérurgique ne travaillant plus qu'à 20 % de sa capacité.

Voilà ce qu'il en coûtait aux États-Unis d'avoir, après la Grande Guerre, accordé des facilités bancaires sans mesure, d'avoir procédé à un suréquipement non rentable, d'avoir programmé un excès de production non assuré de débouchés, d'avoir bâti un système artificiel de protection douanière, d'avoir fait vivre la plupart des citoyens américains dans l'illusion d'une prospérité éternelle et trop au-dessus de leurs moyens.

Puis, ce fut la panique boursière de New York qui se propagea à travers le monde entier avec son épidémie de faillites. Elle atteignit l'Autriche et l'Allemagne, et provoqua la fermeture, en juillet-août 1931, de toutes les banques de Berlin. La crise bancaire rebondissait vers l'Angleterre, puis vers la France. Dépression en abysse. Tout le système commercial du marché planétaire grippé. En quatre ans, le volume des échanges baissa d'un quart. Des chômeurs par dizaines de millions. Même la Scandinavie, la Suisse, le Japon, furent touchés, le cyclone n'épargnant ni les pays les plus prospères, ni les sociétés les plus robustes, ni les financiers réputés les plus habiles.

Jean tira la leçon des événements : tout était fragile y compris les réputations les plus éclatantes. Il découvrait la précarité, le côté artificiel des nouveaux univers.

Ainsi Jean en était-il venu à la seule solution qui s'imposait : parmi tant de vertiges, une seule force assurait un équilibre, *la terre.*

Dans l'affolement général, il sut acheter des terres : acquérir la seule chose sur laquelle s'appuyer réellement. Il acheta quand tous les *estancieros* bradaient.

Il se rendit propriétaire d'énormes étendues dites incultes, mais dont un ami, ingénieur agronome, lui assura qu'elles recelaient des trésors de ressources, dans l'une des régions les plus méprisées du pays, le Chaco argentin. L'hectare y était à un prix dérisoire. Non seulement le Chaco était une terre réputée pauvre, mais une guerre le déchirait, tout près des frontières argentines, la guerre précisément dite du Chaco, entre la Bolivie et le Paraguay, menaçant de s'étendre à tous les pays voisins, Argentine comprise. Depuis 1928, les combats s'y déchaînaient. Autant dire que, l'épouvante des riverains du conflit aidant, les terrains y étaient vendus pour rien.

Il s'agissait de quelques milliers d'hectares au sud du Pilcomayo, un fleuve qui dessine une sorte de frontière de boue à travers tout un territoire de savanes, de marais et de forêts en broussailles.

Jean avait alors proposé à Robert de Liniers d'investir lui aussi dans le Gran Chaco, mais l'ancien soldat avait refusé net.

« Terre à moustiques, à chacals et à Guaranis jésuitisés, avait-il dit. Prendrais-tu le Chaco pour la Côte d'Azur? Allons, nous coucherions sous la tente, près d'un feu de brindilles, après avoir mangé une tranche de viande séchée. Il n'y aurait d'autre eau que celle de nos outres. Pas de bain, sauf la boue de Pilcomayo qui est moins saine que celle de Bath ou de Vernet-les-Bains... Oui, l'expédition me plaît, et j'accepterais volontiers d'y bivouaquer quelques jours. Nous pourrions chasser. Le Chaco regorge de gibier d'eau. Mais quant à acheter de la terre, c'est une autre question. J'ai Grand-Breuil. Seigneur, dans le Gran Chaco! Mais tu es don Quichotte, mon vieux... tu es ici sur la terre la plus riche de toute l'Amérique du Sud et tu veux acheter dans les territoires indiens, que Dieu a oublié de doter. Tu es fou ou idiot... Achète ailleurs, dans la pampa, ou agrandis ton domaine de Mendoza. »

Jean eut beau lui expliquer qu'il ne songeait pas à habiter le Chaco, ni à fonder la moindre exploitation, qu'il achetait en vérité pour revendre quelques années plus tard, Robert resta de marbre; qu'importait à cet aristocrate richissime les jeux financiers des bourgeois? Lui avait pour se distraire la chasse, le sport, les femmes, qu'avait-il besoin de jouer avec ses dollars?

C'était l'Africain du Sud qui avait en vérité ouvert à Jean l'horizon des placements à long terme. Hors les mines, van Steenens possédait en effet des vergers de mimosa au Kenya.

« Ne me prends pas pour un poète, avait-il expliqué à Jean. C'est que le mimosa vaut de l'or. Sa couleur aurait dû y faire penser. Surtout le mimosa, d'une part, donne un tanin inestimable pour les teintures; d'autre part, c'est une matière première très précieuse pour certains produits pharmaceutiques... Quoi qu'il en soit, ma propriété du Kenya est devenue l'une de mes meilleures affaires... »

Or, le grand rival mondial du mimosa se trouvait être un arbre argentin, dont des forêts entières couvraient le Gran Chaco, l'arbre à quebracho. Quebracho colorado et quebracho blanco. Les deux catégories. De nombreuses industries mondiales étaient friandes de quebracho.

Jean était sûr qu'après avoir rationalisé la production de ses quebrachos, au cas où il voudrait plus tard revendre ses terres, il en tirerait huit ou dix fois leur prix d'achat.

Autre chance : ce territoire à moustiques, coyotes et vautours n'était peut-être pas l'Éden, mais il avait lui aussi ses trésors.

Jean ne gagna d'ailleurs pas qu'avec le quebracho. Plus tard, on y découvrit du pétrole. Le prix de l'hectare monta encore. La presse put consacrer des articles mirobolants aux investissements dans ce secteur et au génie « à la Rockefeller » de l'« énergique animateur des Sociétés Réunies du Gran Chaco ».

Autant la crise du jeudi noir et la guerre du Chaco ne firent que servir les ambitions et les calculs de Jean, autant elles se révélèrent à terme dévastatrices pour les intérêts de Robert de Liniers.

La crise, notamment, le frappa de plein fouet. Les fabriques de bouillon, qu'il avait héritées de son ancêtre industriel, frère du soldat, ne résistèrent pas à la secousse.

Les pays européens ayant bloqué leurs marchés, l'entreprise, pourtant si longtemps prospère, se retrouva du jour au lendemain sans plus un seul débouché à l'exportation. Impossible d'évacuer dans le commerce les stocks gardés dans les cuves d'acier ultra-modernes, jusqu'ici objet d'admiration et installation modèle.

Les stocks durent être sacrifiés.

Il était trop tard pour opérer une reconversion.

Les restrictions de salaires et les licenciements provoquèrent des grèves en série qui ne firent à leur tour que précipiter la déroute.

Le marché intérieur lui-même connaissait le handicap d'une baisse générale des pouvoirs d'achat.

Robert jugea vite la situation comme désespérée.

« La guerre, dit-il un jour au club entre deux bouffées de havane, la guerre est une chose simple... Un fusil, une épée, un chef... Mais cette guerre des classes, où l'on ne se bat qu'avec des mots, des absences ou des équivoques, est un combat qui n'est pas pour moi... Le croiras-tu, Jean?... Je n'ai qu'une idée : tout laisser tomber... Le gouffre financier à combler est un abîme. Cela m'ennuie, mais que puis-je faire?

» J'aurais dû naître au temps des Croisades, poursuivit-il, et j'ai eu l'idée saugrenue de ne venir au monde que plusieurs siècles plus tard. Mon vrai destin était de servir, en toute simplicité, mon Roi et mon Dieu. Hussard de la seule gloire. Uhlan latin. Ni peur ni reproche. Je n'étais pas fabriqué pour un siècle de géomètres.

– Tu as eu les chevaux », hasarda Jean.

La seule réponse de Robert fut la fumée de son havane.

La liaison de Robert avec Marta avait pris ces dernières années un tour plus attendri. Une certaine fidélité – ou complicité – s'était imposée à la longue. Pour une fois, il rompait la chaîne de ses liaisons rituelles, aussi tapageuses qu'éphémères. Un sentiment plus profond et plus vrai était venu. Par ailleurs, aurait-il pu trouver plus parfaite partenaire? Elle était aussi de cette classe éternelle qui s'attribue le privilège d'être au-dessus des lois. Comme pour lui, son immoralité lui servait de morale. Dans un cas comme dans l'autre, on ne savait s'il y avait coquetterie de snobs, ou cynisme d'aristocrates blasés, ou cette pudeur qui peut emprisonner le sublime. Le même hasard les avait acclimatés, dans la société

241

la plus sélect et la plus fermée de Buenos Aires. Avec une identique autorité, ils montaient volontiers botte à botte les mêmes chevaux, de préférence les plus passionnés. A ne rencontrer que marquis et duchesses, tous les deux avaient la même ignorance des classes qu'ils appelaient ensemble « inférieures ». Pour eux, un peuple se réduisait à un laquais et à une blanchisseuse. Marta disait avec fierté n'avoir jamais mis les pieds dans une épicerie ; Robert, dans un faubourg populaire. Ils aimaient tous les deux s'en retourner régulièrement en Europe, dans des cabines de luxe, sur les paquebots des plus puissantes compagnies. L'un et l'autre affectaient de dédaigner toute conversation politique. Leur anachronisme commun les unissait plus que tout.

Marta avait été une enfant gâtée. Dans le mariage, elle le restait. Elle trouvait « supernaturel » – un mot qu'elle utilisait souvent – de pouvoir s'offrir à tout moment n'importe quoi ou n'importe qui à sa guise. Jean pouvait dire qu'elle n'avait jamais cessé de vivre dans un conte de fées.

Robert avait eu la même enfance comblée, avec dons supernaturels. Même la Grande Guerre n'avait pu briser sa candeur. Quatre années de tranchées et d'horreurs, dans le sang et la boue, n'avaient pu elles-mêmes altérer son âme enfantine. Engagé volontaire pour mieux ressembler au héros de ses songes – ou pour mieux retrouver son personnage de guerrier médiéval –, il s'était battu comme un enfant : en jouant.

C'est de la sorte, dans un éclairage de jeux restés enfantins, que leurs cœurs avaient sans doute pu mieux se rejoindre.

Mais il y eut finalement entre eux une différence décisive.

Marta était totalement protégée. Elle avait une cuirasse absolue : son tuteur de mari. Don Rafaël, aigle hidalgo de Castille qui sait défendre ses aires, était autrement réaliste et pragmatique que l'élégant Robert. La terre le sauvait de la folie d'imprudence. Si fier aristocrate fût-il, intransigeant et solitaire, il savait avec rigueur faire prospérer ses terres, vendre ses bœufs au prix fort, tirer le meilleur rendement d'une traite, reconnaître la qualité d'un sol. Ponferrada avait traversé la crise en virtuose qui ne s'en laisse pas conter, poussant l'habileté, à force de négociations subtiles, jusqu'à obtenir du gouvernement radical, pourtant si hostile aux *estancieros*, un soutien avec des subventions pour les éleveurs. En plein marasme général, il avait su aussi garder ses troupeaux en stock, les vendant, à la reprise des marchés, à des prix jamais atteints. En définitive, la fortune de Don Rafaël avait survécu quasiment intacte. Marta avait pu traverser la tempête sans en ressentir le plus petit désagrément.

Tout au contraire, Robert n'eut pas de garde-fou. Il se confia sans précautions au fondé de pouvoir qui avait la pleine direction sur ses usines et marchés. Quand les preuves révélèrent que le personnage n'était pas à la mesure de ses responsabilités, il se trouva plus seul que jamais, le gouffre sous ses pas. Il n'eut même pas le courage de congédier cet incapable.

Le destin, dès lors, ne pouvait que faire bifurquer leurs routes.

Un jour, au bureau des correspondances du club où se déroulaient toujours leurs entretiens et où Robert avait coutume d'expédier son courrier, le fondé de pouvoir, le teint plus livide qu'un fantôme, mit Robert au courant de la suprême catastrophe : usine en faillite, dettes incommensurables, fin de tout crédit, compte en banque bloqué.

Coup le plus dur : Grand-Breuil sous hypothèque.

« Il n'y a plus rien à essayer », dit le personnage.

« Tout me paraît perdu, confia l'avocat appelé à la rescousse.

– Que me conseillez-vous? demanda Robert, lequel n'avait toutefois ni tremblé ni pâli, gardant tout son orgueil de cavalier.

– Rien, répondit l'avocat. A moins que vous ne changiez complètement de terrain.

– Que voulez-vous dire?

– Eh bien, expliqua l'avocat, les Italiens ont mis à la mode de nouvelles gargotes qui ont beaucoup de succès. On appelle cela des pizzerias. Il y a peut-être pour vous quelque chose à tenter de ce côté-là... »

Le soir, Robert appela Marta.

Ils dînèrent au Plaza, comme ils en avaient l'habitude, au champagne. Caviar et homard.

Ils parlèrent de Paris, des théâtres, des concerts, des robes de Paquin que Marta avaient commandées, d'un cheval anglais d'une famille de glorieuses montures que Robert avait fait venir pour les prochaines courses de Palermo.

Ils préparèrent gaiement tout un programme pour un voyage que, sous quelques mois, ils effectueraient ensemble en Europe.

Marta arborait un corsage en dentelle rouge et le boa – boa femelle – dont Robert disait être amoureux.

Il était en veste blanche et cravate blanche, puisque c'était encore l'été, en cette fin d'octobre.

Sans doute, après-dîner, s'aimèrent-ils, dans l'appartement que Robert avait au Plaza, avec ses lambris d'or et ses tapis précieux; une gentilhommière Régence, un abri nocturne pour des débats décadents.

Puis Marta rentra chez elle, elle ne dormait jamais avec Robert.

C'est le valet de chambre qui, le lendemain, vers midi, pénétrant dans l'appartement pour réveiller Liniers, le trouva tout habillé, étendu mort dans sa veste blanche de smoking, au milieu de la chambre.

Il s'était tiré en pleine bouche une balle avec le fusil français de la guerre de 14, qu'il gardait en souvenir de l'aventure, un Lebel 1886 modifié 93.

IV

Tierra del Fuego

Jean s'éloigna de la maison en pierre de rivière, dépassa le jardin planté de légumes et les haies de buis qui le protégeaient du vent, puis s'engagea dans un paysage digne des livres de Jules Verne qu'il avait lus enfant.

Il était quatre heures, cet après-midi de novembre, mais une lumière de crépuscule, glauque et déjà lunaire, créait un décor pour fantômes, sirènes ou mélusines. Les pieds de Jean enfonçaient dans une terre noire, tourbe de marécage, humus spongieux, boue fuligineuse, dont l'odeur âcre portait tous les relents, tous les ferments des herbes et des mousses qui s'y décomposaient. Jean marchait vers la forêt de hêtres qui, à quelques mètres au-delà de ce marécage, attirait son regard par des reflets jaunes : non pas mordorés comme la saison d'automne, mais jaune vif, jaune comme ne le sont jamais les arbres, en particulier au printemps. Derrière l'horizon de la forêt s'élevait un pic neigeux. Une couronne de brume l'encerclait à la base, le rendait plus lointain, plus inaccessible et immatériel.

Atteignant la forêt, Jean crut se retrouver devant le même royaume impénétrable que le Prince Charmant, dans l'histoire de la Belle au Bois dormant. Sans doute le vent qui soufflait aujourd'hui un air glacé mais à peu près clément, et qui était capable de plus redoutables violences, avait-il plié, tordu, noué, enchevêtré les branches de tous ces hêtres, qui formaient maintenant une sorte de chevelure. Emmêlée, inextricable. Jean tenta en vain de s'y frayer un passage. Les branches et les lichens formaient un maquis si serré et si dense qu'il ne put pas même y engager une épaule. La forêt était devant lui pareille à un monde sous-marin : avec ses mousses, ses champignons, ses hautes herbes, ses lichens et ses algues, dans cette lumière glauque qui troublait ses couleurs, la rendait plus jaunâtre et plus inhospitalière, elle fixait un décor de planète inconnue, un décor d'outre-tombe, le plus inhumain qu'il eût rencontré.

Il songea au paysage qu'il préférait, à Mendoza, aux oliviers et à la garrigue, aux pentes rocheuses des Andes. Ici, c'était au contraire le règne de l'humidité : des forces telluriques engendraient une végétation luxuriante, des herbes et des mousses par myriades et elles gardaient en vie jusqu'à des arbres morts. Contournant la forêt par la gauche, Jean rencontra en effet des bouleaux qui poussaient par groupes de vingt ou trente, parfois davantage. Et des arbres pourris jusqu'au cœur, au tronc ouvert comme une orange, tenaient encore debout parmi les autres, attendant pour tomber la puissance d'une suprême rafale. Le long d'un torrent, aux rives rugueuses et déchiquetées, des troncs déracinés lui barrèrent le passage. Il escalada leurs cadavres, rendus glissants et spongieux par les champignons qui y avaient poussé. Il continua sa route dans un décor d'apocalypse, tandis que ses bottes pesaient leur poids de boue, d'herbes collées et de mousses putrides. Il atteignit une des treize collines qui donnaient leur nom au site et à la maison, *Trece Cerros,* et escalada la pente, là où un éboulement avait dégagé sur le flanc un espace assez grand. Il atteignit bientôt une hauteur suffisante pour dominer la région. Le soleil ne perçait pas le brouillard, son absence seule expliquait sans doute la lumière étrange et morne qui marquait tout ce pays.

Il avait devant lui l'étendue jaune des bois, le pic neigeux, la steppe tourbeuse. Il voyait le torrent et les arbres morts. Mais au-delà de l'autre flanc de la colline, dont les pentes extrêmement herbeuses le lui avaient dissimulé jusqu'alors, il découvrit un lac aux eaux vertes, un lac immense au creux des trois collines, un lac comme une mer prisonnière des terres, et dont les rivages étaient d'épaisses forêts safran, qui l'encerclaient comme des armées. Quel explorateur, quel naturaliste fou avait pu s'aventurer jusqu'à cette eau au vert si fascinant et si peu réel, au vert si intense qu'à le reproduire sur une toile un peintre aurait été accusé de manquer de nuances? Ce lac était une tache crue dans l'atmosphère trouble et jaunâtre de ce pays sans soleil...

Jean resta longtemps à le contempler. Puis il reprit en sens inverse son chemin. Il trouva en lisière de la forêt, où les bêtes ne pénètrent jamais, un sentier tout droit et bien battu, tracé par des guanacos, qui ont l'habitude de se suivre en file indienne. Il mit ses pas dans les traces des guanacos, songeant que dès demain tout serait effacé par les innombrables matières végétales de l'île. Un lièvre fila à quelques pieds de lui, tandis qu'au-dessus de sa tête un cygne au long cou noir battait des ailes, en direction du lac.

La maison de Karl Olostrov était bâtie en grosses pierres au lieu-dit Trece Cerros, à cinquante kilomètres environ d'Ushuaia, dans la Terre de Feu. Cette maison était plus isolée du monde que n'importe quelle *estancia* perdue dans les hectares de l'immense Patagonie. Aucune route, aucun tracé sur les cartes, n'y menait.

Il fallait plus d'une semaine, avec des changements quotidiens de lignes, pour atteindre depuis Buenos Aires, en train, Rio Gallegos, la dernière ville à la pointe continentale de l'Argentine. Un bateau traversait le détroit de Magellan et avait déposé Jean et Thadéa sur la Terre de Feu. A Rio Gallegos, Jean avait acheté une voiture et une mule, qu'il avait embarquées sur le rafiot afin de pouvoir parcourir les deux cents kilomètres de steppes. Les routes étaient exécrables et les risques d'embourbement n'avaient d'égal que les risques de noyade, si l'on ne prenait garde à la hauteur des gués. Ce voyage n'avait duré que trois jours, grâce à la clémence du vent et à la bonne volonté de la mule. La nuit, ils avaient couché chez un *estanciero* dont la propriété n'était pas trop loin de leur chemin, et dans leur sac de couchage, priant le ciel qu'il ne pleuve pas. Il avait plu, et ils avaient dû s'abriter sous l'attelage.

A un croisement des routes, au sud de Rio Grande, et à l'est du lac Fagnano, se trouvait le paysage des treize collines et, derrière la forêt de hêtres qu'ils avaient contournée par l'ouest, la maison de Karl Olostrov.

Une source la fournissait en eau potable. Un moulin, construit par le savant, l'alimentait en électricité, mais il fallait compter avec la provision de bougies achetées une fois l'an, avec les autres produits de première nécessité, comme l'alcool, le vin, la farine, le sel, le sucre, à la ville d'Ushuaia. Pour le reste, à Trece Cerros, on vivait en autarcie. Un potager donnait les légumes et un verger les fruits. Une vache le lait, et des poules les œufs. La chasse apportait sur la table des lièvres, des sangliers et plus d'oiseaux qu'il n'en faut pour combler Lucullus. Si la maison échappait à l'invasion des herbes, si les légumes et les fruits poussaient aussi sereinement qu'à Mendoza, si le poulailler échappait à la menace des animaux sauvages, c'était grâce à deux paysans indiens et à leurs femmes, installés à Trece Cerros du vivant d'Olostrov, et qui maintenaient en vie la maison et la ferme parce qu'ils y étaient chez eux. Ils habitaient une aile, tandis qu'une vieille *machi*, sorcière du clan araucan, qui avait élevé Thadéa enfant, gardait en cerbère toutes les pièces où avait vécu Karl Olostrov : son atelier, sa chambre, et le salon dont les murs étaient tout piqués d'aquarelles de fleurs, de papillons sous verre et de plumes d'oiseaux, les plus féeriques gouaches.

Thadéa peignait dans l'atelier lorsque Jean rentra, mais au lieu de colorier une fleur ou un lichen, comme à son habitude, elle avait pour modèle posé bien à plat sur un napperon au crochet, un cadavre de crapaud, dont la peau à verrues vert-de-gris ressemblait aux mousses où elle l'avait déniché. Il avait les yeux jaunes, placides et fixes, « le même regard que lorsqu'ils sont vivants, avait dit Thadéa. Quand j'aurai fini, je le découperai... La peau du crapaud est le seul remède qui me guérisse du mal de tête. »

Jean l'avait vue souvent, victime d'atroces migraines, allongée sur un lit, avec, posé sur le front comme un cataplasme, la peau grisâtre d'un gros batracien.

« J'ai vu le lac... », dit-il simplement.

Elle leva sur lui son beau regard, puis, parce qu'elle n'abandonnait jamais une peinture inachevée, elle poursuivit la reproduction fidèle des couleurs du monstre.

Jean alluma un cigare et la regarda dessiner. Il aimait cette femme. Il l'aimait comme il avait toujours rêvé d'aimer. Elle était belle et elle était étrange. Elle était douce et secrète. Elle avait ses lubies, ses violences, comme le vent de Patagonie. Elle était capable de tendresse, et capable de fureur. Elle échappait à la logique, et son âme à la loi de la pesanteur. Elle n'était le produit simple d'aucune classe sociale : elle n'était ni paysanne, ni bourgeoise, ni femme du monde, ni une de ces intellectuelles dont la mode commençait à se répandre. Elle se moquait du reste autant des modes que des conventions. Elle s'habillait de robes hors du temps, larges et souples, qui lui laissaient toute la liberté de son corps, et qui n'entravaient ni sa démarche de tigresse ni ses gestes de bel oiseau. Elle laissait ses cheveux longs s'emmêler dans le vent, se mouiller à la pluie ou se blanchir de flocons de neige. Elle ne craignait que le soleil : elle cherchait alors l'ombre de grands chapeaux, l'écran de ses voilettes. Était-ce par coquetterie, pour protéger sa peau d'Indienne du hâle, Jean ne le croyait pas. Non, il pensait qu'elle avait peur du soleil, comme d'un dieu méchant. Elle était exactement comme ces plantes qui tournent leurs feuilles dans une position où elles échappent au maximum aux rayons solaires. Elle allait toujours les mains nues pour cueillir des herbes ou caresser les bêtes, et quand elle se promenait avec Jean, qu'elle lui donnait la main, dans le froid le plus vif celle-ci était encore tiède et douce.

Au fond, Jean aimait cette femme pour son indépendance. Elle ne ressemblait à personne. Elle était rare.

A Trece Cerros, où il venait pour la première fois, Jean la découvrait dans une nature qui lui ressemblait, aussi étrange, aussi farouche. Ils étaient partis soudain ensemble, comme pour un voyage de noces. Ils avaient quitté Buenos Aires, lui sa famille, elle son amant, avec une incroyable facilité, un incroyable bonheur. Ensemble ils ne pouvaient connaître ni le péché ni le remords. Ils étaient libres ensemble. Les obstacles étaient abolis par l'évidence, par la vérité de leur couple.

Tierra del fuego... Terre de feu... Ils étaient ici au bout du monde, dans l'île où s'achèvent et l'Argentine et tout le continent sud-américain, à la pointe extrême de l'hémisphère Sud, face à l'Antarctique et au pôle. Ils étaient ensemble sur cette terre à pingouins, à cormorans, à morses et à mouettes, terre en bordure des eaux, où s'élèvent des monts enneigés, terre à lacs mais aussi à forêts, terre peuplée d'oiseaux aquatiques, mais royaume des renards, des lièvres et des pumas. *Tierra del fuego...* Un continent recouvert pendant des millions d'années par les mers primitives, un territoire de forêts échappé à l'océan, un grand morceau de terre rescapé des eaux. *Tierra del fuego...*

Un vent humide et glacial, le brouillard, la boue : l'île n'avait jamais été habitée que par quelques peuplades d'Indiens, Onas, Fuégiens, Yaghans, Alacalufs, tous chasseurs de guanacos, exterminés aux trois quarts par des raids d'*estancieros* qui leur reprochaient de trop aimer la viande de leurs moutons.

Hostile par son climat et ses paysages au bonheur humain, la Terre de Feu était cependant le lieu que Jean et Thadéa avaient choisi pour y abriter quelque temps leur amour. Ils auraient pu trouver une même paix à Mendoza, où le silencieux Chavi aurait respecté leur solitude, ou bien à Bariloche dans le palace qui domine la baie et le lac Nahuel Huapi, ou encore au nord, dans les territoires indiens, à Humahuaca, dans une maison qu'ils auraient louée à l'habitant. Mais la Terre de Feu, plus lointaine que ces contrées, plus sauvage, plus abrupte, leur plaisait davantage.

Rien ne ressemblait en effet plus à leur amour que ce paysage inviolé. L'île, domaine des animaux sauvages, résistait aux civilisations. C'était la nature qui gouvernait la Terre de Feu : le vent, la lumière, les herbes et les bêtes, les oiseaux, les insectes, et les glaces bleues de ses lagunes australes.

Et l'amour de Thadéa et de Jean obéissait pareillement à la nature, à son mystère et à ses lois : nulle raison, nulle logique, dans cette entente si totale et si belle, que Jean parfois craignait de la voir s'éteindre par la même magie qui l'avait allumée.

« Si tu voulais, avait dit Thadéa de sa voix friable et sombre, je pourrais te conduire. Je serais ton sphinx, ton guide... Je t'apprendrais toutes les fleurs, toutes les herbes, les papillons, les oiseaux, les vers de terre et les limaces, toutes les plumes, toutes les semences, toutes les graines d'un monde naturel, plus captivant, plus fidèle que la société humaine. Le veux-tu? Il n'y a qu'un seul handicap. Ta vie est un challenge, ma vie une promenade, nous ne voyageons pas au même pas... L'un de nous d'eux devrait régler sa démarche sur l'autre... »

La pudeur n'appartenait pas au monde de Thadéa. Elle exprimait ses idées, ses sentiments, avec une liberté qui étonnait Jean, et le séduisait. Il aimait en cette femme la désinvolture de l'allure, l'indépendance du caractère, et l'audace, la grande franchise des propos. Il n'avait connu jusqu'alors que des femmes conventionnelles, éprises des modes et des traditions, trop coquettes pour être vraies. Thadéa se moquait des unes et des autres. Elle avait divorcé, abandonné son enfant, et elle racontait cela comme une chose sans importance. La société pudibonde de Buenos Aires devait la considérer comme une brebis galeuse, doublement condamnable, pour son métissage et pour son divorce. Jean sentait néanmoins que cette femme était au-delà des règles, au-delà des lois, comme au-delà des conformismes. Peut-être suivait-elle simplement son instinct profond, sa nature sauvage, que des études à Édimbourg, à Stockholm et à Cordoba n'avaient jamais bridée.

La vieille *machi* de Thadéa – elle n'avait pas de nom, Thadéa l'appelait Machi – vint ranimer le feu. Elle traînait derrière elle une odeur de lande et de mousse, et ses cheveux étaient peut-être aussi embrouillés sous son châle de laine que la forêt qui arrêtait tout à l'heure la promenade de Jean. Sans un mot, sans sourire, elle apporta le plateau du thé, dispersa dans l'air Dieu sait quelles essences, puis disparut dans son antre, une arrière-salle de la cuisine.

« Vieille sorcière..., dit Jean.

– Machi est une sainte... Elle m'a aimée à la folie, il y a bientôt trente ans. Et pendant plus de vingt ans, je ne lui ai ni écrit ni adressé le moindre signe. Maintenant que je la retrouve, c'est la même bonté, le même dévouement. Ni rancœur, ni reproche. Elle m'a ouvert les bras.

– Fidélité d'un chien...

– Générosité d'une sainte... Elle m'aime mieux que toi. »

Ils jouaient ainsi à se provoquer, à se faire mal. Jean aurait voulu posséder tout l'amour de Thadéa, mais elle refusait l'encerclement. Il était souvent jaloux des gens qui l'entouraient, qui l'admiraient ou qui l'aimaient, comme de cette vieille sorcière silencieuse aux yeux aussi jaunes que ceux du crapaud.

« J'ai vu le lac », reprit-il.

Thadéa se leva, versa le thé, lui tendit une tasse, et s'assit sur les briques, lui enserrant les jambes de ses bras fins comme des lianes. Elle posa sa tête sur ses genoux et attendit ainsi, tandis qu'il s'interdisait encore de toucher ses cheveux, une caresse qu'il préférait entre toutes.

Thadéa avait pour les lacs une prédilection que Jean jugeait morbide. Elle les traquait comme ses fleurs mais sans la gaieté qu'elle mettait à herboriser. C'était de sa part une obsession, une recherche inlassable, une angoisse. Peut-être un plaisir aussi, mais un plaisir étrange et assez macabre quand elle s'arrêtait immobile devant les eaux d'un lac, muette, hallucinée par il ne savait quel mirage, ou par quelque figure de divinité aquatique.

Bien qu'elle se fût rendue à plusieurs reprises dans la province de Mendoza pour suivre Jean dans la terre qu'il avait fait sienne, bien qu'elle s'intéressât à peindre à l'aquarelle les champs d'oliviers, elle préférait à cette région aride les steppes de Cordoba où, entre les collines rouges foulées par les troupeaux de bœufs, s'étendaient de grands lacs aux eaux grises, près desquels elle ne se lassait jamais de se promener ou de peindre. Mais la contrée qu'elle retrouvait le plus volontiers, c'était le sud argentin, les lacs émeraude qui figeaient au pied des Andes une immensité de calme. Lac Nahuel Huapi, lac Viedma, lac Argentino ; et le lac Fagnano de la Terre de Feu que Jean avait découvert du haut de la colline... Avait-elle pour eux vendu son âme ? Car Jean, d'abord étonné, puis inquiet, puis saisi d'angoisse, la voyait alors avec un sourire d'extase, un sourire pervers de Joconde, contempler dans les eaux un secret qui lui échappait. Comme il l'interrogeait, elle lui avait parlé des lacs de la Suède, du Venern, du Vettern, et du Maelar, d'anciens glaciers quaternaires au sud du territoire du Nordland. Elle avait aussi peint pour Jean, de mémoire, le lac de Lugano et les rives fleuries du Tessin où elle avait passé les dimanches rupestres de son adolescence. Elle lui avait décrit ceux qui précèdent les cataractes de l'Iguazu, à la frontière du Brésil, où elle voyageait avec son père, à son retour en Amérique du Sud. Elle se souvenait aussi des lacs guatémaltèques, enserrés dans les chênes et les saules pleureurs, sur fond de montagnes violettes, un paysage qui ressemblait aux Alpes d'Europe. Elle évoqua plus rarement les fjords d'Écosse, près desquels se situait pourtant une part de sa vie.

Sa mère s'était noyée dans le Nahuel Huapi, en tombant de la barque où elle pêchait. Son père était enterré dans un des bois d'érables qui entouraient le lac Fagnano, et la *machi* était la seule à pouvoir reconnaître le chemin qui conduisait à sa tombe. Elle s'y rendait tous les mois pour arracher les herbes sauvages qui l'envahissaient.

Peut-être Thadéa regardait-elle son enfance dans les eaux du lac. Peut-être y cherchait-elle l'image de la petite fille qu'elle avait été ou bien celle d'une autre qu'elle avait abandonnée au pays du Loch Ness. Peut-être voyait-elle la mort, ou ses chers disparus. Jean la croyait capable de tous les sortilèges. N'avait-elle pas été élevée par cette maudite sorcière, collectionneuse de gris gris, d'herbes et de fétiches ?

Thadéa, créature des plus terrestres, botaniste de cœur, femme ardente et sensuelle, se métamorphosait-elle devant ses lacs en ondine ou en serpent d'eau? Jean, que cette fascination inquiétait, craignait aussi qu'elle ne se jette un jour dans un de ces lacs, qu'il s'était mis à haïr parce qu'elle les aimait trop.

Il caressa ses cheveux de squaw, et elle gémit doucement. La lumière jaune du dehors plaquait sur les fenêtres un carton couleur du safran que la *machi* jetait dans tous les plats. Le vent rugissait comme un fauve. Des cris d'animaux leur parvenaient, que Jean, sans l'aide de Thadéa, ne pouvait identifier. Et la botte d'herbes que la vieille sorcière suspendait à la porte de leur demeure pour les protéger de Huecufu, son dieu du mal, frappait l'huis comme un tambour.

Mais dans l'atelier de Karl Olostrov, au milieu des herbiers, des boîtes, des épingles, des pinceaux, des loupes, des microscopes, des corbeilles d'osier pleines d'échantillons de fleurs, un homme et une femme s'aimaient.

« Mon amour, disait Thadéa, mon amour... »

Le marchand sortit de l'arrière-boutique des peaux de guanaco et de vigogne qu'il étala devant ses clients. Il exhiba aussi avec fierté un bouquet de plumes d'autruche et quelques défenses de morse.

« Le beau carnage... » déclara Thadéa.

Jean n'imaginait pas d'autre femme capable de résister à l'attrait d'une fourrure, d'un boa, ou d'un bracelet d'ivoire.

L'homme jouait avec les peaux, leur rebroussait le poil, faisait valoir leur souplesse, marchandait leur couleur, caramel plus ou moins cuit, et l'exceptionnelle blancheur des ventres de vigogne.

« Elles sentent encore l'animal vivant », ajouta Thadéa qui plongea à son tour les mains dans les fourrures, caressant ce qui restait des jolis mammifères. Elle avait gardé longtemps à Trece Cerros un guanaco apprivoisé, qui la suivait dans ses promenades et qui même se laissait chevaucher par l'enfant ; cet animal était du reste exceptionnel car les guanacos domestiqués sont très rares.

« Nous ne voulons rien de tout cela », dit-elle en se relevant et en tendant au marchand la liste des produits que la *machi* lui réclamait : du sucre, de l'huile et du tabac. Puis tandis que l'homme commençait de remplir une caisse, elle sourit à Jean, et, en français, commenta : « l'épicerie est une vraie station de contrebande... »

Mal éclairée par une lampe à pétrole, la boutique renfermait dans un désordre où seul le marchand pouvait se reconnaître, des boîtes de conserve, des paquets de riz ou de nouilles, des sacs, des bouteilles, des bidons, mais aussi des chaussures, des casseroles, des chandails. Moins à l'aise devant cette marchandise ordinaire que devant des denrées plus précieuses, le marchand évoluait avec une telle lourdeur que Jean jura qu'il s'était trompé de métier. Il avait des gestes de bûcheron plutôt que d'épicier. Il portait un anorak et des bottes de caoutchouc, plus utiles pour courir les bois que pour intimider la rarissime clientèle de son épicerie. Carrure de boxeur, pensait Jean, poitrail de gladiateur... Il devait chasser la baleine, tirer le cormoran, assommer l'autruche à coups de pierres comme les Indiens, et pister les troupeaux de camélidés, ou pourquoi pas le puma et le renard, sur toute l'étendue de la Terre de Feu. Le boutiquier était plus sûrement un homme des eaux et des bois, un trappeur, un chasseur de fauves. Il n'ouvrait du reste son commerce que lorsqu'un bateau s'était ancré dans la baie d'Ushuaia. Alors seulement, il faisait trafic de ses peaux.

« Tous les hommes, ici, murmura Thadéa à l'oreille de Jean, sont des chercheurs d'or... »

Construit sur les pentes du mont Martial et sur les eaux du canal de Beagle, Ushuaia comptait une cinquantaine d'habitants : hors quelques Indiens Ona et le père jésuite, tous étaient des trafiquants, aux nationalités diverses, qui avaient établi à l'extrémité sud du continent, à sa limite australe, un commerce hors-la-loi. Une haute forteresse de pierre s'élevait à quelques kilomètres de la ville : tout Ushuaia vivait à l'ombre d'un bagne.

« Tous des bandits, des assassins, poursuivit Thadéa, à part quelques Robins des Bois... »

261

Elle suivait de ses yeux verts tous les gestes du marchand, et Jean tout à coup se demanda en quelle autre occasion elle était venue à Ushuaia, et comment elle pouvait si bien connaître ce bout du monde où les femmes étaient l'exception. A plusieurs reprises, le boutiquier, visage épais et œil porcin, l'avait d'ailleurs dévisagée avec une arrogance sensuelle qui exaspérait d'autant plus Jean que Thadéa aguichait volontiers, au moins par jeu, les hommes les plus hideux. Elle avait ce jour-là une ample jupe de laine et un poncho tissé à Trece Cerros. Sauf pour les yeux incomparables de transparence, elle ressemblait plus que jamais à une Indienne, seule survivante de tribus perdues, exterminées par les Blancs de la presqu'île de Terre de Feu. Thadéa défiait ouvertement le boutiquier : pourquoi ne pas la tuer aussi, comme les autres Indiens ou comme les guanacos qui tombaient sous leurs coups de coutelas ou les balles de leurs fusils? Jean commençait trop à connaître la violence de Thadéa. Elle paraissait calme et sereine puis sa colère se déchaînait. D'abord lac aux eaux calmes, puis typhon sur les mêmes eaux, elle était capable des plus imprévues et des plus vastes variations. Jean se demanda ce que cachait encore son regard translucide : ou la colère d'une race meurtrie face à un chasseur blanc, ou l'appel de ses sens pour un homme à l'évidence si robuste et si sanguin. L'odeur du pétrole, mêlée à celle des jambons suspendus au plafond de la boutique, cachait mal des effluves nauséabonds, mielleux, écœurants, que Jean ne parvenait pas à définir.

« L'huile de baleine rancie », lui souffla Thadéa.

L'homme se plaça devant elle :

« Le guanaco, *señorita*, et les plumes d'autruche... Je vous en fais cadeau. »

Avec sa silhouette trapue et ses mains couvertes de poils, il ressemblait à un ours. Il y avait dans ses yeux une lueur sur laquelle Jean ne pouvait se méprendre : le désir, comme une faim. Sans doute n'avait-il pas eu de femme depuis des mois. Il approcha de Thadéa sa gueule de fauve, mais elle ne bougea pas :

« Le guanaco a la peau la plus douce des animaux sauvages... et l'autruche un duvet aussi tendre qu'une peau de femme... ».

Il s'approchait de Thadéa à la toucher, et elle n'avait pas reculé d'un pouce!

Un coup de poing assené à la mâchoire envoya l'homme rouler au milieu de ses boîtes de conserve, jusqu'à quelques pas de l'arrière-boutique.

Déjà Jean entraînait au-dehors sa compagne, non sans s'étonner qu'elle pût garder un tel calme.

« Elle n'a pas eu peur une seconde », se dit-il.

Il aidait Thadéa à monter dans la charrette, quand un rugissement l'avertit.

D'un coup de crosse de son fusil, le marchand l'assomma. Combien de temps passa-t-il ainsi, évanoui, inconscient? Thadéa tenait sa tête entre ses mains et le couvrait de baisers quand il se réveilla.

Il était allongé sur le sol boueux d'Ushuaia, devant la boutique dont la porte était fermée.

Tout le danger du moment lui revint en mémoire et, en dépit d'une douleur fulgurante au crâne, il fut en un instant sur ses pieds.

« Que t'a-t-il fait? hurla-t-il.

— Rien... Il n'a rien fait, je te le jure. Rien... Rien... », disait Thadéa, et en dépit de son insistance, il ne put obtenir d'elle que cette seule explication. Rien.

Il fut donc quitte de l'aventure avec une bosse en plein crâne.

Mais son inquiétude, en profondeur, restait aussi formidable que le coup qu'on lui avait porté. Il tâchait de se persuader, à l'apparence impavide de Thadéa, que rien en effet ne s'était déroulé de sale, d'ignoble, pendant les minutes où il avait perdu connaissance. Les cheveux de Thadéa ni ses vêtements n'étaient plus en désordre qu'à l'ordinaire. Son visage ne portait aucune trace de coups. Ses yeux aucun reflet d'épouvante. Mais Thadéa était-elle femme à éprouver la peur? C'était, semblait-il, un sentiment qui lui était aussi étranger que les épingles ou les rubans à la liberté de sa chevelure. Et si elle s'était abandonnée, si elle avait cédé, pire, si elle s'était offerte à son violeur?...

Le doute enflammait l'imagination de Jean. Il voyait en Thadéa une sorcière capable de tous les emportements. Ses sens étaient avides, Thadéa aimait l'amour et les hommes, le plaisir ne la rassasiait jamais pour longtemps.

Pourtant, douce à ses côtés, câline, elle caressait son visage, et elle répétait, « Rien... Rien... » Elle le rassurait en vain.

La nuit tombait sur les maisons en tôle peinte d'Ushuaia. La mule conduisit l'attelage à travers les rues pentues. Des cris leur parvenaient du seul bar de la ville, refuge de tous les hommes, dès cinq heures du soir. Mais ils s'éloignèrent du vacarme, tandis que la mule grimpait vers les hauteurs du mont Martial. Bientôt apparut la maison du jésuite, où ils dormiraient, avant de repartir à l'aube pour Trece Cerros.

Ce jésuite était un Français, né à Cognac, et venu jusqu'en Terre de Feu pour négocier la paix de Dieu. Il tâchait tout autant de protéger les Indiens, victimes des cruautés des Blancs, que les animaux, les oiseaux et les peuples de la mer, proies des grands chasseurs. Il donnait aussi asile aux voyageurs ou aux explorateurs parvenus au fin fond de la presqu'île.

Bâtie en rondins de bois, sa baraque était peinte en vert : « Vert espérance... » avait-il dit à Jean qui s'étonnait de retrouver cette couleur de pampa. Sur la table, dans la pièce du bas, les attendait un repas frugal, du pain, du jambon, de la confiture de lait et une eau-de-vie à incendier le gosier le plus rude.

« Ushuaia? disait le père. Peu d'âmes à évangéliser. Les Indiens gobent aussi facilement les évangiles que les recettes de leurs sorciers. La messe les fascine bien plus que leurs propres prières à la pluie ou au vent. Je les ai conquis si vite que je pourrais aujourd'hui avoir marché jusqu'au Mexique, et évangélisé cent autres tribus. Je suis resté. Au fond, je me sentais responsable de les avoir arrachés à leurs anciens dieux. J'ai voulu continuer à les aider. Puis j'avais d'autre pain sur la planche : tous ces Blancs, des indomptables, des rebelles, des bandits de grand chemin. Voilà une mission autrement importante pour un jésuite que de caresser l'échine des peuples soumis : se battre avec le péché. Tous ces Blancs! Ils vous foutraient en l'air une vocation de missionnaire! Oui, je suis resté... Quoique je me demande, en toute franchise, si je ne reste pas parce que je mène ici la même vie solitaire qu'eux tous : je chasse, je pêche, je me balade dans les paysages les plus sauvages du monde. Et tout cela n'empêche pas que je prie... »

Thadéa tisonnait le feu. Ses cheveux noirs s'incendiaient de rouge. Jean ne quittait pas des yeux sa sorcière, sa bacchante bien-aimée.

Elle se tourna vers le Père :

« Vous devriez être chartreux, mon père, dit-elle, que faites-vous ici?

— Je vous le dis, mon enfant, je prie...

— Vous prieriez aussi bien dans un cloître ou dans une prison. Qu'avez-vous besoin de tous ces espaces pour parler à Dieu?

— Foutre, dit le père, vous avez raison : je deviens contemplatif. Je vis seul dans cette baraque, mais je pourrais être chartreux. Certes, je lis l'Évangile à ces pauvres Indiens, ils m'accueillent avec des sourires, mais ils recevraient pareillement n'importe quel instituteur laïque. Me croirez-vous? Je vais quelquefois chasser avec quelques-uns de ces trappeurs impies. Non pour tuer, je ne suis pas créé pour tuer, mais pour accompagner l'homme, pour partager avec lui un peu de fraternité, et pour inciter Dieu, qui nous voit tous de là-haut, à descendre jusqu'à cette Terre de Feu où il a quand même un serviteur.

— Et votre pays, coupa Jean, votre pays... on m'a dit que la Charente était une des terres les plus douces, les plus belles de France. Pourquoi ne pas regagner votre pays?

— J'ai emporté la Charente dans mon cœur, sa lumière si rare, ses vignes, et même la douceur de l'air. A quoi croiriez-vous que je rêve ici, quand je me suis récité quarante Notre Père, et trente Ave Maria?... Je revois la Charente, la petite école de Cognac où mon père était instituteur, la place et la fontaine, et les chais de monsieur Hennessy, chez lequel travaillait ma mère. Je revois tout cela et aussi la lettre que tenait le frère directeur : "On nous demande des missionnaires, m'avait-il déclaré, cachant sa gêne derrière ses lunettes. Que choisissez-vous : le Rajahstan, le Bengladesh, l'Égypte, le Soudan, la Maurétanie, ou la Terre de Feu?" J'ai dit la Terre de Feu, comme ça, à cause du nom sans doute, qui sonnait comme du Jules Verne. Ce n'est que le lendemain, à la bibliothèque de l'école, que j'ai pu situer, sur un atlas, le bout du monde.

— Vous avez été malheureux? demanda Jean que le coup de crosse devait rendre plus sentimental.

— Nom de Dieu, non! répondit le père, que les blasphèmes ne pouvaient plus effrayer. Simplement, la Terre de Feu m'a si bien captivé que je n'envisage plus de vivre ailleurs. Je suis ici depuis douze ans, et le cimetière est assez grand pour que j'y sois enterré. »

Le vent soufflait en tempête, menaçant parfois de soulever le toit en tôle ondulée. L'écho des rafales leur parvenait par la cheminée, et la fumée du feu se rabattait dans la pièce, toute nimbée d'épais nuages. Le rire rauque de Thadéa y résonna :

« Le diable, mon père, le diable surgit toujours dans des volutes de fumée... Seriez-vous le diable, mon père ? »

Le jésuite versa lentement de l'eau-de-vie dans leurs verres, et d'une voix posée de donneur de sermon : « les Indiens sont persuadés que lorsqu'on voit le visage du diable, on meurt. Je souhaite pour vous, ma fille, que le diable ne soit pas celui qui vous parle en ce moment... »

Thadéa pâlit et pour une fois perdit son assurance. Mais après un silence, son rire, cascade de pierres et de cailloux, retentit à nouveau : « Eh bien, jurons, mon père, que le diable n'est pas à Ushuaia... »

Elle se rapprocha de Jean et passa ses mains sur ses cuisses. Il lui serra la taille et ils restèrent ainsi quelque temps à boire de l'alcool et à regarder le feu.

Le jésuite ne bougeait pas davantage. Il devait se sentir plus solitaire encore sur son banc, face à ce couple d'amants. Le silence les enveloppait. Un silence seulement troublé par le vent, les cris des mouettes et le fracas des vagues de l'océan. Puis le père alluma une pipe et parla pour lui seul, comme il devait parler tout au long des veillées, depuis douze ans de solitude :

« Bon Dieu, confessait-il, pardonne-moi. Les hommes me dégoûtent, ça n'est pas chrétien. Ces Indiens sont des chiffes molles, à quoi bon compter dans tes armées vingt catholiques de plus ? Ils ne sont pas plus heureux que du temps de leurs superstitions. Je leur apprends à lire et à compter, et je finirai bien par les civiliser peu ou prou, mais c'est étrange comme peu à peu je me détache d'eux. Figure-toi, bon Dieu, qu'il m'arrive de préférer la compagnie des bois à celle de mon école. Pardonne-moi. Mais je finis par m'intéresser beaucoup plus aux animaux qu'aux bêtes humaines. Je ne sais si c'est à force de fréquenter tous ces putains de chasseurs, mais me voici amoureux, que dis-je, passionné, fanatique, des cerfs, des loutres, des perroquets, des cachalots. Ils font partie eux aussi de la Création, mais comment en suis-je venu à les préférer à nos semblables? Dans ma Charente, je ne regardais jamais ni les oiseaux, ni les animaux, ni les plantes, je ne croyais qu'en l'homme, en son message, en sa puissance. Ici la nature m'apparaît, les plantes et les arbres, les oiseaux, les mammifères. Je voudrais dire une messe pour le peuple végétal et le peuple animal. Les Indiens se foutent de la nature, elle leur est trop familière. Quant aux autres, les Blancs, ils tirent sur tout ce qui bouge, même une herbe qui se balance au vent. Mes vraies ouailles sont partout dans les forêts, dans le ciel et dans les eaux de cette presqu'île, comme aux premiers temps du monde. »

Le père marqua une pause, pendant laquelle Jean ni Thadéa ne bougèrent; puis :

« Mais nom de Dieu, cria-t-il, pourquoi ne m'avez-vous pas fait mouette ou cachalot? Pourtant, j'ose vous le dire, et bien que ni vous ni moi ne croyions à la réincarnation, songez-y : dans une autre vie, je serais volontiers un sanglier; et, ajoutat-il, ne me demandez pas pourquoi... »

Jean était certain que le père s'adressait vraiment au Créateur. Le personnage avait oublié leur présence commune. Il se croyait seul. Seul du moins en face de ce Dieu auquel il ne confiait pas autre chose qu'un désespoir de missionnaire. Le père n'avait pas, à proprement parler, échoué dans sa mission, mais il perdait peu à peu la foi, sinon dans son Dieu, du moins dans son commandement évangélique. Tout le jour il enseignait les leçons de son église, la paix, la charité, mais le soir, dans sa baraque vert espérance, il devenait fou. Il perdait alors toute pudeur, toute mesure, et il clamait sa hargne, sa grogne, sa rogne. La folie s'emparait de ce petit bonhomme en soutane impeccable, au col aussi amidonné que si une gouvernante gérait son intérieur. Il s'agitait sur son banc, brandissait un poing fermé en direction du toit. Le vent lui répondait en soulevant la tôle. Jean se demandait si le père ne mourrait pas dans quelques années, en état absolu de schizophrénie. Rêver d'être un sanglier!...

Le spectacle du jésuite rendu à demi fou par son exil patagonien le tira un peu de ses propres cauchemars. Jean savait qu'une autre folie le guettait lui-même, et tandis que Thadéa s'assoupissait sur son épaule, la jalousie à nouveau le mordit comme une vipère...

Ce n'est qu'après avoir blasphémé un bon quart d'heure, après avoir confessé des rêves qui méritaient tous une bulle d'excommunication, et récité un chapelet d'injures aux Indiens, aux Blancs, aux jésuites, à Dieu et à tous les saints, après avoir invoqué enfin les mânes de tous les sangliers morts en Terre de Feu, que le bon père finit par se calmer et retrouva le sens commun. Il ne parut pas gêné le moins du monde. Sans doute avait-il cru se parler à lui-même. La pièce fut rendue au silence.

Plus tard, sans avoir échangé un mot, le jésuite conduisit le couple à sa propre chambre. Lui dormirait en bas, cette nuit, sur un matelas de secours.

Thadéa, épuisée, se laissa tomber sur le lit. Jean se pencha sur elle, et, sur le corps qu'il aimait, il demanda :

« Est-ce que tu me trahirais?

— Trahir, murmura-t-elle. Trahir... Qu'est-ce que c'est?

— Me tromper, si tu préfères.

« — Je ne trompe pas, je suis comme le vent. Toujours dans la vérité, même quand il tourne.

— Tu pourrais donc aimer quelqu'un d'autre?

— Aimer?... Partir, oui.

— M'aimes-tu, Thadéa? »

Le matin, tout un paysage de Terre de Feu se découpait dans leur chambre. Dans les eaux vertes du canal de Beagle, s'élevait le relief violet de l'île Navarino, avec ses cimes enneigées. Des mouettes jouaient avec les vagues, et on entendait, mêlé aux cris des pingouins, souffler le vent d'Ushuaia.

Jusqu'à Thadéa, Jean n'avait eu d'autre passion que lui-même. Encore son destin avait-il été moins narcissique et contemplatif, à l'image de cette fleur légendaire qui se mire dans les eaux d'un lac, que dynamique et actif. La seule ambition l'avait conduit en Argentine. Et à trente ans, ses rêves paraissaient comblés : il était riche, il avait une femme élégante, deux fils confiés à l'éducation d'une gouvernante, des affaires prospères et des terres à Mendoza. Sa fortune s'était construite avec une telle rapidité qu'il en était encore tout ébloui. Ses fils seraient peut-être de ces jeunes gens moroses et blasés de tous les plaisirs bourgeois. Mais lui jouissait vraiment de ses nouveaux privilèges, et il ne se passait pas de jour où il ne se félicitât d'avoir eu la chance avec lui.

Son amour pour Thadéa le transforma. D'abord, elle le posséda au point de rendre terne tout ce qui n'était pas elle. Ses affaires l'intéressèrent beaucoup moins qu'autrefois. Sarah et ses fils y perdirent en tendresse : il ne fut plus à la Recoleta qu'un hôte de passage. Il jouait mal la comédie du mari fidèle, bien qu'il ne songeât pas plus à rompre qu'à divorcer. Il ne retrouvait un peu de paix qu'à Mendoza, au milieu de ses vignes et de ses oliviers. A Buenos Aires, il ne pensait qu'à Thadéa. Elle l'obsédait. Il aurait voulu la posséder tout entière, connaître son âme autant que son corps merveilleux. Mais Thadéa se dérobait. Elle était faite pour la fuite comme Sarah pour la fidélité...

Thadéa avait été longtemps la maîtresse d'un professeur de l'université de Buenos Aires, militant du peuple à la rhétorique de vieille Europe : il avait été arrêté par la police en 1930, et gardé en prison jusqu'à son exil à Paris en 1934. Elle avait toutefois encore beaucoup d'amis parmi les intellectuels anarchistes qui, en marge des salons où se bradaient les idées à la mode, menaient un combat contre l'inertie, pour la transformation de la société argentine. Parmi ces aventuriers et ces idéalistes, Thadéa ne cachait pas qu'elle avait des amants. Elle ne pouvait d'ailleurs rien cacher. Elle était, par nature, elle-même une anarchiste; elle refusait les lois, les conventions. Rien que de la regarder marcher pouvait convaincre de sa liberté totale : avec ses vêtements amples, ses cheveux à peine lissés, elle avait des mouvements de plante aquatique et se déplaçait avec une légèreté, une grâce qui surprenaient.

En amour, elle haïssait les entraves. Elle s'était vouée à la liberté comme un oiseau au vent. Jean avait dû renoncer à l'interroger sur ses activités, et il lui cachait sa jalousie. Sinon, il aurait perdu Thadéa. Elle voulait cueillir ses fleurs là où cela lui chantait, fabriquer ses herbiers, soigner ses migraines, distribuer ses tracts de l'Union anarchiste, comme choisir ses amants. Ni rouée. Ni volage. Mais indépendante, et toujours prête à dévorer la vie, jusqu'à toutes les délices...

Elle aimait Jean cependant. C'était elle qui avait décidé ces quelques jours, comme un voyage de noces, dans la presqu'île d'Ushuaia. Peut-être Thadéa ne l'aimait-elle en vérité que parce qu'il comprenait lui-même son irrésistible désir de liberté, et qu'il ne cherchait pas à briser le tabou. Pourtant, Jean souffrait au fond de lui-même de n'être pas seul à occuper la vie de cette femme qu'il adorait. Il était jaloux. Il l'imaginait souvent dans d'autres bras ou auprès de ces figures d'anarchistes qu'elle fréquentait ; l'amour, pour la première fois de sa vie, pouvait le rendre malheureux. Parfois, il se persuadait de croire au vide, là où l'existence de Thadéa était peuplée de visages d'inconnus. Mais il revenait toujours à cette région secrète des amours de Thadéa. Il avait plusieurs fois voulu se convaincre que leur liaison était illusoire, que rien ne valait un mariage légal, une union raisonnable, et son entente paisible avec Sarah. Mais sa passion était la plus forte. Il n'envisageait plus la vie sans Thadéa.

Pour Sarah, il éprouvait une tendresse, une amitié que rien ne pouvait déraciner, pas même la puissance de cette possession. Mais la chair de Thadéa et les voluptés qu'elle lui prodiguait lui étaient essentielles. Tout autant que sa sensualité, Thadéa apportait dans sa vie l'ombre et le mystère. L'univers de Jean était jusqu'alors stable, clair, et comme tiré au cordeau par une intelligence réaliste. Thadéa y était un ferment de désordre, l'étincelle qui pouvait mettre le feu à la poudre. Il aimait la compagnie étrange de sa maîtresse, ses incartades et ses secrets, même s'il en souffrait aussi. Elle lui offrait le danger : tout ce qui manquait au fond à son existence confortable et dirigée par l'ambition. Pour s'adapter au réalisme du négoce, Jean avait dû brimer son caractère. Thadéa satisfaisait une part inassouvie de lui-même : l'élan vers le rêve, vers le roman.

En fin de matinée, le soleil était sur les Treize Collines. Il filtrait à travers la brume sa lumière jaunâtre. Le vent soufflait moins fort qu'à Ushuaia et il avait perdu en route ses odeurs d'océan. Les rafales portaient au contraire des odeurs d'herbes et de mousses. Derrière le bois de hêtres se cachait leur maison. Pourtant Jean arrêta la mule qu'il lia à un arbre. Plus loin, les pattes d'un animal se dessinaient dans la boue. Jean tira Thadéa à lui, releva ses jupes et la prit avec force contre un de ces hêtres.

«Comme un sanglier», pensa-t-il.

« Quel blasphème, quelle hérésie, ne pas connaître Paris!
Comment peux-tu être si peu curieux, si peu gourmand des
splendeurs de cette capitale ? Quel étrange snobisme, à rebours
de tous les snobismes, t'inspire donc ce refus de Paris ? Est-
ce parti pris, haine pour ta jeunesse, ou peur de retrouver
un pays qui ne mérite pas d'être abandonné ou trahi ? Ou
bien la pampa t'a-t-elle à ce point séduit, captivé, possédé,
que tu n'éprouves pas même la tentation de visiter la plus
éclatante ville de la terre ? Je t'écrirai donc, moi qui aime tant
Paris, qui ne puis me passer de ses vertiges, je t'écrirai tout
ce qui est neuf, chic et fou, parisien en un mot.

» Tout ce qui se pense et tout ce qui se fait ici, dans l'univers
le plus complet et le plus étonnant. Je t'écrirai dix, vingt fois.
Tu auras du moins vu par mes yeux. Je serai ton Antigone
au pays que tu refuses de voir... »

Jean rêva un peu, puis :

« Une lettre de Marta, dit-il en tendant les feuillets par-
fumés à Sarah.

— Chic! Des nouvelles de Paris!

— Des scandales, des bals, de la littérature : Marta et Paris
restent immuables.

— Marta n'est pourtant plus la même depuis la mort de
Robert : elle, si calme, si andalouse dans ses manières, est plus

274

nerveuse qu'autrefois. Ne crois-tu pas que toutes ses fêtes cachent un immense chagrin, une terrible angoisse?

– Sans doute, approuva Jean qui sourit à la tranquille perspicacité de Sarah. Robert et Marta qui étaient parmi les Argentins les plus mondains, les plus volages, ont été vers la fin tout à fait amoureux l'un de l'autre. Ils en étaient même devenus fidèles. La mort de Robert aura choqué Marta plus que quiconque. Pour l'oublier, elle danse, elle se soûle de frivolités. En vain. Car elle aime toujours Robert...»

Jean se souvenait du suicide de Liniers comme d'un coup de tonnerre : avec lui avait disparu toute une époque insouciante et légère, la jeunesse et l'amitié. Pour Jean, ce suicide n'avait pas été seulement un acte de désespoir, mais un refus de l'avenir : Robert s'était trompé de siècle, les années trente n'étaient pas pour lui. Sa mort avait creusé un abîme dans la vie de Jean : la place de l'amitié y était demeurée vide.

En chemise de nuit de soie bleue, Sarah prenait son petit déjeuner au lit. Sa chevelure brune maintenue par un bataillon d'épingles faisait casque autour de son visage, arrondi par la maturité. Elle se plongea dans la lecture de la lettre de Paris, pareille à une petite fille qui s'ennuie et qu'excite un nouveau jouet. Elle poussait toutes sortes de Oh!, de Ah!, de Oh, oh! qui disaient son étonnement devant ce tourbillon de plaisirs. Jean, en buvant son café, trouvait ce matin à Sarah des airs d'adolescente. Était-ce le premier soleil de février qui entrait par la fenêtre ouverte, ou bien les contes dorés de Marta? Sarah rayonnait.

C'est que Jean avait, par exception, passé toute la nuit près d'elle, et qu'il était encore là, en pyjama, tel un époux attentif et tendre. Il l'avait même tenue toute la nuit dans ses bras. Un regain de tendresse ou plutôt le désir de se faire pardonner ce que cependant elle ignorait... De son côté, Sarah rougissait au souvenir de ces étreintes et lisait avec d'autant plus de joie la lettre de Marta qu'elle sentait le regard de Jean et que, sous ce regard, enfin, elle existait.

Les épaules de Sarah que la chemise découvrait, étaient encore lisses et menues comme celles d'une adolescente. Et cette juvénilité émut Jean. Il reconnaissait à sa femme toutes les qualités d'intelligence et de cœur. Elle était aussi une épouse et une mère parfaites. Mais pourquoi donc cette jeune et jolie femme était-elle incapable de lui inspirer autre chose que de la tendresse? Elle était pour lui indissociable de l'image de ses deux garçons; elle avait fini par n'exister pour lui que liée à Louis et à Alex. Peut-être le lien conjugal avait-il détruit toute la séduction et tout le charme de Sarah? Cette nuit, qui avait été pour Sarah un rêve des Mille et Une Nuits, n'était pour lui qu'une escale banale dans le cours de leur mariage.

« L'Europe est bien malade, dit Sarah avec un air sérieux d'écolière.

— En pleine décadence en effet, commenta-t-il. Les bourgeois s'ennuient, ils ont besoin de spectacles malsains, de flirts dans les bouges. Ils ne savent quoi inventer pour se divertir. Et pendant ce temps, de nouveaux barbares montent aux frontières. Paris, ou la décadence d'un empire...

— Marta ne parle pas de la guerre...

— Marta ne croit qu'aux plaisirs. La guerre est un trouble-fête : comment veux-tu qu'elle y songe seulement?

— Mais toi, dit Sarah, crois-tu à la guerre en Europe?

— L'Europe n'a jamais cessé d'être en guerre. C'est un continent trop orgueilleux, habité par des bandes de chiens enragés qui s'entre-déchirent. L'Europe n'a jamais connu la paix, ne la connaîtra jamais...

— Nous sommes donc bien tranquilles en Argentine, dit-elle en toute naïveté.

— Oui, acquiesça Jean. Mais quelle conversation sérieuse

pour un petit déjeuner! Je pensais au contraire t'amuser en te donnant cette lettre.

– Marta m'amuse en effet, dit Sarah qui gardait son sérieux. On pourrait croire qu'elle a vingt ans ou trente. Presque mon âge au fond... »

Elle semblait à l'évidence regretter de ne pas rire aussi souvent que Marta. La vie de Sarah, quoique confortable et dorée, devait lui paraître souvent morose : tant d'oisiveté, tant d'heures vides à attendre le retour de son mari, ni voyages ni amours pour rompre l'extraordinaire monotonie des jours. Jean comprit le message, laissa le reproche bien pénétrer son cœur. Puis :

« Déjà neuf heures... Je vais m'habiller. »

Il disparut dans la salle de bains.

Sarah fut seule dans le vaste lit, elle passa sa main aux ongles polis sur l'oreiller de son mari, y cherchant le souvenir d'une nuit trop rare, et déjà lointaine. La tristesse l'envahit et métamorphosa en un instant son visage en celui d'une femme mûre, et déjà blessée. Elle ferma les yeux et laissa la lettre de Marta tomber au pied du lit.

Toutes ces images de Paris la troublaient. D'abord elles lui rappelaient son père, et les voyages d'autrefois sur les beaux transatlantiques. Le souvenir de Léon Goldberg était toujours vif. Les années n'estompaient ni le chagrin ni le regret de sa perte. De son vivant, Sarah n'avait su lui manifester que ses humeurs de jeune fille capricieuse. Elle le houspillait, l'agaçait, le grondait quand ses manières rappelaient trop le ghetto de Vienne, et bien qu'elle lui portât une affection véritable, elle ne l'avait jamais laissée voir. Sarah à présent se reprochait cela. Elle comprenait à quel point ce père, si souvent décrié, avait dominé sa vie. Elle l'aimait en effet deux fois plus mort que vivant, car désormais elle avait conscience de son amour. Au fond, en dépit de son snobisme et de ses coquetteries de

277

femme soucieuse des apparences et des réputations, elle découvrait maintenant les mérites de cet homme simple devenu en quelques années un nabab en Amérique. Sa mort le parait d'un manteau de lumière. Sarah voyait son père en héros, en saint. Le héros d'une lente victoire sur la fatalité. Un saint, parce qu'il avait tout sacrifié au bonheur de sa famille et des générations à venir. Léon Goldberg avait été le plus généreux des hommes. Elle lui était encore reconnaissante d'avoir choisi pour elle Jean Flamant, d'avoir eu assez de flair, ou simplement assez de cœur, pour deviner chez le jeune homme les signes d'un puissant avenir.

Mais ce qui la bouleversait dans les récits de Marta, c'était le mot qui revenait toujours, amour-amour, comme si la vie n'avait d'autre sel, et comme si Paris n'était qu'un concert de baisers, un théâtre de caresses. Or, d'entendre les gens parler d'amour était toujours pour Sarah un sujet d'étonnement et de mélancolie. Les extases des femmes surtout la plongeaient dans la perplexité. Était-il donc possible d'éprouver tant d'émotions, et d'y attacher tant d'importance? Elle se désolait de n'avoir pas accès au pays des merveilles.

Pourtant Sarah aimait Jean. Il lui semblait même qu'il ne répondait pas assez au sentiment qui peu à peu l'avait envahie. Elle n'osait lui reprocher de consacrer trop de temps à la Meat & co. Mais elle se claquemurait dans un mutisme hostile quand il partait pour Mendoza. Elle aurait voulu participer, même de loin, à ses activités, et elle sentait bien qu'à San Cristobal Jean lui échappait tout à fait.

Curieuse de la profession de son mari, elle écoutait toujours avec une attention extrême ses commentaires ou ses explications. Elle avait appris à connaître le nom des hommes d'affaires argentins ou européens, des banquiers, courtiers, agents de change, des éleveurs avec lesquels son mari était en rapport. Elle en reçut certains à dîner, et van Steenens fut son hôte de nombreuses fois. Cela lui permettait d'évoquer un visage quand on parlait de pesos, de troupeaux, de bateaux, d'actions en Bourse. Quant aux autres, elle ne les avait jamais rencontrés. Ils peuplaient sa vie d'autant d'ombres, comme des personnages de romans.

A force d'application, elle finit par comprendre les rouages du commerce et même par en apprécier le jeu. Ainsi elle se rapprocha de Jean, les activités de son mari ne lui furent plus un mystère comme l'avaient été jadis celles d'un père qui ne savait pas l'y intéresser.

Le soir, au salon, dans les fauteuils pansus du baron allemand, ou bien au lit, la tête appuyée aux coussins de dentelle, Jean se confiait à Sarah. Il lui parlait alors comme il se serait parlé à lui-même, pour éclaircir une situation complexe, se féliciter d'une action brillante, ou s'inquiéter au contraire d'une décision à prendre. Et la passion coulait à flots dans le cœur de Sarah. Ces moments-là lui étaient plus chers, plus précieux que leurs étreintes. Les confidences de Jean la bouleversaient bien plus que ses caresses. A partager la vie de son mari, elle se sentait grandie, grisée par la confiance qu'il lui donnait. Alors, elle se croyait aimée. Elle avait été la première informée de ses investissements dans les mines d'or, et de ses achats de terrains au Gran Chaco. Elle avait pris goût à ces jeux financiers, compliqués, qui la rapprochaient d'un Jean par ailleurs trop rare, trop distant.

Elle vivait en vérité par procuration. C'est pourquoi elle était heureuse de tout ce qui lui permettait d'entrer dans la vie de Jean, dans celle qui s'ouvrait pour lui quand se fermait la porte de la maison de l'ombu.

Les amis — garçons et filles — de ses vingt ans s'étaient éloignés. Mariés, partis pour l'Europe, ou absorbés par les responsabilités qu'ils avaient héritées de leurs parents, ils la laissaient seule. Le téléphone ne sonnait plus autant dans le grand hall de la Recoleta. Sans les cris des enfants, le silence occupait la maison.

Les « copains » disparus, Sarah n'était plus qu'une mère.

Comme l'existence de Sarah était rétrécie à celle de cette maison, du jardin, et aux visites qu'elle rendait dans de semblables maisons, de semblables jardins, il lui semblait toujours, à écouter Jean se confier, qu'une autre vie commençait le soir avec leurs tête-à-tête. Une vie plus intense et plus excitante.

Elle aurait voulu que cet homme qui la comblait fût plus possessif et plus exigeant : il lui laissait au fond trop d'indépendance. Elle n'en profitait pas, se trouvant sans lui démunie, perdue, comme une aveugle sans son guide. Elle ne rêvait en vérité que d'une dépendance absolue et sauvage. Mais on ne lui donnait pas assez d'ordres, elle était trop libre et trop inutile. Hors la gestion de la maison et l'éducation de ses fils, Jean ne lui demandait rien. Ce n'était pas assez.

Pourquoi ne voulait-il même pas qu'elle fût esclave au lit ? C'était comme s'il n'avait jamais besoin d'elle, et quand il s'endormait sans l'aimer – ce qui arrivait fréquemment – elle avait l'horrible sentiment d'un vide. Non qu'elle recherchât des extases baroques. Elle avait renoncé à ces émotions impossibles. Mais elle aurait voulu, sinon éprouver, au moins donner, ces grands plaisirs à Jean. Et tout au fond de sa naïve inexpérience, elle sentait bien qu'elle y échouait. Son corps lui paraissait parfois aussi stupide qu'un morceau de bois : était-il donc incapable, certains soirs, d'inspirer à Jean autre chose que des sommeils profonds ? C'était Sarah alors qui demeurait la proie de l'insomnie et d'étranges cauchemars où elle courait à perdre haleine derrière un homme qui s'éloignait sans répit.

La lettre de Paris réveillait ses fantasmes, son dépit, sa mélancolie. Combien d'hommes Marta avait-elle pu connaître, et combien de plaisirs avait-elle donnés ?...

Un petit grattement à la porte de la chambre tira Sarah de ses pensées moroses. Les boucles de son fils aîné, qui passait la tête par l'entrebâillement de la porte, lui arrachèrent un sourire. Elle fut rendue en un clin d'œil à sa jeunesse. Déjà vêtu d'un costume marin, Louis avait dû échapper à la surveillance de la nurse. Il trouvait chaque matin un moyen de pénétrer dans la chambre de ses parents. Il attendait que les robinets d'eau de la salle de bains signalent son père à sa toilette, pour entrer. Il ne venait voir que sa mère. A dix ans, il se conduisait encore comme un bébé, affamé de câlins dont son frère Alex, de quatre ans son cadet, se moquait depuis belle lurette. Louis se précipita sur le lit et se blottit contre Sarah. Elle l'embrassait, le berçait, étonnée chaque jour d'avoir un fils si grand.

« Dix ans, bientôt dix ans... », pensait-elle. « Si ton père nous voyait... », dit-elle dans un murmure, mais elle ne lui refusait jamais un baiser. Jean lui reprochait assez sa faiblesse.

Il avait pour ses fils des idées strictes, presque militaires. Il les élevait à la dure, selon Sarah. Lui les trouvait au contraire trop confinés dans le coton ou plutôt dans la soie. « Trop d'argent, pensait-il, trop de jouets... » Sa seule hantise : voir ses fils devenir des mollusques, s'avachir dans le luxe, et mériter un jour à force de gâteries, de mignardises, le nom plein de mépris que son père à Roubaix donnait à des enfants insupportables : « fils de riches »... Il pensait qu'une éducation sévère, où toute indulgence était effacée, pouvait seule contrebalancer les agréments que sa propre fortune offrait à ses fils. Il fallait les former pour la dureté de la vie, ne pas leur donner l'idée que tout serait au-dehors servi sur un plateau d'argent comme à la Recoleta. Il avait donc choisi une nurse des plus revêches, des plus traditionnelles, pour dresser Louis et Alex. L'an prochain, Louis irait dans un collège. Jean voulait le sortir des jupes de Sarah pour, comme il le disait souvent,

« faire enfin un homme de cette poule mouillée ». Par bonheur, Alex était plus autonome, plus gaillard. Les tristesses de Louis, ses états de mélancolie morbide n'inquiétaient Jean que davantage.

Le garçon se lovait dans les bras maternels. Il n'était jamais si joyeux que lorsqu'il avait sa mère ainsi toute à lui. Son petit visage, d'ordinaire sombre, en était tout éclairé. Dans la salle de bains, l'eau coulait toujours. Jean se douchait, se rasait... De longues minutes pour une maman. Tout à coup il prit un air de conspirateur et sortit un carton de sa poche :

« J'ai une surprise pour toi, maman.

– Tu m'as fait un dessin, dit Sarah, câline.

– Non, dit Louis, c'est à papa. Mais c'est trop joli, il faut que ce soit à toi.

– Papa te l'a donc donné ? s'étonna Sarah.

– Non, je l'ai volé. » Et le visage de l'enfant se ferma.

Sarah soupira, incapable de réprimander son fils dont les tristesses la faisaient souffrir.

« Bon, dit-elle sans gronder. Je regarde ton secret, mais nous le rendrons tout à l'heure à papa... » Et elle se pencha sur le butin du petit. C'était la simple aquarelle d'une fleur des bois, aux couleurs très crues de vert et de jaune. Dessous, à l'encre, une écriture élancée et peu académique avait inscrit sa légende : « *Solidago virga aurea* ou " Verge d'or ", San Cristobal, été 1931. »

Le carton était ainsi dédicacé : « A Jean, une pensée sauvage, Thadéa. »

Sarah détacha ses yeux de l'aquarelle et d'une voix cassée par les larmes :

« Vite, Louis, va vite à ta leçon... Tu me fais un joli cadeau... Mais maintenant va vite... Papa a fini sa toilette, il serait fâché de te trouver là, c'est l'heure des leçons... »

Le petit s'en fut à pas feutrés de l'autre côté de la porte rejoindre Alex, sa gouvernante, et la torture des heures qui le privaient de son idole. L'aquarelle avait de si jolies couleurs qu'il décida de la reproduire de mémoire après déjeuner, au cours de dessin.

Thadéa avait refusé de rentrer avec Jean à Buenos Aires. Elle voulait demeurer quelques semaines à Trece Cerros, dans le seul paysage où elle se sentit pleinement elle-même. Elle n'en avait pas encore fini avec ses herbiers. Puis la vieille *machi* lui transmettait ses secrets, les recettes de ses pommades et de ses potions. Comme elle avait été séparée de sa tribu, l'unique Thadéa hériterait de sa science. Sans doute Machi la jugeait-elle seule digne de posséder ses trésors. Et Thadéa, qui avait jusqu'alors colorié et dessiné des plantes, apprit à connaître leurs vertus thérapeutiques. L'aubépine pour l'insomnie, l'anis étoilé pour l'aigreur d'estomac, le radis noir pour les aphtes, l'arbousier pour la maigreur, le bleuet pour l'enflure des paupières, la *Yerba de chevalongo* pour la fièvre...

« Et pour l'amour? demanda Jean.

– Pour ceux qui souffrent du mal d'amour, répondit Thadéa en imitant la *machi*, son échine voûtée et ses doigts crochus de ramasseuse de plantes, je prescris un tiers de mauve, un tiers de pain d'oiseau, un tiers d'ortie sauvage, une larme de crapaud, un dé à coudre de salive de lézard, une plume de cormoran et le duvet noir du cou d'un cygne. Faites bouillir, et servez chaud en cataplasme sur le cœur... »

L'amour n'était-il pour Thadéa qu'une maladie, une blessure naturelle, un désordre chimique? Elle avait ri, et joué la sorcière, mais Jean la soupçonnait de croire à ces recettes d'enchanteresse.

Jean avait dû abandonner à regret Thadéa à sa maison et à ses herbes sauvages. A Buenos Aires, il avait retrouvé, assez irrité, la ville, les affaires et la famille. La rupture était trop brutale. En Terre de Feu, il avait tout oublié de la trépidation et de la course à l'argent. Il avait eu tout son temps pour le vagabondage, pour l'amour et le rêve : la brume de la Terre de Feu, sa nature exubérante, ses animaux en liberté, toute cette vie primitive l'avaient une nouvelle fois ensorcelé. Il dut se réaccoutumer à l'odieuse cité. Si Thadéa l'avait accompagné, un peu de poésie de Trece Cerros l'aurait suivi. Sans elle, tout ne fut que labeur ingrat, lutte âpre, acharnement au gain. Jean retrouva les comptes ardus de la Meat & co, le quota des terrains et des valeurs en Bourse, ainsi qu'une famille, la vaste routine de la vie sans Thadéa.

Ces années-là, les prix du bœuf montaient. Jamais l'Angleterre ni la France n'avaient consommé autant de viande rouge. Des reportages dans la presse montraient des familles d'ouvriers attablées autour de rôtis fumants : la viande commençait à n'être plus exclusivement un plat de riches. Le marché s'élargissait.

Quand la paix au Gran Chaco fut signée, Jean revendit ses terrains, avec un incroyable profit, à des exploiteurs de quebracho. Il réinvestit aussitôt cet argent, se refusant en revanche à toucher à l'or africain. La conjoncture politique était mauvaise en Europe. On craignait une nouvelle crise et peut-être la guerre. L'or ne pourrait que monter. Il ne fallait pas rapatrier les sommes investies à Johannesburg. Il acheta quelques immeubles à Montevideo, mais ne voulut pas exporter des capitaux en Suisse. Il n'aimait pas l'argent mort. Pour lui une fortune devait être active et dynamique, ne pas dormir immobile comme l'eau des lacs. Il songea d'abord à développer ses affaires hors d'Argentine, en Amérique du Sud ou, plus volontiers, en Amérique du Nord. Les États-Unis étaient un pays qui lui plaisait. Fait d'Européens déracinés comme en Argentine, il était animé par un esprit de conquête et de prospérité, la liberté d'entreprendre y était une loi. Ce pays sans passé avait devant lui un avenir immense. Comment songer à l'Europe quand on avait devant soi, au nord, une telle étendue de possibilités? Jean se répétait qu'il était américain et non plus européen. Américain, par l'ambition démesurée, le goût des richesses et du confort, la joie de prospérer, de s'accroître. Vue de l'Argentine, l'Europe ressemblait en effet à une peau de chagrin. Il n'y avait que Paris peut-être, pour porter le flambeau d'une grande civilisation. Le reste était en décadence.

Alors, quels investissements choisir? Le cuivre? l'Uruguay? La Bolivie? Les États-Unis?

En définitive, il opta pour un placement dans la presse.

Elle seule pouvait lui donner le surcroît ou l'assise de puissance dont il lui semblait manquer encore. Elle lui vaudrait les moyens d'action ou d'influence qui pourraient un jour lui faire défaut.

Il finança et lança un hebdomadaire.

« Loin de moi l'idée de vouloir concurrencer nos deux géants, *la Prensa* et *la Nación,* ni même la plus modeste *Razón,* expliqua-t-il à Sarah. Un quotidien ne me tente pas, la place est trop chère...

» Titre choisi, un titre sans limites : *l'Universal.*

» Premier tirage : trente mille.

– Tu ne vas pas trop risquer? demanda Sarah. N'es-tu pas novice dans ce domaine?

– Je ne connaissais rien non plus à la viande, rien à la vigne, rien à l'or...

— Attention tout de même à l'excès de confiance, avertit Sarah.

— Tu me parles comme ton père, dit Jean en riant. Quels éléments me communique une analyse rationnelle de la situation ? Un : les gens ont par-dessus la tête de l'excès de politique ; deux : les quatre sujets qui passionnent le plus sont, dans l'ordre, le spectacle, les familles royales, le sport et les duels d'affaires.

— Je fais des réserves, corrigea Sarah, sur le quatrième point.

— Soit, insista Jean, raisonnons malgré toi comme si j'avais raison. Conclusion : je suis sûr du succès si, dans mon journal, je réduis la matière politique au strict minimum.

— C'est plus prudent aussi.

— Et si je ne peuple mon magazine que de stars, de princesses et de champions. Je t'accorde quelques réserves sur ma rubrique " hommes d'affaires ", encore que l'actualité en la matière puisse être traitée d'un style aussi passionnel que l'actualité politique ou mystique, et que l'on puisse signer un aussi beau papier sur Rockefeller que sur Hitler... Mais, pour le reste, tu vas voir... D'autant que j'interdirai tout ennui, tout sermon, toute cuistrerie. Que de la vie, de la vie... »

Mettant à profit le boom de *l'Universal*, Jean décida de produire des films.

Dans les années trente, les salles de cinéma, à travers toute l'Argentine, ne passaient que les films français, italiens, anglais et surtout nord-américains. Il estima cependant que les écrans du pays étaient assez nombreux pour assurer une exploitation rémunératrice des films nationaux, sans même que ceux-ci dussent, pour être amortis, trouver des débouchés à l'étranger. « Encore que l'on puisse compter, calcula-t-il, sur tous nos pays voisins qui parlent espagnol... »

L'Argentine avait eu un très grand cinéma muet ; Jean se

souvenait des beaux films de Jorge Lafuente, *La niña de la rue Florida*, *C'était une nuit de carnaval*, ou *Niño d'or*. Sarah avait applaudi Maria Turgenova dans *Le petit orgue de l'après-midi*.

Il décida d'abord de faire tourner, en parlant, les plus grands succès du muet. « Puis nous ferons du neuf », avait-il dit lors de sa première conférence de presse, rue Esmeralda.

« Faisons donc quelques grands films catholiques », avait-il lancé à un cinéaste de ses amis.

Pourtant, chaque succès fut dédié à Thadéa. C'était pour elle seule qu'il entreprenait, pour elle qu'il gagnait chaque combat. Il voulait l'étonner, et mériter à sa manière cette femme exceptionnelle.

Sarah connaissait leur liaison. Il la lui avait avouée le jour où Louis involontairement découvrit le secret. Jean s'attendait à une scène et à des cris d'hystérie. Il n'en fut rien. Sarah fit preuve d'une maîtrise dont il ne l'aurait jamais crue capable. Elle ne lui reprocha rien. Son mutisme fut quelque temps glacial. D'abord elle l'ignora, ne lui adressa pas la parole, évita même de l'approcher. Sa réprobation et sa colère se dissimulaient sous ce comportement de sourde-muette. Puis, un jour elle retrouva l'usage de la parole et sans rien changer à son calme, à sa froideur, elle regarda Jean droit dans les yeux et lui expliqua ceci : la Meat & co lui appartenait, son père avait mis l'affaire à son nom. Le domaine de la Recoleta était à elle, ainsi que d'autres biens qu'elle énuméra. Jean n'avait de droits ni sur la maison ni sur l'entreprise. Ils étaient mariés sous le régime de la séparation de biens. Jean dirigeait fort bien la Meat & co, il en était sans conteste le principal moteur, mais il n'en possédait pas une seule action. Il n'était au fond que le premier salarié de Sarah. Il dépendait de son bon plaisir.

« Tu me sommes de choisir entre la Meat & co et ma maîtresse?

– Pas encore, dit sèchement Sarah, mais je t'avertis.

– Du chantage?

– Pourquoi pas? Entre adultère et chantage, nous nageons désormais dans les beaux sentiments. »

La Meat & co assurait à la fois les plus gros revenus de Jean et aussi son prestige. Puis il s'était attaché à cette entreprise, qu'il avait mis un point d'honneur à sauver de la grande crise. Jean en suivait le développement avec une inlassable vigilance. Mais accepter le marché que lui proposait Sarah, c'était renoncer à Thadéa, voir sa vie resserrée autour du foyer de la Recoleta. L'abandon de Thadéa lui fut une hypothèse insoutenable.

Son dilemme ne dura pas. Sarah déclara qu'elle ne voulait pas d'un divorce maintenant : les enfants étaient trop jeunes et elle n'avait aucune formation commerciale. Pourtant leur vie commune changea, comme insensiblement. Elle, si absorbée d'ordinaire par ses enfants, se remit à lire, à voir des amies, à aller au théâtre, même sans lui. Elle joua au bridge. Sa conversation s'enrichit, se colora, Sarah en devint toute pétillante : du champagne rosé.

La femme est comme l'Indien, disait un proverbe de Thadéa, elle se farde pour la guerre... Sarah livrait en vérité un véritable combat. Elle avait décidé de séduire Jean et de faire la preuve de ses charmes, avant de l'abandonner. Il en allait de son orgueil et de sa confiance dans la vie.

Jean subit de plein fouet l'agression. Il en fut beaucoup plus tendre. Sarah put émouvoir ses sens, et ils eurent ensemble des moments d'intensité tels que n'en connaissent que les vrais amants.

Enfants et domestiques furent seuls témoins du changement d'atmosphère. Jamais la Recoleta ne retentit d'autant d'éclats de rire! Au-dehors, les Flamant avaient toujours passé pour un couple exemplaire. Pourtant, leur entente était jouée, et leur amour de théâtre.

Sarah n'était plus la jeune fille amoureuse et naïve qu'il avait épousée, mais une femme qui apprenait avec cynisme l'art d'amadouer un homme, de le prendre au piège pour se venger de lui. Dans son visage encore juvénile, les yeux de Sarah étaient aussi graves que ceux de Louis, et son sourire, mécanique, sarcastique, ne retrouvait sa vérité, sa douceur que lorsqu'il s'adressait à ses enfants.

Jean était un homme considéré et considérable. Riche d'une grande fortune en pesos, en terres, en immeubles, en or, et en investissements de toutes sortes, il possédait l'hebdomadaire le plus prestigieux de toute l'Argentine, et son nom figurait en toute lettres à l'affiche des films argentins qui remplissaient des salles entières tant à Buenos Aires que dans les capitales des autres provinces.

A Mendoza, le vin et les fruits prospéraient, sous l'œil bienveillant de Chavi. Jean continuait de se rendre tous les mois à San Cristobal, où les oliviers avaient doublé de taille. Il ne se lassait pas de ce paysage. Il avait décidé d'y finir ses jours, et s'y serait d'ores et déjà installé si ses affaires et sa vie sentimentale ne le retenaient à Buenos Aires. Sarah détestait la campagne. Quant à Thadéa, elle continuait de refuser la vie commune, et lui préférait l'amour par intermittence. Sans doute avait-elle fait boire à Jean un de ces philtres dont la sorcière de la Terre de Feu lui avait enseigné la recette, car Jean ne pouvait rompre un lien par ailleurs si contraire à la raison ou, pour reprendre une vieille idée de Léon Goldberg, aux vertus du réalisme. Il aurait dû rallier Sarah, lui être aussi fidèle qu'il l'était à la Meat & co. Mais rien au monde, et surtout pas la raison, ni la logique, ne pouvait l'inciter à quitter Thadéa.

A dire vrai, Jean ne se posait aucune question fondamentale. Il marchait vers ses quarante ans avec optimisme, il se sentait plus jeune qu'à vingt ans. En amour comme en affaires, il déployait une énergie inlassable. Il était tout au plaisir de vivre. Cette force résultait moins d'une composition harmonieuse de ses cellules chimiques que de la magie de Thadéa. Sa maîtresse fut si présente au cœur de ces années qu'en dépit des événements politiques, des casse-tête économiques et familiaux, elle domina toute cette saison de sa vie.

Ils se retrouvaient dans une chambre de la rue Corrientes, un vieil immeuble, pas très cossu, où Thadéa habitait quelquefois. Là, sur un lit dont le bois grinçait, sous les dessins multicolores de la botaniste diplomée d'Édimbourg, ils s'aimaient sauvagement.

Parfois, Thadéa disparaissait. Jean découvrait alors à nouveau les affres de la jalousie, il redevenait hargneux, se vouait à son travail comme un drogué à la morphine, et venait rôder le soir autour de la rue Corrientes, dans l'espoir de voir surgir Thadéa. Ses allées et venues, ses entrées et ses sorties, ses frasques de femme qui ne veut pas que l'on menace sa liberté, l'attachaient pourtant à lui plus sûrement qu'une liaison sans écueils. A son retour, il s'interdisait de la questionner. Plutôt que de la perdre, il préférait l'aimer infidèle.

« Où vas-tu, Thadéa? demandait-il quelquefois.

— Là où le vent m'emporte », répondait-elle de sa voix abîmée.

Il ne fallait pas explorer au-delà.

Elle partait un jour, une semaine, un mois, puis elle rentrait, elle n'était pas changée. Les vents ne lui avaient volé ni sa lenteur, ni son ardeur, ni ses secrets de reine maya. Jean la retrouvait intacte et, quoique ayant nourri en son absence mille fiels, mille malédictions, mille châtiments, il la prenait dans ses bras, il reconnaissait la pulpe de sa bouche, et l'amour déferlait sur eux comme la tempête sur un été.

Rien, non, rien au monde ne valait aux yeux de Jean son Indienne des lacs.

Cher Jean,

Le tocsin a sonné hier aux églises de Carcassonne : les hommes avaient enlevé leurs chapeaux et les femmes pleuraient. On se serait cru à un enterrement. Moi, je regardais le spectacle de ma fenêtre, et le tocsin me faisait bien du mal.

Je l'avais entendu en 1914 sonner pour mon père et quelques bons amis. Mais Carcassonne alors chantait : les hommes partaient joyeux, les femmes leur envoyaient des baisers, c'était comme une fête de mariage ou un 14 Juillet.

Aujourd'hui je vois que personne ne croit à cette guerre. Personne n'a envie d'aller se battre. Et moi ce tocsin me résonne dans le cœur comme si j'étais la tour de l'église. Je t'écris et je l'entends...

Ma vie a bien changé et tu ne reconnaîtrais pas Mandoline dans la bourgeoise que je suis devenue. J'ai épousé le médecin de la ville haute : un homme de soixante ans (j'en ai déjà quarante), aimable, poli, avec une belle moustache grise, et une clientèle si riche que tu ne le croirais pas.

Bien sûr, il ne sait rien de ma vie. Et moi il m'arrive d'oublier ce que j'étais en Argentine.

Je te le dis, je suis une bourgeoise, et parfois je m'en étonne un peu. C'est une vie si douce, si confortable!

Il m'arrive de faire des gaffes : que veux-tu, on ne peut pas rayer d'un trait tous les souvenirs, et je parle quelquefois de choses qu'on croit que je ne connais pas, comme la vie des rues, la nuit, sur un autre continent. A un copain de Gaston (Gaston c'est mon mari), qui parlait mal d'une fille, je lui ai dit que les putes font un commerce propre, et que l'amour salit moins que le cambouis. Gaston a ri parce qu'il aime que je parle cru. Ça l'étonne. Peut-être même que ça l'excite. Chez sa mère, l'amour c'était pas un sujet convenable. Je ne sais pas cracher sur ce que j'ai été.

Or, voici la guerre. Il y a quelques jours, Gaston est devenu tout rouge et même violet, un teint qu'il n'a jamais, tu me croiras, même au lit. Non, je ne lui avais jamais vu cette mine de diable. Il écumait de rage comme un animal malade. Il paraît que la Russie et l'Allemagne ont signé un pacte, et que cette amitié va nous tomber dessus «comme une grande claque». C'est ce qu'a dit Gaston. Il tenait encore le journal dans ses mains, et il en frappait le bois de la table. Il a laissé refroidir le cassoulet.

Pour moi, je connais mieux l'Argentine que l'Allemagne et la Russie, qui me sont des pays de Zoulous. Mais Gaston avait raison, puisque le tocsin sonne aujourd'hui.

J'ai un fils. Il s'appelle Jean. Et aussi Brigoulède, comme Gaston. Parce que Gaston m'adore, il l'a adopté avec moi. Il a été chic avec le petit, qu'il a connu à dix ans, à mon retour à Carcassonne. Mais j'ai tenu à payer ses études à Paris. J'ai rapporté d'Argentine de grosses économies que j'ai placées à la banque et à la Caisse d'Épargne, et que je donnerai à mon garçon quand il sera un homme.

Jean apprend les lettres françaises à la Sorbonne. Il parle français mieux que toi et moi, et du style, il t'en aurait mis

294

dans cette lettre, que tu croirais que je suis du Racine! Il habite une jolie chambre du Quartier latin, et quand je vais le voir à Paris, il m'emmène chaque fois en haut de la tour Eiffel! Il croit m'étonner, moi qui ai vu pourtant des choses plus étonnantes que cette maigre tour de ferraille au cou d'autruche. Mon vrai plaisir à Paris c'est de me promener à son bras : il est beau, élégant comme un prince. Moi je suis fière quand je le regarde. Ce petit, c'est tout mon trésor.

Bref, j'étais heureuse et je ne t'aurais sans doute jamais écrit si le tocsin n'avait sonné dans le pays. Un jour ou l'autre, Jean sera mobilisé. Mon Dieu, comment le croire? Il sera bientôt sur les routes, sous les bombes, peut-être dans les mêmes tranchées qu'en 14. C'est moche, les guerres, bien plus moche que mon boxon argentin.

Quand le moment viendra, pourras-tu aider mon fils? Ne connais-tu pas un général ou un ministre, un lieutenant ou même un sous-lieutenant, à qui tu recommanderais le petit? Il faudrait qu'il soit à un poste de secrétaire, dans des bureaux, il sait si bien écrire, à un poste moins dangereux que le front. Oh! Je ne te demande pas de l'appeler en Argentine. Sa vie est ici maintenant. Mais enfin! Je voudrais le protéger, l'aider encore un peu, cet enfant que j'aurai élevé pour tant de dangers. Alors, voilà, par avance, je te le confie.

Gaston est patriote. Moi pas. La France, je n'en pensais rien. La Pension Française aurait dû me dégoûter du pays, comme une bête : chacun pour soi et à chacun sa peau, voilà la leçon de ma vie.

Pourtant, à cause de cette guerre qui peut me prendre mon fils, vois-tu, je la déteste la France. Pour un peu, je referais mes valises, et je m'en irais ailleurs. Je n'ai jamais eu peur des voyages.

Ça serait pourtant trop moche pour Gaston : il y a des

hommes qui sont quand même trop bons pour qu'on les largue. Je reste avec Brigoulède. Et puis, je reste parce que Jean ne partirait pas. Quand tu me disais que j'étais têtue comme une mule de l'Aude, eh bien, têtu, il l'est comme deux ou trois. Il s'est mis dans la tête – et Gaston l'y a aidé – qu'Hitler est une brute, et que le Russkoff ne vaut pas mieux. Moi, je m'en fous. Lui, il y croit, à la France...

Ce qui m'intéresse, ce n'est plus ni mon toit ni ma maison, mais ce foyer – mon mari, mon fils – que j'ai mis tant de temps à construire. Je n'irais au bout du monde qu'avec ces deux êtres si chers. Je croyais mon foyer solide, et voilà qu'une tempête le menace, un typhon pire que le vent maudit de la Patagonie.

Avoir connu les bouges, la misère, s'en être tirée grâce à un prince charmant : ce n'est après tout qu'un petit conte de fées.

Quitter l'Argentine riche, belle, aimée, pour retourner en France chercher le respect des bourgeois : c'est une suite logique, n'est-ce pas ?

Mais venir ici pour y trouver la guerre, quand l'Argentine est si tranquille, et pour offrir mon fils aux fusils des Boches et des Russkoffs réunis, ça s'appelle selon les cas un cauchemar ou une farce.

Jean, tu as été dans ma vie beaucoup plus qu'un talisman. Il me semble que rien que de t'écrire ça me portera chance. Et que cette chance je peux la donner à mon fils...

MANDOLINE.

P.S. Ne m'écris pas à Carcassonne. Gaston pourrait tomber sur ta lettre et je devrais lui donner des explications. Mes mensonges font un roman. La vérité, ce que tu sais, suffit pour ce que j'avais à te dire. Donc écris-moi s'il te plaît, à la poste restante de Capendu, dans l'Aude. Capendu est un village, tout proche de Carcassonne, où nous allons souvent avec Gaston nous ravitailler en vin des Corbières. Je récupérerai mieux ta lettre, ni vue ni connue.

Bien à toi, MANDOLINE.

« La guerre... »

C'était pour un Argentin l'idée la plus saugrenue et la plus choquante. Jean n'était argentin que parce qu'il avait fui la guerre, comme d'autres une révolution, un pogrom, ou trop de misère. Bâtie sur une masse d'Européens déçus de l'Europe, l'Argentine ne pouvait que se vouer à vivre, à fructifier, à prospérer. La paix y était donc la première des nécessités politiques évidentes, la neutralité aussi. Retranchée dans son bout du monde, elle avait du reste, depuis l'Indépendance, su préserver cette paix avec habileté. Une seule guerre en trois siècles d'existence : celle qui, en 1870, l'avait dressée, aux côtés du Brésil, cet autre géant, et de l'Uruguay, cette Walkyrie, contre le petit Paraguay. Un massacre. Un génocide, mené dans l'indifférence universelle. Le Paraguay saigné à blanc par cette Triple-Alliance du Grand Sud...

1870... un autre siècle... un autre monde...

Ensuite, hors les litiges frontaliers avec le Chili, mais restés purs problèmes de droit, au sujet du canal de Beagle, l'Argentine n'avait plus connu de combat.

Le seul fracas de bataille qui lui parvint fut celui d'un conflit riverain, auquel elle sut assister comme simple spectatrice. Avec autant de hauteur et de sérénité que des couples heureux assistant à un opéra du haut de leur loge. En deçà du fleuve Pilcomayo, la Bolivie cette fois joutait contre le toujours petit – et belliqueux – Paraguay. Les deux pays se disputaient le Gran Chaco : des cailloux, des marais, de la lande. L'humus maigre du Chaco se nourrissait de milliers de morts, et jamais les vautours n'avaient été plus gras. Jean suivit lui-même avec attention le déroulement de cette guerre, en partie à cause de ses propres investissements dans le Chaco argentin, tout attenant ; et le conflit, né en 1928, mais qui flamba vraiment de 1932 à 1935, put lui être presque aussi familier que la guerre entre Français et Allemands en 1914.

Privée de fenêtres sur l'océan, pareille à une chambre close, la Bolivie avait toujours eu avec son voisin paraguayen, identiquement déshérité, un conflit concernant leurs espaces respectifs. Tels deux asphyxiés, ils se disputaient des lambeaux de territoire. Le Chaco lui-même n'était qu'un paysage de désolation. Si pauvre et si stérile, il n'y avait jamais eu que les Guaranis pour se l'approprier ; ces Indiens étaient les seuls de toute l'Amérique du Sud à avoir accueilli, dans une indifférence superbe, les conquistadores et les colons. Tandis que dans la pampa, et la Terre de Feu, dans les Andes et sur la bordure atlantique, d'autres tribus avaient combattu les Espagnols avec la rage des taureaux et fini par périr, les Guaranis avaient aussitôt offert leur soumission. Ils avaient payé par l'esclavage le prix de la paix.

Ils promenaient encore sur les steppes du Paraguay leurs silhouettes résignées, en poncho rouge, sous un large chapeau, quand éclata la guerre entre Asuncion et La Paz. A peine savaient-ils distinguer le drapeau du Paraguay de l'oriflamme de la Bolivie.

Ils n'échappèrent qu'un temps au massacre. La guerre, implacable, les happa. Ils tombèrent sur ces mêmes champs de bataille qui avaient été durant des siècles l'Éden aride de leurs tribus.

Ils prouvèrent alors dans le défi le courage le plus farouche. Ils luttèrent comme des lions, en *desperados*. Ils n'en furent pas moins aussi décimés que soldats paraguayens et boliviens.

Les premiers conquérants espagnols s'étaient contentés de les asservir, poussés par quelques jésuites. Cette bataille-là les extermina, pour des causes qu'ils ne pouvaient comprendre. Quelques-uns seulement purent fuir le Chaco et permettre à la race de survivre.

Jamais l'Argentine, premier témoin de la tuerie, n'avait cherché à s'immiscer dans ce combat de mygales dont le sang ne salissait finalement qu'une part dérisoire du continent, un vrai désert. Il fallait être la Bolivie pour revendiquer ces quelques mètres carrés de misère, disait don Rafaël.

Jean ne se sentait ainsi impliqué sur le continent sud-américain que par une volonté individualiste, son égoïsme en somme. Pour quel patriotisme et quelle cause nationale, de fait, pouvaient s'émouvoir les Argentins? Ce pays qui les rassemblait tous ne valait certes pas encore la peine qu'on déchaînât une guerre pour lui.

La seule vraie guerre que connussent les Argentins était à l'intérieur, celle de l'argent, une guerre sans fiers oriflammes. Pour presque tous les Argentins, leur misère était encore trop proche, leur promotion dans la bourgeoisie trop neuve. Toute leur dureté se concentrait à sauvegarder ce qu'ils avaient pu amasser. Ils ne pouvaient encore épouser les épopées pour aristocrates ou les haines patriotiques – sans compter qu'aucun danger direct ne pesait sur leurs frontières.

La guerre n'avait pas ici le même sens qu'en Europe. C'était un mythe vieilli, fané, à peine éclairé par le souvenir vague de la lointaine guerre d'Indépendance. L'Argentine n'avait même pas eu de Bolivar pour exalter un nationalisme. C'était assez de se chercher. La guerre n'était qu'illusion. Belle au Bois dormant qu'il valait mieux laisser à son sommeil.

Quant à Jean lui-même, il haïssait la guerre en tant que guerre.

Lorsque la presse lui fournit des nouvelles précises du grand conflit européen, il réalisa qu'il avait en vérité tout oublié des vieux combats. Il n'était plus pris dans de telles passions. Sans doute l'écho des menaces d'Hitler, de Staline, était-il parfois parvenu jusqu'à lui. Sans doute souffrit-il pour son pays, songeant à son père, à son frère, aux années noires où le Nord occupé par l'armée allemande retentissait de l'enfer tout proche des tranchées. Peut-être même retourna-t-il aux pages sublimes de Romain Rolland, à cet *Au-dessus de la mêlée*, qui était aujourd'hui dans la bibliothèque de sa maison, à la Recoleta.

Au vrai, peu importait au fond cette France qui avait été si mauvaise mère et dont les images qu'il avait emportées avec lui étaient d'une accablante grisaille, d'une écrasante tristesse. En deçà de l'océan, une fois tout abandonné sur l'autre rivage, il avait fini par ne plus sentir la réalité française.

Curieux même comme cette Seconde Guerre mondiale lui paraissait avoir lieu sur une autre planète!

Il n'eut qu'un regret, à vague couleur de remords : avoir dû laisser un fils sur ce continent européen, un fils qui aurait vingt ans un jour, et qui peut-être tomberait pour la France sous les balles d'un ennemi qui n'était plus pour lui-même un ennemi. C'en était fini des rêves trop exaltés de l'adolescence. Comment haïr la nouvelle Allemagne, alors que Hitler, personnellement, en Argentine, avait plus d'admirateurs que de contempteurs?

Force était à Jean de se découvrir pacifiste avec hargne, ou neutraliste par éloignement.

Il ne les connaissait aussi que trop bien, ces tombes de soldats, sublimes dans leur simplicité, avec leur épitaphe commune, « Mort pour la France »...

Oui, premier devoir, survivre.

A plus forte raison si loin de ce que l'Histoire, non sans ironie, dénommait « le théâtre des opérations ».

Le souvenir de Robert, son idéal de chevalier médiéval, sa quête avide de gloire, d'honneur, toutes ses médailles gagnées à Verdun et au Chemin des Dames, et la Croix de Malte du grand Liniers, lui rapportent certes la mémoire d'une belle amitié : Robert n'aurait pu que désapprouver le neutralisme, cette « lâcheté », cette indifférence ; lui, il aurait sans délai rallié Paris ou Londres.

Buenos Aires brille pour Jean d'un autre éclat : celui d'une fortune qui est sa victoire. Quant à la violence, quant à la guerre, elles ne sont que d'amour... Thadéa.

V

Les crabes d'Ushuaia

« Mieux vaut tard que jamais ! » s'exclama Jan van Steenens, en embouchant un gros cigare comme un clairon. Accoudé au bar du Jockey-Club, il discourait depuis un moment avec Jean Flamant.

Les angelots de stuc qui décoraient le plafond devaient être eux-mêmes tout ébaubis par ce personnage haut en couleur qui parlait comme s'il était sur un marché, et dont les éclats de rire faisaient quelquefois trembler les verres de whisky double qui se succédaient sur le bar.

C'était le 27 mars 1945 et l'Argentine venait de déclarer la guerre à l'Allemagne en même temps qu'au Japon.

« Dans la course des tortues, dit van Steenens en soufflant une fumée aussi épaisse qu'une mauvaise cheminée, vous êtes bons derniers. Paraguay, Équateur, Pérou, Chili, Venezuela et Uruguay sont entrés en guerre en février. »

Van Steenens était de passage à Buenos Aires où il venait chaque année s'informer des comptes de la Meat & co et flairer sur place les marchés d'Amérique du Sud. Les échanges internationaux fascinaient seuls ce financier, persuadé qu'il devait toutes ses réussites à l'ouverture du monde.

Ce géant, qui mesurait presque deux mètres et pesait quelque cent kilos de muscles, arborait avec fierté une tête rubiconde, des joues grasses de bon viveur, et des cheveux coupés ras à la légionnaire. Il impressionnait les dames qui lui trouvaient le physique agressif des lutteurs de foire. Mais il dégageait aussi, ce géant aux mains d'étrangleur, une étonnante sympathie. Toujours prêt à boire, à rire, à voyager autour de la planète, il semblait vivre à la puissance mille. Il s'adonnait aux finances en jouisseur, avec le même enthousiasme et la même santé que lorsqu'il avalait ses whiskies ou ses bières. Hors les matchs de rugby, où s'illustraient les fameux Springboks, et pour lesquels, seuls, il interrompait sa course aux monnaies, il n'avait pas d'autre hobby, pas d'autre fureur que la grande finance.

Jean appréciait à la fois l'intelligence et ce qu'on a coutume d'appeler le sens des affaires, chez son ami et partenaire d'Afrique du Sud. Tout intéressé qu'il fût, tout tendu vers le seul but à gagner, il avait l'esprit large et généreux des gens pour lesquels il n'y a ni frontières ni pays, mais une planète à explorer sans lassitude. Van Steenens passait sa vie dans les avions, les trains, les jeeps ou les voitures de louage. Le voyage lui était une deuxième nature.

Or, durant cinq années, l'univers avait traversé un gigantesque typhon.

« *Bombenterror!* clamait van Steenens, *Bombenterror!* Et durant tout ce temps, dans la tranquillité, l'Argentine continuait de faire paître ses bœufs... » Il en avala cul sec son double scotch.

Du séisme planétaire, l'Argentine n'avait ressenti aucune secousse : aucune bombe n'était tombée sur la pampa. Jean n'avait eu, de tout le cyclone, qu'un seul problème : le blocus des sous-marins allemands interdisait toute exportation vers les marchés européens. Comment protéger les stocks et comment en écouler une partie avait été son seul souci. La Meat & co, toujours au centre de son univers.

Les Argentins n'avaient même à peu près rien vu, le 13 décembre 1934, de ce qui resterait dans les annales comme

« la bataille du rio de la Plata ». Le cuirassé hitlérien *Admiral Graf-Spee* du capitaine Langsdorff avait été pris en chasse par quatre croiseurs du type *Cumberland*, de la flotte anglaise des îles Falkland. En définitive, c'est l'Uruguay qui avait eu tout le spectacle de la première bataille de la guerre mondiale. Le *Graf-Spee* s'en était allé mourir au large des passes de Montevideo.

L'Argentine n'avait vécu d'important que des banalités : les présidences d'Ortiz et de Castillo, puis, en juin 1943, un coup d'État comme tant d'autres, sans tragédie, qui portait des colonels au pouvoir. A une ère morne des radicaux succédait un gouvernement, en apparence aussi gris, de militaires.

« Elle manque d'allure, votre entrée en guerre, grogna van Steenens. L'Allemagne est sur les genoux, elle va se rendre. Vous êtes comme le vautour sur le cadavre qu'abandonnent les fauves. »

Jean se félicita qu'il n'y eût ce jour-là que van Steenens et lui au fumoir. Les Argentins, chatouilleux sur l'honneur, lui auraient peut-être fait avaler ses remarques en même temps que son whisky. Jean accepta toutefois les critiques de van Steenens. Il les savait trop justes.

« Mais, répliqua-t-il, pourquoi l'Argentine se serait-elle mêlée à ce qui n'était d'abord qu'une guerre civile européenne ? Nous sommes tous ici des exilés. Nous avons tous un jour ou l'autre tourné le dos à l'Europe. Comment notre pays aurait-il pu choisir son camp ? Il y a des Français et des Allemands, des Grecs et des Turcs, des Polonais et des Russes. Alors ? Notre neutralité c'est la terre même qui nous l'inspire. Nous sommes tous en profondeur des pacifistes ou des neutres ou des neutralisés...

— Comble de honte, poursuivit van Steenens impitoyable, tes colonels sont des admirateurs du fascisme. L'un d'entre eux, dont j'oublie le nom, a été attaché militaire à Berlin avant-guerre, c'est un ami d'Hitler. Non contents de frapper un vaincu, ils poignardent leur idole.

— Oui, dit Jean, mais l'Argentine, vois-tu, a un grand sens du réalisme. Son utilité, voilà ce qu'elle cherche. Roosevelt va mettre sur pied une nouvelle Société des Nations. Pour en faire partie, il faudra avoir participé à la guerre contre les dictatures.

— Bravo! cria van Steenens. Avec votre dictature de colonels!»

Jean ne releva pas l'interruption.

«La petite Belgique en sera. Impossible que l'Argentine ne puisse en être.

— De plus, dit l'Africain, les accords Roosevelt-Staline prévoient que seuls les pays ayant déclaré la guerre à l'Allemagne avant le premier mars pourront participer à la Conférence préparatoire des nouvelles Nations Unies. Nous sommes le 27 mars...

— Une telle restriction ne tiendra pas longtemps. Roosevelt a trop d'intérêt à compter dans son organisme le plus grand nombre possible de pays du continent américain.

— Si jeune soit-il, voici que ton patriotisme est déjà cynique.

— C'en est fini de la morale des chevaliers d'autrefois. Cette déclaration de guerre était utile? Que la guerre soit!

— L'Afrique du Sud a eu plus de cran!»

Jean trouvait que van Steenens en parlait à son aise, du cran. Que penseraient ses ancêtres les Boers, ennemis implacables des Anglais, en voyant aujourd'hui leurs descendants devenus les soldats les plus dévoués de l'Angleterre? Mais le fils de van Steenens avait été tué à Monte Cassino, et Jean ne voulut pas déclarer tout haut que, pour lui, gagner une guerre c'était d'abord survivre.

« Autre utilité, poursuivit-il, c'est avoir été du clan des vainqueurs et avoir siégé au sein de la nouvelle organisation internationale. Il faut que l'Argentine ne soit pas interdite demain de commerce mondial et ne se retrouve pas bloquée sur elle-même. »

Van Steenens, dont les yeux s'étaient obscurcis pendant leurs précédents propos, retrouva sa bonne humeur. Il frappa sur l'épaule de Jean :

« Ha! ha! Nous sommes deux cow-boys, rugit-il. Les affaires, l'or, le fric. »

Van Steenens ne parlait jamais de ce fils mort en Italie, mais connaissant bien le Sud-Africain, Jean savait quel désespoir il en gardait. Jamais auparavant Jean ne l'avait en effet entendu professer un tel patriotisme, ni un tel enthousiasme pour les guerres entre frères. En Boer, il était par tradition anti-Anglais. Mais il tâchait de toutes ses forces de se convaincre que son fils n'avait pas péri pour une cause perdue, pour une Angleterre trop peu amie, ou pour une Afrique qui n'existait pas et cherchait encore son vrai ciel, ses vraies racines.

Jean dévia la conversation vers le seul vrai sujet qui les unissait : les affaires.

« La planète change de centre de gravité, dit-il. Son centre était en Europe, il se déplace sur le Pacifique. La preuve : la conférence préparatoire des Nations Unies va se tenir à San Francisco. Tout l'avenir risque de se jouer dans ce nouveau secteur. Jusqu'ici, nous regardions côté est. Il va falloir se tourner côté ouest. L'écroulement du Japon va laisser d'énormes vides – des marchés à discrétion.

– L'Argentine, à tes yeux, sourit van Steenens, vise donc juste en déclarant dans le même mouvement la guerre contre l'Allemagne et le Japon?

– Je sais l'essentiel, répondit Jean : impossible d'être un

ennemi de Roosevelt si, après une probable défaite du Japon, nous voulons nous ouvrir des marchés à Manille, à Java, à Rangoon, à Saïgon.

— Je suis ton homme, dit l'Africain, si, dès la défaite du Japon, fondant une nouvelle compagnie, la Financière Générale Argentine, pourquoi pas?, tu décides de voguer toutes voiles déployées vers les seules vraies conquêtes sans héros, ni morts... »

Pour autant, Jean avait mesuré les possibilités que la fin de la guerre allait ouvrir du côté européen. L'Europe demi-morte, il allait falloir la relever. Aussi la nourrir. Elle réclamerait de la viande aux pays éleveurs.

« Dès qu'Hitler sera définitivement tombé, nous devons être des premiers à participer au nouveau grand débarquement : celui des ravitailleurs. »

Jean avait pris toutes dispositions pour affréter des bateaux. Depuis un an, il équipait une flottille. Il avait, tout prêt, un énorme stock de viande de bœuf. Mais sur l'Europe, la partie serait juteuse trois ans, quatre ans, six grand maximum. Une fois relevée et sauvée de la famine, elle saurait vite reconstituer ses ressources, remplir ses greniers, peupler ses élevages. En revanche, des positions acquises en Océanie et en Asie seraient pour ainsi dire définitives.

« Mes mines d'or sont un coffre-fort, dit van Steenens, pourtant dans les vingt ans qui viennent, il y aura davantage besoin d'imagination que d'or... »

Ensemble, aidés par l'âcreté du whisky, Jean Flamant et Jan van Steenens élaboraient déjà de nouvelles et immenses stratégies. Ils manœuvraient sur la carte du monde leurs armées en pions dollars, or ou pesos, actions et marchandises. Les financiers étaient au fond d'autres généraux, d'autres amiraux, stratèges pour d'autres combats.

« Aurais-tu aussi l'ambition de t'attaquer à l'Afrique?

demanda van Steenens en soufflant lentement par ses narines la fumée blanche.

– Comment cela? demanda Jean, point du tout effrayé par ce nouvel horizon.

– C'est net, dit l'Africain. Roosevelt a juré la fin des empires coloniaux. Après la guerre contre Hitler, la guerre contre les impérialismes va commencer. A ta place, je me préparerais déjà à envahir Dakar et Conakry...

– Je les laisse à tes Boers... En revanche, un autre grand front m'intéresse.

– Tourisme à Tahiti? demanda van Steenens avec un humour particulier.

– L'Antarctique. »

L'Africain fit la grimace. Il avait horreur de la neige et de la glace, surtout quand par une impardonnable insolence, cette dernière venait noyer son whisky. Un enfer blanc, l'Antarctique n'évoquait pas autre chose.

Sous cette glace et sous cette neige, Jean voyait au contraire des ressources à l'infini, les minéraux les plus rares, des énergies encore inconnues mais que les savants étudieraient. Un traité, en 1934, avait partagé l'Antarctique entre la Grande-Bretagne, l'Australie, la Nouvelle-Zélande, la France et la Norvège. Le Chili et l'Argentine, pays situés pourtant à quelques encablures de ses rivages, avaient été exclus du partage. L'Argentine aurait à revendiquer les secteurs les plus proches, le détroit de Drake, la Terre de Graham, la banquise de Filchener.

« Une chose est sûre, dit Jean, les vrais vainqueurs de la guerre mondiale, États-Unis et Union soviétique, vont vouloir leur part du gâteau. Il faudra s'engouffrer dans leur sillage. Tôt ou tard de nouvelles négociations vont s'engager. Nous avons des droits de riverains. Cela serait le diable si nous n'arrivions pas à obtenir satisfaction... Sans compter que Paris et Londres auront beaucoup perdu de leur autorité. Du reste, Paris a sa terre Adélie. Il n'y aura problème qu'avec Londres.

— Mais avec ce vieux dur à cuire de Churchill, grogna van Steenens... et des températures de moins soixante... et de terribles ouragans...

— On s'en accommodera », répondit Jean, qui en était déjà à se demander comment investir dès maintenant dans les sociétés d'exploitation qui trouveraient des motifs de travailler et de fructifier malgré les pires blizzards de l'Antarctique... Il rit.

« Et dire, observa-t-il, qu'avant Scott et Amundsen, le pôle Sud n'avait pas vu un seul homme... Du moins le pôle Nord avait-il des Esquimaux.

— Bah! fit van Steenens. Il suffit qu'un seul homme se soit présenté quelque part pour que le second soit un banquier... »

Au moment où il lançait sa plaisanterie, un Argentin du plus pur modèle anglo-saxon traversait le fumoir. Il toisa l'Africain du Sud de son air le plus fat. Sans doute son costume vert, sa chemise rose, sa cravate à pois n'étaient-ils pas du meilleur goût. L'Anglo-Argentin préféra choisir une autre compagnie. Il disparut, portant sa tête prétentieusement, comme une poule. Van Steenens se tenait les côtes.

« J'imagine ta propre tête, dit Jean pour le calmer, si un jour j'avais en Antarctique des mines d'or plus riches que les tiennes. »

Ils parlèrent encore de leurs projets futurs. A Sarah, Jean donnait souvent l'impression qu'il était mégalomane. Elle n'avait jamais compris qu'il ne pût se satisfaire de la Meat & co, qu'il lui fallût à chaque instant chercher à se diversifier. Jean avait beau lui expliquer que l'immobilité était synonyme de mort, dans le commerce, elle n'écoutait pas. Jean l'inquiétait pour la promptitude avec laquelle il pouvait se laisser fasciner par les vastes entreprises. Pourtant, il avait pleinement réussi dans le journalisme, et les films qu'il produisait faisaient salles combles. L'éclectisme n'était pas une loi des finances. Mais Jean croyait à la mobilité comme à la diversité des investissements.

« Que dirais-tu d'investir avec moi sur ce continent tout neuf? demanda-t-il.

– Après tout, l'Afrique du Sud, par le cap de Bonne-Espérance, regarde elle aussi droit vers l'Antarctique... Pourtant, protesta l'Africain, il me semble que nous autres Africains du Sud, nous traînons trop d'entraves. Nous sommes enchaînés aux vieux mondes. Trop de vieilles passions nous alourdissent... »

Van Steenens, d'ordinaire si jovial et rubicond, s'assombrissait à nouveau, comme tout à l'heure lorsqu'ils parlaient de la guerre en Europe.

« L'Antarctique est un paysage, dit Jean, des pingouins, des oiseaux de mer près des rivages, et à l'intérieur rien d'autre que la glace sous une lumière bleue. Elle n'en cache pas moins, sûrement, des richesses à n'en plus finir... »

Plus encore, d'ailleurs, l'Antarctique commençait pour Jean aux marches d'Ushuaia, un lieu qu'il n'évoquait jamais sans émotion.

« Je ne suis pas poète, répondit van Steenens.

– Pour un financier, dit Jean, tout l'avenir est là. Les continents classiques sont voués à la décadence. Il n'y a que les déserts, ou que la banquise, pour défier l'avenir... »

Sarah reposa vivement sa tasse de chocolat sur le plateau laissé par le domestique et croisa haut les jambes. Sa robe en crêpe gris, qui copiait avec recherche la teinte de ses yeux, s'arrêtait à mi-cuisses, là où commençaient les bas. Elle adoptait depuis quelque temps la mode américaine, et les malles des couturiers qui la fournissaient ne venaient plus seulement de Paris. Elles portaient des étiquettes de la Cinquième Avenue à New York.

Le grand salon de la Recoleta avait toujours ses fauteuils crapauds, ses meubles gothiques et sa cheminée de château. Les mêmes cache-poussière abritaient le velours, la soie, comme du vivant de madame Goldberg. Les cartes d'une partie de réussite restaient étalées sur une table de jeux. Un journal de mode était encore ouvert sur le canapé, et un roman d'Hemingway gisait sur le tapis, aux pieds de Sarah. Ce dimanche d'hiver n'en finissait pas.

Elle alluma une cigarette. Car elle fumait de plus en plus. Dans les années vingt, elle ne s'était mise à fumer que pour être à la mode : toutes ses amies flirtaient, cigarette entre les doigts. Puis elle s'était habituée au goût et au geste; la cigarette lui tenait compagnie les jours où Jean s'absentait, où les heures déroulaient leur insoutenable monotonie. Mais depuis qu'on avait fêté ses quarante ans, le tabac combattait en vérité une angoisse nouvelle, une peur mal définie.

Elle se leva, fit quelques pas dans la pièce, et s'arrêta devant un miroir au cadre surchargé de dorures. Elle compta ses rides, calcul mécanique : Sarah surveillait leur apparition et leur ancrage, comme un conservateur de musée la première moisissure de ses chefs-d'œuvre.

Jean, plongé dans une gazette financière, ne prêtait cependant que peu d'attention au manège de Sarah. Le matin, ils s'étaient promenés tout le long de la Costa Nera, et ils avaient prolongé leur marche autour du lac de Palermo, en direction du jardin des Roses, où ils allaient si souvent autrefois. Ils n'avaient pas passé depuis longtemps un tel dimanche ensemble, et tant d'intimité leur parut à la fin plus suspecte que grisante. Ils avaient déjeuné tard, en tête à tête, et l'après-midi se passait à lire, à somnoler au salon.

Louis et Alex étaient partis pour Harvard quelques mois auparavant. Jean tenait à ce que ses enfants fussent formés à l'américaine. Louis et Alex avaient débarqué aux États-Unis peu de temps après la fin de la guerre. Louis restait muré dans un silence hautain, un mutisme tragique. Il haïssait l'Amérique. Il aurait voulu étudier à Vienne. La ville correspondait davantage à son idéal d'enfant rêveur, esthète et tendre, que la franche efficacité américaine. De plus elle le rapprochait de sa mère et de Goldberg, alors que Harvard lui était étranger. Mais Jean récusa tous arguments de son fils, les imputa à un snobisme décadent, à un caprice d'enfant gâté. Louis avait finalement cédé et avait dû partir. Sa mère recevait de Harvard des lettres qui disaient à la fois sa nostalgie de la vie familiale, son dégoût de l'Amérique et sa désolation de ne pas connaître une Europe, dont ses professeurs parlaient si bien.

Son frère Alex découvrait au contraire tous les plaisirs de

315

la vie étudiante américaine, base-ball, hockey et cinémas où l'on va avec sa propre voiture. Tandis que Louis se plongeait dans les livres d'histoire et de latin, qu'il écrivait ses premiers poèmes et les dédiait à la seule femme qu'il aimât, sa mère, Alex courait après la balle comme après les filles, joyeux, vigoureux, sain.

Le départ de ses fils navra Sarah. Il lui apparut soudain que, sa mission de mère achevée, elle n'avait plus rien à apporter au foyer. La quarantaine la révolta. Cet âge se confondait trop dans son esprit avec le seuil de la vieillesse. Or elle pensa que jusque-là elle n'avait pas vécu. Ses fils, son mari, lui avaient pris tout son temps. Et que lui laissaient-ils? Les enfants étaient partis loin d'elle, l'abandonnant à son sort, et Jean la trompait depuis longtemps avec une autre femme. Comme elle se croyait vieille, qu'elle ne se donnait que peu de temps pour jouir de l'existence, elle organisa de nouvelles sorties, de nouveaux jeux. Il n'était pas rare que Jean, de retour à la Recoleta et demandant Sarah, ne s'entendît répondre : « Madame est à un bridge » ou « Madame est au théâtre ». Ils avaient pris tous deux l'habitude de vivre séparés. Chacun s'organisait à sa guise, ne respectant au fond qu'une façade commune : habiter ensemble à la Recoleta. Ce dimanche n'était qu'un faux-semblant d'amitié, un décor de bonheur.

« Je n'aime plus Jean, pensait Sarah. Et au lieu de me réjouir, de me distraire, sa présence aujourd'hui me pèse et m'ennuie. Cette promenade au bois n'a évoqué pour moi que l'échec. L'échec de mon mariage. Que n'ai-je épousé quelqu'un d'autre... », soupira-t-elle en son for intérieur.

Puis, poursuivant sa songerie :

« J'ai vécu quarante ans comme une nouille – c'était le vocabulaire kitsch de son adolescence – je ne vais pas vivre à nouveau autant d'années comme une épave. »

Elle voyagerait. Pour lutter contre le vide de son foyer, elle fuirait vers l'Europe, retrouverait les paquebots de son adolescence et divertirait son ennui de ces longues traversées de l'Atlantique. Destin presque obligatoire : toutes ses amies voyageaient. Sarah pourrait même retrouver le Paris dont Marta, dans ses lettres, l'avait si souvent charmée.

Non, il fallait à tout prix qu'elle se sorte du marasme où la mettait son ennui, qu'elle agisse. La décision, elle l'avait prise il y a longtemps, quand Jean lui avait avoué sa liaison. Mais il lui fallait passer à l'action. Alors pourquoi pas aujourd'hui ?

Écrasant sa cigarette, elle vint s'asseoir en face de Jean et, toussotant :

« Je ne veux plus que nos vies soient liées l'une à l'autre, lança-t-elle. Je souhaite ton départ. Je te demande de quitter la Recoleta et la Meat & co. Nous divorcerons si tu veux. »

Puis : « Je pars demain voir Louis et Alex : ils me manquent trop. A mon retour, dans un mois, je souhaite que tu sois parti. »

Jean tomba des nues. La gazette des finances alla rejoindre le roman de Sarah sur le tapis.

Il était à dix mille lieues d'imaginer un tel projet possible. Absorbé par ses affaires et par sa liaison, il n'avait pas vu changer Sarah. Ou plutôt si, il avait remarqué sa transformation physique. Il lui trouvait plus de beauté, plus d'élégance, plus de charme qu'autrefois. Il s'amusait de son goût nouveau pour les réceptions et les sorties mondaines. Il s'apercevait qu'elle pouvait être drôle, enjôleuse. Mais il la croyait encore une petite fille, plus fragile qu'elle n'était. Pour Jean, Sarah était restée l'adolescente que chaperonnait son père sur le *Massilia* en 1920. L'image avait à jamais fixé en lui une Sarah incapable d'autonomie, d'originalité profonde.

Pourtant sa femme, les jambes croisées haut, lui répétait

d'une voix grêle : « Je ne veux plus que nos vies soient liées l'une à l'autre. »

Jean regardait les genoux de Sarah : ils n'étaient plus maigres et cagneux, des genoux d'adolescente, comme ceux que la mode des années folles découvrait autrefois. Ils étaient devenus ronds comme des pommes. Et c'était seulement aujourd'hui que Jean les voyait ainsi. Au fond, il ne connaissait pas sa femme. Il ne la possédait pas plus au physique qu'au moral. Si quelques nuits pouvaient les réunir parfois, et leur donner de l'amour un peu plus qu'une illusion, Jean n'avait à aucun moment découvert Sarah.

Le visage était comme les genoux, beaucoup plus rond, beaucoup plus doux que naguère. Mais Jean n'avait pas rêvé de ce visage. Jamais ces yeux, si étranges pourtant dans leur couleur grise, ni cette bouche aux lèvres délicates, ne lui apparaissaient quand il était loin. A supposer même qu'il n'eût pas été possédé ailleurs, Jean n'était pas sûr de jamais pouvoir aimer Sarah. L'aimer du moins autrement qu'une enfant gentille et que peu à peu l'habitude a mise dans votre vie.

Tâchant de refouler des réactions sentimentales qui lui venaient plus qu'il n'aurait voulu, Jean aborda le débat en homme d'affaires. Il ne voulut ni s'étonner ni s'offenser. Mais il argumenta : Comment dirigerait-elle seule la Meat & co? Comment, sans aucune formation commerciale, pourrait-elle contrôler la société?

Mais Sarah, qui pensait depuis des années à leur séparation et ne cherchait que l'opportunité d'un départ, avait déjà écrit à Jan van Steenens, à Johannesburg, pour lui demander son conseil. Il acceptait de devenir le président-directeur général de la Meat & co, et un de ses neveux, qui avait étudié à Oxford, dirigerait l'entreprise. Comme il était actuellement en voyage en Amérique, elle le rencontrerait à Boston.

« Je t'avais prévenu, Jean. »

Elle ne demandait pas le divorce. Elle tenait simplement à leur totale séparation de corps et de biens. C'était en femme qu'elle manœuvrait, pleine de fermeté, de lucidité. Le caractère Goldberg, pensa Jean. Il était inutile de plaider, Sarah ne plierait pas. Elle serait comme le roc, comme l'acier : inflexible, têtue, sûre d'elle.

Accepter son verdict. Abandonner sa maison, son affaire, la maison et l'affaire de Sarah, qui étaient aussi un peu les siennes. Partir...

Partir... Jean s'aperçut que s'il n'y avait été obligé, il ne serait jamais parti. Seule la vie sûre, confortable, régulière de la Recoleta lui permettait de supporter les frasques, les départs de Thadéa. Sarah était comme un centre de gravité dans une vie menacée par tous les hasards : ceux de la passion et de la grande finance. Jamais jusqu'à ce moment il n'avait eu conscience des liens véritables qui l'attachaient à Sarah, et il se sentit brusquement basculer dans une ère instable et dangereuse.

Le domestique entra pour retirer le plateau. Jean et Sarah se taisaient. Le grand salon résonnait du bruit de plusieurs horloges, et le plancher crissait sous les souliers vernis du valet. Même ce salon, hiératique et solennel, ridicule aussi avec ses cache-poussière, manquerait à Jean. Toute une part de sa vie s'était écrite dans cette maison. Son atmosphère, son silence, son odeur d'encaustique, il les emporterait avec lui.

La colère lui venait lentement. Curieux. C'était la tristesse qui l'avait frappé d'abord, avec l'étonnement. Sarah le chassait comme un intrus. Elle récupérait ses biens comme si on l'avait volée. Son despotisme la rendait ingrate et téméraire. Elle ne tenait aucun compte des services rendus, du travail accompli. Et cette hyène de van Steenens, qu'il croyait bêtement son ami, l'aidait à se débarrasser du cadavre.

Il savait pourtant qu'il ne devait imputer son départ qu'à lui-même, il se souvint du chantage de Sarah. Il était victime d'une jalousie, d'un dépit de femme.

Incapable de demeurer plus longtemps sous l'œil froid de Sarah comme de chercher une tactique pour s'imposer à elle, il se leva et sortit. Il monta au premier étage et se retrouva, sans savoir pourquoi, dans l'ancienne chambre de Léon Goldberg. Elle avait gardé intacts son vieux gramophone, sa collection de disques, ses journaux, son encyclopédie en dix volumes. Jean fit jouer un concerto pour violon et alluma un cigare. Une photo de Goldberg, en frac, le regardait. Le fondateur de la Meat & co, l'homme qui l'avait lancé, revivait. Pourtant aucun dialogue ne se produisit. Jean avait trahi Sarah, et il était sûr que, dans cette histoire, Goldberg aurait soutenu sa fille. Il aurait jugé Jean coupable de manquer de réalisme, de préférer la folie à la raison, de vivre sa réussite dans le tapage et la dysharmonie.

Jean sortit sur le balcon, il pleuvait sur le jardin de la Recoleta. Il n'était jamais retourné au cimetière et il fut incapable de reconnaître au-delà de la haie de noisetiers, le dôme du César parmi les édifices de la cité des morts. Le violon ne lui inspira qu'une profonde tristesse, et il ne trouva pas ici l'inspiration qu'il cherchait. Léon Goldberg se taisait. Pour la première fois, il refusait son aide à Jean Flamant. Jean eut le sentiment étrange que Goldberg mourait seulement ce jour-là, dans l'atmosphère morne de cet après-midi d'hiver.

Plus tard, il traversa la nursery. Sarah avait gardé à leur place les peluches, les trains électriques, les meubles en bois peint : musée de l'enfance après celui de la vieillesse... Ses fils avaient décidément reçu la meilleure éducation possible. Jean espérait qu'ils sauraient en tirer parti, et qu'ils ne sombreraient pas dans l'apathie du confort. Il n'éprouvait pas pour eux d'autre émotion que cette inquiétude de leur avenir. Pas d'autre tendresse que cette application à leur préparer les lendemains.

Il songea qu'il leur laissait au moins une entreprise saine et prospère et une succession aussi en ordre qu'un registre du cadastre. C'était au fond comme si Jean mourait lui aussi ce même jour, puisqu'ils allaient hériter avec leur mère toute la gérance de la Meat & co. Jean eut un sourire vague : cette idée de sa mort et de son héritage le faisait ricaner. Il imaginait un notaire lisant l'acte de succession. Que laisserait-il à Louis et à Alex ? Un journal, des cinémas, mais le cadeau pour lui le plus beau entre tous, une terre à Mendoza... Son départ de la Meat & co ne le démunissait pas, au fond, de ses biens les plus chers.

Tout ragaillardi, il redescendit dîner avec Sarah, qui adopta une attitude d'indifférence et de légèreté. Jamais repas ne fut si gai à la Recoleta que ce dernier dîner commun où, entre soupe gratinée et dindonneau aux cèpes, défilèrent dans la bonne humeur les dialogues les plus aimables et les plus cajoleurs.

Dès le lendemain, Jean quitta cette maison avec cinq valises de vêtements. Il s'installa quelque temps à l'hôtel Plaza, puis acheta un appartement immense, rue Alvear, à deux pas de l'ambassade de France. Il se contenta d'y déposer ses bagages. L'ameublement comme la décoration y furent aussi sommaires que dans une cellule de moine. Un fameux désordre régnait dans la chambre. Partout ailleurs, l'espace était vide, impeccablement nu.

Jean se préoccupa de régler au plus vite sa succession à la tête de la Meat & co. Il échangea avec Jan van Steenens toute une correspondance au terme de laquelle, sous la férule de l'Africain du Sud, il fut entendu que son neveu assurerait la direction de l'affaire jusqu'à ce que Louis, l'aîné des fils Flamant, puis son frère Alex, pussent reprendre le gouvernail du grand vaisseau familial. Cet intérim devait durer six ou sept années, guère plus, le temps de permettre à Louis et à Alex d'achever leur formation à Harvard.

A l'occasion de la signature devant notaire du contrat réglant la nouvelle organisation, Jan van Steenens revint à Buenos Aires. Jean l'invita à dîner dans un restaurant élégant du Barrio Norte.

« Langouste?

– Plateau de coquillages, répondit van Steenens.

– Tu as déjà été amoureux? demanda Jean sans autre transition.

– Une fois, il y a très longtemps.

– Pardonne-moi, amoureux, mais de ta femme?

– Et oui, de madame van Steenens...

– Amour comment, amour fou ou sage? Violent ou raisonnable? Terrien ou aérien?

– Tu es bien subtil, mon vieux... Moi j'ai oublié tout cela. Notre couple a lentement évolué jusqu'à cette sorte d'entente profonde et calme qui est la nôtre aujourd'hui. Nous sommes, mon épouse et moi, de vieux amis qui nous souvenons d'avoir été autrefois de jeunes amants. »

Van Steenens souriait et sa figure rouge était tout incendiée par ces aveux impudiques. Ce colosse était un timide. On ne lui arrachait pas facilement des confidences. Si Jean n'avait jamais parlé avec lui de son fils mort à Monte Cassino, c'était aussi la première fois qu'il abordait devant lui le sujet de l'amour. Van Steenens en était stupéfait. D'un tempérament plutôt réservé, Jean à tout autre moment ne se serait jamais permis de telles incursions dans un domaine aussi secret et aussi personnel. Fallait-il que sa rupture avec Sarah le désarçonnât, et qu'il eût besoin, fût-ce avec un homme aussi rude que van Steenens, d'entendre parler d'amour. Il n'avait pas d'autre ami avec qui aborder un dialogue. Mais van Steenens, par pudeur peut-être, se dérobait.

Jean, il est vrai, avait commencé par le rabrouer. Il l'accusa de jouer dans son dos la carte de Sarah. Van Steenens protesta de son fair-play, et se déclara innocent de toutes manœuvres politiques. Il avait été le premier étonné de recevoir une lettre de Sarah et d'apprendre que Jean quittait leur société. En tant qu'actionnaire de la Meat & co, son devoir était de soutenir l'entreprise. Jean démissionnant, il était le seul à pouvoir conseiller Sarah Goldberg. Ce qu'il fit aussitôt. Van Steenens affirma qu'il n'était animé en l'occurrence d'aucun désir d'expansion. Ni faim d'ogre ni soif de vampire devant le siège vide de la Meat & co. Simplement, un esprit de fraternité... Et pour une fois qu'un tel sentiment avait cours dans les affaires, il était plutôt déçu qu'on ne lui en fît pas crédit. Il n'avait pas voulu écrire à Jean, trop gêné de lui demander d'autres explications sur sa vie sentimentale.

Sous l'œil de l'Africain du Sud, Jean était sûr que la Meat & co poursuivrait sa route sous les meilleurs augures. Curieux de connaître le neveu d'Oxford qui assurerait l'intérim, Jean se promit de l'inviter à déjeuner dès son arrivée à Buenos Aires. Mais il s'inquiétait par avance surtout de l'envergure de ses fils : sauraient-ils à leur tour mener le vaisseau à bon port ? Léon Goldberg avait dû en son temps éprouver les mêmes angoisses.

Car le sort de la Meat & co, même sevrée de sa direction, ne lui était pas indifférent. Jean était attaché à cette société comme à une personne, par un lien assez fort. Sa vie s'était épanouie sous le blason du bœuf d'or, et il demeurait au fond fidèle à une entreprise à laquelle il devait tout : sa réussite, sa fortune, tout son bonheur de ces dernières années.

Son départ de la Meat & co lui était plus cruel que sa séparation d'avec Sarah.

Rue Esmeralda, rangeant tous ses papiers, il retrouva le vieux dessin au fusain, avec lequel Léon Goldberg lui avait enseigné les mots de son métier. Il faillit l'emporter. Puis, pensant à ses fils, il épingla bien en vue ce modeste et studieux schéma sur le bureau de ses successeurs.

Quand il partit, il souffrait comme s'il quittait sa maîtresse. La porte de la Recoleta en se fermant sur ses talons l'émut moins que le claquement de celle de l'immeuble de la Meat & co. Il avait désormais, en plein centre de Buenos Aires, sa citadelle interdite.

Jean se demanda s'il n'avait pas pris conscience trop tard de ses propres sentiments. N'avait-il pas mis trop de temps à comprendre tout ce qui le liait à Sarah, à la Meat & co, au royaume Goldberg? Ce royaume n'était-il pas à la longue devenu le sien?

Démuni d'une grande part de ses biens mais aussi de ses souvenirs, Jean compta pour lui-même tout ce qui lui restait : une fortune importante, placée dans un journal, des cinémas, une propriété vinicole et arboricole, quelques mines d'or en Afrique du Sud, un champ d'action somme toute assez grand. Mais aussi un amour immense, plus vaste que toutes les richesses, que toutes les possessions.

« Ainsi, reprit-il devant van Steenens, l'amour, tu as oublié ça? »

Jan van Steenens trouvait que Jean commençait à radoter, à l'ennuyer avec ce sujet pour midinettes. Aussi, avec son accent de Johannesburg :

« Si nous parlions plutôt de l'Antarctique... » fit-il.

Évoquer l'Antarctique, c'était parler de Thadéa : tout un continent inconnu et sauvage, traversé de vents fous, tout un paysage angoissant, fascinant, la barbarie, le contraire même d'une civilisation...

A Buenos Aires, dans l'appartement vide de Jean, Thadéa, longue et mince, dans une jupe saharienne et une chemise kaki, bottines lacées, chapeau colonial à voilette antimouche, portait un gros sac à la main. Elle rentrait d'une expédition en Amazonie, qui l'avait tenue plus d'un mois loin de Jean. Thadéa recherchait tous les dépaysements. L'Argentine, tant par son décor que par ses mentalités, n'avait plus rien à lui offrir que de très occidental. Elle préférait des pays plus anciens, plus authentiques, et ceux qui lui renvoyaient l'image de sa propre peau de métisse. Elle avait voyagé dans toute l'Amérique du Sud. Elle était allée au Brésil, au Pérou, au Guatemala, et elle raillait toujours chez Jean ce qu'elle appelait son enracinement bourgeois. Elle lui reprochait de se fixer à son bout de continent et de borner son horizon.

Elle annonçait ses départs au dernier moment, et il ne fallait pas trop compter sur la date de ses retours. Car elle voyageait au rythme lent et paresseux d'une époque révolue, herborisant, peignant ou observant les oiseaux. Jean recevait de jolies aquarelles en guise de cartes postales, un ciel gris plomb de

Lima, un square de Rio, un jacaranda d'Asuncion, une maison en bois peint d'Iquique, ou un tramway de Manaus dont le terminus marquait la frontière de la jungle. Au dos de ces scènes, simplement, elle ne manquait jamais d'inscrire une légende amoureuse et gaie. Jean l'aurait espéré plus triste, plus nostalgique, un tel message, par-delà la séparation. Mais, Thadéa était ainsi. Insoucieuse des spleens qu'elle provoquait.

Elle lança le sac en plein milieu de la pièce et éclata de rire devant le dénuement de ce nouveau décor. Elle entoura le cou de son amant de ses bras d'odalisque, posa ses lèvres sur les siennes et lui donna un long baiser voluptueux. Thadéa revenait tout imprégnée des pays qu'elle avait traversés, de leurs parfums tropicaux et de leurs mystères. En étreignant Thadéa, Jean aurait voulu étouffer ses mystères, serrer le cou de ses secrets, et retrouver une femme limpide, claire. Mais Thédéa était tout en ombre ou en clairs-obscurs. Et jusque dans ce baiser où elle semblait se donner, Jean la soupçonnait de s'évader vers un autre décor ou, pourquoi pas, vers un autre compagnon. N'était-elle pas capable de toutes les perversités?

Peut-être y avait-il Bariloche sous ses yeux fermés, et les eaux glacées du lac Nahuel Huapi, peut-être l'église indienne de Salta ou les cactus-candélabres des provinces des Andes, peut-être Usuhaia, le bois de hêtres et la lumière jaune des Treize Collines. C'étaient les paysages de leur amour. Mais Jean savait que Thadéa connaissait bien d'autres lieux, plus étranges et plus exotiques. L'idée qu'elle pouvait, pendant leur baiser, faire surgir pour elle seule d'autres pays, d'autres amants, le détacha d'elle.

Sa jalousie s'aiguisait devant une Thadéa aussi imperméable qu'un sol de granit.

Où es-tu? Avec qui? Quand reviens-tu? Autant de questions inutiles et dangereuses, auxquelles Thadéa ne répondait jamais. Tout son être se fermait au contraire comme un coquillage à chacune de ses interrogations. Jean renonça à savoir ce qu'avait été la vie de Thadéa pendant tout ce mois. L'Amazonie était une terre trop périlleuse pour qu'une femme s'y aventurât en solitaire. Quel homme avait donc accompagné Thadéa?...

Ce qu'il connaissait de sa vie suffisait à l'angoisser. Thadéa continuait d'avoir des liaisons dans ces milieux marginaux où elle était comme piranha dans l'eau. Les anarchistes se faisaient rares. Des politiciens démagogues les remplaçaient, que Thadéa n'aimait pas. Jean n'ignorait pas sa liaison avec un poète polonais, exilé à Buenos Aires depuis 1939, et pauvre comme Job.

« M'aimes-tu seulement, Thadéa? »

Comme à son habitude, elle ne répondit pas. Elle tira de son sac, bien enveloppées dans un papier journal, quelques dents de crocodile amazonien, un nouveau grigri de sa sorcière.

« Tu aurais pu m'en rapporter la peau! s'exclama Jean.

— Comment, dit-elle en riant, je trouve à ton intention un porte-bonheur mille fois plus puissant que le trèfle à quatre feuilles, et tu aurais voulu une infâme peau de croco, tout juste bonne à fabriquer des souliers de *cafishios*, de maquereaux? »

Jean glissa les dents porte-bonheur dans sa poche.

« J'aime bien l'endroit où tu habites », dit Thadéa. Elle désignait les murs sans tableaux, le parquet sans tapis, les salons vides. L'appartement donnait sur une cour, et échappait à tous les bruits de la ville. Les feuilles d'un marronnier obstruaient les fenêtres comme des algues frétillant sur les hublots d'un sous-marin. Cet endroit les isolait du monde, de ses agitations et de ses fureurs. L'extérieur leur parvenait dans une lumière tamisée. Si Thadéa aimait le mouvement, le voyage, elle était capable aussi de demeurer longtemps dans les sites qu'elle se choisissait. Jean lui proposa de vivre ici, avec lui.

« J'ai quitté Sarah » ajouta-t-il, s'imputant par fierté toute l'initiative de leur séparation. Il était libre pour elle. Ils allaient pouvoir vivre enfin dans une sorte de légalité.

Thadéa lui tourna le dos et partit se promener dans les pièces successives. Ses bottines glissaient sur le plancher comme un corps de serpent. Quand elle revint, elle montra ses mains dans un geste de dénuement.

« Je ne suis pas femme d'intérieur », dit-elle seulement. Sans doute faisait-elle allusion à la nature, aux herbes et aux fleurs, parmi lesquelles elle voulait vivre. Elle n'aurait pas su organiser une maison, elle détestait autant les fleurs dans les vases que les heures fixes des repas. Elle refusait la routine, et elle aurait eu en horreur la préparation de dîners mondains. Jean se souvenait du jour où, dans un restaurant luxueux, Thadéa s'était levée pour injurier dans un dialecte indien, compréhensible seulement par sa fureur et par la gifle qui avait suivi, une Argentine trop élégante qui tuait les mouches inopportunes d'un revers d'éventail.

Thadéa était sauvage. Inutile de vouloir convertir ce grand oiseau des lacs en maîtresse de maison cossue.

Jusqu'alors, Jean, tout occupé par ses affaires et par sa famille, ne voyait Thadéa qu'en dehors des normes d'une vie commune. Ils s'aimaient de préférence à l'heure du déjeuner ou aux débuts d'après-midi quand le monde s'agite dans les rues. Ils partaient souvent ensemble pour de courts séjours à Mendoza, à Bariloche, ou dans les sierras de Cordoba. Jean aurait cependant voulu désormais ancrer leur amour sur des bases plus stables, un terrain plus sûr.

« Concubine? s'étonna Thadéa. Impossible. Je n'ai pas eu les pieds ligotés, petite fille. J'ai passé ma vie à me promener partout, en toute indépendance... Comment dès lors accepter d'être enfermée dans un sérail?

– Tu y serais la seule femme.

– Que m'importe? Je n'en serais pas moins esclave pour autant.

– Qui parle d'esclavage? Je te propose seulement de vivre tous les deux ensemble.

– Impossible, Jean, tu le sais. La vie est plus grande que notre amour. Pourquoi nous priver de nouvelles rencontres, de futures amitiés? Le plus grand amour ne vaut pas les chaînes qui l'entravent.

– Au fond je crois que tu ne m'aimes pas...

– Je t'aime trop. Je ne souhaite pas m'attacher davantage. »

Jean voudrait enfermer Thadéa dans une pièce à double tour : c'est au fond son rêve le plus secret, son fantasme le plus érotique. Quand il l'aime, il la serre, il l'entoure, il l'emprisonne, il imagine qu'il la ligote ou qu'il l'hypnotise. Il veut empêcher Thadéa de vivre ailleurs sa vie. Il ne comprend pas pourquoi il ne peut pas la posséder, comme tout ce qui est à lui en Argentine, comme le journal, les salles de cinéma ou l'hacienda de San Cristobal.

Mais Thadéa refuse de se soumettre.

Tant d'incroyable froideur et de parfaite maîtrise de sa vie blessent Jean, aiguisent sa jalousie. Il voudrait hurler, la gifler, arracher des larmes à ces yeux qui ne savent pas pleurer.

Mais rien ne saurait convaincre Thadéa de renoncer à sa chère liberté. Sous la tempête, elle se retranchait sous la glace de ses yeux. Ni les menaces, ni les prières n'avaient prise sur elle. Aussi, quand le dialogue devenait une impasse, ou débouchait à pic sur des abîmes, Jean, plutôt que de sortir en claquant la porte ou de briser des objets en les jetant rageusement par terre (chose impossible dans cette pièce vide), Jean prenait Thadéa dans ses bras et l'aimait.

Thadéa redevenait alors la femme généreuse selon ses rêves, et se donnait à lui de toute la force étrange et exotique de son corps de métisse.

Jamais, pour autant qu'il le sût, Thadéa n'avait été enceinte de lui, jamais elle ne lui avait manifesté la moindre crainte de l'être un jour. Sans doute possédait-elle des secrets de *machi* qui la protégeaient d'être mère. L'enfant n'était pour elle qu'un autre piège et la clé d'une autre prison.

Elle avait abandonné en Écosse une petite fille de cinq ans mais n'en montrait pas plus de scrupule que si elle avait oublié une poupée ou un gant.

« Un enfant? s'étonna Thadéa, les jupes encore relevées sur ses cuisses brunes. Un enfant? Tu me parles d'un enfant?... »

Elle lisait ses pensées.

« Des gentlemen, des ambassadeurs, des banquiers. Des Kiki de Montparnasse, des Pierrots, dans un bal masqué, sur une autre planète... J'ai retrouvé Paris. »

De Paris où elle assistait à la visite d'Evita Peron, Marta écrivit à Jean. Elle lui décrivait les fêtes et les plaisirs. Des toilettes mauves d'Evita, de ses parures de rubis, des cadeaux qu'elle apportait à la France, Jean ne pouvait rien ignorer. Eva Duarte avait reçu la Légion d'honneur.

Bien que don Rafaël fût le moins péroniste des Argentins, Marta se laissait fasciner par les allures princières de cette fille de rien. « N'est-elle pas, lui écrivait-elle, notre nouvelle Peau d'Ane ou notre Cendrillon? »

Elle s'étonnait toujours que Jean pût vivre sans l'air de Paris. Elle ne comprenait pas que l'Argentine, fût-ce dans le quartier Est de Buenos Aires, comblât un homme. Elle-même s'adonnait à toutes les folies.

« A moi des tourbillons de noms, de robes et de parfums. Force m'est de m'enivrer chaque jour davantage. On croit d'ordinaire que l'âge fatigue. Moi, plus je vieillis, plus j'ai envie de vivre. Crois-tu que je renonce aux amants? Point du tout. Ils sont plus jeunes que moi? Et alors? N'est-ce pas la preuve que je plais toujours? L'argent? Sans doute.. Mais mon corps a beaucoup moins vieilli que mon visage, et il a

toujours, quoi qu'il m'en coûte, un grand besoin d'aimer. »
La pauvre Marta cherchait encore Perceval, et dans tous
ses amants le visage de Robert de Liniers. Jean gardait d'elle
cet étrange récit d'une nuit à Paris, où il lisait en contrepoint
sa propre nostalgie. L'amour le fuyait aussi.

« J'étais, il y a un mois, au bal des Petits Lits blancs, à
l'Opéra. Il y avait au souper Rita Hayworth, la maharanée
de Haïderabad, la princesse Toussoum. Mais si j'évoque cette
soirée, c'est que je l'ai terminée de l'autre côté de la Seine,
dans une de ces caves que Robert fréquentait volontiers à
Paris. Il y avait là quelques artistes que je ne connaissais pas,
et dans l'orchestre un jeune trompettiste du nom de Boris
Vian.

» J'avais bu. L'ivresse est le meilleur des états. Quand je
passe devant un miroir, soudain, grâce au vin, l'image est
trouble, je peux l'imaginer pareille à celle de mes vingt ans.
La vérité est trop méchante. C'est le rêve qui me fait vivre
aujourd'hui, et l'illusion. Moi, l'illusion, elle me vient du vin,
de l'alcool, de la musique, et des jeunes hommes qui me font
l'amour. Je peux encore leur donner du plaisir, signe après
tout que je ne suis pas si décatie, et que j'ai toujours quelque
droit à la vie.

» Par chance, ma nuit s'acheva dans les bras de ce jeune
trompettiste. Me croiras-tu si je te dis que ce fut une nuit pour
rien? Car si nous avons dormi ensemble, il se contenta de me
caresser les cheveux, avec une douceur infinie, en murmurant
mon prénom : Marta... Marta... Jamais un homme ne m'aura
rendue si heureuse. Il m'a fallu attendre toutes ces années
pour comprendre que la virilité n'est, comme on dit à Paris,
qu'une foutaise... J'en vins à me dire que cette main, à la fois
si légère et si possessive, était celle du plus grand des amants.
Oserais-je t'avouer que l'étreinte de cet artiste m'a rendu plus
vivant, plus proche, mon Robert, mon chevalier de Buenos

Aires ? Jamais matin si pervers avec mes songes de grand amour... »

Marta était pour Jean un nuage frivole à l'horizon parisien. Elle avait eu longtemps la légèreté, l'insouciance des êtres sans soucis. En vieillissant elle découvrait à Jean une autre femme. Sa gaieté cachait mal des angoisses profondes.

Elle n'adressait plus à son vieil ami comme autrefois des billets de fêtes, des parfums d'élégances : elle lui communiquait par il ne savait quelle alchimie, à travers le récit de ses nuits, le désir de vivre, à la brûler, sa propre vie. Marta ou le temps qui passe... Marta n'avait pas su aimer.

Thadéa poussa la porte.

Jamais Jean n'a vu ce cabanon de bois, bâti sur le domaine, au plus profond d'un maquis, à environ un kilomètre des maisons d'habitation, confié à la seule garde et aux seuls soins de la *machi*. Il est tout à fait dissimulé sous les feuillages.

« La Maison des Innocentes », l'appelle Thadéa.

Elle y abrite toute une collection vivante des animaux à la fois les plus détestés et, à son sentiment, les plus innocents : des araignées.

Des centaines d'araignées.

Les « domestiques », *Tegenaria parietina,* inoffensives, sont laissées en liberté. Du coup, comme la *machi* ne balaie que le plancher, où la forêt apporte ses feuilles mortes, ses herbes, sa boue, elles ont tissé au plafond, comme sur poutres et murs, tout un paysage de gaze, de tulle et de dentelles.

Sorcièreland, dirait Jean.

Baldaquin de cauchemar ou de rêve, selon la qualité du regard.

Les plus dangereuses sont gardées et soignées dans des vivariums spécialement aménagés, déjà propriété du professeur Olostrov, et que Thadéa ne fait qu'entretenir. Car elle est en tout fidèle à l'œuvre de son père.

Univers pour hallucinations.

Les créatures les plus jaunâtres, couleur de pus, voisinent avec les beautés les plus noires, dont le deuil s'illumine de reflets d'émeraude.

Les danseuses trapézistes les plus aériennes, en robe transparente, aux pattes si effilées qu'elles en sont invisibles, dansent à l'émerveillement des promeneuses pataudes, lourdes de pondaisons trop lentes.

Il y a les affamées, voraces de tiques et de termites, et il y a les maîtres dégustateurs, qui savent consommer, en gourmets, criquets et crapauds.

A intervalles réguliers, la *machi* distribue des charognes ou des morceaux de viande avariée qui, pourrissant sur place, appellent des mouches par centaines, qui viennent se prendre dans les pièges. Toutes les issues sont fermées. Les mouches, rendues folles, grésillent jusqu'à se faire happer.

Ici travaille une grosse mygale maçonne qui n'a pas son égale pour se creuser des terriers fermés par un clapet de terre, hermétique, que retient une charnière de soie. Cténizes, inscrivit le professeur suédois sur la pancarte donnant l'état civil.

Là se tiennent à l'affût des mygales aviculaires, faussement dénoncées comme les plus féroces, et qui ont ce sadisme d'attaquer les dormeurs. En vérité, elles ne piquent – en faisant très mal – que pour se protéger.

Ailleurs, en voici dans des loges soyeuses, ou dans des toiles serrées en nappes, avec un tube argenté qui leur sert de refuge.

Les unes sont comme nues. Les autres se hérissent de poils fauves, ou rouges, ou noirâtres. D'autres ont droit à un bocal de choix, parce que les plus rares, les plus primitives, encore dépourvues de trachée, respirent avec quatre poumons.

Thadéa va de l'une à l'autre. Elle sait reconnaître les cinquante tribus de sa maison. Elle distingue sans hésiter les vagabondes de jour, des vagabondes de nuit ou d'aurore, ou toutes celles qu'elle a rapportées d'autres provinces ou d'autres pays.

Sur recommandation du professeur, elle vient le plus souvent cuirassée de pied en cap, bottes serrées sous le genou, casque qui lui donne une silhouette d'escrimeuse, gants de molleton. Pourtant il lui arrive de se présenter sans bottes ni gants, comme aujourd'hui...

Et de pouvoir passer des heures dans ce cabanon, chauffé en hiver.

Elle élève dans une cuve des scorpions mangeurs d'araignées, à cinq crochets et à quatre yeux, dont deux médians et deux latéraux : Barbe-Bleue, Landru, Attila. Elle sait même organiser leurs noces, qui ne s'accomplissent que précédées de rondes-promenades. Scorpions à fouet et scorpions vinaigriers.

Mais les araignées sont les vraies favorites. Vulgaires ou de haute noblesse, qu'importe ? « Des araignées, il y en a vingt mille espèces, aimait dire le professeur, on ne saurait imaginer la gamme de métis et de mulâtres qui peuvent y exister. »

Thadéa admire leurs variétés, et les observe avec autant de curiosité que ses herbes, ses fleurs.

Campée au milieu de la pièce, ou plutôt du bocal à grandeur d'homme, Thadéa sent mille yeux posés sur elle.

Son père cultivait les araignées. Sa curiosité pour la nature était inlassable, universelle. Il était féru de plantes, d'oiseaux, de poissons, d'insectes, de mammifères. Mais il avait fini par concentrer tous ses efforts de naturaliste, toute sa science et sa prodigieuse expérience, à l'araignée. Il préparait une thèse, et ses notes, mille feuillets déjà, s'entassaient dans les tiroirs de son bureau. Thadéa avait d'abord pensé achever l'œuvre de son père. Elle s'était mise à étudier les araignées, et la *machi* avait continué à entretenir leur élevage.

Mais ce cabanon, soi-disant Maison des Innocentes, était une geôle. Un laboratoire à expériences et à tortures. Et Thadéa peu à peu finissait par prendre en dégoût ce repaire scientifique, cet observatoire à insectes.

Depuis quelques jours, elle prépare un plan. Et elle hésite. Que faire?

Les libérer toutes, même les plus dangereuses?

Ou leur donner, avec la mort, la libération suprême?

Un grand feu libérateur total, ou la porte ouverte sur les hasards de la toundra?

« Je sais abandonner, murmure-t-elle pour elle seule de sa voix de louve, comme je sais aimer... »

Au vrai, son goût de la liberté est de plus en plus fragile, ces temps derniers. L'amour de Jean fait vaciller en elle toutes les certitudes d'indépendance qu'elle cultive depuis toujours, avec autant de soins que son père ses monstres les araignées.

L'odeur de charogne, le bruit des mouches, et le spectacle d'une grosse femelle en train d'assassiner un mâle, ne dégoûtent pas Thadéa. Ce qui lui fait horreur, ce sont les murs de bois et les parois de verre. Les herbes et les fleurs sont pareillement prisonnières entre les pages de ses livres, mais un herbier recèle pourtant une paix, une quiétude qu'elle chercherait en vain ici.

Les yeux verts ne voient qu'un ghetto, un camp de la mort.

Thadéa n'hésite cependant pas plus longtemps. Elle abhorre trop les problèmes qui durent.

Quand elle sort, ses cheveux sont tissés de fils blancs comme un voile. La brume resserre le paysage des Treize Collines, enferme toute la nature dans un horizon étroit. L'air est opaque, gorgé de nuages d'eau.

Avec ces gestes lents qui lui sont familiers, Thadéa prépare alors une torche. Elle a toujours dans la poche des allumettes qui lui servent autant à allumer son tabac qu'à bricoler ses plantes au cours de ses excursions botaniques.

Enfin elle entrouvre la porte et jette le feu dans la Maison des Innocentes. La baraque devient en quelques minutes un foyer d'incendie. Les flammes ont un cœur noir, couleur d'araignée. Si la terre n'était aussi humide autour des Treize Collines, la forêt des hêtres, les bouleaux nains, et tous les troncs morts qui jonchent les environs, se seraient sans doute embrasés. Mais l'eau protège la végétation alentour, et seule se consume la Maison des Innocentes, avec ses cinquante tribus.

Thadéa reste longtemps assise, à quelques pas du brasier. Son visage est noirci de fumée et sa jupe trouée par des étincelles.

La *machi* a couru jusqu'à elle depuis la maison, et s'accroupit près de Thadéa pour contempler ce qui ne peut être pour elle qu'un désastre, la fin de la collection d'Olostrov.

Thadéa rêve. Elle se dit qu'elle aime Jean. Vivre avec lui n'est peut-être pas impossible...

En songe, d'abord lui apparaît le petit guanaco de son enfance... celui sur le dos duquel elle courait la campagne jadis, autour des Treize Collines. Il retrouvait d'instinct les chemins de ses frères sauvages et l'entraînait là où la terre est vierge du moindre pas humain... Elle avait aimé ce jeune guanaco presque autant que la fillette brune à laquelle elle avait donné le jour, en Écosse...

L'Écosse, ce château au milieu de marais et de bois... d'autres brouillards, d'autres oiseaux...

Elle y avait appris que le mariage est un piège, un traquenard pour les êtres épris d'indépendance. Son époux écossais avait voulu l'apprivoiser, la mettre en cage. Il avait échoué dans son dressage, Thadéa lui avait échappé...

En Amérique du Sud, elle vivait pour elle-même, sans

entraves, sans devoirs, une vie de solitude que des amants fougueux, anarchistes en mal d'idéal, voyageurs en quête de paysages rompaient par éclairs... Puis Jean était venu... Et maintenant cette liberté si chère, qu'elle avait conquise et qui lui semblait régir sa vie, était tout à coup en péril.

Thadéa caresse longtemps le rêve d'une union possible, qui serait une autre forme de liberté...

Plus tard, rentrant d'une marche à l'est, Jean, guidé par une fumée sombre, viendra à la rencontre de Thadéa, et trouvera deux sorcières, toutes noircies, immobiles devant des cendres.

Jean pilotait son Jodel quadriplace à monomoteur avant, au-dessus de la Patagonie. Attentif aux variations des vents, et tout à la maîtrise de son engin, il ne se tournait parfois vers Thadéa, assise à la place du copilote, que pour le simple plaisir de contempler son profil de statue maya. A cause du bruit dans la carlingue, ils ne se parlaient pas, mais ils étaient l'un et l'autre tout heureux de naviguer entre ciel et terre, à travers cette pampa sans barbelés.

Ils arrivaient de Buenos Aires, par plusieurs escales successives : Bahia Blanca, Puerto Madryn, San Julian, Rio Gallegos, et enfin Rio Grande où ils laissèrent l'avion et rejoignirent les Treize Collines, en jeep américaine.

Deux jours après leur arrivée, ils survolaient les Andes du Sud, en deçà du mont Fitz Roy. Ils découvraient les forêts comme s'ils étaient devenus des aigles. Le Jodel montait si haut que les plus touffues, les plus énormes prenaient des proportions lilliputiennes, ou bien descendait au point de frôler les ramures des hêtres ou des conifères. Parfois, dans l'océan des arbres, surgissaient, comme des îles, tout un champ de fuchsias, une prairie de marguerites, une clairière de bleuets. Des troupeaux d'oies ou de cygnes effrayés par le bruit du Jodel décollaient de ce décor de féerie et menaçaient à tout instant de se prendre dans le moteur. Jean reprit de l'altitude, s'éleva au-dessus de sommets enneigés et retrouva leur solitude entre terre et nuages.

Des fantômes il est vrai leur tenaient compagnie. La conquête du ciel n'était pas si vieille qu'on pût oublier les Guillaumet, les Reine, les Saint-Ex, les Mermoz surtout qui avaient ouvert la route. Jean Mermoz était tombé un jour dans une de ces vallées perdues des Andes, désert de pierres et de glaces, entre deux gouffres, à plus de trois mille mètres d'altitude. Sans T.S.F. à bord, son train d'atterrissage faussé, des longerons brisés, tout le moteur à réparer, il avait dû bricoler deux jours et deux nuits sous des vents d'épouvante, à des températures de moins 15°, avant de pouvoir à nouveau faire ronronner son moteur, parvenir à décoller, rebondir d'abîme en abîme, retrouver un courant ascendant, et atterrir deux heures plus tard à Copiapo, côté chilien, avec son *Comte-de-la-Vaulx*... Mermoz, c'était la légende des Andes sudistes, le premier vrai conquistador. Il avait survolé Fernando de Noronha, le cap Saint-Roques, le rocher Saint-Paul, les toits de Natal, les lourds méandres du rio Potengui... Mais Jean ne pouvait que rêver des prouesses ou des défis de Mermoz. L'imiter était tout autre gageure.

Il prit la direction du sud. D'anciens glaciers, en jouant, avaient formé dans toute cette région des Andes de larges lacs, aussi vastes parfois qu'une mer, et frangés de hautes chaînes montagneuses comme des fjords. Leur eau était d'un bleu profond, les vents les transformaient parfois en une mousse blanche d'écume et de moutons. Jean engouffra l'appareil dans l'une de ces vallées glaciaires, jusqu'à un lac, véritable bijou aux éclats de turquoise, en plein cœur de l'abîme. Le ventre de l'avion caressa la surface des eaux, puis dans une gerbe liquide s'éleva à nouveau dans les airs, reprit son altitude.

Jean jouait. Il rit du plaisir de plonger dans ces vallées étroites, de piquer tout droit vers les lacs bleus, puis de rebondir vers le ciel, en échappant à leur prise. Il riait. D'un rire hystérique, d'un rire de Méphisto, qui transformait leur pacifique promenade en randonnée aux portes des enfers. Car c'était chaque fois un pari, un défi au diable, d'entrer dans ces gorges, d'approcher le niveau des lacs et de sortir indemne du double piège de l'eau et des murailles. Sans compter les vents dont la turbulence est dans la région andine aussi capricieuse qu'imprévisible.

Quelle folie pouvait inspirer à Jean, d'ordinaire prudent et calme, ce jeu de mort à la roulette russe? S'il y avait eu dans les Andes le moindre code de l'air, il y aurait à coup sûr perdu son brevet de pilotage. Mais il était grisé par le paysage, et fou de cette liberté.

L'avion, c'était un galop libre, sans mors ni le moindre harnais. Bien mieux qu'un cheval. En selle sur un dragon qui vole, ou bien sur un condor... Planer à plus de deux mille mètres... Toute l'ivresse de l'autonomie.

Chaque fois qu'il plongeait vers les lacs, et que le moteur du Jodel levait les eaux comme un typhon, Thadéa, près de lui, avait un visage d'extase. Elle ne paraissait pas avoir peur de ce jeu insensé. On aurait dit qu'elle approuvait les acrobaties du Jodel, et même, oui, même qu'elle jouissait du danger.

Le soir, dans leur maison des Treize Collines, Jean crut que le voyage jusqu'en Terre de Feu, et leur folle équipée aux lacs, les avaient un peu rapprochés.

« Avec moi, dans cet avion, tu étais heureuse... dit-il.

— Pourquoi le nier? répondit-elle, dans un tel paysage, et toi pour compagnon...

— Alors, si tu te laisses piloter avec un tel bonheur, pourquoi ne pourrais-tu vivre avec moi?

– Une maison est trop stable, trop immobile. Je ne veux pas m'enfermer pour toujours...

– Je construirai pour toi une maison dans le paysage que tu choisiras, près d'un de ces lacs que tu aimes tant, près du Nahuel Huapi ou du lac Argentin.

– Si tu le veux... Mais, murmura Thadéa, ne me demande pas d'y demeurer toujours... Toujours... Cette idée d'éternité n'est-elle pas stupide pour les mortels que nous sommes? Est-ce que les plantes, ou les animaux, sont assez bêtes pour penser en toujours?...

– Oui, à leur façon, protesta Jean. Puisqu'ils se répètent depuis les débuts de monde, puisqu'ils se reproduisent éternellement, de siècle en siècle.

– Mais moi, dit Thadéa, je ne veux pas d'enfant. A quoi bon?»

Jean ne savait par quel moyen s'attacher Thadéa. Une maison, un enfant, elle refusait tous les biens de la terre. Pour Jean, dès lors, posséder Thadéa n'en devenait que davantage une obsession. Il ne parvenait ni à se contraindre de respecter le mode de vie de son idole, ni à s'interdire de l'interroger sur leur amour. Il sentait que son attitude éloignait Thadéa de lui, mais quoique assez lucide sur son personnage, il ne pouvait s'empêcher de la harceler de questions, qui toutes d'ailleurs restaient sans réponse. Il ne parvint pas même à arracher à Thadéa la moindre promesse qu'elle l'aimerait toujours : elle ne savait pas mentir.

Thadéa qu'il tourmentait de sa propre angoisse, était allée s'enfermer dans l'atelier d'Olostrov, avec ses pinceaux et ses palettes.

« Ses compagnons les plus vrais et les plus fidèles », pensait Jean avec amertume.

Jean voulait être aimé de Thadéa, et l'incertitude de cet amour le rendait fou.

Le lendemain il abandonna sa maîtresse à sa peinture et retourna à Rio Gallegos. L'avion l'y attendait, grand oiseau d'argent. Il le dirigea sur la piste de terre bordée de haies de caroubiers. Elle servait aux décollages et aux atterrissages d'avions militaires, et sur un signe d'un mécanicien de l'armée, il s'envola. Sans hésiter, il prit la direction du sud-sud-est et, tournant le dos aux montagnes des Andes, mit plein gaz vers le cap Horn.

Il survola d'abord des hectares de forêts sous la lumière jaune d'un crépuscule du matin. Le nez de l'avion scintillait sous ce demi-soleil, et Jean dut chausser ses lunettes noires pour n'être pas ébloui par la brume toute pailletée de la Terre de Feu. Le vent hurlait dans sa carlingue, luttait avec l'avion, et déplaçait autour de lui tous les nuages dans une course folle.

Le Jodel passa au-dessus du canal de Beagle, sorte de mer intérieure qui marie l'océan Atlantique à l'océan Pacifique. Des eaux couleur d'acier, piquées de toute une poussière d'étoiles-diamants, une bande d'écume qui longe la dentelle du rivage, et quelques mouettes qui s'éloignaient vers les terres, à rebours de son avion.

Sur la rive Nord, à quelques kilomètres en deçà, Ushuaia. Vue d'en haut, des bicoques en planches, séparées par des ruelles de boue, et dominant la petite ville de pêcheurs et de contrebandiers, le bagne, une citadelle énorme, grise, qui s'appuie à une forêt sans chemins ni clairières.

Parvenu au-dessus des Treize Collines, Jean tourne plusieurs fois en rond, tel un rapace qui surveille sa proie. Il vole si bas qu'il manque d'arracher la cheminée. Deux Indiens en poncho rouge agitent leurs bras dans sa direction, mais il n'aperçoit ni la *machi*, ni Thadéa. Peut-être ont-elles le visage collé à la fenêtre, peut-être n'ont-elles pas levé le nez de leurs travaux. Il reconnaît les hêtres et les bouleaux, cherche la trace de leurs promenades et les sentiers des guanacos. Puis, s'élevant au-delà de la colline, l'avion découvre le lac Fagnano. Jean ne recommence pas le jeu du jour précédent. Aujourd'hui, il a l'âme vague et paresseuse. Il cherche tout ce qui enchante sa nostalgie. Le jeu avec la mort, cela n'amuse pas tous les jours. Il glisse donc son petit quadriplace vers les eaux lisses, explore du regard les rivages où se cachent la tombe d'Olostrov, et quelques autres totems peut-être.

Tout bleu soit-il, le lac est sinistre, et ses rives si vierges qu'elles feraient un cimetière même pour des vivants.

Puis Jean abandonne la presqu'île et plane au-dessus d'un ensemble d'îlots, masses violettes aux sommets enneigés. Il vogue avec les cormorans et les mouettes. S'il passe très bas près des rivages, il repère de grandes taches noires, faites chacune de milliers de pingouins ou d'éléphants de mer. Au-delà, un horizon couleur de métal promet toutes les splendeurs des neiges antarctiques.

Il a eu des contacts avec le ministère de la Recherche. Un entretien très serré avec le ministre en personne, un général au poitrail constellé de décorations. Il lui a proposé d'investir, à titre personnel, dans les futures sociétés d'exploitation du pôle Sud. L'autre a paru s'y intéresser. La seule idée de capitaux suffit à l'exalter. Le gouvernement manque d'argent, une vieille tradition.

Mais inutile d'insister : l'Antarctique est inaccessible pour ce petit et fragile Jodel. De fait, que pourrait-il même contre ces vents titans? Jean trouve soudain qu'il s'est aventuré trop loin. En cas de passage de brouillard, il ne saurait plus retrouver la côte. Il se dit qu'un jour, plus tard, il équiperait un appareil adapté à la zone, un appareil pour affronter ces géants, avec tout un équipage et tous les moyens radio indispensables. Aussi avec des tenues d'esquimaux. Il rêva d'un atterrissage sur une banquise, d'un attelage de chiens sur la neige...

Il se souvint du récit d'un ami australien qui racontait comment, avant-guerre, il se rendait régulièrement en Nouvelle-Calédonie, pour le seul plaisir de survoler, au ras de l'océan, tout près de l'île des Pins, les meutes de requins et de tortues sommeillant parmi toute une paix de préhistoire.

Aujourd'hui, dans cette lumière qu'il avait toujours imaginée être celle de l'Argentine, dans ce scintillement des vagues sous la lumière froide d'un acier, Jean peut inventer tout un peuple de Tritons et de Sirènes dessinant des quadrilles sur les dalles en lichens blancs d'un palais féerique.

Puis, étrange, cette couleur, ce gris argenté lui rappelle (sait-on comment les souvenirs vous reviennent?) sa rue de Roubaix, et le vent qui hurle, la canonnade de la première guerre. Que de kilomètres accomplis depuis lors! Quel chemin! Et aussi que de chance! Sur toute une page, l'Illustration de son enfance montrait une charge de dragons contre des uhlans, ou de lanciers contre des hussards : mais elle était moins sublime, la guerre, au fond des villes conquises...

Sur cette mer si vaste, peuplée de poissons brillants, Jean croit retrouver des rêves anciens : comme un appel venu des plus vieux âges, l'exhortation à vivre une autre vie, à s'évader de la prison du vieux continent, à rejoindre l'Ouest le plus lointain, un paysage sans barrières, une pampa sans barbelés.

Le songe débouche ici : sur cette myriade d'étoiles qui se noient dans l'océan.

Plein jour pourtant. Midi au cadran de sa montre. Mais dans le ciel, sur la mer, le paysage d'un crépuscule.

Il n'a jamais parlé à Thadéa du pays de la banquise. Mais il l'emmènera lors du premier équipage. Elle devrait aimer ce continent de glace.

346

Jean regarde Ushuaia au fond de sa crique, puis à nouveau la mer.

Voici que soudain il veut jouer encore plus près des vagues...

Il pousse le manche. L'oiseau, docile, pique. Les roues ont dû frôler les eaux.

Jean rit tout haut.

« A bas la peur! » crie-t-il.

Il prend un virage savant sur l'aile droite.

Après tout, pourquoi ne pas essayer de voir tout un ballet de squales en leur théâtre?

Le moteur grogne, l'avion se cabre, mais obéit. Les roues font voler des gerbes d'eau. Le Jodel est maintenant en pleine vue d'Ushuaia.

Jean vire sur l'aile, à en caresser la nappe. Il rit comme un enfant.

Mais il a mal calculé son angle et l'aile s'enfonce dans la mer. L'équilibre est brutalement rompu. Avec une lenteur de cygne, l'appareil s'abat sur les eaux. Puis, tout doucement, s'enfonce.

Jean n'a que le temps de déboucler sa ceinture, de relever le capot, de se dégager de son fauteuil et de plonger pour éviter d'être englouti dans les tourbillons de l'oiseau.

La berge est à peine à cinquante mètres. La température de l'eau condamne à mort, au-delà de quelques minutes. D'abord pareille à de la glace, l'eau finit par engourdir le corps, par le galber comme un moulage lourd, lourd... Les bras et les jambes gagnées par le plomb, Jean nage avec toute la vigueur qui lui reste. Les vagues lui frappent la tête, et il crache beaucoup moins d'eau qu'il n'en avale. Il sait qu'il n'y a pas âme qui vive sur le rivage, et qu'il est seul à pouvoir se sauver. Il frappe des bras comme un forcené, et trouve encore la force de hurler sa peur aux mouettes du canal de Beagle...

Les vagues le rejettent sur le rivage. Sa montre, à son

poignet, indique l'heure du naufrage. Jean est étendu sur les galets gris du canal.

Le premier crabe qui se dégage de son trou ne se risque qu'avec prudence. Encouragé par un compagnon, puis par un autre, il ose pourtant assez vite venir prospecter cette proie étrange. Cinq minutes plus tard, ils sont cinquante ou cent, à se concentrer, même encore peureux, autour du corps.

Ces crustacés géants des mers australes sont de féroces carnassiers qui dévorent tout ce qu'ils peuvent atteindre. Ils mangent d'ordinaire la chair des oiseaux blessés tombés sur leur domaine, ou les cadavres des petits animaux qui se sont égarés des forêts riveraines.

Jean ouvre les yeux sur ce peuple de crabes qui l'entourent. Sur les genoux et sur les mains, il rampe sur le sable, trouve la force de se lever. De son corps entier sourd une douleur aiguë. Il écrase de la botte quelques carapaces et se fraye à coups de pied un passage parmi les charognards.

Derrière lui, le canal de Beagle, un métal. Devant lui, par-delà le sable et les galets, des arbustes serrés aux couleurs de paille, une forêt de broussailles, un rempart.

Atteindre l'abri de cette végétation, se protéger des crabes, puis marcher, sans s'arrêter, sans tomber, sans renoncer, jusqu'à un village Ona ou une hutte de chasseurs. Ushuaia est à des lieues, à vol d'oiseau.

Jean peut mourir. Mais il a tout l'espoir, toute l'énergie d'un vivant.

A quelques kilomètres de là, dans la maison de Karl Olostrov, au lieu-dit des Treize Collines, Thadéa fredonne une berceuse de la vieille Europe nordique, pleine de la magie des elfes et des djinns : la saga d'un Viking, égaré dans des terres lointaines. Au milieu de ses herbiers, de ses boîtes de couleurs, de ses collections d'insectes, elle peint. Elle est sereine dans sa concentration de botaniste.

Puis parmi les fleurs, soudain, elle dessine un visage : le visage de Jean.

TABLE

CET OUVRAGE
A ÉTÉ COMPOSÉ
ET ACHEVÉ D'IMPRIMER
PAR L'IMPRIMERIE FLOCH
À MAYENNE LE 17 SEPTEMBRE 1984

N° d'édition : 7032. N° d'impression : 22278.
Dépôt légal : septembre 1984.

7032